Um Verão na Itália

Carrie Elks

Um Verão na Itália

As Irmãs Shakespeare
LIVRO 1

Tradução
Andréia Barboza

2ª edição
Rio de Janeiro-RJ / Campinas-SP, 2019

VERUS
EDITORA

Editora
Raïssa Castro

Coordenadora editorial
Ana Paula Gomes

Copidesque
Lígia Alves

Revisão
Raquel de Sena Rodrigues Tersi

Capa
Adaptação da original (© Bekki Guyatt)

Imagens da capa
© Shutterstock

Projeto gráfico e diagramação
André S. Tavares da Silva

Título original
Summer's Lease
The Shakespeare Sisters, book 1

ISBN: 978-85-7686-735-7

Verus Editora Ltda.
Rua Benedicto Aristides Ribeiro, 41, Jd. Santa Genebra II, Campinas/SP, 13084-753
Fone/Fax: (19) 3249-0001 | www.veruseditora.com.br

CIP-BRASIL. CATALOGAÇÃO NA FONTE
SINDICATO NACIONAL DOS EDITORES DE LIVROS, RJ

E43v

Elks, Carrie
Um verão na Itália / Carrie Elks ; tradução Andréia Barboza. - 2. ed. - Campinas, SP : Verus, 2019
23 cm. (As Irmãs Shakespeare ; 1)

Tradução de: Summer's Lease - The Shakespeare Sisters, book 1
ISBN 978-85-7686-735-7

1. Romance inglês. I. Barboza, Andréia. II. Título. III. Série.

18-48558 CDD: 813
CDU: 821.111(73)-3

Revisado conforme o novo acordo ortográfico.

Seja um leitor preferencial Record.
Cadastre-se no site www.record.com.br e receba
informações sobre nossos lançamentos e nossas promoções.

Atendimento e venda direta ao leitor:
mdireto@record.com.br ou (21) 2585-2002

Para minhas amigas que são como irmãs

I

Pobre é o amor que pode ser contado.

— Antônio e Cleópatra

— Você está demitida.

Não era a primeira vez que Cesca Shakespeare ouvia essas palavras. Não era nem a sexta, mas foi a única dita dentro do ridículo Cleopatra's Cat Café, o novo estabelecimento de alta gastronomia para amantes de felinos em Londres.

Cesca pensou que seria uma ideia maluca combinar chá da tarde com gatos peludos que pareciam ter prazer em espalhar seus pelos por toda a comida e bebida. No entanto, desde que ela começara a trabalhar ali, duas semanas antes, o lugar estava com todas as reservas preenchidas e cheio de turistas barulhentos que adoravam o jeito como os gatos se aconchegavam a eles enquanto tomavam chá de lapsang em xícaras de porcelana fina, agarrados a seus paus de selfie.

As pessoas, não os gatos. Os gatinhos preferiam lamber leite nos pires pintados à mão.

— O quê? — Não fosse pelo fato de precisar desse trabalho, ou, pelo menos, de ele pagar o aluguel, ela estaria rindo na cara da dona agora. Não se podia mesmo descrevê-lo como o emprego dos sonhos, carregar bandejas de sanduíches enquanto tentava não tropeçar nos gatos, pois eles pareciam saltar deliberadamente na sua frente. Mais de uma vez eles a tinham feito perder o equilíbrio, derrubando pratos cheios de bolo em cima de clientes desavisados.

— É óbvio que você não está preparada para trabalhar aqui — Philomena, a proprietária, falou. — No seu currículo, você dizia que era apaixonada por gatos, mas não faz nada além de gritar com Tootsie, Simba e os outros. E o que você acabou de dizer ao sr. Tibbles foi imperdoável.

— Ele acabou de fazer xixi em cima de uma bandeja de chá da tarde — Cesca protestou.

— Se você tivesse pegado a bandeja assim que eu fiz o pedido, isso não teria acontecido. Esses gatos estão muito tensos. Eles precisam marcar território. É nosso dever impor limites a eles. Você me disse que tinha experiência com raças raras como a do sr. Tibbles.

Pelo canto do olho, Cesca o viu vagando em direção a elas. O sr. Tibbles era um gato sphynx, uma raça sem pelos que fazia parecer que ele havia tirado toda a roupa para ficar saltitando pelo café, todo pomposo.

— Tenho um pouco de experiência. Havia muitos gatos onde eu morava quando era mais nova... — Cesca se interrompeu, sabendo que havia mentido para conseguir a vaga. Não que o emprego fosse grande coisa, mas, quando ela viu o anúncio na vitrine, estava desesperada. O suficiente para trabalhar cercada de gatinhos que ronronavam sem parar e pareciam não querer fazer nada além infernizar sua vida.

— Bem, não está dando certo. Os clientes reclamaram da forma como você vem tratando os animais. Você não pode simplesmente enxotá-los sempre que se comportam mal.

— Eu não enxotei, só tirei da mesa. E foi no meu primeiro dia. Não sabia que os clientes iam gostar de dividir a comida.

— Esse é o ponto. — Philomena suspirou. — Uma verdadeira amante de gatos não pensaria duas vezes. Está claro que você é uma impostora. — Ela baixou a voz, afastando o cabelo do rosto suado. — Você ao menos gosta de gatos?

Dividida entre o desejo natural de ser sincera e a necessidade de manter o emprego, Cesca hesitou. Como se pudesse sentir o drama, o sr. Tibbles perambulou, passando entre as pernas dela. Encarando-a com seus olhos azuis, ele os estreitou como se fosse um desafio.

— Eu... Hum... Não muito. Mas precisava do trabalho e nunca tive problemas com animais. Costumava passar os fins de semana brincando com o cachorro do nosso vizinho.

Philomena estremeceu.

— Amantes de cachorros não são bem-vindos aqui — sibilou, soando quase como uma gata. — Pegue suas coisas e vá embora antes que você irrite o sr. Tibbles com essas palavras desagradáveis.

— Posso receber o meu salário, pelo menos? — Ter que implorar pelo dinheiro a pegou de jeito, mas, com o aluguel da semana em jogo, não havia nada que pudesse fazer além de se envergonhar. Muitas vezes, Cesca precisara inventar desculpas para pagar atrasado ou até não pagar o valor integral. Viver em Londres não era para os fracos.

Que escolha ela tinha? Aos vinte e quatro anos, estava decaindo enquanto todos os seus amigos ascendiam. Enquanto estudavam com afinco na universidade e conseguiam posições profissionais que lhes proporcionavam bons salários, Cesca pulava de um emprego a outro como uma bola de pebolim, sem permanecer tempo suficiente para se encontrar de verdade.

Ela se tornara boa em evitar isso também. Seis anos fingindo que estava feliz, que estava bem, que realmente apreciava o estilo de vida boêmio, trocando sempre de apartamento, fazendo seus amigos se curvarem de rir toda vez que ela perdia outro emprego sem futuro ou falava sobre um relacionamento fracassado. Porém, quando estava deitada na cama à noite, tentando ignorar o cheiro forte de umidade e mofo que parecia percorrer as paredes, ela não ria. Nem mesmo sorria. Era quando os monstros pareciam rastejar para fora do esconderijo, no fundo de seu cérebro, sussurrando em seu ouvido, lembrando-a de que ela era uma fracassada, uma perdedora que nunca seria nada.

Que ela tivera sua grande chance e estragara tudo.

— Aqui, pegue isto. — Philomena empurrou um envelope grosso em sua mão. Não se incomodou em fechá-lo, e Cesca podia ver as notas dobradas. — Por favor, não me peça referências — sua chefe continuou. — Não vou poder dizer nada de bom.

Cesca não ousaria. Poucos dos seus empregadores anteriores concordariam em falar algo razoável a seu respeito, o que era injusto, porque ela era uma pessoa muito legal. Só não era muito boa em manter o emprego.

Colocando o envelope cheio de dinheiro na bolsa, Cesca vestiu a jaqueta, fechando-a até o pescoço. Já era junho, mas ninguém tinha se preocupado em avisar isso ao clima, e um vento frio decidira se estabelecer na cidade, percorrendo as ruas como um fantasma irritado.

— Tchau. — Cesca atravessou a cozinha, se dirigindo para a porta dos fundos, que levava ao pequeno e pavimentado quintal cheio de lixeiras e caixas de papelão. Assim que estendeu a mão para abri-la, Philomena gritou de novo.

— E feche a porta quando sair. Não queremos que os gatos escapem.

Resistindo ao desejo de bater a porta, Cesca saiu para o quintal e respirou profundamente, se arrependendo de imediato quando o cheiro forte de sujeira de gato encheu suas narinas. Talvez a demissão não fosse o fim do mundo.

Nas tardes de sexta-feira, Londres ganhava vida, cheia de turistas distraídos que esbarravam em executivos de terno em busca do primeiro drinque do fim de semana. Até os carros pareciam mais barulhentos, os motores rugindo um pouco mais alto e as buzinas furiosas. As ruas estavam cheias de gente atarefada, com lugares para ir, coisas para fazer, e isso não incluía ser educado com ninguém.

Cesca nem percebeu. Estava muito ocupada tentando atravessar a multidão enquanto calculava mentalmente quanto dinheiro ainda tinha. Ao longo dos anos, aprendera a economizar seu salário até o último centavo, experimentando receitas que combinavam os ingredientes mais estranhos. Houve até um momento em que procurava no lixo de outras pessoas objetos que pudessem ser aproveitados e saía com um grupo de riquinhos que achavam subversivo comer um sanduíche dois dias depois do vencimento. Eles estavam brincando de ser pobres, encontrando a mesma euforia em se diminuir para viver que a maioria das pessoas encontrava quando estava no topo da montanha-russa, prendendo a respiração antes de despencar lá de cima. Para eles, era uma escolha. Para Cesca, já se tornara um modo de vida.

Foi difícil identificar o momento exato em que ela percebeu como havia decaído. Quando olhou em volta e descobriu o buraco em que se encontrava, já era tarde demais. Ela era muito orgulhosa para pedir ajuda e tinha muito medo de admitir para a família e os amigos o estado em que sua vida estava.

Havia uma multidão de turistas japoneses tentando entrar na estação do metrô, se espalhando pela calçada, já que não caberiam todos na estação. Cesca passou por eles, lançando-lhes um olhar de inveja, ciente de que não podia se dar ao luxo de pegar o trem para casa. O dinheiro que estava na bolsa não era suficiente para pagar o aluguel da semana e, definitivamente, não duraria até a semana seguinte. Luxos como viagens de trem e jantar teriam de esperar até que ela encontrasse outro emprego, recebesse o auxílio-desemprego ou engolisse o orgulho e pedisse ajuda. A confusão diminuiu enquanto ela atravessava o Tâmisa, se dirigindo para a parte mais escura e suja da cidade, onde dividia um apartamento. As lojas, tão brilhantes e cheias de coisas bonitas ao norte do rio, tornavam-se menos saudáveis, oferecendo frutas maduras demais e cortes indesejados de carne, o odor flutuando no ar esfumaçado. Esta era a parte de Londres em que Cesca vivia nos últimos anos, tão longe da infância em Hampstead, onde seu pai ainda morava. Crescer no lado norte da cidade e ser a segunda filha mais nova de quatro irmãs foi um conto de fadas em comparação com a vida que levava agora.

Não que sua infância tenha sido maravilhosa. A morte da mãe, quando Cesca tinha onze anos, foi o suficiente para que ela percebesse isso.

O apartamento que ela dividia com outra garota — Susie Latham — ficava no último andar de um prédio alto e torto. As paredes de tijolos vermelhos já estavam pretas, revestidas com centenas de anos de fuligem e fumaça e manchas deterioradas pelo vento e pela chuva. O piso térreo abrigava uma banca de jornal antiga, do tipo que vendia cigarros para garotos que ainda não tinham dezoito anos. Atravessando a pilha de latas de refrigerantes vazias e embalagens de doces, Cesca abriu a porta que conduzia para o pé da escada, chutando a pilha de cartas não recolhida para o lado. Como o restante do prédio, os degraus já tinham visto dias melhores, e o tapete estava desgastado por anos de uso.

Susie estava no banheiro, usando um conjunto de pinças para aplicar cílios postiços. Ela colava fio por fio, xingando toda vez que deixava cair um pelinho na pia azul cheia de crostas. Ouvindo os passos de Cesca no corredor, ela olhou para cima, abrindo um sorriso com a boca fechada.

— Tudo bem?

Cesca assentiu com a cabeça. Ela morava com Susie havia quase seis meses, mas ainda eram meio formais uma com a outra. Essa era a coisa estranha sobre a vida em Londres: um colega de apartamento podia ser um completo estranho, mas você podia se conectar instantaneamente com alguém que conhecesse na rua. Cesca achava a situação desconfortável o suficiente para passar a maior parte do tempo no quarto apertado que reivindicara como dela.

— O Dave apareceu hoje à tarde. Ele vem receber o aluguel amanhã. — Susie colou o último cílio na pálpebra direita. — Você conseguiu o dinheiro desta vez, né?

— Claro.

— Ótimo, porque está frio pra caramba pra gente ficar lá fora. — Susie inclinou a cabeça para o lado, examinando seu reflexo. — Ah, o Jamie vem para cá hoje à noite.

— Achei que vocês tinham terminado.

— Ele veio rastejando me pedindo para voltar. Eles sempre fazem isso. Ele vai me levar pra dançar primeiro, depois talvez a gente saia pra comer.

— A mulher dele também vai? — Cesca perguntou, incisiva.

— Não, claro que não! De qualquer forma, ele me explicou tudo. Está planejando se separar, mas ela está dificultando as coisas pra ele. Ela deve ter uma vida de merda.

Cesca revirou os olhos.

— A que horas você vai voltar? — Ela entrou na cozinha e ligou a chaleira. Abriu a geladeira e olhou lá dentro, pegando uma caixinha de leite que estava largada no fundo da prateleira. Agitando-a, viu os sinais reveladores da meleca amarela que grudara nas laterais do plástico. Tomaria café puro, então.

— Provavelmente depois da meia-noite — Susie gritou do banheiro. — Você vai estar acordada?

É engraçado como as pessoas fazem as perguntas erradas o tempo todo. Susie não queria, de fato, saber se Cesca estaria acordada — ela queria saber se ela estaria escondida no quarto, como sempre fazia, deixando Susie e o cara-casado-da-semana terem um pouco de privacidade.

— Talvez eu visite o meu tio Hugh — Cesca retrucou. — Ele me convidou para ficar com ele. Então, não me espere.

Seu padrinho não a havia convidado, embora Cesca soubesse que ele o faria em um piscar de olhos. Hugh era como um segundo pai e seu confidente desde que a mãe morrera.

— Ah! — A resposta de Susie demonstrou uma série de emoções em uma única sílaba. — Bem, divirta-se.

Então era isso. Cesca estava desempregada, sem dinheiro e até a pessoa com quem morava mal podia esperar para vê-la pelas costas.

Esse era o fundo do poço? Ela esperava que sim. Se afundasse mais, não sabia se conseguiria subir de volta.

2

O amor é como uma criança
que anseia por tudo aquilo que vê.

— Os dois cavalheiros de Verona

— Bem, não posso dizer que estou surpreso. — Hugh entrou na sala de estar, equilibrando uma bandeja com xícaras, pires e bolos. — É difícil imaginar você gostando de um trabalho onde ficava cercada de gatos. Você nunca foi ligada em animais. Lembro que uma vez levei você e a Kitty ao zoológico e, sempre que nos aproximávamos das jaulas, vocês gritavam.

— Isso não é verdade — Cesca protestou. — A Kitty tem medo de tudo, concordo. Mas eu adorei o zoológico. Tenho muitas lembranças boas de quando você me levou lá. — Ela sorriu com a menção da irmã mais nova. — Ela mandou um oi, por sinal.

— Ah, você falou com ela?

— Nós ainda conversamos por Skype toda semana. Ordens da Lucy. — Cesca revirou os olhos.

— A boa e velha Lucy controla tudo. É para isso que servem as irmãs mais velhas, né? — Ele sorriu de forma gentil.

— É tipo uma operação militar — ela concordou. — Com a Kitty em Los Angeles e a Juliet em Maryland, a Lucy e eu somos as únicas no mesmo fuso horário. Tentar ligar para todas ao mesmo tempo é como juntar gatos. — Mesmo assim, Lucy estava a mais de quinhentos quilômetros de distância, em Edimburgo. As irmãs Shakespeare eram como flores espalhadas pelo vento.

Hugh colocou a bandeja na mesa de café polida, se inclinando para servir earl grey do bule chinês ornamentado nas xícaras. Entregou uma para Cesca, pegou a outra e a levou com ele até a cadeira de balanço junto à lareira. Fechando os olhos, inalou o aroma antes de tomar um pequeno gole.

— Ah, felicidade.

Cesca tomou um gole de chá, apreciando o suave aroma floral. Como muitas outras coisas, fora Hugh quem a apresentara às complexidades do chá, forçando-a a aprender as muitas variações de folhas em um momento em que seus amigos tomavam Coca-Cola. A partir dessas primeiras degustações, ela passou a gostar da bebida quente, apreciando o luxo de uma folha bem preparada, sendo capaz de diferenciar um lapsang souchong de um hong pao de olhos fechados. Para Hugh, o chá era um ritual, algo a ser saboreado. Ele estremecia toda vez que via alguém simplesmente balançando um saquinho em uma caneca cheia de leite e água quente.

Baixando a xícara, Cesca se sentou no sofá e curvou os pés debaixo de si.

— Já que eu adoro chá, imaginei que trabalhar em um café seria simples.

— São duas coisas completamente diferentes, minha querida — Hugh disse. — É como saborear um bom bife e depois compará-lo ao trabalho em um matadouro.

— Esse pode ser o meu próximo emprego — Cesca falou, de forma sombria. — Se bem que eles provavelmente nem me dariam uma chance. Não com o meu histórico.

Ela se recostou e olhou ao redor do charmoso apartamento de Hugh. O prédio de tijolos vermelhos em Mayfair não poderia estar mais longe do edifício triste onde Cesca morava, embora apenas alguns quilômetros o separassem. No entanto, no quesito estilo de vida, oceanos os separavam. Hugh era um herdeiro de dinheiro antigo, e sua falecida mãe havia lhe deixado o apartamento quando ele tinha vinte anos. Os móveis eram relíquias de família. As cadeiras variavam da época da Regência ao período vitoriano, e, apesar da idade, todas as mesas pareciam quase novas, com a madeira polida e brilhante. Até as paredes mantinham evidências de sua linhagem, com o bisavô, morto havia muitos anos, olhando para eles de uma pintura acima da lareira.

— Isso tem que parar. Você sabe, né?

Ela virou a cabeça para olhar para Hugh.

— O que você quer dizer?

Ele parecia desolado, mas decidido.

— Você sabe exatamente o que eu quero dizer. Eu te vi pular de um emprego a outro durante muito tempo. Isso não está certo. Prometi à sua mãe que cuidaria de você. Odeio quebrar promessas.

— Você cuida de mim — Cesca falou. — Está sempre aqui, me ouve resmungar. A maioria das pessoas teria desistido. — Hugh completou as xícaras, segurando o bule de porcelana com cuidado.

— Você precisa de ajuda, minha flor, não de um ouvinte. Se eu fosse americano, já teria organizado uma intervenção.

Pela primeira vez desde que entrara no apartamento dele, Cesca sorriu.

— Você odiaria uma intervenção. Toda aquela coisa de falar de sentimentos e me fazer chorar. A única coisa que você gosta de organizar são peças de teatro.

Ele olhou para cima e chamou sua atenção. Cesca percebeu que não sairia dessa conversa facilmente.

— Essa é a única coisa em que você deveria estar pensando também. O teatro corre nas suas veias, e você já fugiu por seis anos.

Ela sentiu o peito se apertar.

— Não quero falar sobre isso.

— Pensei que fosse eu que não gostava de falar de mim. Não vê que esse é o seu problema? Talvez se você tivesse falado sobre o assunto e realmente trabalhado as coisas, já teria superado. Mas, em vez disso, você tem sido demitida de empregos sem futuro e desperdiçado o seu talento.

Sua boca ficou seca, apesar do chá.

— Cagadas acontecem, e aconteceu comigo. Eu tive a minha chance e não sou boa o suficiente para que aconteça de novo.

Hugh bateu sua xícara, fazendo o chá derramar para todos os lados.

— Não quero te ouvir dizer isso! Você tinha dezoito anos. O mundo estava aos seus pés. E, sim, "aconteceu uma cagada", como você descreve de forma tão *elegante*. Mas isso não te faz ser menos talentosa.

— Minha peça foi bombardeada. — Ainda doía dizer isso, mesmo depois de todos esses anos. — Foi encerrada depois de uma semana. Os produtores perderam todo o dinheiro.

— Que droga, Cesca. Não foi culpa sua. A peça era boa, você sabe disso.

— Não importa. Se ninguém quis assistir, se todo mundo devolveu o ingresso, então talvez eu também não devesse me importar.

— As pessoas devolveram o ingresso porque o ator principal desapareceu. E isso também não foi culpa sua.

Não, não era culpa dela. Era culpa de Sam Carlton, o cretino bonito e talentoso.

— Eu deveria ter imaginado que era bom demais para ser verdade. Quer dizer, que tipo de homem deixa a cidade depois da noite de divulgação para a imprensa? Antes de a peça estrear?

Hugh deu de ombros.

— Eu sei que ele foi embora no momento errado, mas não foi pessoal.

Ela bateu a mão na mesa ao lado.

— É claro que foi pessoal. — Lágrimas marejaram seus olhos. — Tudo naquela peça foi pessoal. Eu escrevi aquelas palavras. E ele foi embora sem dizer nada, Hugh. Deixou todo mundo na mão na véspera da estreia. Então não me diga que não foi pessoal, porque foi.

— Você está sendo irracional.

Ela respirou fundo.

— Eu sei disso. Você deve pensar que eu sou uma idiota. E eu sei que não foi culpa dele o substituto ser péssimo e a peça ter sido cancelada. Mas, veja só, ele é incrivelmente bem-sucedido, e eu sou... Bem, eu sou eu.

Inclinando-se contra as almofadas, ela fechou os olhos. Lágrimas começaram a pinicar seus olhos.

— Aquela peça significava tudo pra mim — ela disse, com calma. — Era para ser uma homenagem à minha mãe. Eu queria mostrar para todo mundo como ela era maravilhosa e como sentíamos sua falta.

— Vai haver mais peças. Você tem talento.

— Não importa se eu tenho talento ou não — Cesca respondeu. — Não consegui escrever uma única palavra desde então.

Hugh estremeceu.

— Você tem um dom, Cesca. Isso não pode ser desperdiçado.

— Você não acha que eu tentei? — ela perguntou, lembrando todos aqueles dias passados na frente do computador, a tela em branco zombando dela enquanto seus pensamentos se transformavam em poeira. Não era só um bloqueio de escrita; estava mais para um paredão. — Toda vez que eu tento digitar, não sai nada. Aquilo me matou.

— Sabe, Winston Churchill disse que o sucesso vem de fracassar várias vezes sem perder o entusiasmo. Alguma coisa assim. Cadê o seu entusiasmo? — Hugh exigiu.

Cesca suspirou.

— A parte dos fracassos eu consegui direitinho. O sucesso é que é ilusório.

— Você não vai encontrá-lo em um café para gatos, vai? — Ele estremeceu. — Todo aquele pelo e as pessoas tomando café. Nojento.

Ela não tinha certeza se ele estava se referindo aos gatos ou ao café. Na opinião de Hugh, ambos eram impróprios, mas o café geralmente ganhava a parte mais raivosa do discurso.

— Não encontrei em nenhum lugar, tio Hugh. Procurei muito e nada. No fim das contas, só chego a uma conclusão: sou uma dramaturga de um sucesso só. E esse sucesso nem foi bom.

— Tudo isso é bobagem, e você sabe. Meu Deus, Cesca, você ganhou uma competição nacional aos dezoito anos com uma peça que os jurados descreveram como brilhante. Não se consegue esse tipo de elogio a menos que você seja extremamente talentoso, e você sabe disso.

Ela não queria pensar naquela época. Por alguns meses, Cesca passara por uma onda de animação, só para que tudo despencasse a seu redor. Estava no último ano da escola quando entrou na competição, absolutamente certa de que sua peça terminaria em último. Ganhar o prêmio de Peça do Ano na categoria Estreante e depois ser escolhida para ser produzida foi um sonho que se tornou realidade.

— Talento não significa nada.

— Então você vai desistir?

— Tenho que aceitar que escrever não está no meu destino. Então, vou continuar tentando esses trabalhos até que alguma coisa legal apareça.

— Nada legal vai aparecer. — Hugh se levantou e caminhou até a lareira. Ele pegou uma fotografia, segurando o porta-retratos de prata entre os dedos. Cesca reconheceu a foto da sua mãe, de pé no palco, segurando buquês de rosas depois de uma noite de estreia espetacular.

— Olhe para a sua mãe. O teatro está no seu sangue. Passou dela para você. Pode fingir que não é exatamente isso que você quer, mas essa vontade não vai desaparecer. A sua mãe nasceu para atuar e fez isso maravilhosamente bem. Você nasceu para escrever, e, quando escreveu a sua primeira peça, foi incrível. Foi premiada. Não deixe que as ações de um jovem imaturo te impeçam de alcançar o seu potencial.

Havia uma verdade nas palavras de Hugh que levou as lágrimas de volta aos olhos de Cesca. De todas as irmãs, foi ela que amou o teatro desde o momento em que nasceu. Foi ela que implorou desde criança para se sentar na coxia e assistir à mãe atuando no palco. Havia sido fisgada no momento em que sentira o cheiro da maquiagem dos atores e dos figurinos bolorentos.

— Não posso fazer isso. Eu juro que tentei. Mas, toda vez que faço, ouço umas vozes me dizendo que sou uma inútil, que estou mentindo para mim. Que o Sam Carlton ter ido embora para Hollywood foi uma bênção, porque ser roteirista não é para mim.

Hugh se sentou ao lado dela, e seus joelhos se encostaram quando ele se curvou.

— Nós dois sabemos que isso não é verdade. Você só precisa de espaço e de um pouco de tempo. Precisa de um lugar onde possa pensar, respirar e deixar as palavras fluírem.

Ela riu.

— Isso não é possível em Londres. — Pelo menos não onde ela morava, cercada por Susie e seus namorados casados. Respirar já era difícil, que dirá processar os pensamentos.

— Talvez você devesse escapar daqui.

Cesca sorriu com carinho.

— Para onde? Não posso nem pagar o aluguel da semana que vem. Não tenho como arranjar dinheiro para tirar férias.

— Eu te daria o dinheiro.

Lá estava de novo. Ela ficou tensa no mesmo instante.

— Não. Não, obrigada. Eu sei que você quer o melhor pra mim, mas eu pago as minhas contas.

— E se houvesse outro jeito? — Hugh perguntou, de repente soando muito espertalhão. — E se tivesse alguma coisa barata para você fazer? Eu poderia te emprestar o dinheiro e você me pagaria depois.

— A menos que fosse extremamente barato, eu jamais poderia te pagar. É como o meu xará disse: "Nem um devedor nem um credor sejas".

Hugh sorriu com a referência a Shakespeare.

— Então vamos cuidar para que seja extremamente barato. Além disso, com o trabalho maravilhoso que você vai fazer, vai conseguir me pagar rapidinho. — Ele se recostou no sofá e esfregou o queixo por um momento, pensativo. Então se endireitou e apertou os dedos. — Já sei!

— O quê?

Ele ignorou a pergunta.

— Fique aí. Eu só preciso dar um telefonema. — Então se levantou e colocou a xícara sobre a mesa ao seu lado.

— Não tenho nenhum lugar para ir — ela respondeu, enquanto ele seguia para a cozinha.

Cinco minutos depois, ele estava de volta com um grande sorriso no rosto.

— Você está parecendo um gato que roubou o leite — ela disse, estremecendo com a própria piada.

Ele riu alto.

— Acabei de falar com alguns velhos amigos. Eu tinha ouvido dizer que eles estavam com dificuldade para arranjar um caseiro para a *villa* na Itália.

Cesca arqueou uma sobrancelha.

— Hum, que conveniente.

— Não me olhe assim — Hugh a repreendeu. — Não estou inventando nem tramando nada. Foi uma simples e feliz coincidência. Um casal mora e cuida do local, mas os dois querem viajar por algumas semanas e precisam de alguém de confiança para ficar na casa. Você não vai ter que fazer muita coisa, só ficar de olho no lugar, então vai sobrar muito tempo para escrever. Além disso, se você concordar, eles pagam suas despesas com passagem e alimentação enquanto estiver lá.

Dizer que ela não podia acreditar naquilo nem começaria a descrever.

— E onde fica essa *villa* que precisa de uma fracassada para tomar conta? — perguntou.

— Fica no lago de Como, nos arredores de uma cidadezinha linda chamada Varenna. A Villa Palladino, que é onde você vai ficar, está na família deles há séculos. Eu já estive lá, é absolutamente fantástico. Além disso, é isolada e silenciosa, ninguém vai te interromper. Você pode respirar o ar do lago, fazer muitos passeios, pode até deitar na praia, se quiser. — Ele fez uma pausa, encarando-a novamente. — Ou você pode escrever.

Cesca estava tão dividida que quase doía. Parte dela queria se levantar e começar a pular, mostrando alguma emoção e agradecendo ao tio por salvar sua vida. O outro lado — a Cesca que vinha conduzindo o show nos últimos seis anos — estava dizendo que era bom demais para ser verdade, que coisas assim não aconteciam com ela. Que aquilo ia acabar mal e ela ia decepcionar o padrinho mais uma vez.

— Não consigo manter nenhum emprego — Cesca sussurrou. — Então, o que te faz pensar que eu posso fazer isso?

— Eu sei que pode — Hugh respondeu —, porque não tem nada a fazer a não ser escrever e colocar a cabeça no lugar. É o que você deveria ter feito há anos, depois que a peça foi cancelada. Eu deveria ter insistido. Em vez disso, você se entregou a essa queda em espiral e está girando tão rápido que ninguém consegue te parar.

Era impossível ignorar a verdade nas palavras dele, e Cesca não se deu o trabalho de tentar.

— Se eu for — ela disse com hesitação, ainda sem conseguir concordar —, vou precisar resolver algumas coisas. Tipo passaporte e roupas. Além disso, preciso descobrir o que é que eu vou escrever.

Hugh abriu um sorriso radiante.

— Essas coisas são fáceis. Nós podemos organizar tudo imediatamente. Conseguir fazer você concordar é a parte complicada.

— Você tem uma foto da *villa*? — Cesca perguntou. — Qual é o tamanho dela?

Hugh deu de ombros, olhando ao longe.

— Ah, é média. Acho que eu não tenho nenhuma foto. São pessoas muito discretas. Tem quartos suficientes para você não dar de cara com o casal que cuida da casa enquanto eles estiverem lá, mas não é tão grande a ponto de você ficar sobrecarregada depois que eles viajarem. — Sentindo sua relutância, ele estendeu o braço para ela. — Dê uma chance. Faça isso por mim, pelo seu pai... Deus, faça isso pela sua mãe, se você precisar, mas pegue um avião e vá para a Itália. Se você odiar, eu falo com os meus amigos e nós podemos repensar.

— Não sei...

— Pare de pensar e apenas diga sim — Hugh falou. — Veja isso como o fundo do poço, e agora você tem a chance de começar a subida de volta.

Ele estava certo; ela sabia que estava. Era loucura quão pouco ela tinha a perder. Há um ponto na vida em que ou você aceita que as coisas nunca vão melhorar, ou assume a direção e realmente começa a pensar para onde está indo. Sentada ali, naquele apartamento em Londres, Cesca percebeu que esse era o momento para ela.

Ela poderia ignorá-lo? Poderia suportar se afastar e só olhar para trás, cheia de arrependimento? Ela já tinha o bastante para a vida toda.

— Tudo bem, eu vou — disse, fazendo Hugh soltar um suspiro aliviado. — Vou para a Itália, cuidar da droga dessa casa e tentar fazer algumas mudanças na minha vida.

Hugh a puxou para um abraço pouco usual. Aturdida, Cesca retribuiu, colocando as mãos nas costas do tio e sentindo os ossos dele pressionarem seu corpo magro.

— Muito bem — ele sussurrou. — Estou tão orgulhoso de você.

Suas palavras a tocaram e a fizeram se sentir melancólica. Havia um tempo em que ela também se orgulhava de si mesma. Se ao menos pudesse se sentir assim de novo.

— Quando você vai? — seu pai perguntou, olhando-a por cima da xícara.

— Amanhã — Cesca respondeu. — Pego o voo em Heathrow de manhã. — Ela olhou ao redor da cozinha. As paredes estavam em mau estado, a pintura desaparecendo do reboco. Havia vários pratos sujos empilhados na pia. Era realmente louco. A casa valia muito dinheiro, mas Oliver a negligenciara por anos, mais interessado em estudar insetos que em preservar a decoração interior.

Ela sentiu uma pontada de ansiedade por deixar o pai sozinho. Embora ainda fosse um homem bem bonito, sentado à sua frente na mesa da cozinha, ele parecia mais frágil do que ela se lembrava. Mais velho.

— Avisou suas irmãs de que vai viajar? — ele perguntou.

— Falei com elas hoje de manhã. Pelo Skype.

— Aquela coisa de vídeo por telefone? — Oliver questionou, balançando a cabeça. — É incrível que vocês possam se ver, mesmo estando espalhadas por toda parte.

Cesca sorriu com suavidade. Ela nunca se acostumaria a se sentar naquela cozinha sem elas. O lugar guardava tantas lembranças.

Lucy tentando desesperadamente embalar o almoço delas para a escola, Juliet desenhando na velha mesa de madeira. Kitty colada na antiga televisão, empoleirada no balcão da cozinha. Parecia tão quieto agora. Quando eram crianças, a casa era cheia de vida. As irmãs Shakespeare eram vibrantes e barulhentas. Agora, tudo o que restava eram os fantasmas do passado.

Ela quase podia ver a mãe ali também. Glamorosa como de costume, se inclinando para beijar cada uma delas antes de sair para o teatro. Ela sempre teve um cheiro delicioso, como um buquê de flores. Às vezes Cesca sentia aquele perfume e todas as lembranças voltavam.

— Você vai ficar bem enquanto eu estiver fora? — perguntou ao pai.

— Claro que vou. Tenho o trabalho para me manter ocupado. Além disso, o Hugh ligou me convidando para jantar. Ah, e a Lucy provavelmente vai vir de Edimburgo em algum momento.

Graças a Deus por Lucy. A irmã mais velha sempre parecia ter tudo sob controle.

— Vou tentar te ligar — ela disse.

Ele acenou com a mão.

— Provavelmente eu não vou atender. E ainda não consigo me entender com a secretária eletrônica. Por que não me manda um cartão-postal?

— Posso fazer isso.

Ele estava olhando para as palavras cruzadas, com a caneta na boca. Ela perdeu sua atenção de novo.

— Pai, você vai se cuidar, não vai? — perguntou, ciente da ironia de suas palavras. — Você precisa comer direito.

Tirando a caneta da boca, ele rabiscou uma resposta.

— Eu sempre como direito. Embora não tão bem quanto você, espero. A Itália tem uma comida maravilhosa. — Finalmente ele olhou para ela. — O que você vai fazer lá mesmo?

Ela suspirou.

— Como eu te disse, vou cuidar de uma *villa*. E vou tentar escrever de novo.

Pela primeira vez, seu rosto se iluminou com interesse.

— Uma peça de teatro? — perguntou.

— Se eu conseguir. Estou um pouco enferrujada. — O eufemismo do ano.

— É uma notícia maravilhosa. Sua mãe ficaria tão orgulhosa. Ela sempre sonhou que uma das filhas fizesse carreira no teatro.

— Eu sei. — Cesca olhou para baixo. — Mas acho que ela não ficaria orgulhosa. Acabei sendo uma decepção.

— Claro que não. — Oliver sacudiu a cabeça. — Todas vocês se saíram muito bem. Não foi fácil para nenhuma de vocês depois que a Milly... — Ele parou de falar e as lágrimas brotaram em seus olhos. — Enfim, faça o seu melhor. Isso é tudo que você pode fazer.

Por um momento, ela pensou que o pai iria se abrir. Mas então o viu se fechar novamente. Ele continuou fazendo as palavras cruzadas enquanto ela terminava a xícara de chá.

Ele estava certo, porém. A única coisa que ela podia fazer era dar o seu melhor. Mas seria o suficiente?

3

Eu estava em um lugar melhor;
mas os viajantes devem se contentar.

— *Do jeito que você gosta*

O sol da Itália atravessava as enormes janelas de vidro do aeroporto, como se estivesse ali para recebê-la. Cesca aproveitou o calor, tentou descobrir qual grupo de pessoas seguir e entender as palavras estrangeiras nas placas.

Tudo parecia melhor em italiano. Palavras como *imbarchi*, *attenzione* e *partenza* pareciam deslizar na língua como mel. Infelizmente, ela não compreendia nenhuma delas, nem mesmo quando, finalmente, localizou seu guia e começou a folheá-lo, esperando que houvesse um mapa do aeroporto em algum lugar. Foi quando olhou novamente e viu que todas as placas tinham a tradução em inglês. Estúpida? Imagine.

Quando chegou à área onde ficavam as esteiras de retirada de bagagem, sua mala era a única no local. Uma mala de couro vermelha surrada que dava voltas, em círculos, abandonada e sozinha. Cesca a ergueu pela alça, levando-a para um carrinho e resmungando pelo fato de que a mala era tão velha que não tinha as alças e rodinhas das bagagens mais modernas.

Seu estômago se contraiu de ansiedade enquanto entrava no salão de desembarque. Estava cheio de pessoas esperando por seus entes queridos e motoristas segurando cartazes de papelão com nomes escritos. O aeroporto de Milão era um dos mais movimentados da Itália, atendendo à cidade e à região dos lagos, que recebia muitos turistas. O dia de hoje era uma prova disso. Ela parou e olhou em volta, se perguntando se deveria tentar encontrar um telefone público e ligar para Hugh.

— Srta. Shakespeare? — uma voz profunda soou a sua esquerda. Ela se virou e viu um homem alto ao seu lado.

— Sou eu. — Ela sorriu. O sujeito parecia ter uns trinta anos, talvez um pouco mais. Também não parecia perdido. Isso, por si só, era um pequeno milagre.

— Meu nome é Alessandro Martinelli, e esta é a minha esposa, Gabriella. Estamos aqui para levá-la até a Villa Palladino.

Uma morena baixinha deu um passo à frente, radiante.

— Eu sou a Gabi, e você pode chamá-lo de Sandro. Estou tão feliz por você estar aqui. — Ela envolveu Cesca em um abraço apertado, tirando seu fôlego. Para uma mulher pequena, Gabi era muito forte.

— É um prazer conhecer vocês — Cesca respondeu. — E estou muito feliz por falarem inglês. Meu italiano é uma porcaria, me desculpem.

Gabi acenou com a mão.

— Não se preocupe, você vai melhorar o italiano enquanto estiver aqui. E a maioria das pessoas na região do lago fala inglês, é tipo o nosso segundo idioma.

— Ainda assim, eu deveria pelo menos tentar — Cesca respondeu. — Quando em Roma... você sabe.

Gabi franziu a testa.

— Aqui não é Roma. É Milão.

Cesca riu. A mulher devia pensar que ela era louca.

— Não, esse é um ditado que nós temos no meu idioma. Quando em Roma, faça como os romanos. Significa que, quando você está em um país diferente, deve adotar os costumes locais.

— Bem, eu concordo com isso. — Sandro pegou o carrinho de Cesca. — Mas vamos te dar alguns dias antes de cobrar que você fale italiano fluente.

Gabi deu um tapa bem-humorado no braço do marido.

— Pare. Ela está aqui para nos fazer um favor. Nós temos que ser gentis. — Então segurou a mão de Cesca e a puxou, seguindo Sandro até a saída. — Estou tão contente por você ter conseguido vir. Não imagina o alívio que foi para nós. A irmã do Sandro vai ter um bebê no fim do mês e não tem ninguém para ajudá-la. Eles são órfãos, sabe? Então vamos para Florença para cuidar dela, mas não podemos deixar a *villa* sozinha.

Cesca não estava acostumada a ouvir alguém contar tanta coisa em tão pouco tempo depois de conhecê-la. No entanto, havia algo tão inocente em Gabi, tão envolvente, que ela não podia deixar de participar da conversa.

— Um bebê, que maravilhoso! — disse, quando saíram do aeroporto e respiraram o ar de Milão. — Já sabem se é menino ou menina?

— Menino — Sandro disse, ao mesmo tempo em que Gabi respondeu:

— É uma menina.

Cesca riu dos dois.

— É menino, e ela vai dar o meu nome a ele. — Sandro parecia orgulhoso.

— Nós não sabemos o sexo — Gabi sussurrou para Cesca. — Mas a irmã dele e eu achamos que é menina.

— Então ela tem que se chamar Alessandra — Cesca respondeu. — É tão bonito quanto Sandro.

Eles chegaram ao carro: um belo e antigo Fiat 500 com pintura azul perfeita e acabamento cromado. Sandro abriu o porta-malas e enfiou a bagagem no pequeno espaço.

— Acho que vai ficar muito apertado — falou. — É um carro bom, muito eficiente, mas não tem muito espaço.

Cesca deu de ombros.

— Sem problemas. Eu sou pequena. — Ela olhou para si. Como Gabi, ela tinha em torno de um metro e cinquenta e dois, com uma cintura muito fina e curvas esbeltas. Enquanto crescia, se sentia uma anã ao lado das irmãs.

A viagem a Varenna demorou pouco mais de uma hora, saindo da cidade e indo para leste na estrada principal. Passaram por belíssimos campos verdes e locais em construção cheios de poeira. De vez em quando, atravessavam *villas* encantadoras, com prédios altos e antigos e jardins muito verdes. Gabi falava o tempo todo, em um inglês quase perfeito, contando a Cesca algumas histórias da região, falando sobre a beleza de Varenna e que ela iria adorar a *villa*. Quando chegaram às montanhas que cercavam o lago de Como, Cesca estava ansiosa para ver todas as paisagens que Gabi descrevera. Ela olhou para o penhasco coberto de árvores e para o lago cristalino logo abaixo, se perguntando como seria acordar com uma vista desse tipo todos os dias.

Estava prestes a descobrir.

— Claro, a casa é muito bem cuidada. O *signor* e a *signora* Carlton visitam a propriedade todo ano e estão sempre fazendo reformas. Mas a *signora* Carlton também gosta de manter a história do lugar. É muito elegante.

— Quem? — Cesca franziu a testa.

— Os proprietários, *signor* e *signora* Carlton — Gabi respondeu, com paciência. — Nossos chefes.

— Pensei que a *villa* fosse propriedade de uma antiga família italiana. O Hugh, meu padrinho, disse que estava na mesma família há gerações.

— Claro — Gabi concordou. — O sobrenome de solteira da *signora* Carlton é Palladino. Ela cresceu na *villa*. O romance deles foi como um conto de fadas. Ela estudava em Nova York, e ele era produtor da Broadway. Os dois se apaixonaram e se casaram em um mês. Agora eles têm três filhos lindos.

— É mesmo? — Cesca respondeu num sussurro. Uma terrível sensação estava começando a atingi-la. — Como se chamam?

— Bem, você já deve ter ouvido falar do mais velho, Sam. Ele é um ator famoso. Depois vêm Sienna e Isabella, as meninas. A Sienna tem dezesseis anos, e a Izzy, dezoito.

— Sam Carlton — Cesca repetiu, com o peito apertado. Ela ia matar Hugh. — Já ouvi falar. Acho que ele é superestimado.

Gabi lhe lançou um olhar afiado.

— Ele não é só talentoso, mas muito gentil também. Passa bastante tempo conosco sempre que vem para cá. Não que ele venha com frequência — Sandro acrescentou, seus olhos treinados na estrada. — Ele é muito ocupado com a carreira no cinema para isso. Agora a Gabi tem que se contentar em tietá-lo e adorá-lo de longe.

— Não sou tiete — Gabi retrucou. — Só acho que ele é um bom ator.

— Um ator bonito — Sandro acrescentou, sorrindo com malícia. — Eu sei o que você está pensando.

Gabi voltou a falar em italiano, soltando um fluxo de palavras que Cesca não conseguiu entender. Suas frases saíam em disparos, como projéteis. Cesca se recostou no banco de trás, deixando Sandro e Gabi discutirem acaloradamente. Até a discussão entre eles parecia bonita, graças ao idioma.

Ela fechou os olhos, deixando o sol da tarde tocar seu rosto. Assim que chegassem à *villa*, ia encontrar uma forma de ligar para Hugh e providenciar um voo para casa. De forma alguma ia dormir na casa de um Carlton. Além disso, precisava voltar para Londres a fim de dar uma boa bronca em Hugh cara a cara.

Cesca olhou para o relógio. Fazia duas horas que havia desembarcado em Milão e não estava planejando ficar no país por mais tempo que o necessário. Se as coisas saíssem conforme sua vontade, estaria em um avião dentro de algumas horas.

Essa estava se tornando uma viagem e tanto.

Quando Sandro guiou o Fiat até os portões, Cesca tirou um momento para observar a suntuosidade da Villa Palladino. A casa era cercada por paredes altas de estuque, com primaveras caindo do alto como se estivessem tentando escapar para a estrada. O caminho era bloqueado por portões de ferro forjado, e ela podia ver que levavam a uma entrada cercada de pinheiros. Elegantes, as finas sempre-vivas balançavam suavemente ao vento, dançando uma música silenciosa. Era de tirar o fôlego. Por um momento, Cesca sentiu uma pontada de arrependimento por não poder ficar e apreciar toda aquela beleza. Mas então lembrou quem era o dono, ou melhor, quem era o filho do dono, e sua determinação se renovou.

— Tem um telefone que eu possa usar? — perguntou. — Meu celular não tem cobertura fora da Inglaterra. — Ela não podia pagar as tarifas de roaming. Era melhor caminhar até a cidade uma vez por semana e encontrar um café com internet ou telefone público. Pelo menos assim ela podia manter o controle sobre suas despesas.

Sandro balançou a cabeça.

— Infelizmente não. A *signora* Carlton insiste que a família fique isolada quando vêm para cá. Não temos telefone nem wi-fi, e as redes de celular mal chegam até aqui. — Ele tirou o próprio telefone do bolso. — Eu tenho que ir até Varenna para conseguir sinal. Ficaria feliz em te emprestar.

— Não precisa, obrigada. Se eu tiver que ir à cidade, posso ligar de um telefone público. — Provavelmente era melhor ter privacidade para falar o que queria ao padrinho. — Mas tenho que admitir que estou surpresa por não existir conexão aqui, com um trabalho tão importante quanto o do sr. Carlton. — Cesca franziu a testa. Foster Carlton, o pai de Sam, era diretor do National Theatre de Londres havia anos. A comunidade artística ficou muito abalada quando o americano impetuoso foi escolhido para uma posição tão cheia de prestígio, mas ele assumiu o teatro com muita dedicação.

— É por isso que a esposa dele insiste em reclusão completa quando eles vêm para cá. Ela é conhecida por jogar o telefone no lago caso ele nao desligue. — Gabi se virou para ela e sorriu. — Ela é tão intensa quanto ele.

A boca de Cesca ficou seca de repente.

— À tarde eu vou precisar ir até a cidade — ela disse a Gabi. — Tenho algumas ligações para fazer. — E uma passagem aérea para comprar. De alguma forma, ela também teria que arrumar dinheiro para isso.

— Claro — Gabi concordou, sorrindo. — Nós podemos ir juntas. Vai ser um prazer te mostrar os arredores.

O interior da *villa* era tão fascinante quanto a parte de fora. O piso era de madeira polida, e as paredes, pintadas no tom de creme mais claro. Vigas escuras cruzavam o teto, e os cômodos estavam cheios de plantas verdes exuberantes. Os móveis bonitos refletiam o gosto impecável dos proprietários. Gabi levou Cesca de um cômodo a outro, mantendo uma conversa constante, contando a ela sobre a equipe de limpeza, jardineiros e onde ficavam os principais fusíveis elétricos, em caso de emergência.

Cesca mal ouvia, pois tinha sido arrebatada pela beleza da *villa*. Era um contraste e tanto com seu apartamento compartilhado, que tinha o tapete rasgado e mesas que não combinavam, em Londres. Ela saíra de lá esta manhã, carregando uma única mala, e de alguma forma acabou indo parar ali. O fato de não poder ficar era uma espécie de piada cruel. Quem não se inspiraria com tanta beleza?

Quando entraram na sala de estar, Cesca viu que Gabi guardou o melhor para o final. O espaço em si era suficientemente impressionante, com tetos e portas de vidro abobadados que levavam ao jardim, mas era a vista que a fazia ofegar. Um terraço pavimentado, cercado por arbustos esculpidos, conduzia a um gramado bem conservado e em declive para o próximo nível. Depois, havia canteiros de flores cheios de gerânios e pelargônios, com cores que eram uma festa para os olhos. Um caminho de grama sinuoso seguia por um pequeno labirinto coberto e terminava em um lago cristalino mais adiante. Embora não conseguisse vê-lo, Cesca sabia, pelas orientações de Hugh, que havia uma pequena praia entre o jardim e o lago. Pensar no sol aquecendo a areia a deixou animada.

— É lindo — ela sussurrou, tanto para si mesma quanto para Gabi.

— É — a moça concordou. — O Sandro e eu temos sorte por ter esse emprego. Somos muito gratos por ter chefes tão amáveis quanto o *signor* e a *signora* Carlton. Eles foram muito legais conosco, especialmente agora que a irmã do Sandro precisa dele. — Ela baixou a voz. — A maioria não nos deixaria sair no auge do verão. Mas eles foram gentis o suficiente para nos encontrar um anjo, você, para que possamos viajar.

Era quase impossível ignorar a forma como seu estômago se contraiu. Cesca tentou, mesmo assim. Tudo bem, os Carlton poderiam facilmente encontrar outra pessoa para cuidar da casa. Ficar no lago de Como de graça não era o pior dos empregos.

— Tem sido muito difícil para os Carlton desde que o filho ficou famoso — Gabi continuou. — Este é o único lugar onde eles conseguem ficar sem estar cercados pelos paparazzi. Eles valorizam tanto o isolamento quanto a privacidade. É difícil para eles confiar em alguém. É por isso que ficaram muito felizes em encontrar você. Disseram que você foi recomendada por um grande amigo. Para eles, saber que você não está aqui simplesmente porque são famosos significa muito.

Afastando os olhos da paisagem, Cesca forçou um sorriso. Em poucas horas, ela iria embora e esse seria problema de outra pessoa.

Mas isso não impediu que ela se sentisse culpada.

— Você mentiu para mim. — Sua voz soou petulante, ela sabia, mas Cesca não podia evitar. Encostou a cabeça na porta de vidro da cabine telefônica, esperando a resposta de Hugh. Ele poderia ser um pouco mais rápido, pois a ligação ia custar uma fortuna.

— Eu só omiti a verdade, e foi para o seu próprio bem. Enfrente o passado de cabeça erguida e tudo o mais. Eu sabia que você não iria de jeito nenhum se soubesse quem era o dono da casa.

— Com certeza eu não teria vindo. E agora estou em uma situação complicada. Sabia que o casal que cuida da propriedade vai viajar na semana que vem para ajudar uma parente que vai ter bebê? E que eles pensam que eu sou um anjo que veio resgatá-los?

Hugh riu e fez Cesca querer jogar o telefone longe. Se o aparelho não estivesse preso à cabine, teria jogado.

— Isso porque você *é* um anjo. Não pode desistir do destino e simplesmente deixar as coisas acontecerem? Pense assim: os Carlton te devem alguma coisa depois do que o filho deles fez. Pense nisso como retribuição.

— Hugh! De jeito nenhum eu posso ficar naquela casa. E se eu tiver que falar com eles? Ah, meu Deus, e se eles aparecerem enquanto estou aqui?

— Eles vão ficar em Paris o verão inteiro, pensei que tinha te falado isso. O Foster é diretor interino em um teatro de lá. Não tem chance de eles viajarem para a Itália. Por isso precisavam de alguém para cuidar da casa.

— Todos eles? — Cesca perguntou, de forma ameaçadora.

— Todos — Hugh confirmou. — A Lucia e as meninas estão passando o verão com o Foster, e acho que o filho está filmando em Los Angeles. — Ela notou que o padrinho tomou muito cuidado para não pronunciar o nome de Sam.

— Ainda assim, não posso ficar aqui. Você vai ter que dizer a eles que eu vou embora. Estou planejando ir a um cybercafé para procurar um voo para casa.

Houve um momento de silêncio. Cesca olhou para a praça em frente à cabine telefônica. Gabi e Sandro tinham se acomodado em uma mesa, em um dos cafés, e conversavam com a garçonete. Outra pontada de culpa a atingiu.

— E se eu te garantir que não vai haver nenhum visitante? — Hugh perguntou. — Você viu o lugar, é completamente isolado. É lindo. Perfeito para você, minha querida.

Cesca acrescentou ingratidão a sua lista de pecados.

— Seria perfeito — ela concordou —, se não fosse pelos donos.

— Eles nunca te fizeram nada. O Foster e a Lucia, não. E talvez seja o melhor lugar para você enterrar alguns dos seus demônios. Você pode respirar, escrever e até descobrir que as coisas podem ser boas ou ruins, tudo depende da sua perspectiva.

Da praça, Gabi chamou sua atenção e acenou como louca, com um enorme sorriso. Cesca só a conhecia havia poucas horas, mas as duas já haviam se entrosado. Quase como outra irmã — não que ela precisasse de mais uma. E agora ela ia arruinar os planos do casal.

Ela odiava muito isso.

Como se tivesse sentido sua determinação diminuir, Hugh caiu para matar.

— Por que você não fica uma semana e vê como se sente? Faça isso por mim. Se dê um pouco de tempo para processar tudo e me ligue na sexta que vem. Vou estar pronto para reservar a passagem de volta, se você quiser.

— Isso vai dar aos Carlton tempo suficiente para encontrar alguém para me substituir?

Hugh suspirou.

— Não tem como te substituir. Se você não ficar, o casal que cuida da casa não vai poder viajar. O único motivo pelo qual eles concordaram em deixá-los ir é porque no último minuto eu disse que você ficaria no lugar deles. Sinto muito, mas é isso. Se dê uma chance de dormir e pensar em tudo.

Não havia dúvida: ela estava entre a cruz e a espada, cada vez mais desconfortável. Cesca olhou para a praça, dividida entre gritar mais um pouco com Hugh e desligar para se juntar a seus novos amigos e tomar um café. O sol estava se pondo lentamente, lançando raios alaranjados no asfalto, e não havia mais nada que ela quisesse fazer além de sair e fingir ser turista por algumas horas.

Mas ela poderia fazer isso por Gabi e Sandro? Não tinha certeza se conseguiria permanecer naquela casa sem ficar ansiosa o tempo todo.

Respirando fundo, Cesca fechou os olhos. Não poderia ser a responsável por estragar os planos de Gabi e Sandro. Não depois de os dois terem sido tão gentis com ela.

— Tudo bem — disse, ciente de que estava concordando com coisas fora da sua zona de conforto desde que passara a noite na casa de Hugh. — Eu vou ficar. Mas esteja ciente de que vou te amaldiçoar todas as noites. Talvez até faça um boneco de vodu.

Ele riu de novo.

— Eu te aviso quando sentir dor. E você fez a escolha certa. É mais forte do que pensa; só dê uma chance a si mesma. Você vai se surpreender.

Cesca deu de ombros, mesmo sabendo que ele não conseguia vê-la. Havia lugares piores para estar do que em uma *villa* isolada à beira do lago de Como, e situações piores do que cuidar daquela casa durante o verão. Se ela tivesse um colapso nervoso, pelo menos seria com estilo.

Ela poderia escrever a respeito disso.

4

Não tendo nada, nada ele poderá perder.

— Henrique VI, parte III

Sam Carlton se recostou na cadeira, esfregando o rosto com as mãos. A barba de três dias arranhava sua pele. Ele não se dava o trabalho de se barbear desde que fora contatado pelo jornalista; não parecia valer a pena.

— Não entendo — ele disse, finalmente. — Qual seria a razão para ela ter vendido essa história?

Charles Dewitt cruzou os braços e inclinou a cabeça para o lado enquanto olhava para Sam. Eles se conheciam havia seis anos, desde que Sam se mudara para Hollywood e fora encaminhado para a Dewitt Artist Agency. Com uma oferta de filme já em mãos, Charles o pegara como cliente. Desde então, a carreira de Sam tinha crescido rapidamente, primeiro participando da franquia do filme *Brisa de verão* e depois nos principais papéis que apareceram após o sucesso inicial.

— Publicidade. — Charles deu de ombros. — Todo mundo quer, até Serena Sloane. Ela vai ter um lançamento em breve e precisa colocar o nome nos holofotes.

Sam podia sentir a agitação dentro dele.

— Mas essa história está cheia de mentiras. Eu não sabia que ela era casada. Ela me disse que tinha se separado. Essa matéria me faz parecer um babaca sacana.

Só a manchete foi suficiente para fazê-lo se sentir mal. "Serena Sloane: 'O sr. Bonzinho de Hollywood foi um safado na cama. E eu adorei!'"

— Não podemos conseguir uma retratação? — Sam perguntou. — Mandar uma nota, processá-los ou algo assim? Talvez eu devesse chamar minha relações-públicas?

— Já liguei para a Melissa. Ela está cuidando do caso agora. Mas me diga, Sam. Por que você quer abafar os rumores?

Sam parecia decepcionado.

— Porque é constrangedor demais. Tudo o que ela disse que nós fizemos... metade não é verdade. E a outra metade eu preferiria que ninguém soubesse. Sabia que estão me chamando de "Britadeira"? Que espécie de apelido é esse? Já está no site do TMZ.

A boca de Charles se contraiu.

— Britadeira, hein? É um apelido muito bom, se é que você me entende.

Sam fechou os olhos, apertando a ponte do nariz entre o polegar e o indicador.

— Mas é completamente exagerado. A Serena e eu só tivemos alguns encontros, e até onde eu sabia ela estava solteira. Fomos mais amigos que qualquer outra coisa. A matéria está cheia de mentiras. — Ele suspirou. Sua cabeça estava começando a doer. Ele não havia dormido na noite passada, ocupado lendo todos os sites que conseguiu encontrar, pesquisando seu próprio nome para descobrir o pior. Tudo aquilo que Charles dissera que ele nunca deveria fazer.

— Que parte você quer que a gente diga que não é verdade? — Charles perguntou. — A parte em que ela te chama de animal na cama, ou a descrição de você como pegador?

— Eu deveria ficar lisonjeado? — Sam revirou os olhos. — Isso tudo é muito constrangedor.

Charles ergueu uma sobrancelha grisalha. Sendo vinte anos mais velho que Sam, sem dúvida ele já tinha visto de tudo. Morador de Hollywood e profissional experiente, enquanto Sam ainda era um iniciante, Charles raramente se sentia perturbado por alguma coisa.

— Mas você sabia que ela era casada. É uma informação conhecida por aqui.

— Achei que você ficaria do meu lado! Pra mim eles estavam separados. Não posso nem sair do meu apartamento sem que as pessoas riam da minha cara. Não consigo escapar disso. E quando os meus pais descobrirem? Meu Deus, não vou nem conseguir encará-los.

— Espere algumas semanas e isso vai desaparecer. Outra pessoa vai fazer alguma coisa estúpida e você vai ser notícia velha.

— Ah, muito obrigado.

Charles deu de ombros.

— O que você quer que eu diga? Eu sou seu agente. No que me diz respeito, toda publicidade é boa. Você vai ter que aguentar um pouco de gozação, e daí? Pode ser bom para você.

Sam suspirou alto.

— Você leu a matéria? É muito explícita, fala de tudo. Como você se sentiria se todo mundo conhecesse as medidas exatas da sua anatomia? Tem coisas que ninguém precisa saber, especialmente a sua família.

— Você quer dizer as excentricidades sexuais? Eles vão superar. Peça para eles não lerem.

Sam balançou a cabeça.

— Eu não vou falar com eles sobre isso. — Só a ideia fazia seu sangue gelar. Ele supôs que a mãe chamaria sua atenção, com seu dramático sotaque italiano, repreendendo-o por ser tão burro e por se envolver com uma mulher que não o merecia.

Seu pai, bem, era um caso à parte. Não que Sam pensasse nele como pai. Foster Carlton não ligava para ele. Não importava o que Sam fizesse, nunca era o suficiente para ganhar o respeito daquele homem, e isso certamente não o faria mudar de ideia.

— Olha, Sam, eu sei que isso tudo foi um choque, mas você precisa ver as coisas de uma perspectiva diferente. Você vem dizendo que está cansado dos papéis que tem feito, que deseja alguma coisa diferente dos mocinhos que sempre interpreta. Eis aí a sua chance. Você precisa aproveitar. Dê a cara a tapa, seja honesto e deixe o público ver um lado seu diferente. Garanto que você vai ser chamado para alguns papéis interessantes depois disso.

— Ou a minha carreira vai sofrer uma morte lenta e miserável.

— Isso não vai acontecer. Você é bom demais para isso. Ninguém é indicado ao Oscar a menos que tenha talento, e você tem, Sam. É muito bom, nós dois sabemos disso. É hora de redirecionar a sua carreira.

Era estranho que Charles estivesse tão tranquilo com todos aqueles acontecimentos. Sam o encarou, se perguntando por que seu agente estava tão imperturbável. Afinal, sua carreira havia sido construída em cima da imagem de bom moço. Mesmo que Sam se queixasse dos papéis que recebia por consequência disso.

— Você sabia dessa história? — perguntou, desconfiado. — Você está muito calmo. O jornalista te ligou para contar?

Charles deu de ombros.

— Estou vendo a revista pela primeira vez.

Sua resposta não fez nada para aliviar as dúvidas de Sam.

— Você sabia, não é? Tinha que saber. Afinal, foi você quem me apresentou à Serena. — Eles haviam se conhecido seis meses antes, em uma das festas de Charles, em sua casa de Beverly Hills. Os dois se deram bem no mesmo instante, e Sam acabou levando Serena para casa. O resto era história. O tipo de história que todos em Los Angeles conheceriam assim que lessem as manchetes. Outro pensamento atingiu Sam. — Você sabia que ela não estava separada?

— É claro que eu sabia. Ela é minha cliente. Mas quem sou eu para julgar?

— Você poderia ter me contado! — Sam ficou indignado. — Ter me dado uma chance antes que eu terminasse nas bancas de jornais. Você devia saber que isso ia acabar assim, comigo parecendo um idiota.

— Você está exagerando — Charles disse. — Isso só vai te trazer mais credibilidade. Você vai ficar conhecido como pegador. As mulheres vão querer ir para a cama com você, e os caras vão querer ser você. Sam "Britadeira" Carlton. Tem um certo apelo nisso, concorda?

Havia algo tão ensaiado em sua resposta que Sam imediatamente sentiu as costas endurecerem.

— A Serena te avisou que ia vender a história?

Pela primeira vez, Charles pareceu desconfortável. Ele se mexeu na cadeira, sem encontrar o olhar de Sam.

— Não posso discutir sobre os meus outros clientes. Você sabe disso, Sam.

— Então você sabia. — Ele engoliu em seco, tentando se livrar do gosto ruim na boca. — E não me avisou.

— Isso não é um grande problema. Eu sabia que você ia ficar bem. Isso vai ser ótimo para a sua carreira, Sam. Especialmente quando a próxima edição sair. Essa coisa sobre o seu pai vai ser dinamite.

Sam congelou ao ouvir a menção ao pai.

— O quê? — Ele balançou a cabeça, tentando diminuir o fluxo de sangue dos ouvidos. — Que coisa sobre o meu pai?

Charles ignorou sua expressão chocada.

— Isso vai mudar sua carreira, Sam. Primeiro nós mostramos você como um deus do sexo e depois revelamos o seu lado mais suave. As mulheres vão cair de joelhos por você, o cara arrasado de quem todas querem cuidar.

— Ela te falou que eu estava arrasado? — Sam não conseguiu ar suficiente nos pulmões. — Por que ela disse isso? — Ele se inclinou para a frente, batendo a mão na mesa. — O que foi que ela te contou?

— Agora tudo faz sentido — Charles continuou. — Eu nunca entendi por que você não queria falar sobre o seu pai nem usar as conexões dele. Mas agora eu sei... Meu Deus, você devia ter me contado antes. Não tem nada melhor que um escândalo para elevar sua carreira ao próximo nível.

Era quase impossível pensar direito. Sam nunca imaginara que seu agente usaria seus segredos contra ele.

— Eu falei da minha família para ela em segredo. É particular. Não quero que seja divulgado.

— Bem, é assim que as mulheres são. — Charles ainda estava sorrindo, indiferente. — Elas te levam para a cama, gastam o seu dinheiro e, quando o bicho pega, te passam para trás. Pergunte às minhas três ex-mulheres.

Uma veia se contraiu no pescoço de Sam com o pensamento de que a situação com sua família confusa se tornaria de conhecimento público.

— Ela prometeu que não ia contar nada. — Ele respirou, mas o ar não passava pelo nó na garganta. — Porra, que merda. A coisa do sexo já era ruim o suficiente, mas isso...

— Você está exagerando — Charles falou. — Olha, vai ser ótimo para você e para a Serena. Você me pediu para trabalhar a sua imagem, e é isso que estou fazendo. Relaxe, aproveite a fama.

— Há quanto tempo você sabe? — Sam estava determinado agora. Não ia deixar passar.

— O que você quer dizer?

Ele deveria ter imaginado que ia terminar assim. Seis anos em Hollywood o tinham ensinado a ficar atento. Mas Serena era uma atriz famosa, e, por alguma razão, Sam havia pensado que seria diferente. Eles só saíram algumas vezes, e, sim, em algumas delas acabaram na cama. Mas, no que dizia respeito a Sam, eram apenas bons amigos. Ou pelo menos haviam sido.

— Você armou isso pra mim?

Charles pareceu surpreso.

— O que te faz pensar assim?

Sam podia sentir a adrenalina nas veias.

— Isso tudo é um pouco conveniente demais. Nós tivemos uma reunião poucos dias antes da sua festa e conversamos sobre formas de conseguir papéis diferentes. Mais consistentes. Lembro de você dizer que eu precisava me livrar da imagem de cara bonzinho. — Quanto mais Sam falava, mais plausível tudo ficava. — Jesus. Você armou isso, não foi?

O agente sorriu.

— Espera aí, Sam...

— Você armou pra mim? — Sam estava quase de pé. — Eu sabia que esta cidade era podre, mas não pensei que você também fosse.

Charles ergueu as mãos em um gesto de rendição.

— Tudo bem! Sim, eu sugeri à Serena que vocês poderiam se conhecer melhor. Que poderia ser bom para ambas as carreiras. Ela está tentando desesperadamente conseguir publicidade, e você está tentando se redefinir. Por que não usar isso para se beneficiarem?

— Quem te deu o direito de resolver isso sem falar comigo? Você não pode tomar essas decisões sem a minha permissão.

— É assim que esta cidade funciona, você sabe disso. Eu sou seu agente, Sam, e, de muitas maneiras, também sou o administrador da sua carreira. Se você quiser mudar de direção, vai precisar fazer algumas escolhas difíceis, e não tenho certeza de que você faria isso sozinho. Eu estava te fazendo um favor. Quando as ofertas surgirem, posso garantir que você não vai ser tão puritano assim.

Charles estava falando sério? Talvez Sam quisesse parar de bancar o bom moço o tempo todo, mas isso não significava que quisesse ser manipulado. Ele tinha certeza absoluta de que a esta hora os pecados de Sam Carlton já eram o assunto do dia.

— Seu babaca. Você deveria trabalhar pra mim. Eu pago muito bem para ter esse privilégio. Eu confiei em você, Charles, e você me ferrou.

— Isso não é verdade, e você sabe. Acabei de construir a sua carreira. Um pequeno escândalo suculento faz milagre com o cachê.

O pulsar na cabeça de Sam aumentou, até ele sentir que estava prestes a explodir. Não havia o que discutir com Charles. Pelo sorriso satisfeito e a atitude presunçosa, ele sentia que estava fazendo um bom trabalho.

— Essa não é a carreira que eu quero — Sam falou. — E não é a carreira que eu vou ter. Meu advogado vai entrar em contato com você. Se essa matéria sobre a minha família se tornar pública, eu processo você e a Serena e tiro tudo o que vocês têm. — Ele se endireitou. — Da minha parte, esta conversa acabou. Assim como a nossa relação de trabalho. — Ele jogou a revista na mesa bagunçada de Charles. — Você está demitido.

Sam conseguiu despistar os paparazzi quando fez a curva com seu Lexus híbrido na entrada para o condomínio fechado. O segurança acenou, acostumado com a caravana da imprensa que sempre o seguia. Ele não era o único morador que atraía esse tipo de atenção. O condomínio de alto padrão, com segurança vinte e quatro horas, abrigava outros ricos e famosos.

Quando entrou no apartamento que dividia com seu amigo e colega de profissão Will Allen, Sam jogou as chaves na mesa de mármore lateral e entrou na cozinha. Abriu a geladeira e pegou uma cerveja. Assim que a porta se fechou, relanceou seu reflexo no cromo brilhante e recuou, estreitando os olhos.

Aquilo ficou sério a partir do momento que ele não conseguiu olhar para si mesmo. O mesmo rosto que fizera sua fama e fortuna agora estava estampado em todos os tabloides e sites de fofocas. E ele não suportava vê-lo.

Deitado no sofá, olhou pelas portas de vidro que levavam para a varanda. A vista era impressionante, capturando Hollywood Hills em toda a sua glória. Se ele se inclinasse para a esquerda, conseguiria um vislumbre do D branco que ficava no final do letreiro de Hollywood.

A letra parecia estar manchada.

Um bocado de cerveja não fez nada para acalmar seus nervos. Nem a luz vermelha piscando na secretária eletrônica e a vibração do celular no bolso. Não importava para onde ele se virasse, sua vida estava totalmente conectada; ele não conseguiria escapar dos jornalistas curiosos, mesmo que tentasse. E só de pensar no que Serena podia ter dito sobre seu pai...

— Ei! O que está fazendo em casa? Achei que você ia passar o dia em reuniões de contenção de crise. — Will jogou a jaqueta nas costas de uma cadeira e se inclinou para tirar os sapatos. — O seu agente teve alguma ideia brilhante?

— Não. — A resposta de Sam foi curta e grossa. Ele não se sentiu capaz de repassar os detalhes mais uma vez, exausto demais para isso. Will o conhecia havia tempo suficiente para não insistir. O amigo se abriria quando estivesse pronto.

Os dois tinham se conhecido no primeiro dia de aula na RADA, a Real Academia de Arte Dramática. Sam entrara nervoso, sentindo que só havia conseguido uma vaga no curso de atuação por influência do pai. Fora da sua zona de conforto, se mantivera no fundo da sala de aula e se tornara uma espécie de espectador em uma turma cheia de jovens extrovertidos. O instrutor pedira aos alunos que interpretassem pássaros que não podiam voar com inveja de aves que podiam.

— Quanta besteira — uma voz profunda soou à esquerda de Sam. — Achei que a gente ia ter que interpretar salgueiros-chorões. Ando praticando os movimentos do braço a semana toda.

Desde aquela manhã na escola de teatro, os dois se tornaram amigos, subindo nas classificações juntos até que, no último ano do curso, estavam disputando todos os papéis principais. Em matéria de performance, os dois tinham muitos admiradores, mas era sempre Will quem prometia chegar mais rápido ao estrelato. Foi uma surpresa para os dois que Sam tivesse sido o primeiro a conseguir.

— Hum... sua família ligou. — Will pareceu hesitante quando avisou. Mais que qualquer um, ele sabia da relação frágil entre Sam e Foster. — Deixaram recado na secretária eletrônica.

A menção aos pais foi o suficiente para fazer Sam se sentir enjoado. Fodam-se Charles e Serena Sloane. Duas cobras.

— Eles e mais um monte de gente. — Sam olhou para o telefone fixo mais uma vez. — Não importa. Não vai ser a primeira vez que eu deixo de retornar uma ligação do Foster.

— Não foi o seu pai. Foi a sua mãe. E a Izzy também ligou.

Sam gemeu. Suas irmãs o idolatravam, e ele as adorava também. A última coisa que queria era que elas ouvissem o que Serena Sloane tinha a dizer. Isso dividiria a família.

— Eu não posso falar com elas. Não agora. Preciso colocar a cabeça no lugar. Não consigo ouvir meus pensamentos aqui, cercado pelos malditos paparazzi. Basta passar pelo portão para ser perseguido.

Will fez uma careta.

— Sim, estava lotado de sanguessugas no portão quando entrei. Alguns me fizeram perguntas.

— O que você disse? — Sam se inclinou para a frente. — Você respondeu? — Seus olhos se desviaram para o amigo.

— De jeito nenhum. Você sabe que eu não diria nada. E, de qualquer forma, nem tenho muito para contar. Você saiu com ela algumas vezes, tiveram um caso, e foi isso.

— Não é o que ela anda dizendo. Você sabia que estão me chamando de "Britadeira"? Me fizeram parecer um pervertido. — Ele não podia mencionar as outras coisas. Era pessoal e doloroso demais.

Will deu uma risada silenciosa, balançando a cabeça.

— Ah, cara, poderia ser muito pior. E se ela dissesse que você é ruim de cama?

Mas Sam não estava sorrindo.

— Eu só queria que ela calasse a boca.

— Bem, isso não vai acontecer. Não enquanto ela estiver conseguindo seus quinze minutos de fama. Então você vai ter que aprender a viver com isso, ou pode se esconder em algum lugar. Isto aqui é Hollywood, cara, e você é famoso. É assim que funciona.

Sam não podia deixar de ouvir um eco do seu ex-agente nas palavras de Will.

— Um lugar para me esconder seria ótimo agora.

— Não existe nenhum lugar no mundo onde você possa se esconder, cara. Para os paparazzi, o indicado ao Oscar Sam Carlton é o alvo.

Sam esfregou o rosto.

— Eu odeio esta porcaria de cidade. O que aconteceu com o lugar onde os sonhos se realizam? É um pesadelo.

— Você está exagerando. E, além disso, nós dois sabemos como essa indústria funciona. Nós vendemos a alma ao diabo por um pouco de fama. — Will sorriu. — E vale a pena, não vale?

— Não sei mais se vale — Sam respondeu. — Só sei que não posso ficar sentado aqui enquanto as pessoas estão lendo toda essa porcaria sobre mim. Preciso sair da cidade por um tempo.

— Mas para onde você iria? — Will franziu a testa. — Os paparazzi vão te seguir. Se você está pensando em voltar para Londres, lá vai ser tão ruim quanto aqui.

Sam estremeceu.

— Não, definitivamente não vou pra Londres. Mas eu poderia ir para a Itália — disse, refletindo sobre a ideia. — Para Varenna, quer dizer. A *villa* é praticamente isolada.

Will arqueou as sobrancelhas. Durante o período na RADA, ele passava os verões com a família de Sam na Villa Palladino. Dias preguiçosos à beira da piscina, noites zanzando pelo vilarejo, sempre com boa comida e vinho.

— Acho que pode ser uma opção. Mas a sua família não está lá? Achei que você estava tentando evitá-los.

Sam balançou a cabeça.

— Este ano não. O Foster está dirigindo uma peça em Paris, e a minha mãe e as meninas estão passando o verão lá com ele. Eles deixaram o Sandro e a Gabi cuidando da *villa*, e nós dois sabemos que eles vão me deixar em paz.

Will não pareceu convencido.

— O que é que você vai fazer lá? O lago de Como é um reduto de celebridades. Os paparazzi vão te pegar assim que você chegar.

— Então eu não vou sair para lugar nenhum — Sam respondeu. — A Gabi e o Sandro podem comprar o que eu precisar, e eu posso colocar a cabeça no lugar em paz e com calma. Volto pra cá quando estiver pronto. — Tudo estava começando a tomar forma em sua mente. Algumas semanas na *villa*, e ele seria notícia velha.

— Você vai ficar louco — Will advertiu.

— Estou ficando louco aqui. Pelo menos lá eu posso fazer isso com bom vinho e ótima comida.

— Ah, a comida. — Will sorriu. — E as mulheres. Cara, se eu não estivesse com contrato assinado para este filme, iria junto.

Sam acenou com a cabeça para a oferta dele, mas não comentou. Estava muito ocupado pensando em reservar um voo para Milão. Algumas semanas na Itália sem o inferno da imprensa. Tempo para pensar nas coisas e descobrir como foi que tudo acabou assim.

Tempo para colocar mais de mil quilômetros entre ele e Serena Sloane.

Se aquela vaca realmente desse uma entrevista sobre sua família — e ele faria o possível para que ela não fizesse isso —, Sam seria capaz de se manter fora dos radares por um tempo. Isso só podia ser uma coisa boa.

5

Desejo que possamos ser melhores desconhecidos.

— Do jeito que você gosta

— Acho que é isso. — Sandro estava com o rosto pingando quando tentou fechar o porta-malas do Fiat 500 com as malas cheias lá dentro. Ele as tirou e tentou de novo, desta vez forçando com o próprio peso.

— Tem certeza que vocês só vão ficar algumas semanas? — Cesca disfarçou o sorriso. Protegendo os olhos do sol forte, olhou para Gabi, que estava vasculhando a bolsa, tentando desesperadamente encontrar alguma coisa.

— Claro. — Gabi ergueu os olhos. — Nós prometemos à *signora* Carlton que vamos estar de volta dentro de um mês. Tempo suficiente para ajudar a pobre irmã do Sandro com o bebê e retornar para casa. — Ela pausou por um momento e ergueu as mãos, exasperada. — Sandro, não estou achando o meu celular. Não está na bolsa.

Calmo, Sandro se inclinou para a frente, alcançando o quadril da esposa. Tirou o telefone do bolso dela, lhe entregando sem dizer nada. Em seguida, pressionou os lábios contra a testa de Gabi, sussurrando algumas palavras em italiano.

Durante as duas semanas em que estava em Varenna, Cesca rapidamente se tornou amiga dos Martinelli. Eles passaram os dias apresentando a casa e a ajudando a explorar a cidadezinha, mostrando onde os melhores cafés eram servidos, qual era a melhor *gelateria* e quem Cesca deveria chamar em caso de emergência. As noites eram mais tranquilas: longas refeições com muita massa, complementadas por vinho tinto e risadas. De alguma forma, em poucos dias Cesca sentiu que havia encontrado um lar na casa e se acomodou ao ritmo da Villa Palladino.

O contraste entre sua estada ali e a vida em Londres era quase difícil de acreditar.

— Vamos manter contato, prometo — Gabi disse a Cesca, segurando seu rosto enquanto a beijava em ambas as faces. — Vou te mandar e-mails, pois é mais fácil. Só não esqueça de ir ao cybercafé algumas vezes por semana.

— E você tem todos os meus números de contato, em caso de emergência — Sandro acrescentou. — Ligue a qualquer hora do dia ou da noite. E tem um carro velho na garagem. Você pode usar se precisar ir a uma cabine telefônica.

Cesca fez uma careta.

— Acho que não vou dirigir. Mal consigo fazer isso do lado direito da estrada, em Londres. Vou acabar provocando um acidente aqui. Acho que vou usar a sua bicicleta velha, isso sim.

Gabi parecia preocupada.

— Vou ficar bem — Cesca assegurou. — Você me mostrou tudo o que eu preciso, e, se houver algum problema, prometo ligar. A equipe de limpeza está aqui dia sim, dia não, e os jardineiros três vezes por semana. Se eu precisar de alguma coisa, não vou estar sozinha.

Sandro abriu a porta do passageiro para Gabi. O sol quente refletiu sobre a tinta azul, dando a ela um tom amarelado.

— Amor, se quisermos chegar lá durante o dia, temos que ir agora.

Gabi hesitou, dirigindo a Cesca um olhar preocupado.

— Se você tem certeza...

Cesca a envolveu em um abraço pouco característico, passando os braços ao redor de Gabi. A moça a abraçou apertado, embora Cesca não estivesse certa de quem ela estava tentando tranquilizar.

— Mantenha contato, *cara mia*.

— Vou manter, com certeza. Te vejo quando vocês voltarem de Florença. Espero ver todas as fotos do bebê.

Gabi finalmente sorriu.

— Claro, e eu posso jurar que você vai ficar entediada antes de mim. Obrigada mais uma vez. Você salvou a nossa vida.

Empurrando a amiga italiana para dentro do carro, Cesca não se deu o trabalho de responder que Gabi e Alessandro poderiam estar salvando a vida dela também.

A noite estava agradavelmente fresca quando Cesca passou pelas enormes portas de vidro da sala de estar, indo até o terraço com vista para o lago.

Ela carregava uma taça de vinho tinto na mão direita, e na esquerda um bloco de anotações e uma caneta.

Colocando tudo na mesinha de vidro ao lado da cadeira, Cesca ergueu a taça, sorvendo o aroma. Desde sua chegada a Varenna, ela havia se apaixonado pelo vinho encorpado sassicaia, apreciando a forma sedosa como ele deslizava pela garganta. Agora que Gabi e Sandro tinham partido, precisava se cuidar para não beber tanto. Quando estavam em casa, eles tomavam uma garrafa por noite, na maioria das vezes.

Era impossível não se surpreender com a visão do pôr do sol sobre o lago. O céu estava tingido de roxo e laranja por causa de seu desaparecimento iminente. Silhuetas de barcos balançavam nas águas, o mastro livre de velas enquanto ancoravam durante a noite. Cesca tomou outro gole de vinho, fechando os olhos para saboreá-lo. Ficou um tempo com ele na língua, a memória ainda a aquecendo quando o líquido desapareceu. Como tudo estava diferente agora. Duas semanas antes, ela estava em uma Londres gelada e com muito vento. Vistas como esta eram quase impossíveis de imaginar. Não que as coisas tivessem mudado do dia para a noite. Nada parecido com isso. Mas até mesmo Cesca tinha de admitir que havia um pouco de verdade no velho ditado que dizia que a mudança é tão boa quanto o descanso, e essa folga estava lhe dando uma perspectiva da qual sentia falta havia um bom tempo.

Ela ergueu os pés na banqueta, cruzando as pernas esbeltas a sua frente. O estranho de visitar certos lugares novos é a maneira como você forma vínculos muito mais rápido do que faria na vida cotidiana. Ela convivera com os Martinelli por duas semanas e já os conhecia melhor do que jamais conhecera sua companheira de apartamento, Susie, apesar dos cinco meses juntas. Talvez seja por isso que romances de férias parecem mais intensos que os que acontecem em nosso país de origem. O sol dá um jeito de intensificar tudo, até que o significado real das coisas apareça.

Ela também conseguiu escrever um pouco. Nada para comemorar, e certamente nada que se assemelhasse a mais do que algumas frases anotadas, mas eram palavras e estavam no papel, e a sensação de realização que aquilo lhe proporcionou estava além da descrição.

Passos de bebê. Era o que eram. Mas ela estava avançando, não importava quanto suas pernas parecessem instáveis. Era mais do que havia conseguido no passado, e Cesca estava agradecida por isso.

O sol finalmente desapareceu atrás das montanhas de Grigna, e o céu se transformou em um azul mais profundo e escuro. As luzinhas penduradas nos arbustos e nas árvores começaram a piscar, as pequenas lâmpadas se assemelhando a vaga-lumes pousados na vegetação. Cesca acendeu uma vela, se acomodou enquanto pegava o bloco de notas e deixou a luz da chama iluminar o papel a sua frente. Ali ela fez anotações até que os olhos começaram a fechar.

Talvez ela tivesse adormecido e deixasse o ar fresco acariciar sua pele se as coisas fossem diferentes. Mas, em vez disso, conforme um bocejo roubou o controle dos músculos de seu maxilar, o som alto de uma buzina no portão principal a fez se endireitar na cadeira.

Que droga era aquela?

Apesar do calor da noite, sua pele se arrepiou. A escuridão, tão bonita quando ela estava de frente para o lago, se tornou mais ameaçadora enquanto Cesca caminhava pela parte de trás da casa. Seus passos eram hesitantes quando se aproximou da entrada da garagem. O luar havia roubado toda a cor da paisagem, tornando as árvores negras e a garagem, uma curiosa tonalidade de cinza roxo. O cascalho rangia embaixo das solas de borracha do seu chinelo e as pedrinhas pulavam, indo parar sob os dedos dos pés. Ela os agitou violentamente até o desconforto desaparecer.

Um par de faróis a cegou de repente, fazendo-a congelar no meio do caminho. Pela primeira vez a reclusão da Villa Palladino parecia mais uma maldição que uma bênção. Ela estava consciente, de forma dolorosa, de seu isolamento. Sem telefone, sem internet, sem conexão. Isso fazia dela um alvo ambulante.

— Gabi? — uma voz chamou do lado de fora dos portões. — É você? Estou buzinando há horas. Pode me deixar entrar?

— Não é a Gabi — Cesca respondeu gritando, balançando a cabeça para o óbvio. — E não sei como abrir o portão. Tem uma trava automática à noite. Deve ser destravada amanhã de manhã.

Ela estava a menos de vinte metros do portão. Cesca conseguiu distinguir a forma vaga de um carro atrás dos faróis brilhantes. Era um homem parado ao lado dele? Com certeza a voz era masculina.

— Bom, eu não posso esperar aqui até amanhecer. Pra começar, estou morrendo de fome. E estou viajando há sabe-se lá quantas horas. Só quero ir para a cama. Só abra o portão, por favor.

Ele queria ficar ali? As sobrancelhas de Cesca se ergueram. Ela estava tentada a se virar e entrar na casa.

— Bem, você não pode entrar aqui sem a permissão dos donos — ela gritou. — E eles não me avisaram que alguém viria.

— Onde é que estão a Gabi e o Sandro? Eles podem me deixar entrar.

Cesca hesitou, sem querer revelar que estava ali sozinha. Por que ele não aceitava sua resposta? Esse homem não tinha o direito de aparecer no meio da noite e exigir entrar em uma propriedade privada. Ela podia sentir a ira crescendo, substituindo a ansiedade que ele causara de início. Ela não ia aceitar ordens desse cara, fosse quem fosse.

— Eles não estão aqui agora, então não podem te deixar entrar. — Havia uma pequena sugestão de tripúdio em sua voz. Não que ela estivesse orgulhosa disso.

O suspiro dele foi audível.

— Então *você* vai precisar me deixar entrar, linda. O teclado do alarme fica atrás do pilar. Você só tem que digitar o código, seja lá qual for agora, e isso deve permitir que o portão seja aberto.

Cesca recuou, surpresa.

— Como você sabe disso?

— Porque eu moro aqui.

De repente, a ficha começou a cair. Ela podia sentir o constrangimento invadi-la.

— Sr. Carlton? — Não era de admirar que ele falasse como uma mistura de inglês e americano. O produtor, nascido em Nova York, havia passado tempo suficiente em Londres para falar como nativo.

— Bingo. Agora você pode me deixar entrar antes que eu morra de sede aqui? — A voz dele se suavizou, como se estivesse sorrindo.

— Claro! — Cesca começou a correr em direção ao portão, tão mortificada que acelerou ainda mais. O que ele devia estar pensando? Ela não podia acreditar que o deixara ficar lá fora por todo aquele tempo, esperando que ela permitisse sua entrada na própria casa. Embora nunca tivesse conhecido Foster Carlton, estava bem ciente da reputação dele nos círculos teatrais. Seu temperamento era lendário: ele devia pensar que Cesca era uma completa idiota.

Ela caminhou em volta do portão e foi até a caixa do alarme. Sandro explicou que aquilo estava lá em caso de emergência. Seus dedos tremiam conforme tentava digitar o código.

— Já estou abrindo. Sinto muito pela confusão, sr. Carlton.

De tão aflita, ela conseguiu digitar o código errado e um sinal sonoro agudo da caixa de controle a informou do erro. Respirando profundamente para se acalmar, pressionou os números de novo, sentindo a borracha ceder sob a pressão. Em alguns instantes, o mecanismo zumbiu, fazendo os portões de metal rangerem enquanto se abriam lentamente. Cesca olhou para fora, vendo o homem logo atrás do ferro. Quando uma brecha surgiu, ele deu um passo à frente, afundando os pés no cascalho da estrada.

— Sr. Carlton... — Suas palavras morreram quando ele entrou na faixa de luz que vinha dos faróis. O homem que ela esperava, corpulento, de meia-idade, que tinha agraciado as páginas da *Variety* e outras revistas de entretenimento, não estava ali. Em vez disso, havia um rapaz de vinte e tantos anos. O maxilar esculpido e o cabelo castanho-escuro eram tão familiares para ela quanto um membro da família. Alguém que vivia em seus sonhos, ou melhor, em seus pesadelos nos últimos seis anos. E o cretino parecia ainda mais bonito do que ela se lembrava.

— Sam? — Cesca sentiu a palavra saltar da língua. E teve vontade de cuspir para se livrar do gosto. — O que você está fazendo aqui?

Ele sorriu para ela, seu rosto uma máscara de interesse e confusão.

— O que eu estou fazendo aqui? Esta casa é minha. A questão mais importante é: quem é você?

6

Aconteça o que acontecer, o tempo e as horas sempre chegam ao fim, mesmo nos dias mais duros.

— Macbeth

Sam sentiu uma onda de exaustão o abater. Estava viajando desde o dia anterior. Tinha pegado um voo para Heathrow e depois uma conexão para Milão. Na primeira parte, fora perseguido por repórteres, que correram atrás dele pelo aeroporto, tirando fotos e fazendo perguntas. No momento em que a segurança o conduziu para seu voo, ele sentiu toda a energia lhe escapar. Não estava certo de que poderia enfrentar tudo aquilo de novo quando chegasse à Itália, mas uma combinação de sorte e o adiantado da hora permitiu que ele deixasse o aeroporto sem ser visto.

Seu assistente pessoal havia providenciado para que um carro lhe fosse entregue no aeroporto. Uma pequena e vigorosa Ferrari que percorreria a distância entre Milão e Varenna em um piscar de olhos. Sam acelerou de leve, curtindo as estradas abertas, tão diferentes das rodovias que cercavam LA. Estava de bom humor até chegar ao portão da casa, quando digitou seu código, mas a porcaria se recusou a abrir. Apesar de tocar a campainha, não teve resposta, tendo que recorrer à buzina para chamar atenção.

Agora, finalmente, ele havia conseguido entrar, só para encontrar essa garota o encarando de forma acusatória, como se ele tivesse cometido um crime.

— Você... — A garota hesitou, ainda franzindo a testa. — Você não se lembra de mim? — Ela parecia insultada.

Ele a olhou de cima a baixo, tentando observá-la à luz da lua e dos faróis. Ela era pequena, talvez um metro e meio ou um pouquinho mais, cabelo dourado preso em um nó no alto da cabeça. Usando uma saia curta e esvoaçante e uma regata leve, sua pele era brilhante e macia. Seu corpo podia ser lindo, mas naquele momento o rosto era o oposto disso. Sua expressão estava contorcida de raiva.

O que é que havia acontecido com ela?

— Por que deveria? Nunca te vi antes. Estou na casa da minha família para passar alguns dias longe de tudo. Não estava esperando um fã-clube. — Ele voltou a sorrir, esperando que isso a acalmasse. — Embora os fãs sejam sempre bem-vindos, é claro.

— Ah, você ainda é cheio de si, como sempre. — A garota deu uma risadinha. — Me juraram que você não estaria aqui, me garantiram que estava em Hollywood. Eu não teria vindo se soubesse que você ia chegar.

Sam estreitou os olhos. Essa não era exatamente a resposta que ele esperava e, definitivamente, não era o que ele estava acostumado a ouvir. Ele raramente conhecia mulheres atraentes que não estavam interessadas em ser, pelo menos, suas amigas.

— Não tenho ideia do que você está falando. Não sou cheio de mim, só estou tentando entrar em casa e dormir um pouco. Se você quiser gritar comigo pela minha existência, tudo bem, mas poderia esperar até amanhã?

Pelo canto dos olhos, ele pôde ver a garota fechar as mãos em punhos. Pela primeira vez desde que chegara em solo italiano, Sam começou a se sentir ansioso. E se ela fosse uma espécie de fã psicopata e iludida que ele de alguma forma conseguiu irritar? O que estava acontecendo com as mulheres esta semana? Se não estavam traindo, estavam perseguindo. Jesus.

— Então você não é o cara que foge e deixa todo mundo para consertar a sua bagunça enquanto se afasta de tudo?

As costas de Sam ficaram rígidas. Ela sabia o que havia acontecido entre ele e Serena Sloane? Droga, ele não conseguia escapar, não importava para onde fosse.

— Afinal, quem é você? — repetiu a pergunta de alguns minutos antes. — Qual o seu nome?

— Por que eu deveria te contar? — Ela cruzou os braços. — Você claramente não se importa com quem eu sou. Sou só uma peça no jogo de Sam Carlton, não é?

Ele apoiou as mãos nos quadris, examinando-a. Ela era inglesa. O sotaque de Londres era suficiente para demonstrar isso. Talvez com vinte e poucos anos, embora a luz fosse ruim e ele não conseguisse identificar sua idade claramente. De perto, ele podia ver que a pele bronzeada era pontilhada de sardas, fazendo uma linha graciosa em seu nariz e bochechas. Ela parecia saudável e bonita. Até mesmo atraente — se não fosse pelo fato de estar completamente louca.

— Eu fiz algo para te incomodar? — ele perguntou, abrindo aquele sorriso no fim. Teria sorte na terceira vez, certo?

Errado.

Ela levantou as mãos no ar.

— O que você acha? Eu não sou uma louca que grita com todos os estranhos que atravessam o portão, sabia?

Sam mordeu o lábio para engolir uma resposta afiada.

— É exatamente isso o que você parece.

— Você não se lembra mesmo de mim?

Ele olhou para ela de novo, tentando reconhecer o rosto. Se fosse honesto, poderia dizer que ela era familiar, mas não conseguia se lembrar de jeito algum. Será que ela tinha estudado com ele ou feito figuração em algum filme em que ele atuara? Ele não fazia ideia.

— Eu conheço muitas pessoas e sou péssimo com fisionomias. Me desculpe, mas não lembro mesmo de você.

— Típico. — Ela revirou os olhos. — A pessoa arruína a sua vida e nem se incomoda em lembrar quem você é.

Uau, essa foi afiada. A cabeça de Sam recuou com a força das palavras dela. Ele não conseguia lembrar a última vez em que uma garota o olhara com tanto ódio.

— Eu arruinei a sua vida? — Ele estava incrédulo. — Engraçado, não lembro de ter feito isso. Se eu tivesse sido um verdadeiro babaca, acho que não esqueceria. — Aquilo era uma piada? Ele virou a cabeça, procurando sinais de outras pessoas ou de câmeras. Talvez ela também estivesse planejando vender sua história.

— Incrível. — A garota piscou rapidamente. — Não sei o que é pior: ter a sua vida completamente destruída por alguém ou saber que essa pessoa esqueceu de tudo a esse respeito. De qualquer forma você é um babaca, Sam Carlton, e eu gostaria de nunca ter te deixado entrar na sua casa.

A bizarrice da situação não passou despercebida para Sam. Ele estava se sentindo em um manicômio.

— Qual o seu nome? E fique à vontade para explicar o que eu fiz para te irritar. Porque não faço a mínima ideia.

— Meu nome é Cesca Shakespeare. — Ela fez uma pausa, como se esperasse que as palavras o atingissem. — E eu escrevi uma peça. Todos disseram que era ótima. Até mesmo o imbecil que escolhemos para o papel principal. E então esse imbecil foi embora da cidade, a minha peça foi cancelada e tudo se tornou uma merda. — Seu rosto se contorceu de raiva. —

Essa é a versão resumida. Se você tiver alguns dias, posso te dar a versão completa e sem cortes. Com todas as porcarias de detalhes.

A percepção o atingiu.

— Você escreveu *Saindo da escuridão*? — Era a única peça para a qual ele fora selecionado, mas não conseguiu fazer muito mais que as coletivas de imprensa. — Você é *aquela* Cesca Shakespeare? — Caramba, ela parecia diferente. A garota que escrevera a peça era exatamente isso: uma garota. Mas essa criatura irritada e cuspindo fogo que estava na frente dele não podia ser descrita como uma menina. Não... ela era toda mulher.

— Você realmente acha que tem mais de uma? — ela perguntou. — Ou talvez você tenha se especializado em deixar um rastro de Cescas Shakespeares arrasadas por aí. Uma em cada cidade.

— Não seja boba. — Ele imediatamente se arrependeu de suas palavras.

— Não me chame de boba. Não depois de tudo o que você fez.

— Olha, não tenho ideia do que dizer agora. Eu viajei por quase vinte horas. Gostaria de tomar um banho e dormir um pouco. Talvez a gente possa conversar sobre isso de manhã?

Os olhos da moça se arregalaram.

— Você está querendo dormir na *villa*?

Sam sorriu, de forma desajeitada.

— Hum... sim? Onde mais eu devo dormir?

— Que tal a um milhão de quilômetros de mim? Você pode dormir no carro. Talvez a gente possa arranjar um cobertor ou algo assim.

— Não vou dormir na droga do carro. A casa é grande. Eu vou para o meu quarto e saio do seu caminho. Então amanhã de manhã podemos decidir o que fazer.

— Não tem nada para decidir. Você não vai ficar aqui.

Ah, cara, ela sabia como provocá-lo.

— Você está brincando, né? Esta casa é minha. Eu posso ficar onde quiser. O que você está fazendo aqui? Cadê a Gabi e o Sandro?

— Estou cuidando da *villa* enquanto eles estão de férias. Os dois foram visitar a irmã do Sandro. Ela vai ter um bebê. Seus pais me contrataram para cuidar da *villa* enquanto isso. E, pelo tempo que eu estiver nesta casa, você não é bem-vindo.

Ele soltou um longo suspiro. O que seus pais estavam pensando quando deixaram essa mulher cuidar da *villa*?

— Você não tem escolha. Eu já entrei.

— Então eu vou dormir no carro — ela gritou de volta. — Você já ferrou a minha vida uma vez. O que é mais uma noite?

— Não! Você não vai dormir no carro. — Ele podia sentir o sangue esquentando seu rosto. — Que droga, mulher, vá para a cama que eu vou fazer a mesma coisa. É só uma noite. — Depois disso, ela poderia ir embora e ele desfrutaria do isolamento perfeito sem se preocupar em acordar com uma faca nas costas.

Cesca o encarou em silêncio. A atmosfera entre eles era espessa e sombria. Em seguida ela se virou, deixando escapar a maior bufada que ele já tinha ouvido.

— Tanto faz. Mas lembre de uma coisa: seus pais me contrataram para cuidar da casa, e é exatamente isso que eu pretendo fazer. Então, amanhã de manhã você tem que ir embora.

Com isso, ela começou a seguir o caminho da garagem. Os quadris balançavam de um lado para o outro. Sam se virou e voltou para o carro, tentando ignorar o impulso crescente de enfiar o pé no acelerador e atropelá-la.

Foi uma das coisas mais difíceis que ele já fez.

Irritação nem começava a descrever o que ela sentia. Cesca foi até a cozinha e pegou a chaleira, segurando-a debaixo da torneira. Há algumas dores que só um chocolate quente pode aplacar, embora, nesse caso, ela não achasse que a bebida funcionaria. Mas ela precisava fazer algo com as mãos para se impedir de quebrar os dentes perfeitamente brancos daquela boca bonita, e isso parecia tão bom quanto qualquer outra coisa.

— Você está sendo irracional — murmurou para si mesma. — Calma.

Ela ouviu o carro parar, o motor desligar e a porta bater depois que ele saiu. Em seguida, ouviu passos no corredor. A batida familiar contra os azulejos de mármore deixou seus ombros tensos quando sentiu que ele se aproximava.

— Você sabe se o meu quarto está arrumado?

Ela teve que cerrar os dentes para se impedir de dar uma resposta amarga. Sem querer olhar para ele, colocou a chaleira no fogão e acendeu o fogo para ferver a água.

— Não faço ideia. Nem sei qual é o seu quarto. — Um pensamento horrível surgiu em sua mente, fazendo sua pele se arrepiar. E se ela estivesse usando o quarto dele sem saber?

— É o azul do último andar.

Graças a Deus. Seu quarto era todo em tons de branco e creme.

— Nesse caso, não está arrumado. — Ela ainda não olhava para ele, mantendo o corpo virado na direção oposta.

— Você, hum... sabe onde a Gabi guarda a roupa de cama?

Cesca se virou, os olhos arregalados e os lábios apertados.

— Quantos anos você tem? Doze? Como pode frequentar este lugar há tanto tempo e não saber onde estão os lençóis?

Irracional ou não, sua fúria era real e impossível de ignorar.

A boca de Sam se abriu com a explosão.

Era como se os últimos seis anos nunca tivessem acontecido, e Cesca tivesse voltado a ser a garota de dezoito anos com seu primeiro roteiro de teatro nas mãos, hipnotizada pelo belo ator que fazia uma audição no palco. Depois de ver Sam interpretar Daniel Cramer, nunca houve chance de dar o papel a outra pessoa. Todos na sala concordaram que Sam *era* Daniel.

Talvez isso fosse o pior de tudo: saber que Sam Carlton tinha talento para respaldar sua fama. De alguma forma, ele tinha conseguido fazer sucesso e arrebatar Hollywood como um furacão, enquanto Cesca mal conseguia manter um emprego. A maneira como ele a olhava agora, como se fosse inocente feito uma criança, a deixava louca.

E ele podia parar de piscar a porcaria dos cílios para ela também. Ela queria arrancá-los com uma pinça, um a um.

— Eu realmente não sei qual é o seu problema — Sam falou, balançando a cabeça. — Eu tentei ser legal, até tentei manter a harmonia, mas você só consegue cuspir o seu veneno em cima de mim. Tudo bem, eu larguei a sua peça, mas foi há seis anos, pelo amor de Deus. Vê se supera.

Havia coisa pior para dizer a uma mulher do que isso? *Vê se supera*. Cada sílaba parecia atingir a pele de Cesca, tornando todo o seu corpo tenso com a insensibilidade dele.

— Superar? Está falando sério? Você foi embora e a peça foi cancelada. Eu tinha dezoito anos. Trabalhei naquele roteiro por anos, e todo mundo me disse que era a minha grande chance. Então você desapareceu, e de repente eu virei persona non grata em todos os lugares aonde ia. Você sabe como é ser rejeitado antes de completar dezenove anos?

— Merdas acontecem. Se essa foi a pior coisa que já enfrentou, você viveu numa redoma de vidro a vida toda. Caramba, eu sou rejeitado o tempo todo, e você não me vê chorando e me lamentando por isso. Já pensou que talvez você esteja fazendo tempestade em copo d'água? Que está me culpando pelos seus próprios erros?

— Então agora você está dizendo que eu estava errada? — Ela se perguntou se ele tinha feito seguro para aquele rosto bonito em caso de acidente. Sua mão estava fechada com força, ansiosa para bater nele. Seria delicioso sentir o impacto do seu maxilar.

Não, ela não podia fazer isso. Mesmo que sua cabeça estivesse implorando por vingança.

Sam revirou os olhos.

— Pare de colocar palavras na minha boca. Só estou dizendo que todo mundo nesta indústria acaba sofrendo rejeição. Então, se as suas outras peças não tiveram um bom desempenho, não é culpa minha, ok?

— Não houve outras peças.

Sam franziu a testa.

— Como assim?

Cesca hesitou, dividida entre lançar os fatos na cara dele e não querer admitir a verdade. Ela não tinha certeza de que estava interessada em lhe dar mais munição para usar contra ela.

— Nada — ela finalmente respondeu. Duas sílabas raramente carregavam tanto veneno.

Ele balançou a cabeça.

— Você não pode começar a me acusar de coisas que eu não fiz e depois, quando eu pergunto a respeito, dizer que não é nada.

— Eu posso fazer o que quiser. — Agora ela se sentia como uma criança petulante.

A conversa não estava sendo como ela imaginava que seria. Durante os últimos anos, ela fantasiara sobre enfrentá-lo com raiva justa e fúria vingativa. Mas em momento algum naqueles devaneios sombrios tinha imaginado que ele descartaria suas acusações com algumas palavras levianas. Onde estavam as desculpas? Onde estava a vingança? Certamente ela merecia mais que isso.

— Sim, pode — Sam respondeu. — E felizmente eu não tenho que te ouvir fazer isso. Então vou para a cama, e, quando eu acordar, amanhã de manhã, podemos providenciar tudo para você ir embora. Você já deixou bem claro que não me suporta, e tenho certeza de que nenhum de nós quer ficar na mesma casa juntos. Então, agora que estou aqui, você pode ir.

— Você está de brincadeira, né? Eu fui contratada pelos seus pais. Você não tem o direito de me dispensar. — Por que ela deveria ir embora? Foi ele que a prejudicou no passado, e ela não ia deixá-lo ganhar de novo. Ah, não. Ainda que odiasse Sam Idiota Carter, ela não iria embora da *villa*. Tinha a ver com seu novo orgulho.

— Vou ligar para eles de manhã. Talvez possam até organizar as coisas para a Gabi e o Sandro voltarem. É claro que nós dois aqui não vai dar certo. Eu tenho certeza de que você pode encontrar algum outro lugar para ficar.

— Não se atreva a pedir para a Gabi e o Sandro voltarem. — Ela sentiu os pelos se eriçarem ainda mais. — Eles estão tirando uma folga muito merecida e não têm que desistir disso por causa de alguém como você.

— Alguém como eu? — Ele ergueu as sobrancelhas, claramente tentando sufocar um sorriso.

— Sim. O tipo de homem que pensa que todo mundo deve alguma coisa para ele. Tão egoísta que não percebe que as outras pessoas também têm necessidades, talvez. Tipo ver a irmã ou encontrar um refúgio fora de Londres.

— Você deve saber do que está falando. Aparentemente, tudo tem a ver com você. Eu arruinei a sua vida, lembra?

Cesca respirou fundo, mas não fez nada para acalmar seus pensamentos acelerados.

— Como eu poderia esquecer? E pare de mudar de assunto... eu não vou embora. Fui contratada para fazer um trabalho e vou fazer. Então você precisa voltar para Hollywood e me deixar em paz.

— Não vou voltar para Hollywood.

— E eu não vou voltar para Londres.

Sam olhou para ela, em silêncio, por um instante. Sua mão abria e fechava ao redor das chaves do carro, o chaveiro da locadora de veículos na palma da mão.

— Então nós estamos em um impasse. E, para ser totalmente franco, não estou nem um pouco a fim de discutir isso com você. Vou para a cama. Talvez você veja algum sentido nisso tudo amanhã de manhã.

Então ele se virou e saiu da cozinha, parando na entrada para pegar as malas.

Aquele ator estúpido, insuportável e lindo conseguiu arruinar completamente a noite de Cesca. Fazendo uma careta para o homem que se afastava, ela decidiu ir para a cama.

No dia seguinte decidiria o que ia fazer.

7

A melhor parte da coragem é a discrição.

— Henrique VI, parte I

Cesca olhou para cima enquanto o garçom trazia uma xícara cheia de café quente, colocando-a suavemente sobre a mesa ao lado do computador. Ela sorriu, agradecida, e a levou até os lábios, parando um instante para inalar o aroma doce e leitoso. Em seu primeiro dia em Varenna, Gabi explicara que o cappuccino era uma bebida matinal na Itália. Os nativos riam dos turistas que o pediam mais tarde, ao longo do dia.

Tomando um gole, ela agradeceu a Deus por ter pedido uma dose extra de café espresso. A noite tinha sido bem longa, e ela ficara acordada. Agora que a manhã havia chegado, a insônia estava cobrando seu preço. Ela se levantara da cama antes das sete, tendo o cuidado de ficar calada, sem querer acordar Sam. Tudo o que ela queria era sair da casa antes que ele acordasse. Não tinha certeza de que poderia enfrentar outro confronto como o da noite anterior.

O computador do café finalmente ligou. Cesca tomou outro gole de seu espresso, olhando pela janela para a praça principal. Com uma série de pedras circulares, a praça era cercada por edifícios altos, as fachadas lindamente pintadas em tons pastel e as varandas de ferro preto cheias de plantas com flores. Na extremidade da praça, além das árvores enormes e frondosas, plantadas em fileiras, havia a impressionante Igreja de San Giovanni Battista. O sol subia sobre o telhado, finalmente preenchendo a praça com luz, refletido nos tijolos que haviam sido lavados pelos funcionários do café naquela manhã.

Segurando o mouse, ela clicou em sua conta de e-mail. As mensagens não lidas foram carregadas: os habituais e-mails de marketing de lojas e serviços, além de alguns spams estranhos que não foram barrados pelo servidor.

No meio de todos, havia uma mensagem de sua irmã, Juliet, perguntando se ela estava curtindo a temporada em Varenna. Cesca digitou rapidamente. Juliet estava morando em Maryland com o marido, Thomas, e a filha, Poppy. Ela franziu o nariz — nenhuma das irmãs Shakespeare gostava muito do cunhado, apesar do romance vertiginoso entre ele e Juliet.

No entanto, a descrição das últimas travessuras de Poppy fez Cesca sorrir. Aos seis anos, ela era a cara de Juliet e sempre se metia em confusão. Desta vez, a menina conseguiu voar sobre o guidão enquanto aprendia a andar de bicicleta. Por sorte, só teve alguns machucados e arranhões.

Uma onda de saudade a atingiu. Embora suas irmãs estivessem espalhadas por toda parte, havia algo sobre morar em Londres que a fazia se sentir perto delas. Quando eram mais novas, as quatro eram um time. Uma cuidava da outra. Eram as irmãs Shakespeare contra o mundo.

Mas agora ela era a única em Londres. E, apesar de manterem contato, não era a mesma coisa. Suas três irmãs pareciam ter a vida em ordem. Kitty estava instalada em LA, e Juliet estava montando seu próprio negócio — uma floricultura. Quanto a Lucy, era a mais estável de todas: uma advogada bem-sucedida que morava na linda Edimburgo.

Cesca abriu uma nova janela do navegador, com a intenção de escrever um e-mail para o padrinho. Considerou ligar para ele, mas havia a possibilidade de gritar com Hugh, deixando-o chateado, ou de ele usar sua conversinha doce, fazendo-a se perguntar por que ela achava que havia um problema. Em vez disso, Cesca digitou o nome na caixa de destinatário e moveu o cursor para o corpo do e-mail, hesitando enquanto tentava descobrir o que dizer.

Deveria pedir que ele lhe comprasse uma passagem de volta para casa? Cesca franziu o nariz, lembrando que não teria onde morar quando voltasse. Desistir do apartamento que dividia com Susie parecera uma boa ideia na época. Então, isso significaria voltar para a casa do pai — pelo menos por um tempo —, e esse pensamento não parecia muito aceitável. Não que o pai, mesmo avoado, não fosse um amor, mas até ele perceberia que havia algo errado com a filha, que não conseguia manter um emprego ou dinheiro para coisas como comida e aluguel. Não. De jeito nenhum ela voltaria para casa.

No entanto, quais eram as alternativas? Cesca sabia que poderia ficar com as irmãs ou com Hugh, mas não era mais criança e precisava se sustentar sozinha, fosse voltando para Londres ou ficando na Itália. Não podia se dar ao luxo de sair da Villa Palladino, pois não tinha dinheiro suficiente para pagar as diárias exorbitantes dos hotéis no lago de Como.

Argh, que difícil. Cesca se sentiu flutuando em algum lugar entre o inferno e o mar azul profundo, tentando desesperadamente não se afogar. Ou voltava para Londres com o rabo entre as pernas, ou ficava em Varenna e tolerava a existência de seu inimigo enquanto tentava escrever uma peça pela primeira vez em seis anos.

O café estava começando a encher, as mesas frágeis em frente à janela sendo povoadas por uma combinação de turistas e moradores. Não que Varenna tivesse o tipo de turista normal. O lago de Como era bem conhecido pelos visitantes cheios da grana: uma mistura dos ricos e famosos que alugavam ou eram proprietários das *villas* ao redor do lago e vinham para a cidadezinha no verão. A prosperidade reinava ali. Os visitantes usavam roupas caras e óculos de sol de grife. A pele queimada mostrava os efeitos de anos de exposição ao sol.

— Este lugar está ocupado? — Cesca olhou para cima para ver um homem alto de pé ao lado da mesa. Por um momento, com o cabelo escuro e o queixo bem formado, achou que fosse Sam. Ela abriu a boca para mandá-lo para algum lugar, mas percebeu a tempo que era outra pessoa.

— Não, fique à vontade. — Gesticulou para a cadeira da frente. Desligou a tela do computador e afastou o notebook, tentando abrir um pouco de espaço na mesa para o homem.

— Não tire as coisas por minha causa. — Ele sorriu para ela. — Só parei para um café rápido.

Ah, ele era dali mesmo. Ela podia dizer pela sugestão de sotaque em suas palavras, embora a pronúncia do inglês fosse quase perfeita. Cesca deixou seus olhos encontrarem os dele, observando a pele bronzeada, coberta por um pouco de barba, enquadrando os grossos lábios vermelhos e as maçãs do rosto marcadas.

— Eu já estava de saída — ela respondeu, perturbada por sua reação. — Só preciso pedir a conta.

— Por favor, não vá. Me deixe te pagar outro café. Me faça companhia.

Os modos dele eram tão sofisticados quanto o resto. Ele estava usando calça escura e camisa branca, aberta no pescoço para revelar um pouco de pelo no alto do peito.

— Hum... — Cesca hesitou. Ela tinha conversado com alguns estranhos desde que chegara a Varenna, mas nenhum tão bonito quanto este.

— Se eu te disser que já te vi, você vai se sentir melhor? — Ele se inclinou para a frente, como se estivesse compartilhando um segredo. — Estou hospedado na casa ao lado da sua. Quando vi você aqui, decidi que era hora de me apresentar.

Sabendo que era um vizinho, Cesca se sentiu um pouco menos agitada.

— Não sabia que havia alguém hospedado lá. Não te vi na praia.

— Eu cheguei na semana passada e passei uns dias explorando a área. Aluguei a casa para o verão, numa tentativa de fugir. Queria deixar o trabalho de lado por um tempo, ou pelo menos tentar. — Ele se inclinou na direção dela, em tom conspiratório. — Embora já tenha organizado algumas reuniões aqui. Todo mundo continua me dizendo que eu sou viciado em trabalho.

Cesca sorriu e se perguntou o que ele diria se ouvisse que ela era praticamente o oposto, que mal conseguia se manter em um emprego por mais de uma semana.

— Bem, parece que você precisa mesmo de uma pausa.

— Desculpe, ainda não me apresentei. O meu nome é Gatto. Cristiano Gatto. Sou de Roma.

— O meu é Cesca. De Londres. — Ela estendeu a mão para pegar a dele. — O que você faz em Roma?

— Cesca. Que nome bonito. — Ele ainda estava sorrindo. — Eu trabalho na área de gastronomia. Tenho alguns restaurantes na capital.

Ela sentiu os olhos se arregalarem. Provavelmente era melhor não contar a ele que também estivera no ramo da gastronomia por algumas semanas, ainda que tivesse lidado principalmente com felinos.

— E você conseguiu fugir?

Ele olhou para a mesa.

— Foi complicado. Acho difícil deixar as coisas acontecerem, sabe? Mas, agora que conheci minha linda vizinha, fico feliz por ter feito o esforço.

Ah, ele era desses, cheio de lábia. Ela não pôde deixar de sorrir para aquele rosto bonito.

— É um prazer te conhecer, Cristiano. Também fico feliz que você tenha feito o esforço.

O garçom se aproximou e anotou os pedidos, retornando alguns minutos depois com as xícaras fumegantes. Cristiano continuou falando sobre seus restaurantes, sobre Roma e perguntou a Cesca o que ela estava fazendo em Varenna.

— Me diga, Cesca, por que você está tomando café sozinha? Seus amigos ficaram na *villa*?

— Eu não estou hospedada com amigos. — Ela balançou a cabeça, o tom de voz cauteloso. Não tinha certeza de quanto deveria revelar sobre si mesma. Afinal, era uma mulher solteira em um país estranho. — Vou passar esses dias trabalhando.

— Nem com o namorado? — Os olhos dele cintilaram. Ela não tinha certeza se era só o reflexo do sol.

Caramba, ele era bonito. De um jeito deliciosamente moreno e italiano. Galanteador também. Era quase impossível não corresponder ao flerte.

— No momento não. — Ela sorriu. — Embora eu esteja me apaixonando pelo seu país, que é incrível. Tenho muita sorte de estar aqui.

— Uma moça bonita em um lugar como este. A combinação perfeita. — Ele baixou a voz novamente. — Que bom que tive coragem de me apresentar.

Isso a fez rir alto. Ele não parecia o tipo que precisa arranjar coragem para avançar. Ainda assim, aceitou o elogio com um sorriso. Fazia muito tempo que ninguém a paquerava, e Cesca tinha que admitir que era bom.

Quando terminaram as bebidas, o mau humor dela quase havia desaparecido. Ela tentou pegar a conta quando chegou, mas Cristiano insistiu em pagar, balançando a cabeça com veemência quando ela ofereceu alguns euros para cobrir sua parte.

— Foi um prazer te conhecer, Cesca. Talvez possamos nos encontrar para um café esta semana? Ou quem sabe eu te encontre na praia em algum momento.

Cesca pensou que gostaria disso, mais do que estava disposta a admitir. Enquanto concordava prontamente, percebeu que já havia decidido ficar em Varenna. De jeito algum ela deixaria Sam Carlton colocá-la para fora da Villa Palladino. Não depois de tudo o que já havia feito com ela. Se Sam queria briga, era o que ele teria.

Ela não o deixaria ganhar desta vez.

A casa estava estranhamente tranquila quando Sam acordou. Ele estava acostumado a ficar na *villa*, é claro — afinal, passara a maior parte dos verões, na infância, ali —, mas o lugar geralmente era barulhento. Hoje, no entanto, tudo estava silencioso. Seu estômago resmungou, fazendo-o lembrar que aquela parte de seu corpo ainda estava no fuso horário dos Estados Unidos. E ele não tinha comido quase nada nas últimas quarenta e oito horas.

Saindo do quarto de short e camiseta, foi até o topo da escada, tentando ouvir se Cesca estava acordada. Ele inclinou a cabeça para o lado e ergueu as sobrancelhas, mas tudo o que podia ouvir era o fraco canto dos pássaros se afastando dos jardins. Talvez estivesse com sorte e ela ainda não tinha acordado.

— Qual o problema dela, afinal? — murmurou.

Ele abriu a geladeira e pegou uma caixa quase vazia de suco. Sem se preocupar em usar um copo, bebeu diretamente do gargalo. Deixando a caixa de lado, voltou a procurar comida. Havia algumas frutas e pratos de carne crua. Tomates — é claro — gostosos e maduros, e um pouco de massa fresca também.

No entanto, não havia petiscos. Nada de cerveja — não que ele já quisesse beber. Mas talvez sentisse vontade de tomar uma mais tarde e, se não tivesse nenhuma garrafa na *villa*, precisaria ir comprar. Gabi e Sandro sabiam o que ele gostava de comer e beber — caramba, eles conheciam todos os hábitos dos Carlton —, mas é claro que não haviam se dado o trabalho de abastecer a despensa para sua chegada. Afinal, não sabiam nada sobre isso.

Gemendo, ele passou a mão pelo cabelo. Em qualquer outro momento, sairia para comprar um lanche ou pelo menos encontrar sinal de celular em Varenna e ligar para seu assistente pessoal em Hollywood, que poderia providenciar algum tipo de entrega. Mas, se saísse da *villa*, ele arriscaria se expor e deixar as pessoas saberem que estava ali. O que realmente seria um atraso de vida.

Ele supôs que poderia tentar sair à noite, na escuridão, e esperar o melhor. Mas, depois de tudo o que tinha passado, não estava disposto a se arriscar. Quanto menos pessoas soubessem que ele estava ali, melhor. Um telefonema para seu assistente com certeza alertaria seu ex-agente, e talvez os pais, com relação ao seu paradeiro. E, até onde ele sabia, isso seria quase tão ruim quanto os paparazzi.

A porta da frente bateu, e Sam ergueu a cabeça, se afastando da geladeira. Ouviu barulho de passos ecoando no chão de mármore e Cesca entrou.

— Então você ainda está aqui — ela disse.

— Da última vez que chequei, a casa ainda era minha.

— Dos seus pais.

— É a mesma coisa. — Por que ela conseguia tirar o pior dele? Ele se sentia como uma criança petulante discutindo no parquinho. — Além disso, para onde mais eu deveria ir? Vim para esfriar a cabeça e ter um pouco de tranquilidade sem ser seguido pelos paparazzi. Não ia desfilar por Varenna, ia?

— Pensei que você poderia ter ido para casa.

— Aqui é a minha casa. Pelo menos nos próximos dois meses. Não vou a lugar nenhum.

— Eu também não.

Sam suspirou. A discussão da noite anterior ia recomeçar. Ela era teimosa feito uma mula.

— Olha, você não gosta de mim. Já entendi. E neste momento eu também não gosto muito de você. Então, pelo que estou vendo, nós temos duas opções: ou você vai embora e arranja outro lugar para ficar, ou nós dois ficamos aqui, nos sentindo péssimos.

A boca de Cesca estava contraída. Ele já tinha visto o suficiente para perceber que isso significava que ela estava se preparando para uma briga. Sam resmungou de novo, sentindo a frustração se formar dentro de si.

— Eu não tenho como ir embora. Me deram esse trabalho e eu pretendo fazê-lo da melhor forma possível. E, mesmo que eu tivesse como ir embora, não posso me dar a esse luxo. Não sem um emprego.

— Eu poderia pagar...

— Não se atreva a se oferecer para me ajudar — ela gritou. — Eu não quero o seu dinheiro. Só quero que você vá embora e me deixe aqui, trabalhando. E aí eu posso começar a fingir que você nunca existiu.

Ali estava. O impasse da noite anterior não havia desaparecido. Na verdade, parecia que ele tinha puxado uma cadeira, se acomodado e estava se instalando. Sam precisava de uma saída de emergência.

Ele balançou a cabeça e uma sensação fatídica apertou seu estômago. Não podia deixar de sentir que aquilo tudo acabaria em lágrimas. Quase com certeza dele.

— Então acho que nós dois vamos ficar.

— Acho que sim. — Ela cruzou os braços. — E, se nós vamos morar juntos, precisamos de regras básicas.

Isso seria bom.

— Tipo?

— Tipo não chegar perto de mim a menos que seja convidado. E não vai haver convite.

— Certo.

Ela olhou para a bagunça que ele havia deixado na bancada.

— E você vai arrumar as coisas depois que usar e fazer a sua parte das tarefas domésticas. — Ela olhou de forma significativa para a caixa de suco vazia. — E, se acabar com alguma coisa, você vai sair e comprar outro para repor.

— Não posso fazer isso.

— Não pode fazer o quê? Arrumar as coisas depois que usar? Imagino. Alguém como você deve ter vários minions para fazer suas tarefas.

— Não seja boba. Eu sou perfeitamente capaz de limpar as coisas. Eu quis dizer que não posso sair para fazer compras.

— Por que não? — Cesca franziu a testa.

— Porque eu sou famoso. Todo mundo vai me reconhecer, e eu gostaria de manter minha presença aqui em sigilo, entende? Eu vim para fugir dos tabloides, revistas de fofocas e a droga dos paparazzi, não para convidá-los a aparecer e ficar aqui comigo. Não vou sair de casa, e certamente não quero que ninguém saiba que eu estou aqui.

Cesca mordeu o lábio.

— Ninguém sabe que você está aqui?

— Por quê? Está planejando me assassinar e esconder o meu corpo na adega? — Sam riu, apreensivo. — O Will, meu amigo, sabe. Mas é o único. Então acho que você vai precisar cancelar seu plano covarde.

— Eu estava pensando que tenho um trunfo — ela disse, mostrando um sorriso astuto. — Se você sair da linha, vou contar para todo mundo onde você está.

— Você não faria... — Ele pôde sentir as bochechas esquentarem. — Por que está me ameaçando?

Ela se inclinou para a frente, sua voz quase um assobio.

— Porque, se você conseguir manter a sua parte do acordo e não me incomodar, eu vou fingir que você não existe. Talvez assim possamos conviver sem querer nos matar.

Sam não tinha certeza de que eles poderiam fazer isso.

— Talvez nós dois tenhamos algo a perder. Eu também tenho certa influência aqui. Se você contar a alguém onde estou, vou ligar para os meus pais e pedir que se livrem de você, o que vai te deixar sem dinheiro e sem trabalho.

O rosto dela empalideceu, apesar do bronzeado.

— Você não faria isso.

Ele sorriu.

— Quer apostar?

Ela balançou a cabeça, engolindo com força enquanto olhava para o nada. Finalmente, voltou os olhos para encontrar os dele.

— Tudo bem. Temos um acordo.

— Tem mais uma coisa.

— Tem? — Ela pareceu surpresa.

— Eu vou te dar um dinheiro e gostaria que você mantivesse a geladeira abastecida.

Ela olhou para ele como se estivesse considerando suas palavras. Como se para mostrar algum tipo de concessão, Sam pegou a caixa de suco vazia e colocou na lixeira, tendo o cuidado de esvaziá-la primeiro. Cesca o observou com cuidado, o rosto calmo e imóvel. Dessa vez ela não estava demonstrando nada.

— Por favor? — Ele usou um tom mais doce, querendo que a conversa acabasse de uma vez por todas.

Ela engoliu em seco e o pescoço delicado ondulou. O peito subiu e desceu com uma respiração profunda.

— Tudo bem.

8

Como o ciúme maltrata essa coitada.

— A comédia dos erros

Sam estava em todos os lugares para onde ela olhava. Não a pessoa real e persuasiva, pois era esperto o suficiente para não aparecer. Mas sua imagem sorria de todas as paredes, com fotografias que documentavam a transição de um menino sorridente e descabelado para um adolescente desajeitado. Depois havia o homem, com o queixo esculpido e os dentes brancos, o cabelo cuidadosamente caindo na testa. Como ela não havia notado isso antes? Todas aquelas fotografias nas mesas laterais e penduradas na parede estavam na *villa* o tempo todo, mas ela só percebeu quando Sam chegou a Varenna.

E agora sentia como se estivessem zombando dela. Lembrando-a de que aquela era a casa dele, que ele poderia expulsá-la quando quisesse. Cretino arrogante.

Ele estava ali havia quase uma semana, e ela ainda não suportava vê-lo. Toda vez que se falavam, a coisa parecia se transformar em uma discussão acalorada e irritada, deixando ambos sem fôlego. Era cansativo.

Suspirando, ela pegou o caderno e o chapéu, decidindo que preferia passar a manhã na praia particular da *villa* a ficar presa na casa com Sam. Eram pouco mais de onze horas. A sombra de Cesca era pequena e a seguia por todo o pátio. As sandálias batiam de encontro às pedras antigas enquanto caminhava para a trilha. Ao virar no caminho, ela pôde ouvir os jardineiros conversando em um italiano rápido, suas vozes em tom alto enquanto rompiam o relativo silêncio do jardim. Ela sorriu ao ouvi-los, incapaz de entender as palavras, mas se impressionando com quanto pareciam bonitas. Os homens eram velhos e corpulentos, mas suas vozes eram maravilhosas. Profundas e guturais, e as sentenças subiam e desciam como música. Cesca deixou que eles a vissem enquanto se aproximava.

— *Buongiorno, signorina* — o jardineiro mais velho falou. Ele vestia calça comprida escura e camiseta cinza, o cinto tão apertado que a barriga escapava por cima. Seu rosto era profundamente bronzeado, graças a uma vida exposta ao sol, e as bochechas estavam pontilhadas de manchas de terra, onde ele estava cavando no solo. Cesca levantou a mão e acenou, consciente de que deveria saber o nome dele, mas não conseguia lembrar. Sandro os apresentara no seu segundo dia lá, explicando que os jardineiros iam à casa três vezes por semana. Como gafanhotos, eles chegavam em um enxame, atacando a vegetação. Eram capazes de arrumar toda a propriedade em questão de horas.

— Aonde você vai? — Só quando o segundo homem falou ela percebeu que era Sam. Sem esperar por uma resposta, ele se virou e começou a conversar de novo com o jardineiro, as palavras em italiano dançando em sua boca, como se fosse sua língua nativa. Ele parecia tão diferente. A voz estava ainda mais profunda, quase gutural. E, apesar de cada parte dela gritar para não reconhecer, Cesca não podia deixar de admitir que isso o deixava ainda mais atraente que o normal.

— Eu vou à praia. E mais tarde devo ir à cidade de novo. Porque eu posso. — Ela franziu o nariz para ele. Mais uma vez, ele a fez se sentir como uma menina de doze anos.

— Será que você pode comprar algumas coisas para mim? — ele perguntou gentilmente. — Estou quase sem nada de novo.

Os lábios dela se apertaram. Ela queria dizer a ele onde deveria enfiar suas coisas e se recusar a ajudá-lo. Toda vez que o via, agia como criança.

— Eu disse que faria isso, não disse? — perguntou. — Faça uma lista e deixe na cozinha. Eu pego quando for sair. — Pronto. Ela estava cumprindo sua parte no acordo, mesmo que isso a fizesse desejar furar os próprios olhos com palitos de dente.

Ela atravessou os jardins e seguiu para a paisagem mais selvagem, cheia de arbustos, alcançando os degraus que levavam até a praia. O sol refletia no lago e diretamente nos olhos dela, fazendo-a estreitá-los enquanto cobria a testa com a mão. A praia era pequena, mas linda, coberta com minúsculas pedras que desapareciam na água. Os Carlton construíram um pequeno deque coberto ali, com espreguiçadeiras e mesas para se acomodar enquanto se admirava a vista oferecida pelo lago. Foi ali que Cesca decidiu passar o dia desenvolvendo sua peça. E, embora ainda não tivesse começado a escrever as cenas, aquilo parecia uma grande conquista. Na última semana, de alguma forma, ela conseguira fazer o esboço de uma história. Um esboço mal desenvolvido, mas era mais do que havia conseguido nos últimos seis anos.

Recostando-se, tentou imaginar como devia ter sido crescer ali, passando os verões bronzeada pelo sol que salpicava na água, cercada por familiares e amigos. Pelo que vira nas fotografias, Sam tinha duas irmãs mais novas que tendiam a encará-lo de forma adorável em quase todos os retratos. Ela achava que as meninas o seguiam ao redor da *villa*, correndo para a praia com seus biquínis, arrastando baldes e pás com elas, exigindo que Sam as jogasse na água mais uma vez.

Ele parecia ter esse efeito sobre as mulheres. A maioria delas, pelo menos.

Sua garganta apertou. Cesca nunca tinha viajado para o exterior antes da Itália. Ela e as irmãs haviam passado as férias escolares em sua casa de Hampstead, pulando como bolas de fliperama entre a biblioteca e o jardim. Às vezes faziam piqueniques no mato. Mesmo que tivesse recursos para levá-las para longe, o pai provavelmente teria resistido à ideia de viajar para o exterior com quatro crianças pequenas. Cesca não podia culpá-lo. Na verdade, todas deram trabalho, cada uma a sua maneira.

Uma onda de inveja da vida fácil de Sam atravessou seu corpo, fazendo-a endireitar as costas como uma vara de ferro. Ela deveria canalizar o sentimento, colocá-lo na escrita. Mas era mais fácil dizer do que fazer, especialmente quando o objeto da sua inveja dividia a *villa* com ela. Será que ela se sentiria constantemente no limite durante todo o tempo em que estivessem juntos?

— Nos encontramos de novo! — Cristiano Gatto estava parado na cerca que separava a parte dos Carlton da praia dos vizinhos. Ele se inclinou sobre a madeira, as mangas brancas da camisa, enroladas até os cotovelos, revelando braços bronzeados e uma pulseira grossa de prata. Sorrindo calorosamente para ela, seus dentes quase brilhavam ao sol. Vê-lo foi suficiente para trazer seu sorriso de volta.

Era tão fácil interagir com Gatto. Ele era como um raio de sol ali parado, tão inocente e amigável.

— Você não parece pronto para tomar sol — Cesca respondeu. Ficando de pé, ela amarrou a saída de praia ao redor da cintura, consciente de sua quase nudez diante do homem completamente vestido. Biquínis são ótimos quando todo mundo está usando. Caso contrário, você se sente uma coelhinha da *Playboy* em uma casa cheia de homens de smoking no estilo Hugh Hefner.

— Ainda estou explorando a região. — Cristiano olhou para o relógio de prata. — Tenho uma reunião hoje à tarde, mas queria conferir a praia.

É muito bonita. — Seus olhos ainda estavam nos dela. A maneira como ele falou espalhou um calor bem-vindo pelas suas costas.

— É ainda melhor à noite — ela disse. — Os barcos chegam mais perto e o lago reflete as luzes deles. É muito tranquilo sentar aqui e olhar para a água.

O sorriso dele se ampliou.

— Parece bonito. Mas me conte, Cesca... Por que uma mulher como você está aqui sozinha? Em uma casa grande o suficiente para acomodar uma família enorme?

As bochechas dela ficaram coradas com o flerte.

— Eu não estou exatamente de férias. Estou cuidando da *villa* no verão. É o meu trabalho.

Cristiano inclinou a cabeça para o lado.

— Então nós dois estamos de férias e trabalhando? Mais uma coisa em comum. Talvez, no fim dos nossos dias ocupados, a gente devesse descer aqui e dividir uma taça de vinho, colocar os pés para cima e conversar sobre o nosso trabalho.

A garganta de Cesca apertou. Ela não tinha certeza de que seria interessante contar que instruíra os jardineiros ou espanara a biblioteca. Não era exatamente uma posição de sucesso que ela estava ocupando ali.

— Parece legal.

Ele abriu aquele sorriso fácil de novo.

— Então nós temos um encontro. Eu trago vinho tinto e você traz o seu rosto bonito. Podemos marcar para sexta-feira às oito?

— Esta sexta? — Cesca olhou para ele, surpresa. Achou que só estivesse sendo simpático.

— Por que não? A não ser que você não queira, é claro.

— Sexta-feira às oito está perfeito. — Ela se sentiu sem fôlego. — Vou trazer alguma coisa para a gente comer. Senão vou acabar ficando bêbada e falando demais.

A pele ao redor dos olhos dele se enrugou.

— Parece bom.

A vermelhidão no rosto dela aumentou.

— Você não diria isso se me visse embriagada. Um pouco de pão e queijo vai poupar você da minha total falta de noção.

— Total falta de noção? — Cristiano perguntou. — Como assim?

— É que, se eu tomar vinho sem comer alguma coisa, vou falar muita besteira — Cesca explicou. — Acredite: você não vai querer ouvir.

— Acredite, eu quero. — Ele ainda estava apoiado na cerca, mas era como se tivesse se aproximado. De repente, o corpo dela parecia quente. — E estou ansioso para ouvir a sua, como você diz... total falta de noção. Mas agora está na hora de ir para as minhas reuniões chatas e, de alguma forma, passar as horas até a sexta-feira chegar. *Ciao, bella.* — Ele piscou e depois se virou, seus sapatos de couro preto brilhantes esmagando o cascalho da praia enquanto ele seguia para os degraus que levavam até sua casa. Cesca o observou, ainda corada e sem fôlego, se perguntando com o que acabara de concordar.

Aquela atitude nem parecia dela. Mas nada, até agora, lembrava a Cesca que fora até algumas semanas antes. De alguma forma, ela passara de uma garçonete se esquivando de gatos a uma mulher que era convidada para encontros com italianos belíssimos que queriam dividir com ela uma garrafa de vinho quando o sol se pusesse. Suas irmãs não a reconheceriam se pudessem vê-la agora. Caramba, ela quase não se reconhecia.

Não era uma sensação ruim.

Sam pressionou a cabeça contra o vidro frio da janela, olhando para o deslumbrante céu azul. Quando fechou os olhos por um momento, o sol deixou suas pálpebras alaranjadas. Ele soltou um suspiro. Nada estava acontecendo como ele esperava. Quando saiu de Hollywood, a *villa* na Itália parecia um refúgio, a luz no fim do túnel. Ele não havia pensado no que fazer depois que chegasse ali, naquela casa tão cheia de história e ao mesmo tempo tão vazia de vínculos, só com seus pensamentos sombrios e uma garota louca como companhia.

E, vamos encarar, até mesmo essa garota o abandonara.

Sam conseguiu encurralar Carlito, que cuidava do jardim havia anos, e perguntou se ele sabia como entrar em contato com Gabi e Sandro. Para seu aborrecimento, Carlito confirmou a história de Cesca, explicando que a irmã de Sandro estava a poucos dias de dar à luz. Mesmo desanimado, Sam não podia exigir que eles voltassem, considerando a maneira como tinham cuidado de sua família nos últimos anos. Mais que funcionários, eles eram amigos e sempre ficavam felizes em vê-lo, fazendo de tudo para deixá-lo confortável. Ele não podia afastá-los de seus parentes.

A brisa do lago trouxe o som das vozes. A equipe de trabalhadores de Carlito havia ido embora meia hora antes, e não havia ninguém na *villa* além de Sam. Ainda que Cesca fosse muito estranha, ele não podia acreditar que ela estivesse rindo à toa, a menos que ela finalmente tivesse perdido o último fio de controle da sanidade. Suas pálpebras se abriram e ele piscou rapidamente, se acostumando com o brilho do sol mais uma vez. À medida que as pupilas se dilatavam o suficiente para poder se concentrar, ele pôde ver sua forma ao longe, se destacando na pequena praia que acabava no lago. Ela estava olhando para alguma coisa — ou alguém —, as mãos gesticulando descontroladamente.

Do outro lado da cerca divisória, Sam viu a forma de um homem apoiado na madeira. Era impossível dizer muito mais dali; nem a idade nem a aparência podiam ser descobertas da posição em que Sam se encontrava. Mesmo assim, ele apertou os olhos, franzindo os lábios secos enquanto tentava identificar o homem, mas só conseguia ver o contorno das roupas.

Seu primeiro pensamento foi o de que ele havia sido descoberto. O coração de Sam começou a bater rapidamente enquanto continuava a observar. Uma rajada de vento do lago levantou a saia de Cesca, revelando o corpo de biquíni e a pele reluzente. Ela era surpreendentemente graciosa, mesmo a esta distância. Ele se perguntou como seria um pouco mais perto.

A conversa entre os dois estava chegando ao fim, pelo que Sam percebeu. Ela estava meio afastada do homem, a perna esquerda preparada para caminhar. Pela abertura da saia, Sam percebeu que era uma saída de praia amarrada na cintura em uma tentativa de se cobrir. Um pingo de inveja o atingiu. Ela estava livre para ir aonde quisesse, para fazer o que desse na telha, sem ser perseguida por um milhão de olhos. Se ele estivesse no lago, com certeza haveria barcos com fotógrafos inclinados para o lado e câmeras equipadas com lentes de longa distância rodeando a região. Mas Cesca podia andar por ali seminua sem preocupação.

Ele sentiu uma ponta de irritação por ela estar fazendo isso na frente de um desconhecido no lago.

Não querendo ver mais nada, Sam se afastou do vidro e se virou para voltar para a biblioteca. Normalmente esse lugar era domínio do seu pai. Sempre que a família estava na casa, era ali que Foster ficava, lendo roteiros de peças e folheando livros. Além das paredes cobertas por livros, havia dois grandes divãs de couro no centro da sala, um de frente para o outro, com uma mesa de madeira antiga no meio. No canto, havia uma escrivaninha, geralmente arrumada, onde ficava o computador de Foster, mas que atualmente estava cheia de papéis e livros. Sam pegou um deles — um Stanislavski — e abriu. Em poucos minutos, estava tão absorto nas palavras do ator famoso que nem sequer ouviu a porta se abrir.

— O que você está fazendo aqui? — Cesca entrou na biblioteca, a cabeça erguida como se tivesse encontrado um ladrão. Passou por ele e seus braços se esbarraram enquanto ela colocava seu trabalho da manhã no canto da mesa.

Sam colocou o livro de volta onde achou.

— Da última vez que chequei, esta casa ainda era minha.

Ela suspirou.

— Isso de novo? Quer dizer, o que você está fazendo na biblioteca? Eu estou usando este espaço desde que cheguei. Gostaria de poder escrever aqui, em paz, se você não se importar. Já é difícil demais tentar vencer o bloqueio de escrita sem ter você parado aqui, me desanimando.

Sam franziu a testa.

— Por que eu te desanimaria?

Cesca revirou os olhos.

— Porque o simples fato de você existir já diz que o universo me odeia. E seria bom poder escrever a minha peça sem ter que reconhecer isso.

Por algum motivo, o drama da garota o divertiu. Ele podia sentir seus lábios se contraindo quando a observou suspirar de novo. Comentou consigo mesmo que era o tédio que a fazia interessante.

— Com quem você estava falando na praia? — ele perguntou.

Ela arqueou as sobrancelhas, chocada.

— O que você quer dizer? — Cesca envolveu a própria cintura com os braços. Ele notou que ela fazia isso eventualmente, como um mecanismo de defesa, mas dessa vez a ação o fez analisar seu corpo. Ela ainda estava usando o biquíni e a saída de praia rosa e preta. Ele tentou não olhar para o jeito como a parte de cima do biquíni cobria os seios arredondados, ou como sua barriga era firme e tonificada, desaparecendo sob o tecido.

Ele não sabia por que a sensualidade dela o surpreendia. Seu corpo era curvilíneo e flexível ao mesmo tempo, e ele se viu querendo tocá-la.

— Eu estou aqui, sabia? — Cesca gesticulou para o rosto de Sam. — Se quiser falar comigo, sugiro que não se dirija aos meus peitos.

— Você está mudando de assunto?

— Que assunto? — ela perguntou.

— Sobre o homem com quem você estava conversando na praia. Eu perguntei quem era, e você não se deu o trabalho de responder.

— Eu não tenho que responder se não quiser.

Foi a vez de Sam suspirar.

— Eu sei que você não precisa responder, mas estou aqui por um motivo, e é para ter paz e sossego e ficar longe dos fãs e dos repórteres. Quero saber quem é esse cara e se você falou pra ele que eu estou aqui.

O rosto dela assumiu uma expressão de desgosto.

— Ah, meu Deus, você poderia ser mais egocêntrico? Por que o Cristiano ia se interessar por você? Já pensou em consultar um psiquiatra?

Sam não se incomodou em dizer que já se consultava com um havia anos.

— O nome dele é Cristiano? — perguntou. Por algum motivo, ficou irritado por saber que Cesca e o homem estavam se tratando pelo primeiro nome.

— Sim, se você precisa mesmo saber. É Cristiano Gatto. Ele está alugando a casa vizinha neste verão. Mora em Roma e está de férias aqui. É dono de restaurante.

— Você descobriu muita coisa sobre ele em alguns minutos. — Sam sabia que estava se entregando, expondo seu interesse nela quando não deveria.

Ela balançou a cabeça.

— Ah, pelo amor de Deus. Foi a segunda vez que nós conversamos. Eu o conheci um dia desses no café. — Ela estreitou os olhos. — E fique sabendo que eu nem lembrei do seu nome. Você não é tão interessante assim.

Sam fingiu cambalear com suas palavras, observando sua expressão irritada com um divertimento sombrio.

— Vou sair — ela disse. — Sabe como é, dar uma volta na cidade, onde eu posso passear e olhar as lojas. Talvez pare na *gelateria*, compre um sorvete e coma todo o creme maravilhoso até ficar tremendo de frio. — Ela estava zombando dele agora. — Se você tiver sorte, posso tirar uma foto.

— Não preciso de uma foto sua. Eu sei que vou te ver nos meus pesadelos todas as noites.

Ela fez outra careta e seu rosto ficou vermelho de raiva.

— Não esqueça de comprar minhas coisas — ele lembrou. — Deixei a lista na cozinha.

Cesca não falou nada, mas outro revirar de olhos disse tudo o que Sam precisava saber. Ele tinha conseguido irritá-la. Os dois eram como crianças no parquinho, girando um ao outro até estarem prontos para brigar até a morte.

Sam sabia que não devia gostar disso, mas uma parte dele formigava, deliciada com os ataques constantes. Cada vez que ele fazia os olhos dela brilharem de raiva, se sentia mais vivo. Tédio, era isso. Assim que voltasse para Hollywood, nem se lembraria de Cesca.

Por enquanto, porém, atormentá-la estava se tornando seu esporte favorito.

Cesca o observou sair da biblioteca, tão frustrada que os dentes até doíam de tanto ranger. O homem era insuportável. Era como se algum cientista estivesse sentado em um laboratório tentando descobrir a melhor combinação de sarcasmo e sagacidade projetados para que ela desejasse gritar e urrar. Depois de muita experimentação e aperfeiçoamento do trabalho, conseguiram encontrar Sam Carlton. Seu inferno pessoal. Que sorte a dela!

Apertando os punhos, ela balançou os dedos para recuperar a circulação sanguínea. Era muito estranho que, apesar de todo o seu medo e preocupação, quando finalmente o viu de novo, tenha se sentido mais viva que durante os últimos seis anos.

Ela não podia negar que gostava disso.

9

O amor não se vê com os olhos, se vê com a mente,
por isso é alado, é cego e tão potente.
— *Sonho de uma noite de verão*

O supermercado de Varenna era um dos lugares favoritos de Cesca. Ela ficava maravilhada com as carnes curadas que pendiam do teto em cordas e os queijos que formavam pilhas tão altas que ela mal conseguia alcançar os que estavam no topo. Ao contrário de Londres, onde sair para comprar comida era sinônimo de gastar todo o seu dinheiro, na Itália Cesca deixava seu estômago dominar as compras. Ela encheu a cesta com *prosciutto*, *pancetta* e massas de várias formas e cores. Depois pegou queijos embrulhados em papel claro e encerado: parmesão ralado e um rico gorgonzola, além da maravilhosa *casoretta*, que Gabi e Sandro tinham lhe apresentado. Um pedaço ainda quente de pão enfarinhado foi sua escolha final, o acompanhamento perfeito para os queijos esta noite, na praia. Com o vinho que Cristiano estava planejando levar, a ideia da comida já fazia seu estômago roncar.

Tirando do bolso a lista de compras de Sam, alisou o papel e começou a procurar os itens, tomando muito menos cuidado em selecioná-los do que com sua própria comida. Ele não pediu muito desta vez: só cerveja, produtos de higiene pessoal, batatas fritas e biscoitos. Ela passou pela banca de jornais, se perguntando por um momento se deveria levar uma revista para ajudá-lo a se livrar do tédio, mas depois virou, decidindo que não ia comprar o que ele não havia pedido.

Não se preocuparia tanto assim com ele.

A caminhada de volta para a *villa* foi decididamente menos despreocupada do que a ida para a cidade. Talvez fosse o peso das sacolas, com a comida dela e de Sam ali. Seus músculos estavam reclamando pelo esforço.

Ou talvez fosse o calor da tarde, enquanto o sol batia do seu recanto no céu, fazendo rios de suor deslizarem pelo pescoço de Cesca. De toda forma, quando chegou aos portões de ferro e digitou o código de acesso, ela estava sem fôlego e exausta, ansiosa para descansar um pouco os pés.

Felizmente para ela, Sam não estava à vista enquanto levou as compras para a cozinha e as guardou na grande geladeira de aço inox que ficava no canto do cômodo. Pegando uma lata gelada lá de dentro, Cesca pressionou o metal contra a testa, tentando se resfriar, antes de abri-la e servir o conteúdo em um copo. Ao entrar na sala de estar, afundou no sofá. Outra onda de exaustão recaiu sobre ela enquanto adormecia.

Seus músculos ainda estavam doloridos quando um barulho a despertou e seus olhos cintilaram à medida que tentava abri-los. A noite já havia chegado e o céu estava pintado com tons de azul e rosa enquanto o sol se punha. Do outro lado do lago, as luzes das casas brilhavam.

Alguém limpou a garganta. Ela piscou novamente, vendo uma sombra no canto da sala. Por um breve momento, seu coração começou a acelerar.

— Sam?

— Estou vendo que você está ocupada — ele disse. — Eu devia parabenizar meus pais por encontrar alguém que trabalha tão duro.

— Sabia que você é tão encantador quanto todos os sites de fofocas dizem? Quando foi que você se formou na escola de carisma?

O rosto dele ficou sério. Na escuridão da noite, Sam parecia o menino das fotografias na parede. Perdido, esperançoso e algo mais que ela não conseguia identificar.

— Você leu alguma coisa? — ele perguntou, com a voz baixa. — O que estão dizendo agora?

Havia um tremor em sua voz que o fazia parecer quase humano.

— Eu pareço alguém que passou a tarde pesquisando sua vida no Google? — ela perguntou. — Sério, eu tenho coisa melhor pra fazer do que ler fofocas sobre você. Por mais que eu tenha certeza de que deve ser interessante.

— Fofocas nunca são interessantes — ele disse calmamente. — É errado, embaraçoso e machuca as pessoas.

Assustada, Cesca olhou para ele. Poderia haver uma fenda na armadura de Sam? Alguma coisa que pudesse expor o ser humano que ele escondia ali embaixo?

— Tenho que concordar com isso — ela disse devagar, sem acreditar que os dois pudessem ter algo em comum. — Eu sofri com elas na minha época. — Especialmente depois que a peça foi cancelada. Muitas pessoas nutriram algum tipo de satisfação doentia pelo fato de Cesca ter desaparecido rapidamente.

— Eu também. — Sam limpou a garganta. — De qualquer forma, hum, obrigado pela comida. Era exatamente o que eu precisava.

Ela piscou de novo. Não estava acostumada a ouvi-lo dizer uma frase sem que estivesse repleta de sarcasmo. Cesca não tinha certeza de como responder.

Por sorte, Sam falou por ela, sem perceber que ficara muda com o choque por ver seu lado mais suave.

— Será que você gostaria de jantar comigo? A gente pode preparar um macarrão e abrir uma garrafa de vinho dos meus pais. Se você insistir, eu posso até te deixar lavar os pratos. — Um meio sorriso apareceu nos lábios dele.

Ah, ele era muito bonito quando sorria. Não pela primeira vez, ela pôde entender por que ele estava estampado na capa de tantas revistas e pôsteres e o motivo de ser o queridinho do Instagram, seguido por um milhão de meninas.

— Vinho parece bom... — A voz dela morreu quando suas palavras a fizeram se lembrar de algo. — Espere, que horas são? — Ela olhou em volta, procurando um relógio. — Eu devia estar em outro lugar.

Sam levantou o pulso para olhar o relógio.

— Ainda são oito horas.

— Estou atrasada! — Cesca se sentou, entrando em pânico. Tinha prometido encontrar Cristiano na praia às oito, levando um queijo perfeito e pão fatiado, e não havia preparado nada daquilo. Com a melhor vontade do mundo, levaria pelo menos dez minutos para chegar lá. Ele a esperaria? Cesca não tinha certeza. Ela nem estava na Itália tempo suficiente para saber o que era aceitável lá em termos de atraso.

— Ei! — Sam recuou quando Cesca passou por ele. O rapaz estendeu a mão para ela, que presumiu que o gesto tinha o objetivo de estabilizá-lo. Ele segurou o braço dela, mas, em vez de recuperar o equilíbrio, conseguiu puxá-la contra o peito.

Alarmada, Cesca colocou as mãos nele, planejando se afastar. Então sentiu o calor da pele de Sam sob suas palmas, e o batimento constante do coração dele contra o peito. Surpreendida, hesitou.

— Preciso ir — ela disse de novo, sem saber se estava falando com Sam ou consigo mesma.

Ele abaixou as mãos, seus dedos agora circundando os pulsos dela. Quando Cesca tentou se afastar, o controle dele interrompeu seu movimento.

— Aonde você vai?

Sua boca ficou seca com o contato inesperado. Ela não sabia bem por que aquilo a afetava tanto.

— Vou encontrar o Cristiano na praia para jantar. Nós temos um... um encontro.

Sam soltou os braços dela, se afastando. Quando ela o encarou, viu que seu rosto de repente se tornou impassível, sem demonstrar nenhuma sugestão do sorriso que estivera em seus lábios momentos antes.

— Então vá logo — ele disse, se virando e caminhando pela sala de estar. — De qualquer forma, eu tenho coisas para fazer.

Cesca olhou para ele, esfregando o pulso esquerdo com a mão direita, bem no local onde ele havia segurado momentos antes. Ela franziu a testa, unindo as sobrancelhas enquanto tentava descobrir o motivo de se sentir tão desorientada.

— O que foi que aconteceu? — ela perguntou, balançando a cabeça, quando ouviu a porta da biblioteca bater.

Sam estava andando à procura do sinal de celular. Com o iPhone na mão estendida, mantinha os olhos colados nas barrinhas da tela enquanto subia a colina atrás da *villa*, caminhando até o ponto mais alto da propriedade. Uma semana sem poder ligar para ninguém ou — Deus me livre — acessar a internet era mais que suficiente para ele. Foi então que percebeu como era dependente da porcaria do pedaço de plástico e metal que carregava para todo lado.

Ele queria saber se o pior havia acontecido. Antes de sair de LA, seu advogado tinha assegurado que tudo estava sob controle. Mas Serena era traiçoeira e se mostrara uma excelente mentirosa. Ele não confiava nela nem na distância em que conseguiria jogar aquele telefone.

Se pelo menos tivesse percebido isso alguns meses antes.

Esta parte do jardim estava coberta de vegetação selvagem, com enormes arbustos e árvores que escondiam Sam conforme ele subia a colina. Alcançando o ponto mais alto, uma barrinha começou a piscar no celular, e ele prendeu a respiração enquanto esperava para ver se estava conectado com a operadora.

Apoiando-se em uma rocha, se sentou e olhou para o lago. Havia esquecido como o lugar era bonito. Quando criança, ele não dava muita bola para a casa dos ancestrais de sua mãe, mais interessado em nadar e mergulhar do que em qualquer outra coisa. Mas, depois de anos rodeado de concreto e picaretagem, a Itália era um bálsamo para a alma.

Parecia real.

Um ruído veio do lago, e ele olhou para lá. Estava muito escuro para conseguir ver bem a praia particular que pertencia à *villa*. Ele sabia que Cesca estava lá embaixo — com seja lá qual fosse o nome dele —, e talvez devesse se certificar de que estava tudo bem. Mas não estava preparado para que ninguém mais soubesse que ele estava ali, nem mesmo um vizinho que tinha a intenção de passar um tempo com a governanta. Não. Melhor ficar onde estava, escondido.

Quando mais jovem, Sam tinha aprendido a se tornar um camaleão, capaz de se adaptar a qualquer situação. O garoto meio italiano e meio americano que morava em Londres sentia que uma parte de si não pertencia a nenhum lugar. Seu relacionamento com o pai não ajudava. Foster sempre fora imponente. Sua voz alta silenciava todos ao redor, e seu carisma sugava tudo, como um buraco negro. O Sam mais jovem vivia desesperado para chamar a atenção do pai, ganhando prêmios na escola, medalhas na natação e trazendo para casa provas com nota A, mas nada parecia impressioná-lo. Pelo menos, nada que Sam pudesse fazer.

Em dias bons, Sam aceitava, com raiva, que boa parcela do seu sucesso vinha dos seus "problemas com o pai" — ou dos problemas "originários da família", como seu psiquiatra definia. Mas mesmo agora, seis anos depois de descobrir a verdade sobre Foster, ainda havia algo dentro de Sam que queria ganhar seu respeito. Todo o seu sucesso profissional, as indicações aos prêmios da SAG — o sindicato dos atores — e a aclamação da crítica, nada disso poderia substituir o que ele mais desejava.

Seu celular conseguiu pegar sinal e começou a vibrar descontroladamente. As notificações zuniam conforme dezenas de mensagens eram baixadas de uma só vez. Depois de quase sete dias sem conexão, uma porção de aplicativos se atualizava enquanto mensagens de voz, e-mails, mensagens de texto e o Twitter exigiam sua atenção. Sua garganta se apertou quando ele olhou novamente para a tela, com o dedo indicador sobre o vidro. Por onde ele deveria começar? Os e-mails seriam longos, possivelmente irritantes, e as mensagens de voz seriam muito difíceis de ouvir. Embora mais curtas, as mensagens de texto ainda iriam fazê-lo querer jogar o telefone longe de novo. Fugir sempre fora sua primeira escolha.

Desligando o telefone sem ler nada, ele colocou o aparelho no bolso da bermuda. Sam ainda não estava pronto para aquilo nem queria saber se a história tinha acabado. Levantou e esticou as pernas para alongar os músculos, que se queixaram do movimento repentino. Passando a mão pelo cabelo, olhou de novo para o lago e várias perguntas bombardearam seu cérebro.

Quanto tempo ele pretendia ficar? Não fazia ideia.

O que faria a respeito de Serena Sloane e sua traição? Não fazia ideia.

Por que, se estava se escondendo da família, havia escolhido este lugar? Especialmente quando seu passado parecia alcançá-lo, na forma de uma pequena espoleta que tentava de todas as maneiras transformar sua vida num inferno. Os lábios de Sam se contraíram com aquela pergunta. Cesca o irritava além da conta, com certeza, mas também havia algo nela que o divertia, o atraía. A adrenalina que o atingia depois de cada discussão era um lembrete de que ele estava vivo.

Alcançando o tronco da árvore mais próxima, ele começou a descer de volta para a *villa*. Evitando pedras e raízes, a sola de seus sapatos chutava a terra. Aproximando-se dos jardins, pôde ouvir os sons que vinham do lago: uma risada ocasional e a conversa trazida pelo vento.

Ele não gostou da ideia de um estranho estar tão perto. Talvez devesse conversar com Cesca e proibi-la de encontrar esse vizinho de novo. Afinal, eram os Carlton que pagavam o salário dela. A moça seria obrigada a atender seus desejos se ele os expressasse, não?

Outro barulho, mais alto desta vez, seguido de uma risada alta. Sam fechou as mãos com força e um flash de raiva inesperada o atingiu.

Definitivamente, ele teria uma conversa com ela.

10

Nós somos feitos da matéria de que são feitos os sonhos.

— *A tempestade*

— Você precisa fazer assim — Cesca falou, pegando outra pedra lisa da praia. Curvando o braço, segurou a pedra com firmeza por um momento antes de lançar o antebraço para a frente, observando o pedregulho atingir a superfície do lago seis, sete, oito vezes.

Balançando a cabeça, Cristiano pegou uma pedra e tentou imitar seus movimentos. Ela desapareceu no lago com um barulho alto, fazendo Cesca ter um ataque de riso.

— Não estou vendo graça. — Embora as palavras dele soassem sérias, seus olhos brilhavam com diversão.

— Sempre achei que as meninas é que não conseguiam arremessar. Tenho certeza de que esta aula aqui deveria ser ao contrário.

— Você está questionando a minha masculinidade? — Cristiano perguntou. Seu rosto estava corado por causa do queijo e do vinho tinto. Os dois tinham comido e bebido muito, o que provocava uma onda de embriaguez em Cesca toda vez que ela se abaixava.

Ela balançou a cabeça, sentindo tontura de novo.

— Não, só estou questionando suas habilidades de arremesso. Você não aprendeu quando era criança?

— Eu cresci na cidade e lá não tinha muitas oportunidades para fazer isso — ele disse, estendendo a mão e segurando uma mecha do cabelo dela entre os dedos. Por algum motivo o gesto a confundiu, deixando-a desconfortável. Ela balançou os pés, chutando o cascalho debaixo das sandálias.

Cesca riu de novo, desta vez para disfarçar o constrangimento.

— Eu também cresci na cidade. Mas jogar pedras no lago é um rito de passagem. Eu sinto que faltou esse marco no seu desenvolvimento. — Então recuou, afastando o cabelo do toque dele. Sentiu que ele franzia a testa, mas não conseguiu olhar em sua direção. Cesca nunca fora muito boa em flertar, nem mesmo depois de algumas taças de vinho. Sempre se sentia um pouco desajeitada quando notava o interesse de um homem. Como se não pudesse entender o que ele queria.

— Você tem uma risada muito bonita — ele disse. Embora Cristiano estivesse longe agora, Cesca sentiu uma onda de calor atingi-la. Quem não gostaria de ouvir algo assim?

— Você bebeu demais.

— De jeito nenhum. — Ele sorriu de novo. — Você não é muito boa em aceitar elogios, né? Eu já tinha percebido isso nas inglesas. Parece que vocês são criadas acreditando no pior a seu respeito.

Ela inclinou a cabeça para o lado, ponderando as palavras de Cristiano.

— As italianas se comportam diferente?

Foi a vez dele de rir, em tom profundo e baixo.

— Não posso dizer por experiência própria, mas a minha irmã sempre foi elogiada e amada. As meninas neste país crescem sabendo que a beleza pode ter todos os tamanhos, todas as formas e todos os tons de cabelo. As mulheres são adoradas aqui na Itália, não criticadas. — Sua voz era suave, e o olhar, intenso. Cesca sentiu o coração começar a acelerar.

— Parece um jeito incrível de crescer.

— Eu fui ensinado, desde garoto, a demonstrar respeito e adoração pelas mulheres. Começa com a nossa mãe, é claro, mas depois aprendemos a apreciar a feminilidade que nos rodeia. Fico triste quando as mulheres não entendem a própria beleza e poder. Especialmente alguém tão atraente quanto você.

É possível ser seduzida só por palavras? Cesca não tinha certeza. Talvez a culpa, mais uma vez, fosse do vinho que mandava arrepios pela sua coluna. Sua pele efervescia, como se ela tivesse acabado de mergulhar em refrigerante.

Sua voz soou sincera quando ela falou de novo.

— Você é muito gentil. — Era o melhor que ela podia fazer. Depois de uma vida se esquivando de elogios sobre sua aparência, Cesca não conseguiria mudar de um dia para o outro.

— É um começo. — Ele deu um sorriso suave. — Se você passar algum tempo comigo, vai ter que aprender a aceitar elogios o tempo todo. Uma mulher como você merece muitos.

Seu olhar azul parecia penetrá-la e, mais uma vez, ela pôde sentir o constrangimento envolvê-la. Ele serviu outra taça de vinho e ela aceitou, agradecida por ter algo para fazer além de tentar esconder as bochechas vermelhas.

— Vamos mudar de assunto? — ele perguntou, percebendo claramente sua timidez. — Por que você não me conta o que te trouxe à Itália? Você disse que estava aqui a trabalho. — Ele segurou a mão de Cesca, ajudando-a a se sentar no chão de cascalho. Depois se acomodou ao lado dela, estendendo os pés até que os dedos descalços tocassem de leve a superfície da água. Cesca fez o mesmo, embora suas pernas fossem mais curtas e o lago ainda ficasse a quase um palmo de distância das suas unhas pintadas de rosa.

— Me ofereceram um emprego. Os proprietários da *villa*, os Carlton, são amigos do meu padrinho.

— Foi legal da parte deles te dar um emprego. Você os conhece há muito tempo?

— Não conheço — ela disse. — O Hugh, meu padrinho, trabalha com teatro, assim como o sr. Carlton. Eles frequentam os mesmos círculos faz anos, acho. Depois que eu perdi o emprego, o Hugh sugeriu isso. Ele achava que eu precisava sair de Londres.

— Por causa do clima? — Cristiano perguntou.

A pergunta a fez rir.

— Não, não foi pelo clima. Na verdade, estava muito agradável quando saí de lá. É que eu estava em um momento ruim, e ele achou que seria bom fugir dos problemas. — Era uma forma de descrever as coisas. *Um momento ruim* não descreveria de verdade tudo o que tinha acontecido nos últimos seis anos.

A expressão dele se suavizou com preocupação.

— Que chato ouvir isso. Seria errado eu perguntar que tipo de momento ruim?

Cesca não estava à vontade. Não era o tipo de conversa que tinha com qualquer um.

— Eu era roteirista — ela finalmente disse, com a voz calma. — Mas aconteceu uma coisa e eu tive um bloqueio terrível. Isso me deixou muito deprimida e eu não consegui superar. — Se fosse um primeiro encontro real e não uma conversa de férias com um vizinho bonito, talvez ela tivesse escondido seus problemas e fingido ser meiga e leve.

Graças a Deus não era um primeiro encontro.

— Eu sabia que alguma coisa tinha acontecido com você. — Ele se aproximou. Ela sentiu a fragrância amadeirada de sua colônia. — Você tem um olhar perdido que me faz querer saber mais a seu respeito. É muito sedutor.

O italiano estava perto o suficiente para que Cesca sentisse a respiração dele em sua bochecha. Seu coração quase parou de bater. Ela se sentiu congelar. Ele a beijaria? Mais importante: ela queria que ele a beijasse? O cara era perfeito e não tinha medo de mostrar interesse por ela. Mas faltava alguma coisa, algo que ela não conseguia entender.

— Posso te beijar? — Ela sentiu as palavras dele tocarem sua pele.

Cristiano segurou o pescoço dela e seus dedos deslizaram pela nuca. Foi só quando ela sentiu a suavidade dos lábios dele tocando os seus que percebeu que não era uma pergunta. Era uma declaração de intenções.

Cesca fechou os olhos, sentindo a mão dele puxá-la para perto e os lábios pressionarem mais forte sua boca. Ela esperou pelo calor familiar, o frio na barriga, aquela necessidade desesperada de corresponder. Esperou muito.

Mas não sentiu nada.

Então afastou os lábios, fazendo uma careta, e Cristiano recuou, soltando o pescoço dela. Ele também franziu o cenho, ainda a encarando. Sua boca estava vermelha por causa do batom de Cesca e do vinho tinto.

— Você ficou chateada? — perguntou, preocupado. — Foi cedo demais? Me desculpe por ter entendido errado.

Ela balançou a cabeça, ainda confusa com a própria reação.

— Não... Quer dizer, sim... Não sei. Desculpe, você me pegou de surpresa.

O que ele esperava? Que Cesca se jogasse em cima dele?

— Está tudo bem — ele a tranquilizou. — Você precisa de mais tempo, eu entendo. As melhores coisas da vida não precisam ser apressadas.

Apesar de suas palavras, ela ainda se sentia constrangida. Quando deu por si, estava se levantando.

— Acho que estou cansada. Foi um dia longo, e eu preciso dormir um pouco.

Cristiano seguiu seu exemplo, ficando de pé ao lado dela. Mas continuou sorrindo.

— Claro. Posso te acompanhar até a *villa*? — Um sinal alarmante disparou na cabeça dela. Cesca só podia imaginar o que Sam diria se ela se aproximasse da casa com Cristiano.

— Ah, não. Eu posso ir sozinha. É muito longe para você.

Ele franziu o cenho.

— É aqui do lado.

— Sinceramente, eu vou ficar bem. Os proprietários são muito discretos e não gostam que estranhos entrem na propriedade. — Ao ver a expressão dele, ela começou a recuar. — Não que você seja um estranho, é claro.

Não para mim, pelo menos. Mas eles não te conhecem, e eu prometi cuidar da casa.

Cristiano riu.

— Por favor, não se preocupe. Eu entendi. As pessoas se importam muito com privacidade aqui, eu compreendo. Mas eu gostaria de pedir um favor, se puder. Você se encontraria comigo de novo em breve? Talvez a gente possa sair para jantar. Tem alguns restaurantes por aqui que eu gostaria de conhecer.

Uma respiração longa e lenta escapou dos lábios de Cesca.

— Seria legal.

O sorriso dele era enorme.

— Perfeito. Vou cuidar de tudo e te aviso.

Ela concordou com a cabeça.

— Boa noite, Cristiano. — Então se virou, caminhando pela praia particular até a cerca que separava o lado de Cristiano do dos Carlton, colocando o pé no degrau mais baixo para subir.

Só quando caiu de cara do outro lado foi que percebeu como estava bêbada.

Sam havia esquecido como adorava ler. Era a primeira vez em anos que ele segurava um escrito que não fosse um roteiro de filme, um contrato ou uma daquelas porcarias de revistas, e tinha de admitir que era bom. Fora para isso que tinha ido à Itália, afinal de contas. Para encontrar a solidão, ter um pouco de espaço, tempo suficiente para respirar, pensar e ser alguém que não o homem que Hollywood esperava que ele fosse.

Ele fechou os olhos, deixando o velho exemplar com capa de couro de *Um quarto com vista* cair contra o peito, o pó subindo das páginas e fazendo cócegas em seu nariz. O ar quente da noite acariciou sua pele enquanto atravessava a janela aberta, tão gentil quanto o toque de uma amante. Fazia muito tempo que ele não conseguia cochilar no silêncio, sem os sons de LA ou o zumbido dos pensamentos interrompendo constantemente seus sonhos, mas, durante esses poucos minutos, algo estranhamente parecido com a paz pareceu se espalhar por ele.

As vozes que surgiam em sua cabeça dizendo que ele estava todo errado foram embora. Até a mais alta delas — a voz de Foster — ficou em silêncio por um tempo. E por uma hora feliz ele conseguiu dormir profundamente. Seu corpo relaxou e se soltou enquanto sonhava na poltrona da biblioteca.

Um estrondo o acordou, e foi como se todos os seus circuitos tivessem sido ligados de uma só vez. Sam ficou de pé, tentando descobrir a origem do barulho, e deixou o livro cair no chão.

Estava escuro na biblioteca. Ele devia ter apagado o abajur lateral antes de cochilar, e só as luzes ao longe, do outro lado do lago, combatiam a completa escuridão. Ele piscou algumas vezes para que seus olhos se ajustassem à noite. Havia um ruído vindo do corredor, como se fosse um gato arranhando a parede. Não que houvesse gatos na *villa*, pois Foster não os suportava. Ele não era o tipo de homem que gostava de estar em harmonia com a natureza.

O barulho recomeçou, ecoando pela biblioteca. Esticando os músculos, Sam inclinou a cabeça para um lado. Parecia mesmo um animal.

Foram poucos passos até a entrada. Mais alguns até chegar ao corredor. A neblina da noite o seguia, embora uma lâmpada acesa na sala de estar matizasse o ar com um brilho amarelo pálido. Cesca estava ajoelhada diante dele, apoiada no chão, enquanto tentava desesperadamente reunir o conteúdo da mesa do hall, a qual jazia, torta, no piso de mármore.

— Precisa de ajuda? — ele perguntou, seco.

Os olhos de Cesca se arregalaram e seu rosto corou. Mordendo o lábio, ela balançou a cabeça, retomando a arrumação desesperada. A forma como ela continuava derrubando papéis e canetas enquanto tentava pegá-los o fez lembrar de uma criança desenvolvendo as habilidades motoras.

Sam se ajoelhou ao lado dela, tirando os papéis de suas mãos.

— Está tarde — ele disse. — Você pode arrumar isso amanhã, quando estiver mais claro.

Ele não tinha certeza do motivo de estar sendo legal com ela, não depois de tudo o que tinha acontecido nos últimos dias. Talvez fosse o jeito como suas mãos tremiam ou a respiração entrecortada que lutava para escapar de seus lábios.

— Você está bem? — perguntou, mais preocupado dessa vez. Cesca pareceu não ter nenhuma resposta sarcástica na manga. — Está sentindo dor? — Ele colocou a mão no braço dela, examinando seu corpo em busca de algum machucado. Devia ter doído muito se a mesa pesada tivesse caído sobre alguma parte dela.

Cesca olhou para cima com os olhos vidrados. Franziu a testa, sem conseguir se concentrar no rosto dele. Tentando ficar de pé, fez menção de caminhar, estendendo os braços enquanto caía contra ele. Ela era surpreendentemente forte para uma mulher tão pequena, e a força de seu peso o atingiu em cheio. Instintivamente, Sam a abraçou e pressionou as mãos em suas costas enquanto lutava para impedir que os dois caíssem.

Por um momento, ela ficou quieta. Sam podia sentir seu peito bater contra o dele. Os lábios dela estavam perto do seu pescoço, e a respiração quente soprava de encontro a sua pele. Só mais alguns centímetros e aquela boca macia estaria pressionada contra a dele.

A palma das mãos de Cesca foi de encontro ao peito de Sam enquanto tentava se afastar. Olhando para baixo, ele pôde ver a expressão de choque no rosto dela, refletindo o dele.

— Me solta — ela murmurou. Era como se não tivesse força. Um momento depois de tentar sair do seu abraço, ela desistiu, caindo de volta em seus braços.

— Acho que você vai perceber que é você quem está me segurando. — Ele não conseguiu disfarçar o divertimento na voz. — Você continua se jogando em cima de mim. Literalmente. — Toda a raiva que sentiu antes foi esquecida, e uma espécie de satisfação a substituiu. — Você está bêbada, né?

Ela lutou de novo em seus braços. Desta vez conseguiu dar uma cotovelada na costela de Sam. Foi surpreendentemente doloroso, e ele a soltou para segurar o peito, fazendo Cesca cair de joelhos mais uma vez.

— Merda — ela murmurou. Seu cabelo caiu sobre o rosto. Através do véu loiro, ele podia ver seus olhos, ainda brilhando, e as bochechas coradas. — Você me derrubou, seu burro.

O estrondo de uma risada se formou no fundo do peito dele. O absurdo da situação o estava fazendo esquecer a dor na costela. Havia algo muito cômico na forma como ela estava esparramada no chão, mas Cesca ainda era tão selvagem como um animal encurralado.

— Você está rindo de mim? — ela perguntou. A cadência da voz de Cesca foi abrandada pelo vinho. — Porque não tem nada engraçado aqui.

Mas tinha. Sam estava ali, se escondendo do mundo na *villa* dos pais, se impondo para a esquentadinha que o odiava descaradamente. Era quase um drama shakespeariano que fazia de Sam o herói que finalmente enfrenta o inimigo, representado por Cesca Shakespeare, a dramaturga bonita e furiosa que simplesmente não conseguia escrever.

O riso que saiu de seus lábios parecia quase estranho para ele. Sam inclinou a cabeça, franzindo a testa e tentando descobrir por que parecia tão diferente. Só depois que refletiu sobre isso por um minuto, percebeu a resposta: fazia muito tempo que ele não ria de verdade.

Quando era pequeno, as risadinhas eram tão fáceis quanto respirar. Não havia expectativas, julgamentos nem revelações para abafar o som. Claro que ele riu nos últimos seis anos, afinal de contas era um ator. Mas mesmo o ato de sorrir, quando estava em LA, vinha acompanhado de um controle que faltava ali em Varenna.

Naquele momento ele era Sam, o garoto que crescera nesta *villa*. Não Sam, o adulto que frustrara completamente todas as expectativas.

— Ah, é engraçado — ele conseguiu dizer no meio do ataque de riso. — Na verdade, é hilário pra caramba.

Os cantos dos lábios dela se contraíram. Foi um movimento mínimo, mas ainda assim chamou a atenção de Sam. Pelo olhar dela, ele podia vê-la lutar, tentando impedir que a diversão tomasse conta de si e lentamente falhando nas tentativas de sufocar o riso. De repente, ela também estava rindo. Uma gargalhada que fez seu corpo se curvar. Ela desabou no chão, a parte inferior atingindo os azulejos de mármore enquanto escondia o rosto com as mãos bronzeadas.

— É tudo culpa sua — ela balbuciou. — Seu canalha invasor de casas bonitão.

Até os insultos de Cesca eram divertidos. Seus olhos estavam fechados, o peito subia e descia com cada risada e os braços se agitavam enquanto ela tentava mais uma vez se recompor.

Sam não deixou de notar que ela havia dito que ele era bonito. Sabiamente, decidiu não comentar sobre isso naquele momento. Era algo para guardar e usar mais tarde, no momento certo.

Cesca escorregou quando se levantou, o álcool roubando qualquer sensação de equilíbrio, e Sam rapidamente estendeu a mão para estabilizá-la. Desta vez ela permitiu seu toque, sem conseguir se afastar. Seu corpo se pressionou com força ao dele.

— Vou te levar para o seu quarto, tá? — ele sussurrou, o riso desaparecendo tão repentinamente quanto chegou. — Você precisa dormir. É melhor.

Cesca não protestou. Em vez disso, deixou que ele a conduzisse pela escada e a levasse com cuidado até os degraus. Sam precisou pausar mais de uma vez quando o esforço se tornou grande demais para ela, que perdeu o equilíbrio. Quando chegaram ao topo, ele soltou um suspiro de alívio, levando-a para o quarto, onde ela desabou na cama king-size. Ela pareceu dormir antes mesmo que seu corpo atingisse o colchão. Sam ficou ali, olhando para aquela jovem, vestida com saia e top, imaginando se deveria deixá-la assim ou se era melhor despi-la para evitar problemas.

Ele hesitou. Cesca já o odiava. Se acordasse pela manhã de calcinha e sutiã, só Deus sabia que tipo de fúria sentiria. Ele já estava com problemas suficientes; não precisava de mais.

Mesmo inconsciente, Cesca definitivamente era um problema.

Puxando as cobertas sobre seu corpo ainda vestido, ele olhou para o rosto dela. Uma expressão de tranquilidade substituiu a de desdém que normalmente aparecia sempre que ele estava por perto, e isso transformou sua aparência completamente. Pela primeira vez ele pôde ver a semelhança com aquela garota de dezoito anos de quem ele mal se lembrava, a menina cujo rosto se iluminava sempre que falava sobre sua peça. Lembrar daquilo fez o peito de Sam se apertar. Sentindo um gosto estranho de arrependimento, ele precisou engolir com força para sumir com aquilo.

Será que tinha feito isso mesmo? Ele tinha roubado a felicidade, as esperanças e os sonhos dela? O pensamento era como uma nuvem negra sobre sua cabeça. Não era de admirar que ela o odiasse tanto. Afastando-se, ele saiu do quarto e caminhou pelo corredor até chegar ao seu. Enquanto se preparava para dormir, teve que lutar contra o desejo de se encarar no espelho para repreender o homem que o olhava de volta. Era um babaca completo e absoluto. Um Midas ao contrário. A necessidade de consertar as coisas tomou conta de sua mente. Mas o que ele poderia fazer?

Não tinha sentido ficar pensando em salvá-la. Ele não conseguia nem salvar a si mesmo.

11

O mundo inteiro é um palco e todos os homens e mulheres não passam de meros atores.

— Do jeito que você gosta

Ah. Meu. Deus.

Ela nunca mais ia beber. Nem mesmo aquele vinho tinto maravilhoso que os Carlton guardavam na despensa, aquele que era mais delicioso que qualquer outra coisa que ela já tinha provado. Sua cabeça doía como se mil homenzinhos estivessem usando picaretas em seu crânio, batendo tanto até que lágrimas se formassem em seus olhos.

Quanto à náusea, bem, era quase insuportável. O queijo e o vinho da noite anterior pareciam ter se misturado no estômago para formar um coquetel maligno. Cesca se recostou no travesseiro e fechou os olhos para evitar a luz da manhã, desejando ter recusado a última garrafa quando Cristiano a abriu.

Ela umedeceu os lábios secos, tentando lembrar o que aconteceu depois que deixou a praia. Estreitando o olho esquerdo, viu o suficiente ao seu redor para perceber que havia pelo menos conseguido voltar para o quarto e que, felizmente, estava sozinha.

Sim, definitivamente nunca mais iria beber.

O problema era que ela quase não bebia nada alcoólico quando estava em Londres. Não tinha dinheiro para isso, e, quando tinha, um pacote de chá e uma barra de chocolate sempre pareciam mais sedutores que as garrafas empilhadas nas prateleiras. Mesmo quando Gabi e Alessandro estavam ali, Cesca quase nunca bebia mais de um terço de uma garrafa de vinho. Devagar e sempre, tinha sido sua filosofia durante as primeiras semanas.

Parece que não era mais assim.

Virando de lado, ela colocou a mão na barriga na tentativa de acalmá-la. Seu abdome estava duro e distendido, os músculos doloridos pelas cólicas constantes. Cesca respirou fundo e seus pensamentos se voltaram para a noite anterior. Ela se lembrava de ter caído na areia e, depois, de ter caminhado de volta para a casa. Tinha ido direto para a cama depois disso ou ficou andando lá embaixo? Ah, Jesus. Sam não a viu naquele estado, viu?

A lembrança do seu encontro com Sam e todas as imagens constrangedoras surgiram das profundezas do seu cérebro. Será que ela realmente tinha se jogado em cima dele, várias vezes? *Argh*. Cretino arrogante.

Se ela conseguisse tirar as mãos do estômago, enterraria o rosto nelas. Especialmente quando lembrou que ele praticamente a carregara até o andar de cima e a colocara na cama. Erguendo com cautela as cobertas, ela olhou para seu corpo, soltando um suspiro de alívio quando notou que ainda estava completamente vestida. Pelo menos ainda tinha o último vestígio de dignidade para se agarrar.

Havia um barulho no corredor, como se alguém estivesse batendo no portão de entrada da *villa*. Cesca congelou, lembrando que era dia de limpeza e que a equipe estaria esperando que ela os deixasse entrar na casa. Precisou de cada gota de força de vontade para se afastar da cama e se levantar sem se inclinar de dor. Estendeu as mãos e se apoiou nas paredes claras, fechando os olhos e respirando devagar.

Ela podia fazer isso. Só precisava ir até o andar de baixo e apertar o botão para abrir o portão. A equipe sabia o que fazer, então ela poderia deixá-los limpar o lugar. A jovem se arrastou para fora do quarto com cuidado para não fazer movimentos bruscos que pudessem terminar em vômito.

A escada foi a parte mais difícil. Ela conseguiu caminhar lentamente, precisando parar só uma vez para se estabilizar e engolir a dor. Quando chegou à caixa de segurança no corredor, sentiu que estava quase no controle de si mesma.

— Sim? — perguntou pelo interfone, com a voz fraca.

A resposta em italiano, juntamente com a tela de vídeo que mostrava a van de limpeza, disse tudo o que ela precisava saber. Cesca permitiu a entrada da equipe e se deixou cair sobre a poltrona do hall de entrada, apoiando a cabeça nas mãos.

— Achei que você poderia querer isto.

Sam estava de pé na frente dela, segurando um copo de água. Na outra mão, um envelope de Advil. Deu o copo a ela e depois lhe entregou dois comprimidos. Cesca ficou muito surpresa para fazer algo além de pegá-los, engolindo um de cada vez.

— Obrigada? — Aquilo soou como uma pergunta. Se estivesse se sentindo melhor, provavelmente o interrogaria ou o acusaria de tentar envenená-la.

Em vez disso, sentiu um calor no peito que parecia pacificar o estômago girando.

— Todo mundo já passou por isso — Sam falou, pegando o copo de água vazio da mão dela. — Por que não volta para a cama? Você parece péssima.

— Obrigada. — Quando estivesse se sentindo melhor, precisava muito trabalhar suas respostas.

— Não foi um elogio.

— Não entendi como um elogio. Eu sei que estou péssima. E deveria estar mesmo. A culpa é só minha.

Sam franziu o nariz.

— Hum, nós podemos culpar o vinho.

— Sim, porque ele pulou da garrafa e entrou na minha boca. — Apesar da dor de cabeça, ela sentiu os cantos da boca se erguerem.

— Essa porcaria de chianti tem vontade própria. Devia ser proibido. É uma substância perigosa.

— Você não devia estar sendo superior comigo? — ela perguntou. — Afinal, você não gosta de mim e tem todo o direito de me dar uma bronca por ficar bêbada e depois me mandar trabalhar.

— Você não é uma adversária à altura agora. Vou esperar você melhorar para te fazer sentir mal.

— Muito gentil da sua parte.

— Estou aqui para agradar. — Ele mostrou um sorriso inesperado. — Agora volte para a cama. Você está péssima e fedendo.

— Não posso. A equipe de limpeza está aqui. Eu preciso supervisionar o pessoal.

— Eu faço isso. Volte para a cama.

Ela teria estreitado os olhos, mas doía demais.

— Por que você está sendo tão legal comigo?

Sam suspirou.

— Olha, eu sei que tivemos um péssimo começo e nunca vamos nos dar bem, mas o fato é que, pelo menos nas próximas semanas, vamos ter que encontrar um jeito de conviver. Você não está bem, e eu estou aqui sem ter muito o que fazer. Logo, é sensato que eu assuma o controle. Então, volte para a cama e durma.

— Te devo uma — ela respondeu. — Se algum dia eu me sentir melhor, vou tentar fazer o mesmo por você.

Isso fez o canto do lábio dele se contrair, mas Sam ignorou a oferta mesmo assim.

— Anda logo. Vá dormir. Se você não acordar até a noite, eu entro no quarto para ver como você está. Tente dormir um pouco, tome um banho e fique melhor.

— Sim, senhor. — Se ela tivesse um pouco mais do controle básico dos músculos, teria batido continência. Em vez disso, usou a pouca energia que tinha para subir as escadas em direção ao quarto.

Talvez, quando se sentisse melhor, Cesca tentasse descobrir as motivações de Sam para ser tão complacente com ela. Mas, por enquanto, simplesmente ficaria grata por isso, seja lá de onde tenha vindo.

Era início da tarde quando Cesca saiu da cama pela segunda vez. Ela tomou um banho demorado, deixando o fluxo de água acalmar seus músculos doloridos. Embora ainda estivesse com um pouco de dor de cabeça, a náusea havia desaparecido, substituída por uma fome absurda. Ela a ignorou, se concentrando em se vestir, pentear o cabelo e aplicar um pouco de maquiagem. Ao se olhar no espelho, ficou surpresa com como parecia saudável depois de tudo o que havia bebido na noite anterior.

Ela havia falhado. De novo. Sua vida se resumia a isso, no fim. Como em Londres, ela se deixava levar sem se dar o trabalho de assumir o controle das próprias decisões. Isso tinha que parar. E ela achava que já havia parado. Fora para isso que viera para a Itália, afinal de contas. E, mesmo que as coisas na *villa* tivessem dado um pouquinho errado por causa da chegada de Sam Carlton, isso não significava que ela precisava mudar seus planos.

Foi assim que ela se viu sentada na biblioteca silenciosa, naquela tarde, de frente para o velho computador, olhando para a tela em branco. O cursor piscava para ela por trás do vidro, provocando, ou talvez esperando.

Escrever costumava ser muito fácil. A ponta de seus dedos se movia quase que instintivamente tecla por tecla, formando palavras sem que ela realmente precisasse pensar nelas. Como uma pianista tocando sem partitura, ela deixava seus movimentos falarem.

Mas, agora, era como se ela fosse surda.

Cesca olhou para as anotações ao seu lado. Esboços de personagens e ideias de enredo. Estava tudo lá, esperando pacientemente, assim como o cursor. Ela tinha a estrutura, só precisava construir o restante.

— E se não for bom? — sussurrou para si mesma. Mas não, a questão não era essa. Seu maior medo era o contrário. E se fosse bom demais? E se fosse a melhor coisa que ela já havia escrito? Poderia suportar perder tudo de novo, ver seu trabalho duro se tornar nada, como acontecera seis anos antes?

Olhando para cima, viu uma fotografia de Sam na parede da biblioteca. Ele estava rindo com duas meninas — suas irmãs —, lindo como sempre. Ela esperou que a raiva familiar a atingisse, mas nada veio. Em vez disso, tudo o que ela sentia era paz.

Nunca foi culpa de Sam, não de verdade. No fundo, ela sempre soube disso. Peças são canceladas o tempo todo; é o risco que se corre quando alguém entrega o coração ao teatro. A única pessoa que interrompeu a escrita de Cesca foi ela mesma. E ela vinha fazendo isso havia seis anos.

Cesca fechou os olhos para respirar profundamente. Seu coração estava acelerado. Com os olhos ainda fechados com firmeza, soltou os dedos sobre o teclado, pressionando as teclas em um ritmo que só ela parecia conhecer. Então, ainda prendendo a respiração, lentamente abriu os olhos para ver as palavras escritas na tela.

```
ATO 1
CENA 1
Uma casa decadente, mas rica. Quatro irmãs estão sentadas na
cozinha, todas com roupas de luto.
```

A respiração de Cesca estava acelerada quando digitou as primeiras linhas. Através do diálogo, as quatro irmãs lentamente ganharam vida. Cada palavra era como uma respiração, inflando seus pulmões. E então seus dedos estavam digitando freneticamente, como um músico que se aproxima do ápice enquanto a parte adormecida de seu cérebro assume o controle.

Embora estivesse com fome e ainda um pouco fraca por causa da ressaca, Cesca se viu digitando furiosamente, parando de vez em quando para rabiscar algumas coisas no bloco ao lado do computador. Quando as ideias se recusaram a surgir, ela continuou a digitar de qualquer jeito, escrevendo tolices que, sem dúvida, precisaria cortar quando fizesse a primeira série de edições. Mas o processo de escrita, de colocar a ponta dos dedos nas teclas e tocá-las, de observar as palavras se formarem, era delicioso. Viciante mesmo.

Cesca ficou empolgada. Era como se tivesse sido transportada da linda *villa* de Varenna de volta para Londres, para um teatro velho e empoeirado com enormes cortinas vermelhas e poltronas de veludo esfarrapado. Ela estava observando seus personagens interagirem, brincarem, se apaixonarem, e era lindo.

À medida que o dia ia se encerrando e a noite chegava no céu, ela continuou digitando, sem fôlego e inspirada. Se tivesse parado de pensar, talvez tivesse se maravilhado ao ver como as coisas mudaram tanto em poucas horas. Como um dia que começara tão mal se transformou em algo maravilhoso. Mas estava muito absorta para isso.

Sam se despediu da equipe de limpeza na hora do almoço. Eles eram extremamente eficientes e tiraram todo o pó do piso e móveis. Alguns deles o reconheceram; duas garotas ficaram paradas sem se mexer, com vergonha, até que o chefe delas gritasse para que voltassem ao trabalho. Sam tentou ignorá-los. Estava acostumado a ser observado, mas desta vez sentiu um aperto no estômago quando se perguntou se a equipe tinha ouvido a respeito dele e de Serena Sloane. Graças a Deus, Cesca não falava italiano. A última coisa de que ele precisava era que ela descobrisse os detalhes sórdidos de seu caso. Ela falaria sem parar na orelha dele.

Enquanto a equipe limpava o interior da *villa* e os jardineiros podavam as plantas e rastelavam o terreno, Sam pegou o livro de E. M. Forster que estava lendo na noite anterior e se dirigiu aos jardins, deitando sob o lindo sol italiano para se distrair com as vidas do início do século XX.

Naturalmente, seu pensamento se voltava para Cesca e sua reação a ele. Os dois estavam na Itália por diferentes razões, mas se viram na mesma casa, entrando em contato um com o outro repetidas vezes. Coabitantes cautelosos, pisando em ovos até o fim do verão.

E o que acontecia agora? Sam não tinha certeza. Não havia dúvida de que ele estava escondido ali e não tinha nenhum plano de ação de verdade depois disso. Tudo o que poderia esperar era que, depois do verão, seu nome tivesse desaparecido das manchetes e ele pudesse continuar a atuar em vez de fugir dos paparazzi. Não era pedir muito, era? Só queria ficar em paz para continuar seu trabalho. Tentou ignorar a voz em sua cabeça — aquela que soava suspeitamente como seu agente recém-demitido — dizendo que não era assim que a indústria do cinema funcionava. No fundo, ele sabia a verdade. Atuar bem não vendia filmes tanto quanto ele gostaria de acreditar; publicidade, sim. As pessoas só se animam para ver um filme se tiverem ouvido falar dele, e ter seu rosto na imprensa garantia que o público fosse vê-lo.

Mas ele estava cansado desse jogo, especialmente porque havia se queimado.

Pouco depois das quatro da tarde, ele voltou para a casa e pegou uma lata na geladeira. Virando o conteúdo quase de uma só vez, voltou para o corredor e subiu as escadas, decidindo verificar se Cesca não tinha se afogado em vômito ou morrido dormindo. Abrindo a porta do quarto, Sam ficou surpreso ao ver que a cama estava vazia e as cobertas tinham sido empurradas para a extremidade do colchão, amassadas e enrugadas. Inclinando a cabeça, tentou ouvir se ela estava no banho, mas estava tudo quieto.

Ela havia se levantado. Ele não a vira ao atravessar a sala de estar e o corredor e entrar na cozinha, mas não podia acreditar que ela estava bem o suficiente para sair. A menos que alguém a tivesse ajudado. Ele pensou no cara da casa ao lado, aquele que a fizera rir e a deixara bêbada, e seu estômago se contraiu. Sam esperava que ela não tivesse desaparecido com ele, não depois da maneira como ele a tratara na noite anterior.

Quando voltou para baixo, Sam verificou todos os cômodos de novo, coçando a cabeça quando não a encontrou. Estava prestes a ir até a praia para ver se ela estava com o vizinho quando ouviu um barulho vindo da biblioteca. A porta estava entreaberta, e, quando olhou pela fresta, Sam respirou suavemente. Cesca estava sentada na mesa de Foster em frente ao computador, os óculos de leitura deslizando pelo nariz enquanto escrevia furiosamente. Ela tinha uma expressão distante, como se seus pensamentos estivessem a quilômetros dali. Estava tão atenta ao que escrevia que nem notou que ele estava ali parado.

Mas ele a notou. Ela não parecia em nada com a garota arrasada e amedrontada desta manhã, ou a mulher irritada que ele conhecera naquela noite, no portão. Esta Cesca parecia completamente diferente: mais composta e ainda mais suave. Até a luz do sol parecia concordar, tocando o cabelo loiro como um halo, iluminando-a enquanto trabalhava.

Era difícil ignorar sua energia e fervor. Ela era como um ímã, e ele se sentiu atraído por sua animação, como se seus polos magnéticos tivessem sido trocados e agora o impulsionassem para ela.

Sam segurou o batente da porta, sem saber se era para se estabilizar ou para parar de andar. Não queria incomodá-la, não quando ela estava concentrada, mas havia algo dentro dele que implorava para sentir a mesma emoção poderosa. Isso o fez lembrar de quando estava atuando e o personagem adquiria vida própria. Como uma borboleta saindo do casulo, que você precisa admirar e se perguntar de onde veio.

Cesca parou por um momento, pegando uma caneta e batendo nos lábios. Sam prendeu a respiração, ainda sem querer ser visto ou destruir a magia que ela já havia dito que ele destruíra anteriormente. Fosse lá o que ela estivesse escrevendo, aquilo a tornava cativante, e uma parte dele doía para saber o que era. O momento passou, e ela voltou a digitar enquanto Sam se virou em silêncio e saiu do corredor, ainda pensando na garota sentada à mesa de seu pai.

Ele sabia a senha do computador. Era o aniversário da mãe seguido de "Varenna". Uma coisa simples, que ninguém esqueceria. Talvez usasse o computador naquela noite, e, se por acaso visse o arquivo de Cesca, seria pura coincidência, não?

Pelo menos essa era a mentira que ele estava contando a si mesmo.

12

Dormir, talvez sonhar.

— Hamlet

Cesca mal dormiu naquela noite. Seus pensamentos foram consumidos pela peça. Toda vez que fechava os olhos, podia ouvir seus personagens falando, vê-los em movimento, e sua voz interior começou a adicionar instruções de palco até que toda a tranquilidade desaparecesse. Ela havia se esquecido desta parte da escrita. O fato de não conseguir se desligar e de os personagens exigirem que você os ouça, mesmo quando seu corpo está exausto. Se ela tivesse se lembrado disso, poderia ter levado um bloco de anotações para a cama a fim de rabiscar quaisquer ideias que surgissem durante a noite. Em vez disso, só tinha um copo de água e um romance antigo e surrado que estava tentando ler desde que chegara à Itália.

Toda vez que um dos personagens falava, era como se estivesse ouvindo as vozes de suas irmãs. Por um momento, ela estava de volta à casa fria de Hampstead, e as quatro corriam pelos corredores cheios de eco, gritando umas com as outras quando não conseguiam encontrar o dever de casa ou o batom favorito.

A nostalgia parecia metal em sua boca. Cesca desejava a presença de todas elas. Sentia falta de estar constantemente cercada pela família. Apesar de terem se passado anos desde que Lucy e Juliet saíram de casa, rapidamente seguidas por ela mesma, Cesca se viu querendo voltar à cozinha para ferver água para um chá.

Talvez por isso seus personagens estivessem gritando tão alto em seu cérebro.

Não havia mais nada que ela pudesse fazer. Teria que se levantar e descer as escadas para pegar seu bloco de notas. Saindo da cama, procurou um roupão para se cobrir. Com esse clima, usar short e um top era a melhor maneira de dormir. Amarrando a faixa ao redor da cintura, saiu do quarto com os pés descalços no chão de mármore. A *villa* parecia estranhamente silenciosa, ainda mais que o habitual. Ao descer as escadas e deixar seus olhos se ajustarem à escuridão, Cesca se encontrou envolvendo os braços ao redor do corpo.

Havia uma luz amarelo-clara vinda da biblioteca, formando uma névoa retangular em torno da porta fechada. Ela franziu o cenho, parando com timidez na entrada e inclinando a cabeça para ver se conseguia ouvir sons lá de dentro. Sam ainda estaria acordado? Por algum motivo, isso fez o coração de Cesca acelerar. Ela não se preocupara em criar uma senha para proteger a peça; achava que ninguém mais usaria o computador. Até alguns dias antes, ela era a única na casa.

Não que ela pudesse imaginar que Sam estaria interessado em sua peça. Ele havia tido tão pouca consideração pela última, desistindo na véspera da estreia. Era muito egoísta para se preocupar com o que alguém estava fazendo, ocupado demais em ser um astro do cinema. Os textos de uma garota insignificante de Londres jamais seriam notados por ele.

Cesca respirou fundo. Ela iria entrar, pegar seu bloco e verificar o que ele estava fazendo. Provavelmente ele estava matando tempo, pesquisando a si mesmo no Google ou algo assim.

Com uma explosão de energia, ela conseguiu abrir a porta e entrar na biblioteca, mas foi ali que parou. Sam estava sentado à mesa, vestindo apenas a calça do pijama, o peito nu e iluminado pela luz da lua. Era impossível ignorar as linhas esculpidas do peito ou a forma como os músculos do bíceps se moviam quando os dedos atingiam o teclado. Cesca sentiu a boca seca enquanto o encarava, incapaz de afastar os olhos.

Por princípio, ela nunca assistira a nenhum dos filmes dele, e, quando esteve ensaiando sua peça, ele permanecera completamente vestido. Mesmo estando juntos em Varenna, ele sempre usava camisetas e camisas. Ela nunca imaginara que o que havia debaixo das suas roupas era assim tão... lindo.

Droga, não havia fim para sua perfeição exterior? Quando ele olhou para cima, Cesca desviou o olhar rapidamente, brincando com o robe para ocupar os dedos.

— Vim pegar o meu bloco. — Ela o viu na mesa, ao lado do ator. Só precisava avançar e pegá-lo, mas, por algum motivo, seus músculos se recusavam a obedecer.

Sam desligou a tela. Era imaginação de Cesca ou ele tinha uma expressão de culpa no rosto?

— Você também não conseguiu dormir? — ele perguntou. Quando ela finalmente encontrou seu olhar, pôde ver o calor do seu rosto e a suavidade dos seus olhos graças ao abajur aceso na mesa. A arrogância a que ela estava tão acostumada havia sumido.

— Na verdade, não — respondeu. — Nunca fui muito boa em dormir. Posso dormir rápido, mas depois acordo no meio da noite com mil coisas na cabeça. É como se alguém tivesse esquecido de apagar a luz. — Por que ela estava contando isso a ele?

— Conheço esse sentimento.

— Pensei em escrever um pouco no bloco de notas. De repente eu consigo cansar e dormir de novo.

Sam assentiu.

— É uma boa ideia. O meu terapeuta sempre me falou para ter um caderno e uma caneta ao lado da cama.

Ela não tinha certeza do que era mais surpreendente: o fato de ele ter um terapeuta ou de admitir isso. Não era uma coisa muito britânica. Se bem que Sam não era muito britânico, era?

— Você seguiu a sugestão dele?

— Fiz isso por um tempo. Mas estou bem agora.

— Isso é bom.

— Às vezes é. — Os cantos dos lábios dele se levantaram em um sorriso.

A conversa fazia Cesca se sentir desconfortável e animada ao mesmo tempo.

— Eu nunca fiz terapia — ela disse. — Algumas pessoas me recomendaram depois que a minha mãe morreu, mas eu não quis. Quando a peça foi cancelada pensei nisso de novo, mas não tinha como pagar.

O sorriso de Sam vacilou, e o olhar culpado voltou a aparecer.

— Não podia conseguir através do governo?

Ela balançou a cabeça.

— Eu não estava ruim o bastante. O meu padrinho se ofereceu para pagar, mas naquela época era difícil me convencer. Achei que pudesse lidar com tudo sozinha.

— Você deve ter feito alguma coisa certa — Sam falou. — Porque está aqui.

— Verdade. — Ela decidiu não ir mais fundo. — E agora eu tenho mesmo que voltar para a cama. — Embora Cesca quisesse ficar para perguntar sobre a terapia dele e descobrir por que ele se consultava com um analista, sabia que não devia. Cada encontro e conversa a faziam duvidar de tudo em que acreditara nos últimos seis anos: que Sam Carlton era um cretino, alguém que só se preocupava consigo mesmo.

— Parece sensato. Não vou demorar muito também. — Ela quase podia senti-lo se afastar.

Cesca assentiu, depois se virou para sair.

— Não esqueça o bloco. — Ele o estendeu para ela.

— Preciso da caneta também.

— É claro. — Sam a pegou da mesa e ofereceu os dois itens a ela. Por um momento, quando ela pegou, ele ainda segurava a outra extremidade. Havia só um centímetro entre a ponta dos dedos dos dois. A mão dele era muito maior que a dela e os tendões eram definidos e musculosos. Ela tentou não se lembrar de como ele a pegara e a segurara firme na noite anterior.

— Boa noite, Sam.

— Tenha bons sonhos.

— Isso seria ótimo.

Sam voltou a ligar o monitor. Estava no meio do roteiro de Cesca, mas o que já havia lido era cativante o suficiente para querer ler o restante. O arquivo tinha trinta páginas cheias de diálogos graciosos e diretrizes de palco descritivas, todas conduzindo até o fim do primeiro ato.

Ele havia lido peças antes, é claro, atuado em várias durante a escola de teatro. E, nos últimos seis anos, raramente ficava sem alguns scripts de filmes para ler, ponderando as ofertas, avaliando antes de escolher. Sabia reconhecer uma boa história quando a lia, daquelas que fazem a pessoa desejar mais, que deixam um ator louco para interpretar o personagem principal. A primeira peça de Cesca fora assim. O papel de Daniel o agarrara desde a primeira cena, e, quando foi escolhido, Sam ficou em êxtase.

Mas isso tinha sido antes da revelação de Foster, é claro. O resto, infelizmente, era a sua história bagunçada.

A peça era boa. Muito boa. Cheia de emoção, drama e diálogos quase perfeitos. Era necessário polir algumas das diretrizes de palco, e ele podia ver erros de digitação e algumas coisas para editar, mas, tirando isso, o talento dela reluzia. Como ela conseguira esconder isso por seis anos? Poucas pessoas escrevem um primeiro rascunho tão bonito. Em Hollywood, a maioria dos roteiros que ele tinha lido fora escrita durante meses ou anos, e por uma equipe de roteiristas, não uma única pessoa. Sam respirou suavemente, se perguntando se o que ela dissera era verdade, se o bloqueio de Cesca havia mesmo ocorrido por causa de suas ações impensadas.

Seu olhar foi capturado por uma fotografia dele e das irmãs em um porta-retratos de prata. Eles estavam brincando na praia particular, rindo muito quando a mãe emergiu encharcada. Ele se lembrava perfeitamente desse momento. Tinham passado o dia no lago com a mãe e a melhor amiga dela. Por algum motivo do qual ele não conseguia se lembrar agora, Sam havia decidido que seria divertido jogar a mãe na água e seu corpo de adolescente em desenvolvimento foi capaz de erguê-la sem muita luta.

Mas não foi esse momento que ficou na sua cabeça; foi o que aconteceu depois. Seu corpo ficou tenso com a lembrança, antes que pudesse tirar aquilo da cabeça. Não pensaria nisso agora.

Olhando para cima, ele pegou o mouse e destacou uma direção de palco mal escrita, corrigindo as palavras. O controle de alterações estava acionado, revelando sua interferência, mas naquele momento ele não se importava. Salvaria uma versão em outro arquivo. Ela nunca precisaria saber que ele havia lido. A não ser que ela quisesse.

Ele podia estar num momento difícil, mas sabia o que era bom, e a peça de Cesca poderia ficar quase perfeita com alguns ajustes.

Talvez ele estivesse tentando se retratar ao ajudá-la a conseguir isso.

13

A mulher protesta demais.

— Hamlet

— É uma menina. — A voz de Gabi soava alegre enquanto ecoava pela linha do telefone. — Ela é tão linda, Cesca. Parece uma bonequinha. As mãos são perfeitas, os pés são adoráveis, tudo nela é maravilhoso.

Cesca sorriu, de pé na cabine telefônica, olhando pelo vidro sujo e riscado. Depois da ressaca do dia anterior, tinha decidido sair da *villa* esta manhã e dar um passeio revigorante até a praça do vilarejo. Isso lhe daria a oportunidade de ligar para Gabi, já que havia prometido entrar em contato uma vez por semana. Depois mandaria e-mails para a família e para Hugh.

A distância entre ela e Sam também era um fator, embora não admitisse a si mesma. Desde a última noite e a conversa sobre terapia, ela sentia que uma onda de desconforto a atingira. Como se estivesse no meio do inverno e alguém tivesse roubado sua manta, deixando-a congelar em um colchão duro. Isso a fez querer se encolher.

— Que maravilha. Parabéns. Estou muito feliz por vocês. — A notícia do novo bebê da irmã de Alessandro era um alívio diante de toda a angústia dos últimos dias. Efetivamente, isso também significava que o casal poderia voltar para casa em algumas semanas, o que acabaria com a intimidade da vida com Sam Carlton. — Como é o nome dela?

— Vittoria, em homenagem à mãe do Alessandro. Um belo nome para uma menina bonita.

— E ela dorme muito?

— Nada. — Gabi parecia insanamente feliz com isso. — Estamos nos revezando durante as noites. Eu pego das duas às dez da manhã.

— E você gosta?

— Quem não gosta de abraçar um bebê? Especialmente um bebê tão lindo quanto a Vittoria. — O suspiro de Gabi estava cheio de satisfação. —

Bom, eu já falei bastante sobre as nossas novidades maravilhosas. Me conte você! Como vão as coisas aí na *villa*?

Por onde começar?

— Bem, Sam Carlton chegou sem avisar.

— O Sam está aí? — A voz de Gabi se ergueu dois tons. — Ah, meu Deus. Não sabíamos que ele vinha. Ah, Cesca, vamos voltar para casa imediatamente. Ele vai precisar de cuidados.

Será que havia alguém que não corria atrás dele, atendendo todas as suas necessidades? Tirando Cesca, é claro. Qual era o problema com o cara, afinal?

Ela pensou no rosto dele à luz da lua na noite anterior e revirou os olhos. Nem mesmo ela era imune a seus encantos.

— Ele está bem, não precisa de cuidado nenhum. Eu comprei um pouco de comida, e ele só quer ficar quieto e sozinho. Ele mesmo supervisionou o pessoal de limpeza para mim ontem.

Ela quase pôde ouvir o sorriso de Gabi quando falou.

— Ele sempre foi um rapaz muito amável. Muito gentil e prestativo.

— Hum, é.

— Mas tem certeza que não devemos voltar? Quando a sra. Carlton disse que podíamos tirar uns dias de folga, ela não me falou que o Sam vinha para Varenna.

— Acho que ela não sabe — Cesca respondeu. — Ele quer manter a presença dele aqui em segredo. Disse que quer fugir de tudo por alguns dias.

— Bem, é compreensível depois de tudo o que ele passou.

— Como assim?

— Não sou do tipo que faz fofoca — Gabi falou. — Mas deve ser muito difícil ser seguido pelos fotógrafos o tempo todo. E as mentiras que inventaram sobre ele... bem, foi terrível

— Que mentiras? — Ela segurou o telefone mais perto da orelha.

A resposta de Gabi foi afugentada pelo grito alto de um bebê.

— Desculpe, Cesca, o bebê acabou de acordar. Eu preciso trocar a fralda dela. Pode me ligar outro dia?

O choro alto fez Cesca estremecer.

— Claro, eu ligo de novo na sexta. — Ela teve que gritar para ser ouvida. — Se cuida e tenta dormir um pouco.

— Ah, pode deixar. — Ainda parecendo absurdamente feliz, Gabi se despediu.

Cesca colocou o fone no gancho e inclinou a cabeça contra o vidro, pensando nas palavras de Gabi. De que mentiras ela estava falando? Por um momento, pensou em voltar para o café e pesquisar na internet, mas isso não pareceu honesto. Ela havia sido vítima de fofocas e sabia como doía.

De qualquer forma, ela não daria a Sam a satisfação de pesquisar sobre ele no Google. Realmente não estava tão curiosa. Se ele descobrisse, isso só aumentaria seu nível de presunção.

Balançando a cabeça, abriu a porta e saiu da cabine. Faltavam poucas semanas para Gabi e Sandro voltarem. Ela poderia continuar até então, não poderia?

Já era de tarde quando Cesca teve oportunidade de se sentar na biblioteca, ligar o computador e flexionar os dedos, pronta para digitar. Estava com seu bloco ao lado, coberto de garranchos que só ela podia decifrar e pedaços de diálogos e instruções de palco para a próxima cena.

Não havia sinal de Sam quando ela voltou. As evidências do café da manhã dele estavam na máquina de lavar louça, então pelo menos ele estivera por lá de manhã. Cesca presumiu que ele estivesse em algum lugar nos jardins, lendo. Era fácil se perder entre a vegetação exuberante e as árvores. Se você quisesse, provavelmente poderia se esconder ali por um tempo.

A primeira coisa que a atingiu quando abriu o arquivo foi a quantidade de texto em vermelho cobrindo a tela. O documento, antes em preto e branco, mostrava uma infinidade de linhas e correções. Vermelho do lado esquerdo, onde as mudanças tinham sido feitas, comentários à direita, em balões, palavras em negrito onde coisas foram excluídas e frases sublinhadas para enfatizar mudanças.

Alguém tinha revisado o documento. E não fora ela.

Seu estômago se agitou enquanto ela encarava a tela. Cesca se sentiu invadida, como se algo precioso lhe tivesse sido roubado e tirado seu fôlego.

Um momento depois, a raiva chegou. Todo o seu corpo ficou tenso quando a explosão começou profundamente dentro dela, subindo até seu rosto vermelho de fúria.

Como ele se atrevia? Só havia um suspeito na cabeça de Cesca. Só uma pessoa acharia aceitável abrir um arquivo particular e não só ler como fazer comentários sobre a leitura. Ela deveria ter protegido o documento com senha desde o início, ou salvado em algum outro lugar, mas Deus, que droga de ego esse cara tinha para achar que ela gostaria que ele invadisse seus pensamentos?

Cesca apertou o botão de desligar. Era como se um véu vermelho tivesse descido, anuviando seus pensamentos e a fazendo ver tudo através de uma camada de indignação. Ela saiu da biblioteca, determinada a encontrá-lo e lhe dar uma bronca, mesmo que isso significasse ser demitida.

Ele não estava no quarto ou na sala de estar, nem em parte alguma da *villa*, então ela abriu as portas de vidro que levavam ao jardim, seguindo pelo pátio. Parada ali, olhou para a esquerda e para a direita, tentando descobrir o caminho a seguir.

— Sam? — gritou, com uma carranca, os cantos dos lábios para baixo. — Onde você está? — Ela não se importava com o fato de que ninguém deveria saber que ele estava ali. Não se importava se toda a vizinhança ouvisse. Para Cesca, a necessidade de privacidade de Sam estava no fim de sua lista de prioridades.

Não houve resposta. Ou ele não estava perto o suficiente para ouvir ou a estava ignorando. Ela não ficaria surpresa se ele estivesse fazendo isso.

Bufando alto, ela seguiu na direção das árvores. Era tão típico dele deixá-la ainda mais aborrecida.

— Sam? Preciso falar com você.

Ela subiu a colina, indo até o limite superior da propriedade. A casa tinha sido construída em um penhasco, e a ladeira era surpreendentemente íngreme. O esforço, juntamente com o sol da tarde, tornava o calor quase insuportável. O suor escorria pelo peito.

Quando ela o encontrasse, o mataria. Seria melhor que ela pusesse fim no sofrimento de todos. Só um pequeno apertão com as mãos e *puf*! Ele desapareceria. Ninguém poderia culpá-la por isso.

— Sam? — Ela estava quase gritando agora, a frustração de não conseguir localizá-lo tornando suas palavras altas e estridentes. — Pelo amor de Deus, apareça!

Um barulho das árvores na frente dela a alertou para a presença dele. Sam saiu da vegetação exuberante e esfregou o rosto. A testa estava franzida com o que parecia confusão.

— Você está bem? — ele perguntou. — Está machucada?

Machucada? Ela estava mortalmente ferida, e graças a ele.

— Não, eu não estou bem. Muito pelo contrário.

Ele ficou parado, com a boca aberta, olhando para Cesca, inclinando a cabeça para o lado como se quisesse entender o que ela estava dizendo.

— O que aconteceu? — Ele a segurou com uma mão e, com a outra, esfregou a própria testa. — Posso te ajudar?

Ela se afastou do seu toque.

— Me solta.

— Então voltamos a isso.

— Voltamos a quê? — ela perguntou. — A perceber que você é um babaca total e completo? Que você se comporta do mesmo jeito de sempre, como se fosse mais importante que qualquer outra pessoa?

Sam piscou.

— Não sei do que você está falando. Eu passei a manhã toda aqui, lendo. Não fiz nada. — Ele sorriu, como se esperasse que ela aceitasse sua palavra sobre isso.

— Ah, sim, passou! Você mexeu na minha peça, seu cretino. Como você pôde? Não acha que já me atrapalhou o suficiente da primeira vez? Ou está tão entediado que resolveu bagunçar com a vida dos outros?

Várias emoções passaram pelo rosto dele. Primeiro compreensão, depois choque, seguido pelo que parecia quase vergonha. Ele franziu a testa.

— Como você sabe?

— Porque você deixou comentários no documento inteiro.

Ele esfregou a mão no rosto.

— Mas eu salvei em algum outro lugar. Não era para você ter visto.

Os olhos dela se arregalaram.

— Essa é sua desculpa? — ela grunhiu. — A culpa é minha por ter visto, não sua por interferir?

— Eu não disse isso. — Ele balançou a cabeça. — Mas você não devia ter visto.

Cesca revirou os olhos.

— Isso é algum tipo de retaliação? Você ainda está tentando me expulsar daqui? Você deve pensar que eu sou uma péssima roteirista para querer me ferrar duas vezes.

— Você está sendo irracional.

Ela soltou um grito exasperado.

— Não tem nada de irracional em mim. Você é o único aqui que se comporta como um merda.

Os olhos dele se estreitaram e seu maxilar se contraiu.

— Eu não sou um merda.

— Você mexeu na minha peça. Editou ela toda.

— Estava boa. — Sua voz era baixa. — Eu só queria melhorar.

— Eu não me importo com o que você pensa — ela gritou de volta. — Não me importo com a sua opinião. Só quero que você me deixe em paz.

Seus lábios se torceram enquanto olhava para ela.

— Acabou? — ele perguntou, as palavras ditas por entre os dentes.

Ela não havia acabado, não mesmo, mas estava começando a se sentir zonza. Não sentia alívio ou sensação de justiça, nem qualquer coisa que achou que fosse sentir depois que desabafasse. Sentia mais o efeito do calor somado à longa caminhada.

— Sim.

Ele parecia um animal à espera para atacar. Ela prendeu a respiração, antecipando sua resposta. Mas, em vez da fúria que esperava, o que ele lhe ofereceu foi um controle seco.

— Então eu também.

14

Nessa disposição não há segui-la.

— Sonho de uma noite de verão

Sam voltou para a *villa* em tempo recorde. Não conseguia se lembrar da caminhada, ou de como murmurava para si mesmo, nem de como suas mãos se fechavam em intervalos regulares. A necessidade de bater em algo estava se tornando uma compulsão, como se socar alguma coisa fosse livrá-lo da raiva.

Será que ela estava certa?, ele se perguntou. Será que todo mundo pensava isso dele? Ele estava acostumado a não ser adorado por todos — isso é normal quando se faz sucesso em Hollywood —, mas, pela maior parte de sua vida, tinha sido muito amado e admirado. Exceto pelo pai, é claro.

A raiva de Cesca evocou lembranças de Foster. Ele e Cesca pareciam odiar Sam. Se ele podia provocar uma reação tão forte nas pessoas, então talvez houvesse alguma verdade no que ela dissera. Ele realmente era um merda? Sam entrou no banheiro e jogou água fria no rosto quente. Tinha sido um idiota ao vir para a Itália. Um idiota ainda maior por ficar na casa depois de Cesca ter deixado claro quanto o odiava.

Olhou para o espelho acima da pia e seus olhos se estreitaram quando observou a imagem refletida nele. Cabelo escuro ondulado, herdado da mãe, bem como os olhos azul-claros e o nariz. O bronzeado ele conseguira da mãe natureza, mas o resto do rosto devia ter puxado do pai. As maçãs proeminentes e os lábios sensuais que as pessoas adoravam, o maxilar firme que estava com a barba sempre por fazer, mesmo que se barbeasse regularmente. Um rosto amado por milhões, mas odiado por aqueles que eram importantes para ele. Sam mal conseguia olhar para si mesmo.

Quando Cesca o encarou com expressão de fúria, ele sentiu vontade de tocá-la. De abraçá-la. Para tirar a dor que via em seu olhar. Seu terapeuta já havia dito que a raiva era apenas a dor tentando lutar contra si mesma. Se fosse verdade, isso significava que ele a fazia se sentir assim, e esse pensamento fazia seu peito doer.

Cada vez mais ele se lembrava da garota de seis anos antes. Aquela que quase saltitava em direção ao teatro, cheia de animação, todas as manhãs. Aquela que explicara a ele as motivações de Daniel, que o conduzira em cada cena e o encorajara a demonstrar toda a emoção que podia.

Ele não gostou do modo como a lembrança o fez sentir. Como aquele garoto que tinha sido um dia, vulnerável e ferido. Seus relacionamentos eram como uma bomba-relógio, e era questão de tempo para este explodir também. Ele não precisava de um amigo e, definitivamente, não precisava se sentir atraído por ela. Só precisava ficar quieto até que as consequências de sua última transa desaparecessem.

Pelo tempo que levasse.

Cesca passou uma hora vagando pelo jardim, sentindo o sol bater na pele nua. Na pressa de sair para brigar com Sam, havia se esquecido de passar protetor solar e já se sentia queimada. Não que ela se importasse. O que era uma queimadurazinha de sol em comparação com o resto? Pelo menos estava ajudando a aliviar a culpa que sentia por ter explodido daquele jeito com Sam.

Ela tinha ido um pouco longe. Tudo bem, mais que só um pouco. Ela reagira com raiva, sem se preocupar em medir suas palavras, dizendo coisas tão grosseiras que a faziam corar. Cesca não era uma pessoa horrível, não de verdade. Sempre que possível, tentava tratar as pessoas com simpatia e respeito. Mas havia alguma coisa nas ações de Sam que desencadeavam sua ira mais uma vez, levando-a de volta para aqueles dias horríveis em que seu mundo desabara.

Acabou voltando para a *villa*, ainda incapaz de afastar a sensação de desconforto. Depois de pegar um copo de água na cozinha, retornou à biblioteca, tentando ignorar a maneira como sua pele ardia por causa da exposição ao sol da tarde.

O computador estava do jeito que ela havia deixado. A tela estava apagada, mas a luz ainda piscava. Ela o ligou e a primeira página da sua peça surgiu na sua frente.

Durante a hora seguinte, Cesca se sentou e leu todos os comentários, seus olhos analisando cada mudança que ele havia feito.

Ler as palavras dele a fez voltar para a época das aulas de inglês na escola. A cada semestre o professor dava um texto para ler, livros cheios de dobras que estavam no departamento havia anos. Alguns deles eram mais velhos que Cesca. No entanto, ela sempre sentia um arrepio de antecipação deslizar pela coluna por saber que, quando o abrisse, veria mais que apenas o texto do autor.

Cada aluno que segurava aqueles livros deixava um pequeno pedaço de si lá dentro. Não eram só os nomes e turmas anotados na ficha da biblioteca, mas também os rabiscos ilícitos que deixavam, a caneta ou a lápis em cada página, dizendo o que achavam do trecho, o que pensavam do livro. Duas pessoas nunca liam a mesma história, porque cada uma trazia sua própria visão de mundo.

Sentada na frente do seu próprio texto, observando-o pelos olhos de Sam, o mesmo sentimento corria por suas veias. A cada palavra que lia, Cesca se sentia mais envergonhada. De suas ações, palavras, do jeito como Sam a olhara, com tanto choque, antes de se afastar e voltar para casa. Porque suas sugestões eram boas. Não, boas não. Eram excelentes. Ele estava vendo coisas muito diferentes dela. Havia adicionado comentários para tornar os personagens mais redondos, mais reais. E todas aquelas coisas que a estavam impedindo de fazer a peça funcionar derretiam lentamente.

Ela esperava que ele tivesse sido crítico, desprezando-a até. Em vez disso, ele fora gentil, sucinto e havia ido ao ponto. Ele não tinha se dado o trabalho de disfarçar como havia gostado da história, e a estava fazendo ver aquilo por um ângulo diferente. Mais claro. Um ângulo que ela realmente podia ver funcionando. Ela se sentiu afundar cada vez mais, até que seus lábios começaram a tremer quando leu seu comentário final.

Está brilhante. Ela precisa escrever mais. É um dos melhores roteiros que eu li em muito tempo, e eu já li muitos.

Sua mão tremia quando ela cobriu a boca. Cesca não conseguia se lembrar de sentir mais vergonha. Ela o tinha acusado de atrapalhá-la, de estragar sua vida, e o tempo todo ele havia deixado comentários tão gentis. Não era de admirar que ele a olhasse como se fosse uma espécie de bruxa gritando. Ela era como um leão que, quando recebia um ramo de oliveira, simplesmente comia a pomba no café da manhã.

— Me desculpe — ela sussurrou em suas mãos. — Sinto muito, Sam.

O que ela deveria fazer a seguir? Cesca não tinha certeza. Só sabia que havia estragado as coisas e que só dependia dela consertar tudo.

Sam não saiu do quarto a tarde toda. À noite, o estômago de Cesca estava resmungando, lembrando-a de que não tinha almoçado, então decidiu cozinhar algo para dois. Pegando um pouco de *pancetta* e cogumelos selvagens, colocou uma frigideira no fogão e acendeu a chama para aquecê-la. Enquanto os alimentos fritavam na manteiga — espalhando um aroma maravilhoso —, ela cozinhou uma panela de macarrão, observando as bolhas da água, olhando de vez em quando para a esquerda para ver se Sam estava por ali.

Nas outras noites em que ele estava ali, quando Cesca cozinhava, Sam nunca deixava de prestar atenção. Ele acompanhava com inveja o modo como ela fazia um molho rápido para algumas tiras douradas de *tagliatelle*, ou abria habilmente uma massa de pizza antes de recheá-la com ingredientes frescos. Mas não naquela noite. Hoje não havia nenhum sinal dele. Nem quando ela colocou um pouco de vinho na panela e cozinhou antes de adicionar o creme.

Ela tinha feito o suficiente para dois. Mais do que suficiente, provavelmente, mas, pelo que percebeu, Sam tinha um apetite muito grande. Colocando os pratos servidos com macarrão na mesa de madeira da cozinha, Cesca encheu dois copos com água gelada e pegou alguns talheres. Então saiu da cozinha para o corredor, se dirigindo à grande escadaria.

— Sam? — ela tentou. Não queria parecer irritada, do jeito que estava nos jardins. Talvez, se fosse mais suave, mais doce, ele respondesse.

Mas ele não respondeu. Cesca estava na base da escada e só ouviu o silêncio.

— Está com fome?

Ainda não houve resposta. Cesca alcançou o corrimão, mas interrompeu o movimento e sua mão ficou no ar. Será que deveria subir para ver se ele estava bem? Talvez ele quisesse ficar sozinho ou esperasse que ela voltasse para o buraco de onde não deveria ter saído. Ela também não podia culpá-lo.

— Eu fiz macarrão — ela disse de novo. — Tem para nós dois. Quer jantar?

Ela esperou por mais um minuto. O corredor estava em silêncio, exceto pelo som de sua respiração e o barulho baixo do ar-condicionado, que tentava lutar contra o calor italiano.

— Vou colocar na geladeira, então — ela disse, tanto para si mesma quanto para ele. — Venha se servir se ficar com fome.

Seus ombros estavam pesados quando ela voltou para a cozinha. Uma vez lá dentro, se sentou à mesa, tentando ignorar a cadeira vazia na sua frente e o prato de comida que com certeza não seria comido. Cesca não conseguia entender por que estava tão chateada com a briga deles — ou melhor, com o seu discurso — e sua reação posterior. A Cesca de algumas semanas antes teria ficado feliz com esse resultado, por finalmente ver o garoto dourado cair de joelhos. Não era isso o que ela queria? A oportunidade de realmente dizer a Sam Carlton o que pensava a respeito dele? O problema era que ela não se sentia satisfeita, nem vingada, nem qualquer uma das emoções que pensou que teria. Em vez disso, se sentia mal e culpada, e mais do que um pouco enojada de si mesma.

Estava claro que Sam não ia descer. Era óbvio que ele a odiava mais do que nunca, e não havia nada que ela pudesse dizer para melhorar as coisas.

Em momentos como esses, a única coisa que restava fazer era escrever.

15

**Senhora, você se conhece,
fique de joelhos.**

— Do jeito que você gosta

Sam dormia naquele quarto desde que era criança. Embora tivesse sido redecorado desde então, não mudara muito. Ainda tinha paredes azul-claras, uma cama grande com colcha bordada e móveis antigos que estavam na família Palladino havia séculos. Fortes e resistentes ao toque, ainda que visualmente delicados. Como tudo o mais na casa da mãe, ele os tratava com respeito.

Tudo exceto a pessoa que estava no andar de baixo.

Filha única, a mãe de Sam, Lucia, havia herdado tudo quando os pais morreram em um acidente de carro. Isso aconteceu quando Sam era um bebê e eles moravam em Nova York, onde Foster era um produtor de teatro em ascensão. Todo verão desde então, Lucia levava a família para passar os dias quentes brincando ao sol. A Villa Palladino se tornou um porto seguro na vida de Sam, mesmo que ele a evitasse nos últimos anos. Era ali, onde não havia telefone nem wi-fi, que ele mais se sentia ele mesmo. O Sam antes de Hollywood, que adorava ler, brincar e ficar com a família. Aquele que nunca agradava ao pai, mas não conseguia entender por quê.

Ele se deitou na cama e o colchão rangeu. Era irônico que tivesse vindo para a Itália para escapar dos problemas, mas só tivesse conseguido se envolver em mais confusão. Ele deveria voltar para LA, enfrentar os demônios criados por ele mesmo e esquecer que Cesca Shakespeare existia. No entanto, achou difícil fazer isso. Mesmo quando fechava os olhos, ela estava lá, olhando para ele com toda a sua raiva e fúria, o que de alguma forma a fazia ficar mais bonita.

Porque ela era linda. Era impossível ignorar. Mais que isso, era talentosa, forte e não tinha medo de falar o que lhe vinha à cabeça. Havia uma selvageria nela que o seduzia, que o fazia querer saber mais. Era por isso que ele tinha sido tão absorvido por sua peça. Ver sua inteligência apresentada em preto e branco, no diálogo entre os personagens em que ela trabalhara com tanto cuidado, abrira seus olhos. Isso lhe dera a visão da mulher que existia embaixo daquela armadura. Na noite anterior, enquanto lia suas palavras e acrescentava comentários ao seu texto, sentia como se houvesse um diálogo entre ele e Cesca, embora nenhum dos dois tivesse dito uma palavra.

Era uma conversa que ela não queria ter. Uma conversa que ela rejeitara abertamente, e que se parecera com um chute rápido e forte no estômago. Aquilo tinha ferido seu orgulho — é claro que tinha —, mas também o fazia querer se enrolar em posição fetal.

Ele gostava dela, afinal. Droga, gostava muito. De alguma forma, desde aquela primeira noite, quando ela gritou com ele na entrada da casa, ele ficou mais intrigado por Cesca que por qualquer mulher que já conhecera. Por sua maneira direta de falar, sua recusa em aguentar as coisas calada e o jeito silencioso como conseguira deslizar em sua consciência.

Ele gostava dela, e isso só o fez se sentir pior.

Foi o estômago que o fez sair da cama. As dores da fome o fizeram colocar um pé na frente do outro e sair do quarto. Sam não tinha certeza de que horas eram — seu telefone estava sem bateria, e ele não usava relógio —, mas a quietude do ar lhe dizia que passava um pouco da meia-noite.

Passando pelo quarto de Cesca, sentiu vontade de abrir a porta. Para ver a garota deitada ali, seus cabelos espalhados no travesseiro, seu corpo enrolado do mesmo jeito que estava na noite em que ele a levara para a cama. Seu estômago vazio se apertou com a lembrança da pele macia e de como a respiração dela tocava sua bochecha. Mesmo assim, o instinto de proteção que ele mesmo havia se convencido de que sentia era algo mais. Algo mais profundo.

Na cozinha, havia um prato de comida na geladeira, exatamente como Cesca havia prometido. Ele inspirou profundamente quando o levou ao micro-ondas, tirando o filme plástico para que o ar circulasse. Um homem diferente teria saboreado a comida enquanto estava fresca, teria se sentado em frente à garota bonita e falado até fazê-la sorrir. Talvez ele tivesse servido uma taça de vinho, deixando-a amolecida, e a seduzisse com histórias, até poder ver os batimentos cardíacos refletidos em seu olhar. Ele poderia ter se aproximado um pouco, até que pudesse sentir o calor do corpo dela irradiando, deixar seu braço descansar contra os dela até que seus dedos começassem a se entrelaçar.

Sam sabia seduzir uma mulher. Já havia feito isso antes, com mulheres de quem mal podia se lembrar. Mas não queria seduzir Cesca, nem dizer palavras doces que não significavam nada.

O micro-ondas apitou, e Sam tirou o prato de lá de dentro, usando um garfo para girar a massa no molho cremoso. Estava um pouco espesso por estar pronto havia horas, mas, tirando isso, o cheiro era delicioso. Ele pegou uma cerveja da porta da geladeira, abriu a tampa e tomou um gole longo e lento. Depois de horas em jejum, era como um bálsamo para seus lábios ásperos.

Estava na metade do prato quando um som chamou sua atenção. Faminto como estava, quase não percebeu, mas, quando fez uma pausa para respirar, um zumbido mecânico atravessou sua consciência, sendo registrado em seu cérebro.

Era muito familiar, mas fora de lugar no meio da noite. Demorou um tempo para perceber que era a velha impressora do pai, rangendo e reclamando enquanto trabalhava. Estava no escritório havia anos, e tinha sido trazida por Foster quando ele tentava trabalhar na *villa*, até que Lucia o repreendera e dissera que as férias eram para relaxar.

Quando acabou de comer, Sam arrumou tudo e em seguida foi até o corredor, onde parou por um momento. A biblioteca ficava no lado oposto, a menos de cinco metros, e ainda assim ele hesitou, esperando por um sinal.

Ela estava atrás daquela porta de carvalho entalhado. Separado dela só por ar e madeira, Sam tentou imaginar o tipo de humor de Cesca. Depois de tudo, ela havia feito o jantar e ainda deixara um prato para ele. Nem tinha tentado envenená-lo, ele pensou. No entanto, isso não combinava com seu comportamento de antes, nem com o sarcasmo que saíra de sua boca. Foi essa lembrança que o impediu de cruzar o espaço que se colocava entre eles. Que o impediu de fazer qualquer coisa além de ficar parado lá. Porque ele estava atraído por ela, apesar da raiva. Como uma criança cutucando uma ferida, não podia evitar querer vê-la de novo. Para dizer quanto tinha adorado seu texto, e que estava arrependido do que fizera.

Mas seus pés ficaram presos. Ele ficou parado por mais alguns longos minutos, observando, esperando, desejando. Quando finalmente decidiu voltar para a cama e dormir para esquecer a loucura que o havia dominado, a porta da biblioteca se abriu. Cesca saiu, parando assim que o viu. Ela segurava uma pilha de papéis, páginas brancas em formato A4, impressas em preto. Sua boca se abriu e a testa franziu quando olhou para ele, nenhum dos dois dizendo uma palavra.

A pilha escorregou de seus braços e caiu no chão de mármore, se espalhando até que o chão estivesse coberto por um mar de papéis.

Antes que se desse conta, Sam estava agachado.

Ela não esperava vê-lo ali, por isso seu coração estava acelerado. Isso e o fato de ela ter conseguido derrubar o roteiro inteiro no chão. Não havia nada além disso, Cesca disse a si mesma. Era apenas uma reação ao choque inesperado.

— Ah, merda — ela resmungou. — E a droga do cartucho acabou. Nem posso reimprimir tudo.

Sam riu enquanto examinava a bagunça, pegando as folhas e franzindo a testa enquanto olhava para as letras digitadas e impressas sobre elas.

— Não estão numeradas — ele falou.

— O quê? — Ela se surpreendeu ao ouvir sua voz. Como se fizesse um século que os dois não se falavam.

— As páginas não estão numeradas. Como vamos colocar na ordem?

Cesca piscou.

— Não sei... — Balançou a cabeça. — Nem pensei em numerar. Deve ter umas cem páginas aqui.

— Mas os atos e as cenas estão numerados.

Cesca sentiu como se tivesse acabado de acordar, os pensamentos nublados pelo sentimentalismo de sua mente.

— Estão.

— Ok, vamos ter que ler tudo. Só assim vai dar para colocar na ordem certa. Vou pegar tudo como está e nós podemos arrumar isso na biblioteca. Vamos colocar em ordem.

— Tudo bem, eu faço isso — Cesca falou, se abaixando para ajudar Sam a pegar os papéis. — A culpa foi minha.

— Eu gostaria de ajudar.

Bem, aquilo a fez se calar. Cesca não podia pensar em nada para dizer. Em vez disso, ela assentiu, voltando a permitir que Sam pegasse os papéis que restavam. Assim que ele os pegou, arrumou a pilha com uma das mãos e a colocou debaixo do braço enquanto oferecia a outra mão para ela.

Sem dizer nada, ela segurou a palma da mão dele, deixando-o entrelaçar os dedos nos dela. Permitiu que ele a puxasse para se levantar, e, quando os dois estavam de pé, ficaram um pouco próximos demais um do outro.

— Obrigada. — Quando as palavras dela saíram, os dois estavam sem fôlego. Um sorriso surgiu no canto dos lábios dela, e ele sorriu também, franzindo a testa enquanto a olhava.

Ele ainda estava segurando sua mão.

Por algum motivo, aquilo enviou um arrepio pela espinha de Cesca. Uma corrente elétrica que corria para cima e para baixo, sem querer libertar o controle sobre suas terminações nervosas.

— Está muito bom, sabia?

Ela umedeceu os lábios secos. Fazia apenas algumas horas que estava gritando com ele? Agora, havia perdido completamente as palavras, incapaz de encontrar uma boa resposta.

— É mesmo?

— Você deve saber que é bom. Não é possível que tenha escrito algo assim e não consiga ver como isso vai tocar as pessoas. É incrível.

Fazia muito tempo que Cesca não recebia elogios por sua escrita.

— É só um rascunho — ela falou, com suavidade. — Bem, um segundo rascunho, se você contar as mudanças que eu fiz.

— Mudanças? — Sam a puxou para dentro da biblioteca, sua grande mão ainda envolvendo a dela. Quando chegaram ao tapete no meio da sala, ele finalmente a soltou, se ajoelhando para colocar a pilha de papéis no chão. Sem ser chamada, Cesca se ajoelhou ao lado dele, a pele ainda formigando por causa do toque dele. Seu corpo estava corado, apesar do enorme ventilador de vime que circulava no teto acima deles.

— Suas sugestões... foram muito boas. — Sua voz ainda estava baixa. — Eu as incluí.

— Mas você odiou. — Sam franziu a testa. — Ficou brava por causa delas.

Cesca não conseguiu encará-lo.

— Eu não tinha lido quando briguei com você. — Ela falava para o chão. — Queria ter lido. Desculpe. Eu nunca devia ter dito aquelas coisas.

Ela sentiu, em vez de ver, o cenho franzido de Sam. Foi na forma como a respiração dele mudou, no movimento de seu corpo quando se aproximou dela. Mais do que isso, pela forma como o ar ficou espesso entre eles, crepitando e iluminando como uma chama recém-acesa.

— Não foi culpa sua — ele disse. — Eu não devia ter lido a sua peça. Foi como ler o diário de alguém ou coisa parecida. Me desculpe. Eu chateei você. Foi errado.

— Você não queria me chatear.

Sam balançou a cabeça lentamente.

— Não, não queria, mas mesmo assim chateei. É uma coisa que eu faço sempre, e, sejamos sinceros, não é a primeira vez que eu me comporto feito um idiota com você. Mas vou tentar fazer que seja a última.

Ela mordiscou o lábio e enterrou a ponta dos dentes na pele.

— Eu também fui idiota. Nem te dei chance de se explicar. Só fiquei gritando feito uma megera. As pessoas devem ter me ouvido a quilômetros de distância.

— Você só estava falando a verdade. Tirando isso do seu peito. É bom, não é?

— Não. — Ela estava certa disso. A agitação em seu estômago era evidência suficiente do seu erro. — Eu poderia ter esperado para te ouvir e explicado por que me senti tão invadida. Mas eu te ataquei sem te dar a oportunidade de se explicar.

— Talvez eu não merecesse uma oportunidade.

Ela piscou rapidamente.

— Todo mundo merece ser ouvido, né?

Foi a vez de Sam olhar para o chão. Ele estava encarando a pilha de papéis com a testa franzida.

— Quando eu li a sua peça, parecia que estava te ouvindo falar. Eu queria conhecer aqueles personagens, saber o que acontece com eles. Eles pareciam reais.

A garganta dela parecia arranhar e sua voz soou rouca.

— Acho que eles são reais para mim. Eu me baseei na minha família.

— É mesmo? — Sam perguntou. — Como a sua outra peça.

Parecia que o coração dela ia parar.

— Você lembra?

— Lembro de te ouvir falar sobre a sua mãe e somei dois mais dois. A morte dela foi muito sentida no meio teatral. E essas quatro irmãs... São as suas irmãs, certo?

Os olhos dele brilhavam enquanto a olhava, refletindo a luz suave do abajur.

— Sim, as minhas irmãs e eu.

— Foi doloroso ler sobre a sua história. Eu lamento que você tenha passado por isso. E estou desesperado para ver todos chegarem aos momentos mais felizes. Isso é, se você me deixar ler mais.

O sorriso dele não alcançou os olhos. Mal chegou aos lábios, na verdade. Ela queria tocar o rosto dele e afastar a tristeza de sua expressão. Tirar sua dor, assim a dela também poderia sumir. E foi um sentimento tão estranho, em contraste com suas emoções de antes. Antes ela só queria machucá-lo, mas agora queria confortá-lo.

— Claro que você pode ler. Eu adoraria. Todas as suas sugestões e edições foram realmente úteis. — Ela mordeu o lábio de novo. — Eu devia ter lido antes de reagir.

— Não precisa se desculpar. Se alguém tem que fazer isso, sou eu. — Ele ergueu a mão para a dela, segurando-a. Ela estava se acostumando com a sensação da pele dele contra a sua. — E eu sinto muito, de verdade, por ter arruinado os seus sonhos. Por te magoar. Se eu pudesse voltar e mudar tudo, eu faria. — Ele soltou um bocado de ar. — Você deve sentir muito a falta da sua mãe.

Um nó se formou na garganta dela.

— Sim — ela disse baixinho.

— Deve ter sido horrível perdê-la tão jovem.

Ela limpou as lágrimas com a mão.

— Foi. — Ela queria dizer mais, mas as palavras se apoderaram de sua garganta.

— Quando a peça foi cancelada, você deve ter sentido que a estava perdendo de novo.

As lágrimas caíram. Ela tentou conter a emoção.

— Eu me senti exatamente assim — ela sussurrou. — Ninguém nunca descreveu isso desse jeito. Mas, sim, escrever a peça foi uma catarse, e vê-la sendo encenada estava além da minha imaginação mais louca. Quando tudo deu errado, eu queria morrer.

— Eu fui um idiota.

— Você deve ter tido seus motivos para ter feito o que fez.

— Achei que tivesse... eu estava... — Ele parou de falar, olhando para ela. — Sim, pareceram importantes na época.

— E agora? Ainda são importantes?

A expressão dele mudou. Sam olhou por cima do ombro com os olhos nublados. Ela queria estender a mão e suavizar as linhas de preocupação no rosto dele.

— É muito chato — ele falou. Sua voz falhou. — Coisa de família.

— Mas, como você disse, deve ter sido importante na época. — Seu estômago se contorceu. Havia algo sobre a forma como os olhos dele estavam se enchendo de lágrimas que a fazia se sentir ansiosa.

— Foi — ele sussurrou e soltou o ar com força, esfregando os olhos com as mãos. — Mas não vale a pena falar. Nada que mereça ser escrito em uma peça. — Ele se recusou a encontrar seu olhar.

— Não parece — ela falou baixinho. — Sabe, às vezes é bom falar sobre as coisas.

Sam ainda olhava para o chão, seu corpo imóvel como uma estátua. O maxilar se contorcia como se estivesse rangendo os dentes. Quando finalmente olhou para ela, sua expressão estava em branco.

— Não tem nada para falar — ele disse. — E, mesmo que existisse, eu não fico comentando. A menos que esteja escrito em um roteiro.

Aquilo pareceu uma bofetada verbal.

— Eu só estava tentando ser legal. Não estou interessada em você como está pensando — ela falou.

— O quê? — Ele franziu a testa. — De onde veio isso?

Ela se sentiu magoada pela forma como ela a tratou, dispensando sua simpatia. Ele era tão autoconfiante assim? Bem, mas por que não seria? Ele era lindo, bem-sucedido e tinha tudo o que sempre quis. Por que se importaria com o que ela pensava? Ela deu de ombros.

— De você. Olhe só para você: tudo é perfeito. Você conseguiu tudo o que queria, não conseguiu? Beleza, carreira, mais dinheiro do que pode gastar. Tudo veio fácil para você.

Os olhos dele se estreitaram.

— Você não sabe nada sobre mim. — O tom dele era um aviso.

— Eu sei o que todo mundo sabe — ela falou. — É difícil não ver. Você está em todas as revistas.

— E você acredita naquelas merdas? — ele perguntou, suas mãos abrindo e fechando. — Acredita em tudo o que lê? Bem, seria bom crescer um pouco, Cesca. Você não sabe nada sobre mim. Nada mesmo.

Ele ficou parado com uma expressão furiosa, olhando para ela e esperando uma resposta. Ela abriu e fechou a boca três vezes, tentando encontrar as palavras, mas falhou miseravelmente.

No fim, só pôde dizer duas delas:

— Me desculpe.

Ele piscou algumas vezes e os cílios espessos tocaram sua pele. Ele parecia tão perdido quanto ela.

— Eu não devia ter dito isso — ela continuou, querendo se chutar. — Eu sei que a imprensa mente; já vi isso várias vezes. Deve ser horrível ter que aguentar esse tipo de coisa e saber que as pessoas estão te julgando. Eu devia calar a boca.

A raiva se dissolveu do rosto dele.

— Está tudo bem.

— Não está, não. Mas obrigada por ser gentil.

— A culpa é minha. Você só estava tentando ajudar. É que... — Ele parou, esfregando o rosto com as mãos. — Eu aprendi que falar sobre as coisas nem sempre ajuda.

— Certo. — Ela não sabia mais o que dizer.

Ele abriu um dos seus sorrisos. Fácil, sexy e completamente falso.

— Acho que já discutimos o suficiente por hoje — falou. — Que tal começarmos a arrumar a sua peça? Do jeito que está, vai levar a noite toda.

Ele remexeu os papéis. Desta vez, o sorriso dele pareceu genuíno.

Ela queria apontar a falsidade que tinha percebido ali. Por um momento, Sam se permitiu ser vulnerável, e ela se sentiu atraída por ele. Mas o momento tinha passado, e agora ele claramente não estava com vontade de conversar.

— Por mim tudo bem. — Embora muitas perguntas continuassem a pipocar em sua cabeça, Cesca as engoliu, grata por terem chegado a um entendimento.

Eles teriam tempo suficiente para conversar outro dia. Esta noite, ela precisava trabalhar na peça.

16

Devorou-me com a casa e os bens.

— Henrique IV, parte II

Quando terminaram, os dois quase não conseguiam manter os olhos abertos. Cesca olhou para Sam, que tentava disfarçar um bocejo.

— Sabe, nós fizemos tudo errado — ela disse. — Teria sido muito mais fácil se eu imprimisse de novo. Poderia até numerar as páginas desta vez.

Sam começou a rir, o cansaço deixando-o quase tonto.

— Se você não tivesse acabado com a tinta, essa teria sido uma ótima ideia. Mas não tivemos escolha. Uma ideia melhor teria sido você abrir o arquivo no computador. A gente teria conseguido colocar tudo na ordem certa na metade do tempo.

— Eu sou tão idiota. Me desculpe.

— Que é isso. — A verdade é que ele não conseguia se lembrar de outro momento em que tivesse se divertido tanto. Lendo as falas, assumindo diferentes tons. Deixando a voz se erguer em um falsete horrível sempre que lia as palavras de uma mulher. Suas palhaçadas fizeram Cesca gargalhar, e ouvir seu riso tinha sido delicioso, especialmente depois de todo o constrangimento do confronto.

— Mas você está exausto. Está até com olheiras.

— Você também — ele acusou.

Ela fingiu parecer ofendida.

— Ei, isso não foi legal.

— Pau que bate em Chico bate em Francisco.

— Não deveria ser o contrário? — Cesca perguntou. A voz dela parecia mais suave, apesar da diversão em seus olhos.

— Como assim? — Sam franziu a testa.

— Se seguirmos o ditado ao pé da letra, eu seria Francisco e você Chico. Mas eu sou mais nova, então deveria ser Chico — explicou.

Ele balançou a cabeça.

— Não tenho ideia do que você está falando.

Desta vez, ela riu.

— Eu também não. Acho que estou delirando. Eu devia dormir um pouco.

— Nós dois temos que dormir. — Mas ele não queria. De jeito nenhum. Havia algo diferente entre eles, diferente e mágico. O que é que dizem mesmo sobre a linha tênue entre amor e ódio? *Não, amor não,* Sam disse a si mesmo. Amizade. Era isso o que estava crescendo naquela sala, uma tentativa de serem amigos que ele não queria deixar de lado. Como se estivessem dando pequenos passos um na direção do outro, lutando para afastar a raiva e a decepção de antes.

Não era nada mais. Não queria dizer que ele precisava confiar nela ou contar seus segredos. Ele lidaria bem com isso.

Finalmente, quando nenhum dos dois conseguiu segurar os bocejos por mais tempo, subiram as escadas, e ele deu boa-noite a Cesca antes de ela entrar no quarto.

Ele já estava meio adormecido antes mesmo de deitar na cama, e, quando afundou no colchão, toda a sensação de consciência desapareceu. Sam deve ter dormido pesado, porque, quando o sol do fim da manhã atravessou as cortinas, ele acordou na mesma posição em que adormeceu. Praticamente pulou no chão de madeira, puxando o primeiro short que conseguiu encontrar e vestindo uma camiseta recém-passada sem se preocupar em tentar domar o cabelo bagunçado.

Cesca já estava acordada. Ele a ouviu digitando na biblioteca. Um toque rítmico que, às vezes, parava por tempo suficiente para que ele a imaginasse tomando um gole de água ou rabiscando algo naquele bloco que estava sempre por perto. Ele entrou na cozinha, enchendo a jarra da cafeteira. Eram raros os dias em que ele conseguia enfrentar a manhã sem uma injeção de cafeína. A máquina tinha acabado de apitar quando a porta da biblioteca se abriu e Cesca saiu. Assim que o viu encostado no balcão da cozinha, ela sorriu, e Sam se sentiu relaxar.

Então, ela ainda não o odiava. Aquilo era bom. Ele estava planejando manter as coisas assim.

— Bom dia. — Ele sorriu de volta para ela.

— É? — Cesca perguntou, com sua voz provocante. — Acho que devia ser boa tarde. Alguns de nós estão de pé há horas, sabia? Organizando a casa, conversando com os jardineiros. Escrevendo uma peça de teatro.

Ele gostava da leveza em seu tom, o suficiente para combinar com o dele.

— Acho que você está sendo paga para fazer a maior parte disso.

— Não por você.

— É verdade.

— Embora tenha uma coisa que você poderia fazer por mim. — Cesca passou por ele e pegou duas canecas da prateleira. Sam se inclinou para trás, mas o braço dela tocou o peito dele, fazendo-o segurar o balcão, quando seu primeiro impulso era estabilizá-la.

— Além de te fazer um café?

Ela ofereceu as canecas a ele, que as pegou.

— Bem, isso também, claro. Mas eu terminei o segundo ato, quer dizer, o primeiro rascunho dele. Você acha que teria tempo de dar uma olhada mais tarde? — Ela deu um sorriso incerto. — Sem pressa, é claro. Mas eu gostaria mesmo de ouvir a sua opinião. Alguns diálogos foram muito complicados de escrever.

— Eu adoraria.

Ela piscou, embora o sol não brilhasse perto dos seus olhos.

— Sério?

Sua hesitação fez algo com ele. Transformou a força que havia dentro de Sam em mingau.

— Sério — disse, solenemente. — A primeira parte desse ato foi incrível. Não vejo a hora de ver o rumo que você deu para a história. Adoro o jeito como você juntou tudo. Você fez isso para que o casal mais jovem atue na história dos mais velhos. Ficou muito simpático.

— Não sei o que dizer. — Ela pegou o leite da geladeira. — Obrigada.

— Só estou falando a verdade.

— Mesmo assim, é ótimo ouvir. Escrever é um trabalho muito solitário. Você passa o dia inteiro olhando para uma tela em branco, as vozes na sua cabeça implorando para sair. E a metade do tempo em que você escreve é tão terrível que você não tem escolha além de destruir o que escreveu. Mas de vez em quando você consegue criar um diálogo tão empolgante que faz tudo valer a pena. Mesmo assim, fica com medo de mostrá-lo a outra pessoa se alguém resolver estourar a sua bolha.

— Não é uma bolha.

— Parece que sim. E eu sei que nunca vai estar perfeito no primeiro rascunho. Nem no segundo ou terceiro. Mas sem uma boa estrutura é impossível continuar. É por isso que os seus comentários são tão importantes. — Ela segurou o braço dele. — Mas, Sam, você tem que prometer que vai ser honesto. Não seja gentil. Me diga onde está bom e onde não está. Mesmo que você não tenha ideia do motivo de não gostar, ou de por que alguma narrativa não se encaixa, me fale, tá?

A garganta dele estava doendo. Sam sabia como é difícil se expor, reivindicando o tipo de resposta franca que pode fazer você se sentir muito mal. Fazia parte do trabalho deles — seu e dela — se deixar criticar, mas pedir isso tão abertamente exigia muita coragem. Ele não conhecia ninguém no ramo que não tivesse lido uma crítica ruim sem desejar matar o autor. Mesmo depois de seis anos, algumas palavras cruéis tinham a habilidade de machucar demais.

— Claro. — Sua voz estava rouca. — Mas, se o trabalho de hoje estiver como a primeira parte, eu já sei que vai estar bom.

Ela ainda estava segurando seu braço, e ele podia sentir o calor da mão de Cesca cobrindo sua pele.

— Obrigada — ela falou.

— Vai ser um prazer.

Depois de servir o café, Sam seguiu Cesca até a biblioteca, imprimiu o trabalho com o cartucho que ela devia ter ido comprar mais cedo e pegou a caneta que encontrara no dia anterior. Enquanto Cesca se sentou à mesa, retomando seu padrão de digitar e parar, excluindo longas seções, Sam se acomodou no velho sofá de veludo, estreitando os olhos enquanto lia suas palavras.

Foi ali que permaneceram o resto do dia, um escrevendo e o outro editando. Quando o sol da tarde começou a cair, estavam exaustos e famintos. Não haviam comido muito o dia todo, e o estômago de ambos estava roncando, cobrando o preço pela falta de atenção.

Colocando o maço de papel na mesa, Sam esperou Cesca levantar os olhos do computador, sem querer interromper suas ideias.

— Venha. Hora do jantar — ele disse, sinalizando para ela desligar o computador. — É a minha vez.

Cesca o seguiu até a cozinha, carregando as canecas de café vazias e os copos acumulados durante a tarde. Seu corpo estava rígido, os músculos doloridos por horas sentada na poltrona de couro, e, pelo jeito como Sam remexia os ombros, ela suspeitava de que ele sentia o mesmo. Inclinando-se para colocar as xícaras sujas na máquina de lavar louça, ela o procurou com o canto dos olhos.

— Você sabe cozinhar? — perguntou.

Ele inclinou a cabeça para o lado.

— Como assim? Eu sou italiano, é claro que sei.

A expressão indignada em seu rosto a fez querer rir. Mas Cesca engoliu a risada e abriu a torneira para lavar as mãos.

— Isso não quer dizer nada. A sua outra metade é americana. Seu pai é dos Estados Unidos, certo? — Sua voz se apagou e as lembranças da noite anterior roubaram seu fôlego. Ela estava ficando nervosa de novo?

A voz de Sam estava baixa quando ele respondeu. Seus olhos eram ainda mais suaves.

— Italiano. Eu sou inteiro italiano.

Ela assentiu.

— Certo.

— Eu tenho uma família complicada, Cesca. Levaria muito tempo para explicar. — Ele se virou, remexendo nos armários de novo.

Ela queria dizer algo para quebrar o silêncio, mas nada surgiu. Não era exatamente uma especialista em família, no fim das contas. Cesca era especialista em guardar os próprios segredos, escondendo-os para que sua família não a desaprovasse.

Quando ele finalmente olhou para trás, a expressão de Sam recuperou o equilíbrio. A sombra de um sorriso tocava seus lábios, embora ainda não chegasse aos olhos.

— Bem, acho que devo admitir a derrota. Nem eu consigo fazer uma refeição sem ingrediente nenhum.

Ela podia sentir a tensão desaparecer. Isso a deixou um pouco tonta.

— Mas eu pensei que você fosse totalmente italiano. Que decepção.

Desta vez o sorriso dele franziu a pele ao redor dos olhos.

— Me desculpe por te desapontar. Talvez, se a pessoa que está tomando conta da casa mantivesse a geladeira abastecida, a gente não estivesse nesta situação. — Sua piscadinha foi o suficiente para dizer a ela que estava brincando. Também fez seu peito se apertar.

— É óbvio que você não paga o suficiente a essa pessoa. Eu a mandaria embora, se fosse você.

— Eu tentei, mas ela simplesmente não vai.

Cesca levantou uma sobrancelha.

— Talvez você não tenha mandado do jeito certo — ela disse. O espaço entre eles parecia estar diminuindo; estavam a meio metro agora. Isso significava que ela precisava olhar para cima e seu corpo pequeno era dominado pelo dele, alto e musculoso. A proximidade a fez se sentir ansiosa e também... segura?

— Talvez eu não queira — ele disse, com suavidade.

Outra hesitação, desta vez ainda mais carregada do que antes. De onde estava, ela o observou, analisando o maxilar bem formado que já tinha a sombra da barba por fazer e os lábios cheios que tantos homens italianos pareciam ter. Cesca teve que fechar as mãos para se impedir de tocá-lo e sentir a barba. O que havia de errado com ela?

Quando olhou para as mãos de Sam, viu que também estavam fechadas. Seus dedos estavam brancos. Ela ficou completamente confusa com as brincadeiras fáceis entre eles e a forma como ele a fazia se sentir. Como um vulcão cheio de lava derretida.

Ela fechou os olhos, mas o momento carregado não foi embora. Em vez de vê-lo, agora ela podia senti-lo, sentir seu cheiro, ouvir sua respiração ritmada. Se inspirasse com força, provavelmente poderia prová-lo também.

No minuto seguinte, foi como se um fio estivesse sendo quebrado. Ela abriu os olhos para ver Sam a alguns metros de distância, longe o suficiente para afastar a conexão que havia entre os dois minutos antes. Ela não tinha certeza se era alívio o que sentia ou outra coisa. O que quer que fosse, fez seus nervos zumbirem e a cabeça parecer cheia de algodão.

— Jantar, então? — Sam lembrou. Ele parecia estranhamente calmo.

— Ou a falta dele. — Cesca umedeceu os lábios. — Acho que a gente poderia comer pão com queijo de novo.

Sam franziu a testa.

— Não. Eu prometi que ia te dar um jantar, e isso não serve. Vamos ter que sair e comprar alguma coisa.

— Mas você nao pode sair. As pessoas vão te reconhecer. — Desde que ele chegou, não havia cruzado os portões. — Faça uma lista e eu vou comprar.

— A mercearia deve estar fechada. Vamos precisar encontrar algum lugar para comer. — Outro sorriso deslumbrante. — Eu vou disfarçado.

Uma respiração profunda restaurou parte do equilíbrio de Cesca. O suficiente para ela começar a pensar com clareza.

— Sério? Você não vai conseguir fazer isso nem por cinco minutos. Mesmo que não esteja cercado de fotógrafos, vai ter um monte de fãs em cima de você. Por que não pedimos para entregarem aqui?

Ele balançou a cabeça.

— Quero te levar para jantar.

Ah.

— Podemos usar o carro alugado. Eu conheço um lugarzinho que é bem discreto. Sem turistas, só moradores. Nós vamos até lá, comemos alguma coisa e depois voltamos para casa. Está escuro. Ninguém vai ver a gente.

Ele a fez vacilar novamente. Cesca franziu a testa. Seu sexto sentido dizia que era má ideia, mas ela não conseguia articular por quê.

— Tem certeza?

— É só um jantar, Cesca. Dois amigos... pelo menos eu acho que nós somos amigos... comendo e olhando para o lago. O que tem de errado nisso?

Então não era um encontro. Apenas amigos. Ela podia lidar com isso, não? Algumas semanas antes, ela odiava esse homem, e a única forma de jantar com ele seria se ela pudesse esconder um pouco de arsênico no macarrão. Mas agora as coisas eram diferentes. Amigos saem para jantar o tempo todo.

— Tudo bem. Mas eu só vou se você dirigir.

Ele estendeu a mão para a dela e a apertou.

— Fechado.

Deixando escapar uma longa expiração, Cesca tentou relaxar. Um passeio noturno à beira do lago, seguido de um jantar em um restaurante local, era a maneira perfeita de passar a noite. Era exatamente o tipo de coisa que as pessoas sonhavam quando faziam planos de passar férias no lago de Como. Embora sua garota interior estivesse animada, era quase impossível ignorar as dúvidas.

Sam soltou a mão dela.

— Vamos nos arrumar.

Ela assentiu. Que comecem os jogos.

17

Se a música é o alimento do amor, toque.

— Noite de reis

O percurso até o restaurante não acalmou Cesca. Um silêncio constrangedor tomou conta do carro enquanto Sam dirigia habilmente na estrada que margeava o lago. Os músculos dos seus bíceps flexionavam cada vez que ele trocava de marcha. O outro braço estava apoiado na porta com o vidro aberto, deixando o ar fresco da noite envolvê-los.

Sam tinha razão. Onde quer que estivessem, o lugar era mesmo escondido. Ele pegou a direção das montanhas de Grigna. Enquanto o lago se afastava e a estrada ficava mais íngreme, ela sentiu seus ouvidos começarem a estalar com a mudança na pressão atmosférica. Finalmente, quando parecia que estavam no meio do nada, ele fez uma curva e parou na lateral de uma caverna do lado do penhasco.

— É aqui? — Havia alguns carros estacionados no gramado, nada mais. Ela não tinha certeza do que esperava, na verdade. Alguma coisa mais elegante? Mais pretensiosa? Mais hollywoodiana?

— A aparência lá dentro é melhor — Sam falou, saindo do carro. Antes que ela tivesse tempo de abrir a porta, ele estava fazendo isso, oferecendo a mão livre para ajudá-la.

— Obrigada — ela murmurou, ainda olhando para o topo do penhasco à sua frente. Segurando sua mão, Sam a conduziu até a beirada. Só quando se aproximaram é que ela notou como estavam alto. O lago parecia muito longe, e as luzes das cidades que o rodeavam brilhavam como pequenos vaga-lumes. À direita havia alguns degraus de pedra que eles desceram. Cesca se agarrou ao velho corrimão que havia sido colocado lá anos antes. Sam caminhou na frente, pois os degraus só davam para uma pessoa, mas continuou olhando para trás, checando se ela estava bem.

No final, havia um piso de pedra e, na frente, uma grande caverna. O exterior estava enfeitado com luzes e flores coloridas, e lá dentro havia mesas e cadeiras, além de um bar no fundo.

— O nome é Grotto Maria — Sam explicou. — Meus pais vinham aqui quando eu era criança.

— É lindo. — Ela olhou ao redor, sem ter certeza de que já tinha ouvido falar de um restaurante em uma caverna, mas logo percebeu por que já estava lotado. As velas cintilavam nas mesas, fazendo as paredes de pedra irregulares mudarem de cor quando a luz as atingia. Um burburinho ecoava no ambiente, acompanhado da música suave que emanava dos alto-falantes no teto.

Um garçom apareceu e abriu um sorriso quando viu Sam. Eles apertaram as mãos, trocando uma torrente de palavras em italiano que Cesca não conseguiu entender.

— Esta é a Cesca, uma amiga. — Sam finalmente voltou a falar em inglês quando a apresentou ao garçom. — E este é o Alfredo. Ele trabalha aqui desde sempre.

— *Bella, bella* — Alfredo disse, estendendo a mão para Cesca. — Já comeu aqui antes?

Ela balançou a cabeça

— Não, é a minha primeira visita.

— Ah, então nós vamos tratá-la como uma rainha. Por favor, me sigam. Vou acomodá-los e trazer um aperitivo.

Alfredo os conduziu pelo restaurante. Cesca olhou para os clientes, tentando ver se tinham notado a presença de Sam. Mas todos estavam tão concentrados em suas conversas que ela achou que não.

Na extremidade do bar havia uma passagem que levava a outro penhasco. Este era mais estreito que o da entrada principal, mas tinha uma barreira de proteção em volta. No meio do espaço havia uma única mesa e duas cadeiras posicionadas para proporcionar uma vista aérea da paisagem incrível.

— *Signorina?* — Alfredo puxou uma cadeira para Cesca. Sam se sentou na frente dela, dispensando o garçom quando ele tentou ajudá-lo.

O homem ofereceu o cardápio de comidas e o de bebida. Deixou uma jarra de água sobre a mesa e trouxe uma taça cheia de um líquido rosa-escuro com uma fatia de laranja.

— Isso é um negroni — Alfredo explicou. — Gin, vermute e Campari. Serve para abrir o apetite.

Ela notou que Sam recusou a bebida, preferindo se servir de um pouco de água da jarra. Cesca ficou satisfeita com isso. Não queria que ele os levasse para casa meio embriagado. Era estranho descobrir todas aquelas coisas sobre um homem que ela achava que detestava. Ele era responsável e amável. Palavras que ela nunca pensou que usaria para descrever Sam Carlton.

Quando os garçons partiram, os dois ficaram a sós de novo, e Cesca afastou os olhos do cardápio, encarando seu acompanhante.

— Gostou de alguma coisa? — Sam perguntou.

Cesca mordeu o lábio.

— Não entendo nada. Quer dizer, eu leio um pouco em italiano, as massas são simples e eu consigo traduzir alguns dos frutos do mar. Mas não consigo entender o restante.

— Quer que eu traduza para você?

Ela sorriu diante da oferta.

— Tenho uma ideia melhor: por que você não pede para mim? Já esteve aqui antes, deve saber o que é bom.

Sam sorriu.

— Eu costumo deixar o Alfredo escolher por mim, já que como praticamente qualquer coisa.

— Eu também. — Ela tentou não pensar nos dias em que catava coisas do lixo. — Então vamos deixar o Alfredo escolher por nós dois.

— Por mim tudo bem.

Cesca tomou um gole do negroni. Era geladinho e agridoce, a casca de laranja adicionando uma pitada cítrica.

— Isso aqui é delicioso. E provavelmente sobe muito. — Ela nem sentia o gosto do álcool, e isso sempre era um mau sinal. — Me lembre de beber só um.

— Eles não te permitiriam beber outro — Sam replicou. O sorriso ainda brincava em seus lábios. — Daqui a pouco vão te trazer vários tipos de vinho para acompanhar cada prato.

Os olhos dela se arregalaram, alarmados.

— Quantos pratos?

— Normalmente seis ou sete. — Ele estava sorrindo mais abertamente agora.

— Eu não consigo beber seis ou sete taças de vinho. Vou desmaiar. — As bochechas dela estavam começando a esquentar.

— Eu sei. Lembro da última vez que você bebeu vinho tinto. Tive que te carregar para a cama.

Ah, Deus, que vergonha. Ela esperava que ele tivesse se esquecido disso.

— Bem, não vou beber tanto de novo. Especialmente se você estiver dirigindo. Beber sozinha não tem graça.

— Foi divertido para mim.

— Posso imaginar — ela falou, com cautela. — Subir as escadas me carregando enquanto eu murmurava coisas sem sentido deve ter sido hilário.

— Você não estava murmurando coisas sem sentido — Sam disse. — Estava falando bem claro.

Agora o rosto dela estava pegando fogo. Como foi que essa conversa surgiu?

— Estava?

Ele assentiu devagar.

— Ah, sim. Você queria que eu soubesse o cretino que eu era.

Cesca fez uma careta, enterrando o rosto nas mãos.

— Ah, Deus, desculpe. Não acredito que falei isso. — Era uma mentirinha. Claro que ela havia dito aquilo. Era exatamente o que pensava a respeito de Sam desde que ele chegara à casa.

Pelo tom da sua voz, Sam estava gostando de deixá-la com vergonha.

— Sim. Para ser mais exato, você disse que eu sou um "canalha invasor de casas bonitão".

Cesca não podia olhar para ele de tão mortificada. Ela realmente o descrevera dessa maneira? Pareceu mesmo algo que ela diria.

Empurrando o copo de negroni meio cheio para longe de si, ela suspirou.

— Nunca mais vou beber.

— Mas você fica fofa quando bebe. — Ele estendeu a mão, segurando as dela com suavidade. — E sincera também. Eu gosto disso.

— Você gosta de ser chamado de cretino?

Ele deu de ombros.

— Pelo menos eu sou um cretino bonitão.

Ela gemeu de novo.

— Preciso ser amordaçada. Ou mandar tatuar um aviso de "proibido beber" na testa.

— Se isso te faz se sentir melhor, já fui chamado de coisas muito piores. — Ele ainda estava segurando as mãos dela.

— Se isso te faz se sentir melhor, tenho certeza de que também te chamei de coisas muito piores.

— Aposto que sim.

Mas agora não mais. Ela não podia pensar em uma única palavra ruim para descrevê-lo. Não depois de seu divertimento com as besteiras que ela disse e sua gentileza com o constrangimento dela.

— De toda forma, acho melhor ficar longe do vinho.

Sam esfregou a ponta dos polegares na palma das mãos dela, fazendo-a pular.

— Eu não vou deixar você ficar bêbada — ele disse suavemente. — Mas o vinho aqui é muito bom mesmo. Tome uma taça ou duas.

Quando o primeiro prato foi servido — o *primo*, como Alfredo descreveu —, Cesca aceitou uma taça de vinho branco para acompanhar o risoto de frutos do mar. Levando a bebida aos lábios, tomou um gole do frascati, deixando o sabor puro e seco cortar a riqueza de sabores da comida. Sam a observava com interesse. Sua própria comida estava intocada.

— É bom? — ele perguntou, apontando para o vinho.

— Delicioso. Bom demais para ser ignorado, na verdade. Isso deve custar uma fortuna.

Sam deu de ombros.

— É por minha conta. Aproveite.

Isso a trouxe de volta à Terra. Devia ser muito óbvio para Sam que ela jamais havia comido em um lugar tão especial antes. Mesmo nas raras ocasiões em que ela permitia que Hugh a levasse para almoçar, eles iam a um restaurante pequeno e com preços razoáveis, onde ela se esforçava para escolher a opção mais barata do cardápio. De alguma forma, ela se deixara levar pela beleza da noite e pela grandiosidade do cenário. A percepção de que estava saboreando uma refeição que provavelmente custaria mais do que havia recebido em um mês era chocante.

— Nunca vou conseguir te pagar. O cardápio não tem nem preço. Desculpa, eu devia ter pensado nisso antes de pedirmos.

Sam pareceu ofendido.

— Eu disse que ia te levar para jantar, não disse? Isso significa que eu vou pagar. De jeito nenhum vou aceitar o seu dinheiro.

Um estranho silêncio se seguiu. O risoto, que parecera um néctar em seus lábios minutos antes, virou cinza dentro da sua boca. Ela empurrou o arroz ao redor do prato com o garfo, observando-o deslizar, dividida entre sua súbita falta de apetite e seus modos simples. A velha Cesca nunca deixaria nada no prato. Porque ela não sabia de onde viria a próxima refeição.

Sam não disse nada. Terminou o risoto e colocou os talheres na porcelana fina, dando um gole no copo de água. Quando se recostou na cadeira e limpou a garganta, Cesca foi tirada de seus pensamentos.

— Me desculpe. — A voz dela era baixa. — Não estou acostumada com esse tipo de coisa. Em Londres, o McDonald's já teria sido um deleite. E mesmo assim eu provavelmente não teria conseguido ir mais de uma vez no mês.

Sam estremeceu.

— O que aconteceu com você naquela época? — A preocupação o fez franzir o cenho. — Da última vez que te vi, você estava se destacando. Eu sei que fui embora e eu... — ele tropeçou nas palavras — estraguei tudo, mas isso geralmente não faz uma pessoa desistir da vida. Você era tão nova, tinha tudo pela frente. — Ele olhou para ela, inclinando a cabeça para o lado. — Por que você desistiu de escrever?

Quando as lágrimas se formaram em seus olhos, ela piscou, desejando que desaparecessem.

— Não sei. Eu senti que tinha perdido tudo. E, toda vez que eu tentava sair do buraco, parecia que ele se aprofundava.

— Mas a peça era excelente. Assim como a que você está escrevendo agora. É claro que você nunca foi uma pessoa de um sucesso só.

A resposta afiada permaneceu na ponta da língua. Ela engoliu, tentando ignorar o sabor amargo.

— Eu não consegui mais escrever. Tentei muito, mas não saía uma frase. Cheguei a conseguir escrever alguma coisa, mas acabei deletando. Só saía bobagem. — Isso tinha sido nos primeiros dias, quando as irmãs insistiram para ela tentar de novo. Quando a esperança não era simplesmente uma palavra de nove letras. — No fim, parei de tentar. Toda vez que eu falhava, ficava mais deprimida. Era exaustivo. E, além disso, eu estava tentando me manter nos empregos, e as coisas não deram certo também.

— No que você trabalhou?

— Quanto tempo você tem? Tem muita coisa para listar.

Sam começou a rir.

— Desculpe, eu sei que não é engraçado. É que eu não consigo te imaginar de trabalho em trabalho. A garota que conheci estava muito empenhada em ser roteirista.

— É o que o meu tio Hugh diz. Ele acha que eu acabo sempre demitida porque nasci para fazer uma coisa. Como se o meu subconsciente estivesse me sabotando ou algo assim. — Enquanto conversavam, os garçons limpavam a mesa na frente deles. Sem falar, o vinho de Cesca foi tirado, para ser substituído por outro quando o segundo prato chegou.

— Parece muito dramático — Sam observou.

— Bem, eu sou roteirista. Como você sabe, o drama faz parte da minha vida. Além do mais, você não pode me dizer que nunca viveu nada parecido. Nunca se sentiu incapaz de desempenhar bem um papel porque não conseguiu entrar nele?

Ele deu de ombros, gesticulando para o vinho.

— Esse é o meu favorito. Você tem que tomar tudo. — Então, voltando ao assunto, disse: — Alguns papéis são mais fáceis que outros, isso é verdade. Mas eu geralmente consigo dar um jeito de entrar em todos eles. É uma questão de empatia. Eu tento me colocar no lugar deles, ver o mundo através dos olhos deles por um tempo.

Cesca sorriu com firmeza.

— Acho que eu parei de enxergar as coisas no geral. Só conseguia pensar em quanto havia falhado e decepcionado todo mundo. Os produtores, os atores, meu padrinho, minha mãe... — Sua voz falhou na última palavra.

— Mas você não os decepcionou. Eu fiz isso. Fui eu que deixei vocês na mão. Fui eu que entrei em um avião e voei milhares de quilômetros sem olhar para trás. Não foi culpa sua. — A segunda taça de vinho era um chianti, acompanhando o *secondo piatto*, um suculento cordeiro com vegetais. Quando Cesca levantou a taça, sentiu o aroma de cerejas. O sabor do vinho era celestial.

— Muito bom — ela disse, oferecendo um sorriso como se fosse um ramo de oliveira. — Você devia provar um pouquinho.

— Estou gostando de te observar.

O jeito como ele falou fez o peito de Cesca se apertar. Como se estivesse sendo espremido na caixa torácica. Ela tomou outro gole, consciente de que ele a estava observando. Aproveitando mesmo.

— Não importa de quem é a culpa do cancelamento da peça — ela falou, muito ciente de que a atmosfera crescia entre eles. — O que aconteceu depois foi culpa minha.

— O que aconteceu depois? — As sobrancelhas de Sam se juntaram quando ele franziu a testa.

— Eu me deixei afundar — admitiu. — É compreensível se permitir lamentar a perda do sucesso que alguém achou que você teria. Mas não pelo tempo que eu lamentei. Eu desejei tanto trabalhar com teatro que, quando isso foi tirado de mim, acabei desistindo. Eu não tinha um plano B.

— E a sua família? Eles não tentaram ajudar?

— Eles não sabiam. Eles acham que sou um pouco avoada, meio estranha. Nenhum deles sabe onde eu moro ou quantos empregos eu já tive. E definitivamente não imaginam como eu era pobre.

— Como poderiam não saber? Você é próxima deles, não é? Eu quase não vejo a minha família, mas eles parecem saber tudo sobre mim. Não consigo evitar que se metam nas minhas coisas.

— Para começar, a minha vida não está nos sites de fofocas. — Ela notou que Sam fez uma careta. — E, embora nós sejamos próximos, nenhuma das minhas irmãs mora em Londres. O meu pai nem sabe que dia é hoje, e muito menos me perguntaria como eu posso me dar ao luxo de viver em Londres quando não tenho um centavo no banco.

— Você tem três irmãs, certo? São quatro filhas, como na sua peça?

— Sim — ela concordou. — Duas mais velhas e uma mais nova.

Ele levantou as sobrancelhas.

— Eu pensei que ter duas irmãs era ruim o suficiente.

— As suas são mais novas, né? — O sorriso de Cesca era genuíno. Era um alívio afastar o assunto dos seus próprios problemas.

— Sim. Eu tinha nove anos quando a Izzy nasceu, e a Sienna veio dois anos depois. Fui filho único por tanto tempo que foi um alívio finalmente ter companhia.

— Você se dá bem com elas?

Ela adorava a forma como o rosto de Sam se tornava mais suave quando pensava nas irmãs.

— Elas são ótimas. E, por algum motivo, me idolatram. Embora eu tenha que admitir que também sou louco por elas.

— Eu idolatrava as minhas irmãs mais velhas. Ainda idolatro, para falar a verdade. A Lucy foi mais mãe que irmã, depois que a nossa mãe morreu. E a Juliet, a segunda mais velha, bem, ela sempre foi linda e glamorosa.

— E a sua irmã mais nova?

— A Kitty? Ela se parece um pouco comigo. Todo mundo diz que nós parecemos gêmeas, mas ela nunca demonstrou interesse em escrever. Ela mora em LA agora. Talvez você tenha passado por ela na rua. — Ela piscou.

— Acho que me lembraria de tropeçar em alguém que fosse tão linda quanto você.

As palavras dele tiraram seu fôlego. Elas pareciam deslizar da sua língua tão naturalmente, mas o impacto era como um flash de adrenalina, fazendo o sangue correr em suas veias.

— A Kitty é atriz? — ele continuou, como se não tivesse feito o mais doce elogio.

— Não, ela é estudante e babá. Ela adora crianças e ama LA. Está vivendo o seu sonho.

Sam sorriu para ela.

— Você parece muito feliz com isso.

— Bem, não é sempre que você ouve que alguém conseguiu realizar um sonho, né? A Kitty sempre buscou algo mais. Só espero que tudo dê certo para ela.

Sam deu uma garfada em seu cordeiro.

— Eu também.

Quando a refeição terminou, Cesca estava cheia de um jeito desconfortável. Depois do cordeiro, eles comeram uma salada, e em seguida um delicioso prato de queijo local e frutas, seguido da sobremesa. A cada prato, ela experimentou um vinho diferente, e, embora tivesse tentado se limitar, estava levemente embriagada, o corpo relaxado e macio. Mesmo o café espresso forte que Alfredo trouxe para finalizar não fez nada para ajudá-la a se recuperar. Então, quando Sam puxou a cadeira e lhe ofereceu a mão, Cesca a aceitou com gratidão, deixando-o guiá-la pelo restaurante.

Só quando chegaram ao carro é que ela percebeu que, em algum momento, ele colocara o braço ao redor da sua cintura e descansava a mão de leve em seu quadril. Ela se inclinou para ele, gostando da maneira como parecia tão forte e resistente, tentando não notar o aroma quente da colônia que o fazia ter um cheiro tão masculino.

— Obrigada pelo jantar delicioso — ela disse, ainda descansando contra seu peito. Sam apertou a mão sobre ela, firmando os dedos sobre sua pele.

— Foi um prazer.

— Definitivamente, eu tomei muito vinho.

— Você quase não bebeu — Sam replicou. — Eu prometi que ia ficar de olho em você. Na verdade, você tomou o equivalente a duas taças.

— Ah, com certeza eu tomei mais que isso.

— Só se você bebeu escondida debaixo da mesa. — Ele pareceu se divertir. — Eu diria que voce bebeu a quantidade perfeita.

— Qual é a quantidade perfeita?

— O suficiente para relaxar sem perder o controle. — Ela podia ver sua boca se contrair. — Algum lugar entre lúcido e carregado para a cama.

— Achei que a gente tivesse concordado em não mencionar isso de novo.

— Não lembro de ter concordado com alguma coisa do tipo. E eu gosto de mencionar isso porque te deixa vermelha. E você fica muito bonita assim.

Lá estava ele de novo com os elogios, e é claro que as bochechas dela esquentaram ainda mais. Ela procurou, em vão, pela resposta perfeita.

— E você fica muito mais bonito quando diz que eu sou bonita.

Ele riu alto.

— Nesse caso, eu vou dizer com mais frequência.

— Pode dizer.

— O tempo todo.

— Na verdade, ninguém pode ser bonito o tempo todo.

— Isso é verdade. Você estava bem sem graça na manhã seguinte àquela noite em que eu te carreguei para a cama.

— É difícil ficar bonita quando a sua cabeça está dentro da privada. — As piadas saíam tão fáceis entre eles. Era incrível como ela se sentia confortável ali.

— Se alguém pode conseguir isso, é você.

— Hum, acho que foi uma apresentação única. — Ela o encarou, sorrindo. Caramba, ele era bonito de verdade, mesmo quando não a estava elogiando. Não que ela pretendesse admitir isso. — Você vai ter que se contentar com as lembranças.

Sam inclinou a cabeça, pressionando os lábios em sua orelha.

— Não fique se achando, mas você também fica bonita quando não está vomitando.

A maneira como sua respiração tocou a pele dela a excitou. Cesca se remexeu.

— Você tem um jeito maravilhoso de elogiar uma mulher. — Ela ergueu uma única sobrancelha. — Acho que ninguém nunca me disse isso antes.

Ele sorriu.

— O prazer foi meu.

Olhando para ele, Cesca se perguntou se ele a beijaria. Ela tentou imaginar como seria ter seus lábios contra os dela, se eles seriam tão macios como pareciam. Sam passaria as mãos pelo cabelo dela, enrolando as mechas ao redor dos dedos? Havia uma sombra de barba em seu maxilar. Será que ele arranharia sua pele enquanto se abraçassem? Seus próprios lábios se abriram e uma respiração suave escapou. Sam abaixou o rosto até ficar bem perto dela.

Foi quando o flash se acendeu, transformando o ar ao redor deles em uma inundação branca e brilhante. Sam se virou, tirando os braços da cintura dela, e o ar quente da noite apareceu entre eles. Os olhos de Cesca se abriram e ela olhou para a esquerda, onde uma jovem estava segurando um celular, com os olhos arregalados e parecendo admirada. No minuto seguinte, ela se juntou a outras três, todas apontando para Sam e dizendo seu nome várias vezes, como se ele pudesse esquecer.

— Melhor entrar no carro — ele falou, e o tom baixo e rápido não abria brecha para conversa. Sam quase a empurrou para dentro, fechando a porta do passageiro atrás dela. Caminhando em direção às garotas que seguravam seus telefones, ele começou a falar em italiano rápido.

A primeira menina — uma adolescente linda — assentiu rapidamente e pegou algo da bolsa. Era uma revista? Cesca não conseguia ver direito de onde estava. O que quer que fosse, Sam fez uma careta.

No minuto seguinte, ele estava falando com as meninas de novo, abrindo aquele sorriso que ela já tinha visto antes. Piscando e flertando como louco. Cesca sentiu o estômago se contrair, toda aquela comida fazendo-a se sentir inchada.

Sam pegou o telefone da primeira garota e entrou entre as quatro, deixando-as abraçá-lo enquanto tiravam uma selfie. Então ele beijou todas elas na bochecha, fazendo-as rir alto, e acenou quando se afastou.

Assim que voltou para o carro, a fachada de paquerador se desintegrou. Seu rosto parecia um trovão.

— Elas deletaram nossas fotos — ele disse em tom breve. — Então você não precisa se preocupar em ser vista comigo.

— Eu não estava preocupada com isso. — Na verdade, ela estava mais preocupada com o humor dele, que tinha mudado completamente.

— Bem, deveria estar. A última coisa que você precisa é do seu rosto em todos os tabloides.

Cesca engoliu em seco, embora sua boca estivesse seca também. A expressão de raiva de Sam foi suficiente para silenciá-la durante toda a viagem para casa.

De volta à *villa*, ele estacionou o carro na garagem enquanto Cesca abria a casa, e os dois entraram no corredor. Ela abriu a boca, querendo perguntar por que ele tinha reagido de um jeito tão estranho. Por que uma fã tirando fotos mudara tanto o seu humor. Mas, antes que ela pudesse dizer qualquer coisa, Sam já estava a caminho da escada.

— Boa noite, Cesca — ele disse em tom baixo, se virando de costas e subindo para o quarto.

— Boa noite, Sam. — Ela olhou para o homem que se retirava. A noite tinha sido boa até que aquela garota tirou a foto. A maneira como ele a olhou foi emocionante, e ela tinha muita certeza de que estava prestes a beijá-la. Mesmo que parecesse estranho, ela queria que ele tivesse feito isso.

Agora ele se fora, e ela estava parada sozinha no corredor.

Meio como a história da sua vida.

18

Porque onde tu te encontras o universo todo está;
ao passo que o lugar onde me faltes equivale a um deserto.
— ***Henrique VI, parte II***

Sam bateu a porta do quarto, quase sem diminuir o passo enquanto caminhava pelo chão de mármore até o banheiro do outro lado. Abrindo a torneira, colocou as mãos debaixo dela, levantando-as para molhar o rosto. Só depois de ter feito isso três vezes, finalmente mirou o espelho, olhando para o estranho de olhos escuros que o encarava fixamente.

No que ele estava pensando? Estava agindo do mesmo jeito que fizera com Serena Sloane. Ele havia deixado a libido assumir o controle, levando uma linda garota para jantar e praticamente a beijando diante de uma câmera antes de finalmente voltar a si. E todos os seus planos para ficar em Varenna, longe dos olhos do público, desapareceriam com um clique no Instagram.

Dane-se a fama. Que se danassem as fotos impressas nos tabloides. Ele não gostava mais desse jogo.

Passando as mãos molhadas pelo cabelo, ele repetiu o gesto, mas a água não fez nada para esfriar sua pele quente. Ele estava preocupado, muito irritado, muito cheio das lembranças de Cesca e daquele quase beijo.

Era impossível não pensar nisso. Mesmo com os olhos abertos, a imagem dela olhando para ele estava marcada em sua mente. O jeito como seus olhos se arregalaram e sua boca se abriu enquanto ele se inclinava na sua direção, fazendo-o ter certeza de que ela se sentia exatamente como ele.

Mas como ele se sentia? Essa era a pergunta. E ele não tinha certeza de que estava disposto a responder. Porque não havia futuro nisso, ele não deixaria que tivesse.

Sam aprendeu a lição depois de Serena Sloane. Ele deixou que o relacionamento amigável entre ambos nublasse o seu julgamento, acreditando que poderia confiar nela. E agora ali estava Cesca, a menina do sorriso bonito que fazia um monte de perguntas. Ele estava correndo o risco de se enganar de novo.

Afastando-se da pia, pegou uma toalha e secou o rosto antes de jogá-la no cesto.

Ele devia ir embora. Pegar o voo seguinte para Hollywood e enfrentar a porcaria que deixara para trás antes que conseguisse estragar as coisas mais ainda. Antes que Foster e sua mãe descobrissem onde ele estava e o segurassem para dizer quanto ele havia envergonhado a família.

Mas pensar em entrar em um avião e deixar Cesca em Varenna fez sua cabeça doer. Apesar dos confrontos entre eles, Sam se sentia vivo pela primeira vez. Ele gostava de estar com ela, gostava de ler sua peça e de observá-la cozinhar. Ele havia dito que era amigo dela.

Havia outra coisa também. Algo mais profundo. Algo que ele não tinha certeza de que estava pronto para admitir para si mesmo. Porque também gostava dela. *Muito.* E Sam não tinha certeza de como deveria lidar com isso.

Ele jogou água no rosto de novo, como se a primeira vez não tivesse sido suficiente. A água se agarrou à sua pele e ele se sacudiu, deixando as gotas caírem na pia. Sam não podia se permitir ceder aos sentimentos por ela. Amigos e nada mais. Ele poderia lidar com isso, certo? Uma amizade superficial de verão que terminaria no fim da temporada, afastando-a dos seus ombros como areia.

Em algumas semanas, ele deixaria Varenna e Cesca Shakespeare para trás.

Simples assim.

Toda vez que Cesca olhava para a tela, sentia o exame minucioso de Sam aquecendo seu rosto. Se ela olhasse, ele fingiria estar profundamente absorto no papel a sua frente, rabiscando as palavras digitadas, fazendo sugestões ou correções na gramática. Mas, assim que ela desviava o olhar, conseguia ouvi-lo parar de escrever, se virando na cadeira enquanto retomava a observação mais uma vez.

Era tão desconcertante quanto emocionante. E, para ser sincera, Cesca estava irritada com a fingida falta de interesse nela, pelo menos, sempre que ela estava olhando. Porque ela queria que ele estivesse interessado. Queria isso desde a noite em que foram a Grotto Maria, quando ele quase a beijou.

Era muito estranho que o homem que ela odiava houvesse se tornado aquele que ela desejava. No entanto, parecia haver uma inevitabilidade para que isso acalmasse seu coração dramático, um fechamento de círculo, o conserto de um erro. Era como se ela finalmente abrisse os olhos pela primeira vez e o visse como ele realmente era, não com o disfarce de diabo que seu cérebro imaginava para ele.

— Sam? — Ela olhou para ele por cima da tela. Ele franziu a testa por um momento antes de encará-la. Até o contato dos olhos era suficiente para fazê-la estremecer.

— Sim?

— Por quanto tempo você está planejando ficar aqui? — Ela estava se perguntando isso havia um tempo. Quando chegou, ele parecia estar só de passagem, mas não estava dando sinais de que iria embora tão cedo.

Ele deu de ombros.

— Não tenho certeza. Acho que vou passar o verão e depois volto para LA. Só tenho trabalho fechado no outono, então esta aqui vai ser a minha ostra até lá.

Cesca assentiu, acostumada aos altos e baixos da indústria do entretenimento.

— Mas você não está entediado? Quer dizer, nós estamos sozinhos aqui e não tem muito o que fazer. Você deve estar ficando louco sem wi-fi e telefone.

Sam bateu a tampa da caneta contra os lábios.

— Não estou entediado — ele disse. — Para ser sincero, é um alívio não poder ser encontrado. Não consigo passar muito tempo sozinho em Hollywood. Estou sempre trabalhando ou participando de alguma reunião, e o telefone fica tocando o tempo todo. Eu meio que havia esquecido de como era o som do silêncio.

— E você gosta? Do som do silêncio, quero dizer.

Ele bateu nos lábios novamente.

— Sim, muito.

Os últimos dias tinham sido exatamente assim. Manhãs e tardes na biblioteca juntos, Cesca escrevendo e imprimindo enquanto Sam fazia correções com caneta vermelha nas margens. Em seguida, eles cozinhavam e jantavam, antes de Sam desaparecer, dizendo que estava cansado e que desejava dormir mais cedo. No primeiro dia ela se divertiu com sua fuga. No segundo, ficou confusa. Na terceira noite — a anterior —, ela começou a se irritar. Por que ele a estava ignorando depois da noite perfeita no restaurante?

— E a sua família? — ela perguntou. — Você não gostaria de visitá-los agora que tem algum tempo livre?

— Acho que eles não estão muito interessados em me ver — ele disse.

— Como assim? — Ela franziu a testa. — Por que eles não iam querer te ver? Eu garanto que eles têm muito orgulho de você. A sua foto está em quase todas as paredes deste lugar. — Ele estava sendo evasivo de novo. Talvez ela devesse tê-lo procurado no Google.

— A minha mãe me adora.

— E o seu pai?

— Isso é mais complicado. — Sam colocou suavemente a caneta em cima da pilha de papel na sua frente. — O Foster e eu, bem como eu dei a entender antes, nós não nos olhamos nos olhos. Ele é um idiota.

— É difícil olhar nos olhos de um idiota — ela concordou. — E o Foster parece ser o rei deles.

Sam riu alto, o que fez seu rosto todo se iluminar.

— Isso é verdade. E o pior é que ele adoraria essa descrição.

— Bem, quando eu o encontrar, vou dizer exatamente o que penso.

Ela observou a expressão no rosto de Sam mudar.

— Pelo amor de Deus, nem chegue perto dele. Eu nem deveria ter mencionado o nome do Foster.

— Eu sei cuidar de mim mesma, sabia? — ela disse, irritada. — Já lidei com muitos idiotas. Eles não me assustam.

— Mas ele me assusta — Sam falou, esfregando o rosto com as mãos. — Ou, pelo menos, pensar nele perto de você me assusta.

Ela inclinou a cabeça para o lado.

— Qual é o problema com ele? O que ele faz que te deixa assim?

Foi um choque ver Sam se levantar e caminhar até ela. Cesca estava acostumada com sua distância nos últimos dias. Ela sentiu o pulso acelerar quando ele se aproximou, se inclinando sobre a mesa onde ela estava sentada.

— Não é por ele — Sam falou. — É por você. Ele é um veneno, Cesca, e do pior tipo. Do tipo que parece bom, que tem um gosto bom, então você toma um gole bem grande. E é ótimo, até que ele começa a ferroar o seu estômago.

Ela afastou a cadeira da mesa e se levantou, mas ainda assim ele era muito mais alto que ela. A jovem estendeu a mão, segurando seu maxilar e sentindo o calor de pele contra pele.

— Eu prometi não perguntar sobre ele — Cesca disse. — Mas uma coisa eu te digo: tudo o que ele fez não pode mais te machucar. Você é um homem adulto, um cara de sucesso. O mundo está aos seus pés.

Havia um olhar assombrado em seus olhos que a atravessou, fazendo-a querer abraçá-lo.

— Você não o conhece como eu — Sam sussurrou. — Ninguém conhece. As pessoas iriam rir de mim se eu dissesse a verdade.

— Que verdade? — ela perguntou. — Merda, desculpe. Prometi não perguntar. Vou calar a boca.

Ele estremeceu.

— Não se preocupe. Não faz diferença.

— É claro que faz. Não entendo que tipo de coisa ele pode ter contra você. Você é melhor do que ele. Quando a gente se conheceu, achei que você fosse um ator metido que havia me passado para trás. Mas você não é assim.

— O que eu sou, então? — ele perguntou, em um sussurro.

— Você é Sam Carlton. O cara que entra em um cinema e deixa as pessoas de boca aberta. O homem que incendeia Hollywood. Você é a pessoa que pode vender um filme só com um sorriso e uma piscadinha. — Ela se inclinou para ele. — Você deve saber quem é, Sam.

— Mas aos olhos dele eu não sou nada.

— Então ele é cego.

— Eu passei a vida inteira tentando fazer Foster Carlton gostar de mim. Mas ele não consegue nem me olhar nos olhos. E agora eu envergonhei todo mundo... — Sam ficou em silêncio de repente.

— Envergonhou como?

— Não importa. Porque eu não quero ver o Foster nem a minha mãe, e definitivamente não quero ver as minhas irmãs. Vou passar o verão aqui e, quando acabar, vou voltar para Hollywood e você vai poder esquecer que me conheceu.

Cesca recuou, como se tivesse levado um tapa. Até tocou o próprio rosto para verificar se não doía.

Sam balançou a cabeça.

— Olha, me desculpe. Eu sei que parece loucura, mas juro que vai ser melhor assim. — O rosto dele se suavizou quando estendeu a mão e colocou uma mecha de cabelo solto atrás da orelha dela. — Quer uma bebida? Toda essa conversa sobre o Foster me deixou com um gosto ruim na boca.

Com isso, ele saiu da biblioteca e atravessou o corredor até a cozinha. Cesca olhou para ele por um momento, franzindo a testa.

Sam Carlton era um enigma e, claramente, um mestre em se esquivar. Por algum motivo, isso só a fez querer conhecê-lo ainda mais.

19

Um grande anjo será minha irmã.

— Hamlet

— Sentimos sua falta em nossas chamadas de vídeo — Lucy disse. — Não é a mesma coisa sem você.

— Também senti saudade. — Cesca inclinou a cabeça contra o vidro da cabine telefônica. — Mas não tenho como participar. Não tem wi-fi na casa e o cybercafé fecha aos domingos à tarde.

— Nós podemos mudar de dia. — Lucy pareceu esperançosa.

— Não vale a pena — Cesca disse. — Volto para casa em breve. Enquanto isso, vou continuar enviando e-mails.

— Como estão as coisas por aí? — Lucy perguntou, simpática. — O tal ator te criou algum problema? — Cesca havia contado às irmãs sobre a chegada de Sam à *villa*, apreciando a simpatia delas diante do fato do seu passado colidir com o presente.

— Na maior parte do tempo ele se comporta bem — a jovem respondeu, sem querer entrar em detalhes. Nem tinha certeza de como explicar isso a si mesma. — Bom, chega de falar de mim. Como estão as outras?

— A Juliet está bem — disse a irmã. — Está organizando a floricultura e correndo atrás da Poppy. O Thomas não mudou nada, o que é uma pena. E a Kitty está ótima. Curtindo a vida em LA, acho. Mas o mais importante: como você está? Ouvi dizer que está escrevendo de novo. — Lucy pareceu intrigada.

— Tenho tentado. — Cesca não queria dar esperanças às irmãs. — É cedo ainda, então vamos ver. Mas quem te contou isso?

— Falei com o Hugh na semana passada. O papai ficou trancado para fora de casa e eu precisei localizar as chaves reserva. O que é mais fácil falar do que fazer quando você está a quinhentos quilômetros de distância.

— Isso não parece coisa do papai.

— Ele está envelhecendo. É natural que esteja um pouco esquecido — Lucy falou. — Tudo certo. Tudo está bem quando acaba bem.

— Muito shakespeariano.

— É bem por aí.

Cesca olhou para o display a sua frente.

— Acho melhor desligar. Essa ligação vai custar uma fortuna.

— Tudo bem, mas mantenha contato. Mande um e-mail quando puder. Ah, e a Poppy recebeu seu cartão-postal. Ficou muito animada. Disse que quer visitar a Itália quando crescer.

Cesca amoleceu com a menção à sobrinha. Juliet era a única das irmãs que tinha uma filha, e nenhuma delas via Poppy com a frequência que gostariam. Outra razão para ela não gostar de Thomas.

— Na próxima conversa por Skype, diga a ela que eu a amo.

— Pode deixar. Ah, e Cesca?

— Sim?

— Continue escrevendo, tá?

Ela sorriu.

— Sim, senhora. — Seus lábios ainda demonstravam bom humor quando colocou o fone no gancho devagar e tirou o cartão do aparelho. Ela havia esquecido como sentia falta de conversar com as irmãs. Talvez isso fosse uma coisa boa quando voltasse para Londres.

Ela não conseguia pensar em muitas outras coisas a fazer por lá.

Mais tarde naquela noite, Cesca estava sentada em frente ao computador, seus dedos digitando rápido no teclado enquanto revia pela décima vez o segundo ato. De vez em quando olhava para a poltrona onde Sam tinha passado muitas noites naquela semana. Estava vazia agora.

Um barulho na cozinha chamou sua atenção. Cesca ouviu a porta de um armário bater e depois o som de água corrente. Ela se levantou e atravessou a biblioteca. A necessidade de vê-lo era esmagadora.

— Ei. — Ele a viu antes mesmo que ela entrasse na cozinha. — Eu estava tomando um copo de água para ir dormir.

— Você está me evitando? — ela perguntou.

— Te evitando? — Ele franziu o cenho. — O que te faz pensar assim?

— Eu não te vi o dia todo. Toda vez que eu te procurava, você já tinha saído.

— Está me seguindo? — Ele sorriu, mas o sorriso não alcançou os olhos.

— Eu sinto a sua falta — ela falou, baixinho. — Falei alguma coisa errada ontem? Alguma coisa sobre o Foster que te deixou com raiva?

— Eu não estou com raiva. — A voz de Sam era baixa. — Por que está perguntando isso?

— Porque, da última vez que eu te deixei bravo, você ficou me evitando. — Ela olhou para ele. — Está começando a se tornar um hábito.

O sorriso dele desapareceu.

— Você não me deixou com raiva — respondeu. — Eu só não estava me sentindo bem hoje. Eu saí para uma caminhada, foi isso. — Ele se aproximou dela, estendendo a mão para tocar seu rosto. A sensação dos dedos dele contra sua pele o fez ofegar. — Não estou te evitando, Cesca.

Um pouco de ar escapou dos lábios dela. Ele se aproximou mais até que havia poucos centímetros entre eles. Seu corpo inteiro estava rígido com a proximidade.

Ela inclinou a cabeça para olhar para ele. Duas pequenas linhas verticais se formaram entre as sobrancelhas. Ele umedeceu os lábios, ainda a encarando.

— O que você está fazendo? — ela perguntou.

— Não sei — ele sussurrou, mais para si mesmo do que para ela. — Não faço a mínima ideia.

Ele ergueu a outra mão, segurando a bochecha dela com a palma curvada. Cesca ficou parada como uma estátua, esperando para ver o que ele faria. Sua respiração tocou na garganta dele enquanto ela ansiava que ele abaixasse a cabeça e pressionasse seus lábios quentes contra os dela. Ela quase podia provar a doçura do seu beijo.

Mas ele não se moveu. Só olhou para ela com aqueles olhos cheios de conflito, como se estivesse procurando por todas as respostas que não tinha. Por meio minuto ela ficou ali, olhando para ele sem vontade de dar um passo para trás, mas incapaz de avançar.

— Sam? — ela finalmente chamou, com a voz hesitante.

Ele deu um passo para trás como se ela tivesse lhe dado um tapa, afastando as mãos do rosto dela. Os braços dele pendiam ao lado do corpo enquanto se afastava.

— Hum? — Sua voz era suave.

Ela piscou rapidamente.

— Você está... você estava... — Suas palavras se enrolaram na língua. — Você está bem?

Ele riu, apesar de parecer estranho.

— Estou.

Uma onda de frustração correu sobre ela.

— Você não parece bem.

— Como eu pareço estar? — perguntou.

Como se estivesse prestes a me beijar.

— Chocado — ela disse. — Foi alguma coisa que eu falei?

Outro riso. Tão falso quanto o anterior.

— Estou bem, de verdade. Por que a gente não volta para a biblioteca? Você pode trabalhar na peça, e eu posso terminar de ler essa droga de livro. Assim você não vai pensar que eu estou te evitando.

Ela assentiu. Seu maxilar estava começando a doer pelo jeito como trincava os dentes.

— Sim, acho melhor eu voltar ao trabalho. — Ela se virou e voltou para o escritório, sentindo-o segui-la de perto. Mas não muito. Era como se até a distância entre eles fosse uma decisão bem pensada.

Quando ela se sentou de volta à mesa, sentiu todo o seu corpo tenso. Ele estava mentindo, isso era claro. Estava tentando evitá-la.

Talvez fosse hora de ela mostrar o que ele estava perdendo.

20

Ela é linda. Portanto deve ser cortejada.
Ela é mulher. Portanto deve ser conquistada.
— Henrique VI, parte I

— Vou sair hoje à noite.

No começo, ele não ouviu as palavras. Ou, na verdade, não as compreendeu. Eles estavam nos jardins, tirando um raro momento de folga para se sentar ao lado da fonte ornamentada que ficava no centro do pátio.

— O quê? — Ele se virou para olhar para ela. Cesca estava deitada na espreguiçadeira, o cabelo preso em um coque bagunçado. Embora o biquíni que ela usava fosse modesto, pelo menos para os padrões de Hollywood, ele não podia deixar de olhar para todos os lugares onde o tecido vermelho se agarrava à sua pele. Ele engoliu e sua boca secou de repente quando percebeu o que ela havia acabado de dizer. — Vai sair? Para onde? Com quem? — Ele franziu a testa, se sentando. Assim como Cesca, ele estava vestido para tomar sol, de sunga e nada mais. Sua pele já estava morena. A facilidade de se bronzear era herança da mãe italiana.

— Com o Cristiano — Cesca falou devagar. — Ele me convidou para jantar. Eu o encontrei hoje de manhã na cidade. Parece que tem um restaurante que ele gostaria de conhecer.

— O cara da *villa* ao lado? Em que restaurante ele vai te levar?

Cesca deu de ombros, erguendo o braço sobre os olhos para bloquear o sol.

— Não sei, algum lugar no lago. Nem tenho certeza de que quero ir.

— Então não vá. — As palavras escorregaram da boca de Sam antes que ele pudesse detê-las. Pensar em Cesca em um encontro com o cretino de fala mansa da casa ao lado o fez se sentir fisicamente doente. Sam se perguntou se era só o instinto de proteção, o mesmo tipo de emoção que teria ao pensar em um namorado de suas irmãs. Tinha que ser isso, certo?

— Eu já aceitei. E ele tem sido muito gentil comigo. Seria indelicado cancelar agora.

— Da última vez que você saiu com esse cara, ele te deixou bêbada — Sam alfinetou. Ele estava tentando manter a voz calma, mas estava ficando cada vez mais difícil. — E se ele fizer isso de novo e... se aproveitar de você? — cuspiu as últimas palavras. — Caramba, Cesca, você não sabe nem cuidar de si mesma?

Ela se sentou de repente. Seu rosto estava contorcido em uma careta, assumindo um tom de vermelho profundo.

— Claro que eu sei. Eu faço isso há anos. E, para sua informação, eu não pretendia beber. Não que seja da sua conta.

— É claro que é!

Ela balançou as pernas. Ele tentou ignorar sua inclinação e a forma como a pele de Cesca brilhava sob o sol.

— Sério — ela falou. — O que você tem a ver com isso?

— Nós não somos amigos?

— Somos? — Ela pareceu confusa.

— Bem, depois de passar algumas semanas juntos, achei que nós fôssemos mais que conhecidos. — Por alguma razão, negar a amizade deles o destruiu profundamente.

— Eu sei... — Ela parou, olhando para os pés. Suas unhas estavam pintadas em um tom de rosa impressionante. — É que eu nunca sei o que nós somos. Chefe e empregada, inimigos, amigos. Você parece passar de um para o outro sem aviso prévio.

— Pareço? — A voz de Sam era mais suave agora.

Ela deu de ombros.

— Sim. — Uma mecha de cabelo se soltou e estava se enrolando no pescoço dela, refletindo o sol. — Talvez eu também não tenha certeza de como eu te vejo. Não faz muito tempo que eu te odiava. Toda vez que ouvia seu nome ser mencionado, sentia vontade de jogar alguma coisa bem longe.

Ele riu.

— Isso é compreensível. Eu também não fiquei impressionado com você na noite em que a gente se conheceu. Não foi a primeira vez que alguém ficou desapontado por eu não ser o meu pai, mas foi a primeira vez que me irritou.

— Não fiquei desapontada por não ser o seu pai. Eu também não estava interessada em conhecê-lo. E agora estou ainda menos inclinada a isso.

Sam se virou até ficar sentado em frente a ela. Seus joelhos estavam quase se tocando.

— Eu pensei que a gente não ia falar sobre isso.

Ela sorriu.

— Não estou falando sobre isso — ela apontou. — Você, sim. Foi você que o trouxe para a conversa.

Ele franziu a testa. Cesca estava certa. Qual era o problema com essa garota?

— Pare de mudar de assunto — ele disse, o rosto ficando vermelho. — A gente estava conversando sobre o seu encontro. Eu não confio nesse tal de Cristiano.

— Por que não? Ele é um homem de negócios, muito respeitável. E mesmo que não fosse, *posso* cuidar de mim mesma.

Ele se permitiu respirar.

— Sim, você pode. E essa é a única razão pela qual eu não estou te impedindo de ir a essa droga de encontro.

Ela pareceu ofendida.

— Quem você acha que é, o meu pai? Eu vou sair com ele porque eu decidi que quero. O que você pensa sobre isso é completamente irrelevante. — O tom dela não estava tão irritado quanto suas palavras sugeriam.

— Se eu não quisesse que você fosse, você não iria. — Ele estava brincando com ela agora. Apreciando sua resposta e o frisson de algo perigoso entre eles. Isso o acendeu, como uma fogueira crepitante na noite. Ele não deveria estar se comportando assim, mas não podia evitar.

— Como é que você ia me deter? — Ela suspirou. Os olhos brilhavam, e os lábios cheios estavam abertos. Ela era um desafio à espera de ser superado.

— Eu poderia usar o meu charme.

Ela balançou a cabeça.

— Não tem efeito sobre mim.

Ele umedeceu os lábios, sentindo a pele da língua seca.

— Tem outras maneiras.

— Que outras maneiras? — Os joelhos dela estavam tocando os dele. Ele podia sentir a suavidade de sua pele e o calor do seu corpo. Era tentador.

— Eu poderia te parar fisicamente.

Sam estava ciente do olhar dela em seu corpo. Ela o estava avaliando, olhando-o de cima a baixo. Ele precisou fazer um esforço enorme para não começar a flexionar os músculos.

Ela arqueou uma sobrancelha.

— Fisicamente? Como? — Os dedos dela tocaram os dele, disparando uma onda de excitação através de suas veias.

— Eu poderia te prender no quarto.

— Eu iria sair pela janela. Não é nada que eu não tenha feito antes. É incrível como você pode ser ágil quando o dono da casa aparece para cobrar o aluguel. — Ela o estava provocando. Ele podia notar pela expressão maliciosa em seu rosto.

— Então eu teria que te amarrar. — Ele a olhou diretamente nos olhos. Sam os viu se arregalarem com a sugestão e o peito dela subir e descer com uma respiração profunda. Os olhos dela, tão excitados antes, se tornaram pesados. Demorou um momento para ela formular uma resposta.

— Isso talvez funcione — ela respondeu, devagar. As palavras permaneceram no ar muito depois que ela fechou os lábios. A ideia era como um fio invisível, tecendo uma teia entre eles, unindo-os. Ele a imaginou deitada na cama, seminua, o corpo detido e amarrado.

Droga, o que estava acontecendo aqui?

O rubor dela aumentou, se espalhando pelo pescoço e peito. Os olhos do ator seguiram o movimento, persistindo na ondulação dos seus seios. O tecido do biquíni de Cesca era tão fino que ele podia ver quase tudo através dele. Incluindo a forma como seus mamilos endureceram.

— Você gostaria que eu te amarrasse, Cesca? — Sua voz era tão áspera quanto uma estrada de terra. Ele estava brincando com fogo. Ela sabia disso, assim como ele, mas Sam não conseguia evitar. Ele continuou esticando os dedos até senti-los queimar.

— Eu gostaria de te ver tentar. — Lá estava ela, resoluta, olhando para ele com as pálpebras semicerradas. — Não sou o tipo que se deixa pegar com muita facilidade.

— Aposto que não.

Ela levantou a mecha de cabelo solta, colocando-a de volta no lugar. O gesto fez seu peito se elevar, aumentando o tamanho dos seios, fazendo-os ficarem perto de escapar do top de forma tentadora. Sam não conseguiu afastar o olhar.

— Eu também estou aqui, sabia?

Finalmente, Sam olhou seu rosto, sorrindo.

— Ah, eu sei exatamente onde você está.

Ela inclinou a cabeça para o lado. Os lábios mantiveram a sugestão de um sorriso, mas havia mais do que isso em sua expressão. Ela estava interessada, fascinada mesmo. A maneira como olhava para ele fez Sam querer arrastá-la direto para a casa e para seu quarto.

— E onde é que eu estou?

— Sentada na minha frente, me olhando, falando comigo quando deveria estar pensando no seu encontro.

Ela mordiscou o lábio.

— O que te faz pensar que eu não estou pensando no meu encontro?

— Porque você não mencionou o nome dele nos últimos dez minutos.

— Você falou sem parar nos últimos dez minutos. Não tive chance de pensar.

A insolência dela o fez rir.

— Se você estivesse realmente a fim dele, não ficaria aqui flertando comigo.

— O que te faz dizer isso? Um pouco de flerte é inofensivo, não é? Na verdade, isso não significa nada. É só uma brincadeira.

A negação dela o fez fechar as mãos com força. Claro que o flerte significava alguma coisa, ou, pelo menos, naquele momento significava.

— Não consigo te imaginar flertando assim com aquele cara.

Ela fez um biquinho.

— Você acha que eu não vou? Ele é bonito, engraçado e fala com o famoso sotaque italiano. E é rico. Tem isso também.

— Eu sou rico.

Isso a fez rir alto. O corpo dela estremeceu enquanto ria, até que Sam se viu rindo também.

— Ei, eu também posso fazer sotaque italiano — ele disse, com um sotaque de New Jersey.

— E você é engraçado. Não se esqueça disso.

Ele abriu um sorriso amargo.

— Só tem a coisa do bonito, então. Ele ganha.

— Ah, como se você não soubesse quanto é bonito — ela brincou. — O seu rosto está nos sonhos das adolescentes.

Foi a vez de Sam zombar.

— Ah, para com isso.

— Não tente negar, garoto bonito. Eu ouvi falar sobre os prêmios da MTV.

Ele fez uma careta.

— Quanto menos você falar sobre isso, melhor. Além do mais, quem quer ser bonito? Não é muito masculino, né?

— O que você preferia ser? Lindo, gato, gostoso? Eu posso usar um desses nomes, se você quiser. De qualquer forma, você é um cretino bonitão e sabe disso.

— É só aparência.

— Fácil dizer quando se é assim.

— Bem, você não é exatamente ruim de se olhar — ele disse. — O Don Juan da casa ao lado te convidou para um segundo encontro.

— Não é bem um encontro. — Os olhos dela se estreitaram. — Mas, afinal, por que você se importa tanto?

— Com o quê? — Ele se sentou ereto, sentindo como se estivesse sendo descoberto.

— Com o fato de eu sair ou não com ele.

— Eu não me importo. — Ele deu de ombros, fingindo indiferença. — Só não quero que se aproveitem de você.

— E por isso você se ofereceu para me amarrar? — Ela o encarou. — Porque isso não é se aproveitar de mim.

— Eu não vou te amarrar — ele falou, em tom suave, embora a imagem em sua cabeça fosse atraente demais para ignorar. — Só quero que você esteja segura.

Mentira, era tudo mentira, e ele sabia disso. Era provável que Cesca também. Não era por proteção que ele queria agarrá-la e escondê-la. Era por um ciúme intenso que o fazia querer ficar ao lado dela e não soltá-la até a noite acabar.

— Sério, eu vou estar segura. — Ela abriu um sorriso reconfortante. — Só vamos dar uma volta. Provavelmente eu volto antes da meia-noite. — Sam assentiu, mas o movimento foi tenso. Então ela iria ao encontro, independentemente de como ele se sentia. O pior era que ele não podia culpá-la. Ela já havia dito que a cada momento ele agia de um jeito, e essa conversa de agora ressaltava isso.

Ele gostava dela. Nossa, como gostava, mas se detestava por isso. Ele era como um garoto na escola, puxando as tranças da garota, com medo de se expor. O que havia de errado com ele?

Ele pressionava, ela recuava, ela recuava, ele pressionava, e assim ele ficou parado no mesmo lugar solitário. Sam estava perdendo algo que nem era dele, e o fato de que se sentia magoado era risível.

— Divirta-se. — O pior foi que ele disse isso de coração. Ele queria que ela fosse feliz. Só não muito.

Ele se levantou, pegando o copo vazio e o livro que mal conseguira ler.

— Vou me divertir. Não me espere.

Ela tinha dito em tom de brincadeira, mas aquilo o irritou. Ele se virou para que ela não visse sua expressão.

— Pode deixar. — Outra mentira. Ele as espalhava entre as verdades. Porque de jeito nenhum conseguiria dormir sem ter a certeza de que ela estava em casa. Se ela não aparecesse, ele iria até a casa ao lado e a arrastaria de volta, se fosse necessário. Ele provavelmente ia adorar fazer isso. E, se o flerte de Cesca tivesse algum fundo de verdade, ela também ia gostar.

Então, o círculo estava completo. Ficou cara a cara com a percepção de que estava se apaixonando por Cesca Shakespeare quando toda a sinapse em seu cérebro estava dizendo para não fazê-lo. Quando a história lhe dizia que, a cada vez que ele se aproximava de alguém, a pessoa o decepcionava.

Ele não tinha certeza de que o bom senso iria prevalecer por muito tempo.

Era estranho seguir a rotina de se arrumar. Um banho longo e frio, seguido por uma briga aquecida com o secador de cabelo. Então a inspeção ansiosa das roupas, imaginando o que vestiria, do que *ele* ia gostar. Se *ele* ia achar que ela estava linda.

Mas era o *ele* errado. Sam, não Cristiano. Ah, ela era uma idiota.

Não era certo se vestir para um homem enquanto se preparava para sair com outro. Mas ela não conseguia deixar de pensar em Sam enquanto passava o gloss e a máscara de cílios.

Ela não reconheceu a garota que a olhava no espelho. Tão diferente da Cesca que havia se fechado em si mesma, a Cesca que havia chegado ao fundo do poço e não conseguia voltar. Se ela pudesse retornar a Londres e contar a essa garota que não só estaria vivendo na mesma casa que Sam Carlton como realmente gostando dele, a menina iria mandá-la pastar. Só que era tudo verdade.

A paquera desta tarde tinha enviado uma onda de choque através do seu corpo, e os efeitos posteriores ainda zumbiam em suas células. Ela se sentia energizada e viva, como se tivesse acordado depois de um sono longo e profundo, e agora só queria correr e sorrir.

Mas isso não era para rir, era? Ela achava que não, pois estava completamente confusa com os constantes vacilos de Sam. Era como assistir a uma partida de tênis: o pescoço estava dolorido de virar de um lado para o outro, e ela não tinha mais certeza de quem estava ganhando.

Nem estava certa de que poderia haver um vencedor.

Ela combinou de se encontrar com Cristiano no portão, às oito. Ele protestara, explicando que seria errado não pegá-la em casa e que ela estava ferindo sua masculinidade. Ela tinha rido, porque a última coisa que queria era que ele encontrasse Sam. Especialmente quando o ator estava naquele tipo de humor. Ela não o provocaria para dizer alguma coisa que pudesse constrangê-la ou envergonhar Cristiano, mas, se fosse realmente honesta, não seria ruim ver seu companheiro de casa lutando por ela.

O fato é que seria bom sair um pouco e conversar com alguém além de Sam. Ver o mundo real lá fora, sem estar contaminado pela proximidade dos dois. Ela devia estar sofrendo de algum tipo de síndrome de Estocolmo não é? Sentiu o rosto esquentar quando se lembrou da conversa e de como ele pareceu quando ameaçou amarrá-la. A mera sugestão tinha sido suficiente para deixá-la quente e sem fôlego, e a umidade entre as pernas era a evidência disso.

Sim, ela definitivamente precisava sair dali. Antes que fizesse algo de que pudesse se arrepender.

Ela não viu Sam em lugar algum quando desceu as escadas e entrou no corredor, uma mão apertando a bolsa e a outra segurando o xale fino que colocara nos ombros. Seu cabelo estava solto, caindo em ondas naturais sobre os ombros. As mechas faziam cócegas na pele, que estava nua exceto pelas tiras finas do vestido que se agarrava ao corpo e modelava seus quadris. Estampado com pequenas flores azuis, o tecido terminava no meio da coxa, mostrando o tom brilhante que ela adquirira. Pouco depois das oito, ela saiu da casa e caminhou até o portão principal. Viu o carro de Cristiano, com seu dono apoiado no capô. Uma pontada de culpa a atingiu por fazê-lo esperar ali. Ainda assim, a alternativa também era muito estranha de imaginar.

Cristiano se afastou do carro e a observou com um grande sorriso no rosto. Ele segurava um glorioso buquê de flores com lilases claros cercados por amarantes em cascata. Amarradas com uma corda, ela podia dizer, só de olhar, que deviam custar uma fortuna.

— Você está maravilhosa — ele disse assim que ela atravessou o portão. Inclinando a cabeça, tocou sua bochecha com os lábios macios. Ela podia sentir seu olhar analisando-a de cima a baixo. — São para você.

Surpresa, ela pegou o buquê. Ainda que gostasse de provocar Sam, dizendo que aquilo era um encontro, Cesca acreditava mesmo que seria uma noite com um amigo.

— Obrigada. Que lindas — Cesca falou. — Acho melhor colocá-las na água ou algo assim. Eu vou entrar rapidinho e colocá-las em um vaso. Não demoro nem um minuto.

— Pelo menos me deixe te levar até lá de carro — Cristiano sugeriu. — Ou te acompanhar.

Cesca ficou em dúvida. Ela não podia simplesmente deixá-lo esperar ali de novo... mas que alternativa teria? Seria grosseiro simplesmente deixar as flores morrerem, e com esse clima elas murchariam antes mesmo de os dois terem deixado a cidade.

— Hum... Bem, ok. Mas você pode esperar no carro enquanto eu guardo as flores?

Ele era imperturbável.

— Claro.

Foi assim que ela se viu voltando para a casa em poucos minutos, conduzida pelo único homem que tentara manter longe dali. Respirando profundamente, subiu os degraus, olhando para Cristiano, com medo de que ele a seguisse. Em vez disso, ele acenou e sorriu, inclinando o braço na janela aberta, os pelos dos braços dourados do sol. Cesca segurou a bainha do vestido, com medo de que o vento o levantasse, e com a outra mão levava as flores. Ela entrou na cozinha sem perceber. Já estava a meio caminho da pia quando ele limpou a garganta. Ela parou de forma abrupta, soltando o vestido e colocando a mão no peito.

— Não te vi aí — ela disse, querendo que seu coração parasse de bater feito louco.

— Percebi. — A voz de Sam estava seca. — Você quase me atropelou. — Seu olhar recaiu sobre o buquê. — Deve ter sido o encontro mais curto da história. O que aconteceu? Ele tentou te agarrar antes de você passar pelo portão?

Ela tentou ignorar o tom de gozação.

— Para sua informação, só vou colocar as flores na água. Depois vou voltar para o meu encontro.

O sorriso dele se ampliou.

— Ele está aqui?

— Não. Está lá fora, me esperando no carro.

— Que tipo de carro? — Sam parecia interessado de verdade.

— Não sei. — Ela se sentiu zangada, embora não entendesse por quê. — Um conversível de algum tipo. Prata. Legal. — Inclinando-se, ela pegou um vaso de vidro do armário embaixo da pia.

— Isso é típico de meninas. Eu não estava perguntando sobre a cor.

Cesca revirou os olhos. Ele estava deliberadamente tentando atrapalhá-la? Ela respirou fundo, sem querer começar uma discussão enquanto Cristiano estava lá fora. Abrindo a torneira, deixou cair água fria até o vaso estar meio cheio.

— Isso importa? É um bom carro e eu vou sair nele. É tudo de que você precisa saber.

— Ele está te esperando lá fora? — Sam perguntou, com a voz controlada.

— Sim... não... por que você quer saber?

— Eu quero ver o carro que ele tem.

— Ah, não. Você não vai fazer isso.

O rosto dele era a imagem da inocência.

— Algum problema?

Cesca suspirou.

— Olha, é você quem quer se esconder do mundo e não quer que ninguém saiba que está aqui. E agora quer sair e se apresentar ao cara com quem vou sair? — A voz dela soava tão exasperada quanto ela se sentia. — O que você está tentando fazer aqui?

— Eu só quero ter certeza de que o carro é seguro. E que ele é digno de você.

— Pelo amor de Deus. — Ela empurrou as flores para dentro do vaso, sem se preocupar em organizá-las. — Eu já vou. Tchau, Sam.

Só quando chegou ao corredor, percebeu que ele a seguia. Balançando a cabeça, fingiu ignorá-lo. Ele continuou a segui-la pela porta da frente e desceu os degraus. De onde estava, na entrada, ela viu o olhar de choque de Cristiano.

— Está satisfeito? — ela perguntou a Sam, com os dentes cerrados. — O carro é bom o suficiente para você?

— É uma Ferrari Spider. — A voz de Sam estava tão baixa que mal dava para ouvi-la. — Legal.

Algo em seu tom a fez olhar para ele. A expressão em seu rosto era indecifrável. Isso a fez desejar se esticar e tocá-lo, suavizar as linhas de expressão. Ela fez um grande esforço para se afastar, deixando-o de pé nos degraus.

Uma pena ele não ter entendido o recado. Sam a seguiu até o carro, se aproximando de Cristiano e estendendo a mão.

— Oi, eu sou Sam Carlton.

Cristiano o encarou por um momento antes de aceitar a mão oferecida por Sam.

— Cristiano Gatto. É um prazer conhecê-lo.

— Vão a algum lugar legal? — O tom de Sam era interessado. Seu comportamento estava enlouquecendo Cesca.

— Nós vamos a um restaurantezinho que conheço na costa.

O sorriso de Sam surgiu.

— A Cesca adora os restaurantes da costa. — Ele olhou para ela de canto de olho. — Mas prefere risoto a massa.

Cristiano franziu a testa.

— Certo...

— Se for pedir vinho, ela gosta muito de Valpolicella. Mas não 2002. Esse foi um ano terrível.

— O Cristiano é dono de restaurante — ela falou calmamente. — Acho que ele não precisa dos seus conselhos sobre comida e bebida.

Sam deu de ombros.

— Só estou tentando ajudar. Ah, e ela prometeu estar de volta à meia-noite, então eu vejo vocês nesse horário.

Cesca se virou para olhar para ele, furiosa.

— Sam!

Ele ergueu as mãos.

— O quê? Eu só repeti o que você já disse.

O olhar severo de Cristiano se aprofundou.

— Tem algum problema com o fato de eu levar a Cesca para jantar? Alguma coisa que eu deveria saber?

— Hum, me desculpem, mas eu ainda estou aqui — Cesca assinalou. — E não tem problema nenhum. Eu sou livre.

— Claro que sim — Sam concordou, soando insanamente alegre. — Agora vão se divertir. Prazer em conhecê-lo, Cristiano.

— O prazer foi meu. — Cristiano começou a sair do carro, e Cesca imaginou que estivesse pronto para dar a volta e abrir a porta para ela.

— Não precisa sair. Eu mesmo faço isso. — Sam deu outro sorriso antes de abrir a porta do passageiro. Ergueu a mão para Cesca, que balançou a cabeça, ignorando-o completamente e se acomodando no banco. — Te vejo à meia-noite. Divirta-se.

Antes que ela pudesse detê-lo, ele se inclinou e pressionou um beijo na lateral de seu rosto, logo abaixo da orelha. Sua respiração na pele dela fez Cesca tremer. Depois de permanecer um momento mais longo do que era educado, ele se levantou e bateu na lateral do carro duas vezes.

— Então, tchau.

— Tchau — Cristiano falou, o olhar confuso ainda aparecendo em suas feições. Cesca não disse nada. Em vez disso, lançou um olhar irritado para Sam, esperando transmitir tudo o que estava pensando naquele momento.

Cristiano deu partida, manobrando habilmente o carro para que voltassem para a entrada, depois pressionando lentamente o pé no acelerador a fim de cobrir a distância até o portão. Quando Cesca olhou para trás, Sam ainda estava de pé no último degrau, com os braços cruzados.

Por algum motivo, isso não deu a ela satisfação nenhuma.

21

O amor é fumaça formada pelo vapor dos suspiros.

— Romeu e Julieta

Sair com Cristiano foi como assistir a um filme pela segunda vez, mas vendo todas as suas imperfeições. Eles seguiam pela mesma estrada, ao lado do mesmo lago, e até a vista parecia menos magnífica do que quando estava com Sam. Cristiano deu o seu melhor, é claro, e seu encanto natural fez muito para distraí-la dos seus pensamentos. Mas, a cada vez que ficavam em silêncio, a cabeça de Cesca voltava para a *villa*.

Para Sam.

Ela fingiu estar zangada quando ele a acompanhou até o carro e, sendo bem sincera, ficou irritada com sua presunção. Mas aquela parte foi ofuscada pelo calor que ardia dentro dela enquanto lembrava como Sam tinha ficado incomodado.

Cesca gostava daquele brilho irritado em seus olhos. Gostava do sarcasmo controlado. Acima de tudo, adorava a forma como ele a olhava enquanto Cristiano dirigia até a entrada, como se seu brinquedo favorito estivesse sendo roubado pelo inimigo.

Não que ela fosse um brinquedo. Mas mesmo assim gostou da analogia.

— O lago é lindo, não é?

A voz de Cristiano a tirou de seus pensamentos. Quando se virou para encará-lo, ele estava sorrindo, olhando para a estrada. Dirigia com uma mão no volante e a outra tamborilando na porta do carro. Embora tivesse a mesma origem de Sam — e os dois exibissem a mesma beleza morena —, eles tinham pouco em comum. A seus olhos, pelo menos. E foi uma decepção estar seguindo ao longo daquela estrada tão bonita com um homem que não lhe provocava nenhum sentimento. Cesca se sentia ainda pior por desejar estar com outra pessoa. Alguém muito mais irritante.

— É verdade. Eu adoro ver os barcos iluminados à noite. Parecem vaga-lumes dançando na superfície da água.

— A visão deste lado também é bonita. — Desta vez ele voltou o sorriso para ela. Seus dentes reluziram à luz da lua. — Sinto muito que o seu amigo tenha ficado chateado. Ele não parecia muito feliz por você estar saindo.

Ele era um mestre do eufemismo.

— Ele só estava sendo difícil — ela respondeu. — Ele gosta de me encher.

— Como uma bomba de ar? — Cristiano franziu a testa.

— Não. Estou dizendo que ele gosta de me irritar. Me deixar com raiva. É uma expressão no meu idioma.

— Você está com raiva agora?

Cesca considerou a pergunta. Não estava muito irritada, mas também não estava relaxada. Sentia uma pontada que fazia sua pele se arrepiar.

— Agora não — respondeu, ciente de que estava em um encontro com outro homem. — Mas vou ter uma conversa com ele quando voltar. Aquela atitude foi desnecessária... — Ela virou o rosto, tentando pensar em uma boa palavra para descrever o comportamento de Sam. Não tinha sido rude, mas também não fora legal.

Possessivo. Era o que tinha sido. A analogia com a criança e o brinquedo voltou à cabeça dela.

— Deixa pra lá. — Ela acenou com a mão. — Não vamos mais falar sobre o Sam. Por que você não me conta sobre esse restaurante? Você está pensando em comprá-lo, né?

Cristiano continuou dirigindo enquanto a enchia de informações sobre o lugar, explicando as diferentes cozinhas e dizendo que vinha conhecendo a concorrência local. Antes que ela percebesse, estavam estacionando em frente a um prédio grande e moderno.

Lá dentro, era tão diferente do restaurante de Sam como a noite do dia. Tudo era novo e reluzente, cheio de gente bonita que queria ser vista.

— Gostou? — o empresário perguntou. — É muito parecido com os meus restaurantes em Roma. Todo mundo já enjoou dos restaurantes antiquados, da *mamma* e do *papà*. O foco agora é no glamour e na modernidade.

— É... — Cesca respirou fundo. — Dá para entender por que você é tão bem-sucedido. Todo mundo parece estar se divertindo aqui.

— Se eu pudesse, te levaria para Roma para ver um dos meus.

Ela poderia imaginar o que Sam teria dito se ouvisse isso.

— Seria perfeito. — Ela olhou ao redor enquanto o homem que parecia ser o dono do lugar se aproximou de Cristiano e apertou sua mão. Os dois conversaram por um momento, e, embora ela não entendesse as palavras, era nítido que Cristiano estava fazendo muitas perguntas. Finalmente, ele se voltou para ela.

— Você se importa se eu me juntar ao Mario para uma visita rápida à cozinha? O chef é um velho amigo meu, e seria bom saber o que ele pensa sobre este lugar.

Cesca sorriu para ele, tentando absorver a sensação de alívio. Era óbvio que ele estava mais interessado no restaurante que nela. E isso a deixou mais à vontade.

— Claro, vá em frente.

— Vou pedir ao Dino que leve você até a sua mesa — Mario avisou. — Ele vai te servir um aperitivo, é claro.

— Alguma coisa não alcoólica, por favor — Cesca respondeu.

À medida que a noite progredia, ela não pôde deixar de se sentir do mesmo jeito que antes. Este quase encontro era como uma cópia. Em termos de qualidade, era muito pior que o original. A cor vibrante havia sido transformada em preto e branco borrado. Até a comida, com uma apresentação tão linda, parecia menos real para seu paladar.

Depois que a sobremesa foi retirada, o garçom trouxe uma pequena xícara de porcelana com café espresso e um copo de algo em tom de bronze. Cristiano ergueu a bebida, inalando o aroma, depois inclinou o copo para ela.

— Só um pouquinho de brandy — falou. — Para brindar à nossa noite juntos.

Ela sentiu o cheiro do álcool na mesa. Brandy nunca fora sua bebida favorita, e o aroma não a estava ajudando a mudar de ideia. Sem querer ser rude, ela levou o copo aos lábios, tentando não torcer o nariz.

— Claro.

O líquido ardente queimou enquanto deslizava pela garganta. O calor irradiou pelo estômago, aquecendo-a por dentro. Cristiano sorriu em aprovação.

— Você parece nervosa hoje — ele observou. — Como se não estivesse realmente aqui comigo.

— Sério? Desculpe. — Ela sentiu as bochechas esquentarem. Como devia ter parecido grosseira. — Estou um pouco cansada. Foi uma semana longa. — O sorriso que ela lhe ofereceu foi genuíno. Não era culpa dele que ela fosse um viveiro de emoções contraditórias. Afinal, da última vez que se viram, ela odiava Sam.

Agora... não muito.

— Foi a maneira como eu te busquei? — Cristiano perguntou. — Talvez eu não devesse ter levado as flores. Mas é que, quando eu as vi, me fizeram lembrar de você. Clássicas. Bonitas.

Ela balançou a cabeça.

— Claro que não. As flores são lindas, assim como o restaurante. Desculpe se eu não estou muito bem. — Sam horrível. Sam adorável. *Argh*. Bom, era tudo culpa dele mesmo. E a verdade era que, não importava quanto a comida, a companhia ou qualquer outra coisa no restaurante fosse boa, não fazia diferença. Porque Sam não estava lá.

— Obrigada por me convidar — Cesca disse a Cristiano enquanto ele os conduzia de volta para casa ao longo da estrada junto ao lago. — Espero que você tenha conseguido relaxar, apesar de toda a conversa sobre trabalho. — Ele tinha desaparecido várias vezes, não só para ir até a cozinha, mas também ao escritório, onde havia passado pelo menos meia hora conversando com o dono. Naquele momento, Cesca havia se acomodado no terraço, tomando o café espresso sozinha, olhando a vista do lago. Ela estreitou os olhos quando olhou para a direita, tentando descobrir qual das construções poderia ser a *villa*.

— Sinto muito. — Cristiano se desculpou. — O Mario confessou que já houve muitos interessados no restaurante. Não quero perder a oportunidade, mas eu sei que fui grosseiro. Ele queria que eu visse a cozinha e os livros contábeis, além de conhecer o chef. Era uma oportunidade boa demais para recusar.

— Sem problemas. — Ela dificilmente podia se queixar dele quando sua cabeça também estava em outro lugar. Passar um tempo sozinha foi mais um alívio que qualquer outra coisa. Foi um espaço livre para tentar desenredar seus pensamentos febris.

— Foi falta de educação da minha parte. Peço desculpas.

— Honestamente, não tem necessidade. O trabalho vem em primeiro lugar, eu compreendo. — Ela sorriu. — Nós tivemos uma noite agradável, e eu espero que você tenha conseguido se decidir a respeito do restaurante.

O sorriso de Cristiano parecia triste.

— Eu volto para Roma na próxima semana para conversar com o gerente do banco. Quando eu fechar a compra do restaurante, se eu decidir fazê-lo, bem, você já vai ter ido embora.

O estômago de Cesca se contraiu. Mas não tinha nada a ver com o pensamento de não ver Cristiano de novo.

— Provavelmente sim. — De volta à triste Londres. Para sua falta de emprego, de casa e de oportunidades.

Para a falta de Sam também.

Quando eles chegaram ao portão, Cesca não discutiu com ele sobre levá-la até a *villa*. Em vez disso, ela saiu do carro, digitando o código no visor e agradecendo a Deus por Sam não ter ligado o código de bloqueio da noite. À medida que o portão se abria, ela voltou para o carro, deixando Cristiano avançar até chegar próximo da entrada.

— Não há necessidade de você sair — ela disse, notando sua mão na porta.

— Imagine. — Ignorando seus protestos, Cristiano saiu e foi até o seu lado do carro, abrindo a porta para ela. — Talvez eu não tenha lhe dado a melhor das noites, mas ainda sou um cavalheiro. Vou acompanhá-la até a porta.

Cesca deixou que ele segurasse sua mão e a levasse até os degraus, parando na frente da grande porta. A luz de segurança brilhava na varanda, iluminando os dois. Ela ergueu os olhos, sua boca repentinamente seca enquanto olhava para o italiano bonito.

— Obrigada mais uma vez. — Sua voz soava baixa. — Sinto muito por não ter sido uma boa companhia.

— Acho que você também tinha muita coisa na cabeça. — O tom de Cristiano era gentil. — Estou certo em pensar que você está um pouco... hum... confusa sobre seus sentimentos?

Os olhos de Cesca se arregalaram.

— Meus sentimentos?

Ele riu.

— Ah, não por mim. Desde o momento em que te peguei esta noite, tive a impressão de ter sido colocado naquela coisa que vocês chamam de *friend zone*. Essa é a expressão certa?

As palavras soavam engraçadas no sotaque italiano. Ela não pôde deixar de rir.

— Me desculpe — Cesca repetiu, sabendo que aquilo era muito verdadeiro.

— Tudo bem. Como eu disse, vou para Roma em breve. Só queria passar algum tempo na companhia de uma moça bonita, e o meu desejo foi atendido.

— Fico feliz. — Ela realmente estava. Pela primeira vez em muito tempo, Cristiano a fizera se sentir atraente. Desejada. Mas ele também fora gentil o suficiente para ver que ela não estava procurando nada além de amizade. — Foi ótimo passar um tempo com você. No café, na praia... Obrigada por me fazer sorrir novamente.

— No começo eu queria mais do que te fazer sorrir — ele confessou. — Mas vou me conformar com isso.

Ela não disse a ele que, no início, poderia ter desejado mais também. Porque tudo parecia ter acontecido anos antes. Antes de ela se encontrar de novo. Antes de encontrar sua escrita. Antes que Sam a fizesse se sentir mais confusa do que nunca. Em vez disso, ela lhe deu outro sorriso radiante, esperando que fosse o suficiente.

— Boa noite, Cristiano. E, se não voltarmos a nos ver antes de você viajar, faça uma boa viagem. — Ela ergueu a mão para ele apertar. Mas, em vez disso, ele a segurou, puxando-a para si. Usando a outra mão, inclinou a cabeça da jovem para cima, pressionando seus lábios contra os dela. Eram quentes, cheios e mais suaves do que imaginara.

— Boa noite, Cesca — ele sussurrou contra seus lábios. Então se afastou, oferecendo a ela um sorriso arrependido. — Pelo menos eu consegui o meu beijo. — Com isso, ele se virou e desceu a escada, acenando antes de voltar para o carro. Ela o observou se afastar, poeira e cascalho pulando sob a borracha enquanto os pneus giravam na entrada.

Ela se permitiu entrar, trancando a casa. Tirando os sapatos de salto, atravessou o corredor, sentindo o chão frio contra os pés enquanto caminhava. Era como se a estranheza do encontro a acompanhasse com o ar noturno, cobrindo-a e lhe fazendo se lembrar de que não pertencia àquele lugar. Não pertencia a lugar nenhum. E, no entanto, estava sofrendo para encontrar um lugar onde ela se encaixasse.

Quando entrou na cozinha, a primeira coisa que viu foram as flores. Um grande vaso antigo cheio de pelargônios e gerânios. Cesca as reconheceu. Ela as vira por todo o jardim. Sam devia ter colhido e arrumado no vaso. Ela fechou os olhos por um instante, inspirando o perfume.

Mas por quê? Essa era a questão que dominava sua mente. Por que ele fizera isso? Ela tentou se lembrar da sua expressão quando trouxera as flores de Cristiano. Sua atitude tinha sido confusa, quase despreocupada, quando colocara as flores em um vaso. E, quando a conduziu até o carro, ele se divertiu. Então, o que tinha mudado entre a ida e a volta do jantar?

Ele tinha todas as respostas, e ela não tinha nenhuma. De alguma forma, isso parecia tão errado quanto seu encontro. Como passar por uma casa torta e deslizar sempre para o mesmo lado da sala.

— Sam? — ela chamou seu nome, suavemente.

Não houve resposta. Ela sentia o coração batendo contra o peito.

— Sam? — Um pouco mais alto desta vez, embora sua voz ainda tremesse. Suas mãos estavam fechadas em punhos, as unhas enterradas nas palmas. — Sam? — Foi quase um grito dessa vez. Ela sentia necessidade de ser ouvida, de encontrá-lo.

Houve um barulho de pés descendo as escadas. O ritmo dos seus passos enquanto caminhava pelo corredor. Então ele estava ali, parado na frente dela. A testa dele franziu quando abriu a boca.

— Você está bem? — Ele estava sem fôlego. — Aconteceu alguma coisa?

Ela piscou, tentando conter as lágrimas e sem saber por que estavam lá.

— Você pegou algumas flores. — Estava achando difícil respirar. Como se o ar fosse muito espesso e viscoso para ser inalado.

— Peguei. — Ele deu um passo em direção a ela. — Queria me desculpar.

Foi a vez de Cesca franzir a testa. Ela olhou para ele com os olhos marejados.

— Por quê?

— Porque eu fui um idiota. Joguei as suas flores fora.

— As flores do Cristiano? Por quê?

— Não gostei de vê-las aqui. Não quero que você receba flores de outro homem. Então eu coloquei no lixo.

— Ah.

— E aí eu fiquei pensando em quando você voltasse para casa e visse que eu tinha jogado fora, e me senti um babaca. Então fui lá fora e peguei algumas do jardim. — Ele parecia tão confuso quanto ela. — Sou um idiota, certo?

Ela balançou a cabeça.

— Não, são lindas.

Sam olhou para o vaso, a testa ainda franzida.

— Não são suficientes.

— Não? — Ela estava tentando lê-lo, mas falhava miseravelmente. Onde estava o homem cujo sarcasmo havia abastecido o carro de Cristiano na entrada poucas horas antes? Era difícil compará-lo com aquele homem que estava na frente dela, tão inseguro. No entanto, como dois lados da mesma moeda, de alguma forma eles faziam parte de um todo. Um homem com várias faces, que poderia ser forte, porém frágil, e completamente esmagador. Seu próprio pequeno mistério envolto em um enigma.

— São só flores, Cesca. Vão ficar aqui por um tempo e depois vão morrer.

Ela umedeceu os lábios secos.

— E aí nós podemos pegar mais algumas.

Sam não respondeu, embora parecesse para Cesca que seu corpo e sua expressão lhe dissessem tudo o que precisava saber. Ele ainda estava olhando para ela com os olhos arregalados e a boca aberta. Era como se seu corpo estivesse sendo atraído para o dela. Como um ímã, ela sentia essa atração, e, pela forma como seus músculos se esticavam, sentia que ele podia sentir a dela também. O ar entre eles parecia brilhar, como se a força da saudade mudasse as próprias moléculas.

— E quando as outras morrerem? — ele finalmente perguntou. — Vamos continuar pegando outras?

Ela não tinha mais certeza sobre o que estavam falando. Mas sabia que não era sobre flores. Quaisquer que fossem as palavras estúpidas que saíssem de seus lábios, Sam parecia estar ficando fascinante.

— Vamos continuar pegando outras — ele repetiu. — Eu gosto disso.

Cesca inclinou a cabeça para o lado, examinando-o. Sam deu um passo à frente, ocupando metade do espaço entre eles. Quando falou, sua voz era dura como cascalho.

— Como foi o seu encontro?

— Um fracasso.

Um sorriso escapou dos lábios dele.

— Devo me desculpar?

— Não sei. Deve?

Ele parecia mais forte. Mais certo.

— Não me desculpo.

— Imaginei. Curiosamente, eu não estou ligando.

— Isso é música para os meus ouvidos. — Ele cruzou a distância final entre os dois antes que ela pudesse dizer outra palavra.

Cesca não se importava com nada. Seus pensamentos estavam muito ocupados com ele, com sua proximidade, o cheiro da sua loção pós-barba e a maneira como seu cabelo caía sobre a testa. Ela estendeu a mão e seus dedos tocaram a raiz do cabelo dele quando seu polegar alisou os sulcos em sua sobrancelha. Sua ação só o fez franzir a testa com mais força. Ele olhou para ela como se estivesse com um enigma esperando para ser resolvido.

— Cesca... — ele suspirou seu nome como oxigênio. Mas ela não queria ouvir suas palavras, queria prová-las. Saboreá-las quando ele encostasse a boca na dela. Senti-las se formando em sua língua. — O jeito como você me olha. — Ele balançou a cabeça. — É tão hipnotizante.

Sam se inclinou até que seus olhos estivessem nivelados com os dela. Ela sentiu a respiração dele em seu rosto, tocando sua pele. Ele piscou e seus cílios se enroscaram contra os dela. Suave como um floco de neve. Então a mão dele segurou seu queixo e os dedos acariciaram sua bochecha enquanto ele inclinava o rosto para a esquerda. No momento seguinte, ele ficou mais perto, o nariz deslizando contra o dela e os lábios pressionando o canto de sua boca.

— Está tudo bem? Me diz que isso está certo.

Ela ficou muito hipnotizada por um momento para responder. Mas então o sentiu hesitar, congelando os lábios contra os dela.

— Está tudo bem — ela disse, apressada, desesperada para que ele os movesse. — Mais que bem.

Isso foi tudo que ele precisava para abraçá-la e deslizar os lábios sobre os dela como se fosse a coisa mais natural na face da Terra. Então suas bocas se moveram uma contra a outra, suavemente no início, depois firmes, até que a necessidade retumbava como um tambor nas veias de Cesca.

Era ensurdecedor, mas ela não queria parar.

22

Você tem bruxaria nos lábios.

— Henrique V

Sam deslizou a mão pelo rosto de Cesca e seus dedos seguraram o pescoço enquanto os lábios se moviam bruscamente contra os dela. A outra mão se enroscou em seu cabelo conforme ele a beijava com rapidez e força, como se aquilo não fosse suficiente. Então ele abriu a boca e sua língua provocou o lábio inferior dela, implorando em silêncio para que Cesca abrisse a sua também.

— Caramba, seu gosto é muito bom.

Ela gemeu suavemente contra ele. O som foi direto para sua virilha, deixando-o duro em questão de segundos. Os sentidos de Sam estavam transbordando com o gosto, o cheiro e o toque dela. O corpo vibrava ao som dos seus suspiros.

— Você é muito linda — ele sussurrou.

— Você que é.

Era demais. A garota que ele desejava o queria também.

Cesca arqueou seu corpo contra o dele, colocando os braços ao redor do seu pescoço e entrelaçando os dedos enquanto acariciava sua pele. Ele podia sentir a suavidade quente do seu corpo pressionado contra o dele. Ela tinha um gosto doce e sua boca era quente, úmida e tudo o que ele esperava. Sam queria se beliscar, ver se ainda estava acordado ou se era outro daqueles sonhos que o perseguiam havia dias. Os sonhos que o acordavam e o deixavam confuso e sempre com uma ereção. Neles, ela sempre estava fora do seu alcance. Mas, na verdade, ele achava mesmo que ela estava fora do seu alcance. Afinal, ele a colocara lá. Na sua lista de coisas para admirar mas não tocar, ela era o item número um.

No entanto, aqui estava ele, tocando-a por toda parte, sem conseguir acreditar.

— Sam. — As palavras dela se formaram. Ele podia senti-las vibrando.

— Humm. — Ele não estava disposto a deixar de beijá-la. Ainda não. Em vez disso, se inclinou mais, deslizando os lábios para beijar e mordiscar o pescoço dela. Sua pele ainda estava perfumada, um cheiro elegante e floral. Ele podia sentir o cheiro, praticamente prová-lo.

— Ah, Sam. — Suas palavras eram pouco mais que um murmúrio, ofegante e entrecortado. — Não pare.

— Não vou parar. — Ele moveu a mão para cima da sua cintura, agarrando os seios, sentindo a forma deles contra a palma da mão. Os mamilos estavam duros, pressionando o tecido. Ele comprimiu um deles entre o polegar e o indicador, acariciando a carne até que conseguiu sentir os dedos dela em seu pescoço. As unhas arranharam a pele com força, quase a ponto de sentir dor, coisa que só o fazia querer mais.

— Ele te tocou assim?

— Não. — Ela balançou a cabeça rapidamente.

— Ele fez você se sentir assim?

— Nunca.

— Não posso nem pensar nisso.

— Então não pense. Não aconteceu nada. Ele quase nem conversou comigo, ficou ocupado a noite toda. E, mesmo que tivesse, iria me achar insuportável. Você era o único assunto de que eu queria falar.

— Você queria falar sobre mim?

— A noite inteira foi pensando em você. Até a roupa que estou usando.

— E eu gosto de tudo.

Sam deslizou a mão pelo decote do vestido e o tecido fino cedeu ao seu toque. Ele podia sentir a renda do sutiã, que quase não cobria os seios. Havia aspereza em contraste com sua pele suave e sedosa. Quando ele deslizou o polegar contra o mamilo, Cesca pulou. Um "ah" baixinho escapou de seus lábios. Sam olhou para seus olhos de onde estava, inclinado no pescoço dela. Estavam bem abertos, expressivos e refletindo a luz do corredor. Ele queria se perder na sua profundidade quente. Havia um encantamento lá, um choque diante da maneira como a noite se transformara, mas também o desejo de que ele pudesse senti-la e tocá-la profundamente.

Ele se afastou, levantando a cabeça para olhar em seu rosto.

— Há dias que eu queria fazer isso.

— Mesmo? — Ela franziu a testa. — Não percebi.

— Você não me notou te seguindo pela casa? Não me viu te seguir até o carro hoje, praticamente ameaçando o cara com quem você saiu?

Uma risada retumbou da garganta de Cesca.

— Eu me perguntei por que você estava tão bravo.

— Eu estava furioso — ele respondeu, estendendo um dedo para tocar a ondulação dos seios. Parou no centro, onde havia o vão em seu peito. Havia uma fila de minúsculos botões ali, e ele desabotoou um a um até que o tecido caiu, revelando o sutiã azul-claro. — Você ia sair com outro homem. E tudo o que eu conseguia pensar era que você ia se divertir mais com ele do que comigo.

— Não. — A voz dela o fez parar quando ele estava deslizando os dedos por baixo da borda do sutiã. — Eu não me diverti, quero dizer. Nós mal ficamos juntos, se você quer saber. Ele passou mais tempo conversando com o dono do restaurante do que comigo.

Foi a vez de Sam franzir a testa.

— Que idiota. — Seus dedos deslizaram completamente para dentro da peça. Ela ofegou quando sentiu as pontas deslizarem em sua pele. — Eu jamais te ignoraria em um encontro.

— Eu sei que você não faria isso.

— Eu não ia querer. — Ele a encarou novamente. — Porque o único assunto sobre o qual eu gostaria de falar seria você.

— Seria uma conversa muito chata.

Sam riu.

— Você é tão fofa.

Ela franziu o nariz.

— Você sabe que eu não gosto dessa palavra. — Ele parou os movimentos da mão. Em um instante, a dela se moveu para se juntar à dele, pressionando-a contra o peito. — Acho que eu disse para você não parar.

Depois de ter sido repreendido, ele a agarrou novamente, sentindo o peso dos seios dela na palma da mão.

— Por que você não gosta de ser chamada de fofa?

— Porque eu tenho um metro e meio, e isso me faz sentir uma criança.

Ele a apertou com firmeza.

— Você não parece uma criança para mim. — Ele puxou bruscamente o tecido para baixo do seu peito, expondo-a. O arame da peça empurrou seu seio para cima e o mamilo apareceu no topo, orgulhoso.

— Posso te beijar aqui? — Ele passou o dedo pelo mamilo rosado.

Os olhos dela cintilaram. Um olhar de incerteza passou por eles.

— Eu posso não fazer... — Sam expressou sua preocupação. — Se você não quiser.

— Eu quero.

— Mas? — ele induziu.

Ela ficou em silêncio por um momento. Ele tinha ido longe demais? Sam achava que não. Pela sua experiência — e ele admitiria que era bastante extensa —, chegar à segunda base raramente era motivo para parar. No entanto, Cesca estava tão distante das garotas com as quais ele estava acostumado que não sabia no que ela estava pensando.

— Mas já faz um tempo — ela finalmente admitiu. — Que eu fiz alguma coisa desse tipo, quero dizer. Bastante tempo.

Ele não sabia por que pensar nisso o excitava tanto. Era tão errado quanto querer que uma garota fosse virgem quando o cara era um pegador. Essa disparidade de poder não era algo que ele procurava em um relacionamento. Mas ser o único a inflamar esse sentimento dentro dela... bem, foi como um tiro de adrenalina em seu coração.

— Não precisamos fazer nada que você não queira.

Ela se sentiu alarmada.

— Eu quero. Quero sim. Pode acreditar. — Ela olhou para baixo, para seu mamilo ainda duro. — E, se você não acredita em mim, talvez meu corpo possa te convencer.

— Linda, o seu corpo pode me convencer de qualquer coisa agora.

Ela segurou o polegar dele, movendo-o suavemente em seu mamilo.

— Preciso te convencer?

— Parece que eu preciso ser convencido? — Será que ela podia sentir a rigidez da ereção contra sua perna? Ele não estava exatamente se afastando dela. — Parece que eu preciso?

— Não muito.

— Então não se preocupe com a minha motivação, Cesca. Eu garanto que estou aqui por inteiro.

Ela engoliu com nervosismo. Ele observou a pele delicada do pescoço ondulando enquanto isso.

— Está?

— Sim, estou. — Ele falou alto. Em tom resoluto. Não sabia a quem estava tentando convencer, se a ele ou ela. Mas a verdade das palavras era tão aparente, tão óbvia, que era incrível ela não poder enxergar isso também.

— Certo, então.

— Certo? — Ele não tinha certeza do que isso queria dizer. Não havia como ele querer ir mais longe se ela não estivesse pronta. Não depois de ficar ao redor dela por tanto tempo. Mas, depois da noite que ele tivera, furioso e preocupado com o que ela estava fazendo com aquele idiota italiano, era difícil se conter.

— Não pare — ela respondeu. — Continue o que você está fazendo, mas um pouco mais rápido.

Ele não pôde deixar de rir do tom petulante.

— Não fique com raiva de mim. Não gosto quando você está com raiva.

Ela arqueou uma sobrancelha.

— Quando foi que você me viu com raiva? — Sem esperar pela resposta, passou os dedos entre os cabelos dele, empurrando-o para baixo, até que os lábios dele estivessem a milímetros do seu mamilo.

Sam esperou, provando a antecipação e sentindo o calor que irradiava dela.

— Quando eu editei seu trabalho sem pedir?

— Aquilo foi diferente. Aquilo foi... ah...

Ele a silenciou com o toque dos seus lábios. Então, mantendo o mamilo entre eles, Sam o sugou, provocando sua suavidade com a língua. Ele sentiu que endurecia ainda mais, o sangue correndo até o bico, tornando-a sensível e dolorida. Então ele a sugou de novo com a boca fechada ao redor da carne e um suspiro satisfeito escapou de seus lábios, parecendo música.

Ele passou os próximos minutos adorando os seios dela, beijando um e depois o outro até que ela estivesse suspirando sem parar. O palpitar entre as pernas aumentou, se tornando quase doloroso, e ele estava certo de que, se continuasse por muito mais tempo, provavelmente explodiria.

— Cesca? — Era sua vez de sussurrar contra a pele dela. Ele lambeu e depois soprou suavemente, o ar frio tornando a pele ainda mais arrepiada.

— Humm?

— Podemos ir para o meu quarto?

— Humm.

Não era um não, e era tudo o que ele precisava ouvir.

Vinte passos. Dezenove. Só dezoito passos até chegarem lá. Cesca parecia tão impaciente quanto ele, subindo as escadas enquanto seus dedos descansavam sobre a curva do traseiro dela. Quando chegaram ao quarto, ele sentiu uma pequena hesitação. Não porque não a queria lá, mas porque a queria demais. Não era um sentimento com que ele estava acostumado.

Abrindo a porta, ele gesticulou para que ela entrasse.

— Quer uma bebida?

Ela olhou para ele, divertida.

— Não, obrigada.

— Então, fique à vontade.

Isso fez com que ela explodisse em risos.

— Você está fazendo isso parecer uma entrevista de emprego.

Ele não pôde deixar de concordar, vendo a verdade das suas palavras.

— Me desculpe. É que parece um pouco estranho.

— Me trazer para o seu quarto?

— Não, não você. Trazer uma garota para o meu quarto. É como ser um adolescente de novo. Se bem que eu nunca trouxe uma garota para o meu quarto quando era adolescente.

Cesca estava incrédula.

— Nunca?

— Neste quarto não. — Ele balançou a cabeça, olhando ao redor. Claro que o cômodo era diferente de quando era criança. Era mais legal, mais sofisticado. Mas a estrutura ainda era a mesma: as paredes, a decoração, a disposição dos móveis. Havia algo mais também. Algo que ele ainda não conseguia colocar em palavras. O sentimento de que, pela primeira vez em seis anos, o verdadeiro Sam estava ali. Não o Sam de Hollywood, que atraía mulheres como uma jarra de mel atrai abelhas, mas o garoto que ainda estava escondido profundamente dentro dele. Aquele que ele tentara proteger por muito tempo.

Se ele pensasse muito a respeito, ficaria confuso. Ele balançou a cabeça para se livrar da voz ali dentro. Não queria pensar em nada além dela.

Cesca se sentou na cama, as cobertas afundando debaixo dela.

— Nesse caso, eu me sinto honrada. — Os olhos dela encontraram os dele. — E aliviada.

— Por que aliviada? — Havia distância demais entre eles. Sam foi até a cama, se sentando ao lado dela. Sem pensar, segurou a mão dela, passando a ponta do polegar na palma. Essa conexão simples o acalmou, bloqueando a ansiedade que apenas alguns minutos longe dela criaram. Quando seus corpos se ligavam, parecia que suas mentes também o faziam.

— Eu ficava imaginando você descontrolado aqui dentro — ela admitiu. — Não achei que poderia estar à altura disso.

— Ah, eu era descontrolado. Mas a festa era para um só. — Ele se recostou na cama, puxando-a com ele até que ficaram abraçados lado a lado, a cabeça dela apoiada no peito dele.

— Você não me parece do tipo que carece de companhia feminina.

Ele engoliu em seco.

— Não quero falar sobre companhia feminina.

— Não? — Ela se apoiou no cotovelo, examinando-o com cuidado. — Por que não?

— Porque eu estou com você. E você é a única mulher que me interessa.

Ele podia sentir a insegurança que flutuava dela em ondas. Ela não sabia quanto ele a queria? Para ele, era um choque que ela não percebesse como ele gostava dela, a admirava e queria possuí-la.

Ela soltou o ar dos pulmões. Ele estendeu a mão para traçar os lábios dela. O dedo de Sam seguiu a linha onde a plenitude rosada cedia à carne. Ela beijou o dedo dele e a língua o provou. O gesto enviou sangue diretamente ao seu pau. Ele se permitiu fantasiar por um momento, imaginando aqueles lábios cheios envolvendo-o enquanto os cabelos de Cesca caíam nas coxas dele. Eletricidade pura.

— Se você fizer isso de novo, eu não respondo por mim.

Ela olhou para ele com os olhos arregalados. Então, deliberadamente, segurou a sua mão, trazendo o dedo de volta para a boca. Desta vez, ela o sugou. Era como deslizar contra veludo. Quente e molhado. Caramba, ela sabia o que estava fazendo com ele?

Ele a deitou na cama, seu traseiro apoiado no colchão. Os joelhos do jovem estavam um de cada lado dos quadris dela. Ele segurou suas mãos, levantando-as sobre a cabeça. O movimento fez os seios se erguerem e o sutiã ficou visível sob os botões abertos do vestido. Sua pele brilhava à luz suave do quarto.

Quando ele a encarou, meio que esperava ver choque nos olhos dela. Em vez disso, havia uma força que o surpreendeu e agradou. A atitude dele não a surpreendeu; ele havia feito exatamente o que ela queria que fizesse.

O que ele queria também.

Ela estava presa na cama, mas estava no controle da situação. Seria necessário só uma palavra e ele a soltaria. Um tipo diferente de palavra e ele a abraçaria tão forte que ela não conseguiria respirar.

— Eu vou tirar o seu vestido agora. — Segurando a peça pela barra, ele o ergueu devagar, revelando suas pernas, barriga e finalmente os seios. Ela se remexeu no colchão para liberar o tecido até que ele o tirou completamente. Então ficou deitada de frente para ele, de sutiã e calcinha.

Lentamente, ele permitiu que seus olhos vagassem pelo corpo dela, olhando-a por inteiro. Do sinal na parte superior da coxa até a suave ondulação da barriga e a forma como seus mamilos forçavam a renda do sutiã. Bem acima da barra da calcinha, sua pele mudava de pálida para dourada. Ele passou o dedo pela divisão, se maravilhando com a suavidade. Em seguida, tocou-a por toda parte, permitindo que suas mãos vagassem através da pele e músculo tensos, depois para as partes mais macias e mais quentes.

Alcançando as costas dela, ele soltou o sutiã. Cesca tremia sob seu toque. Não estava com medo. Definitivamente, não era isso. Não estava mais temerosa do que ele pelo estava acontecendo.

— Eu não vou transar com você hoje — ele disse. A forma como ela estremeceu o agradou. Saber que essa mulher, essa mulher linda e inteligente, o queria era como uma dose de adrenalina nas veias. Mas a coisa que estava crescendo entre eles era muito delicada agora. Ele não estava disposto a quebrá-la agindo com muita pressa.

— Não vai?

— Ainda vou te tocar. Por inteiro.

— E se eu quiser te tocar também?

Ela passou a palma da mão pela protuberância da calça, curvando os dedos para apertá-lo. Ele empurrou contra ela involuntariamente, seu toque o levando ao abismo entre prazer e dor. Foi um alívio quando desabotoou a calça jeans, permitindo que seu pau escapasse dali. Então ela o segurou de novo, desta vez deslizando os dedos ao redor dele e fazendo-o ver estrelas.

— Fique à vontade. — A voz dele era gutural contra seu peito. Então ele a sugou, e ela gritou. Ele deslizou a mão para dentro da calcinha. Cesca estava muito molhada. Seus dedos a procuraram, o polegar a circulou até ela começar a gemer. A mão dela o tocou, subindo e descendo de forma errática, apertando a ponta conforme se movimentava. Mesmo sem ritmo, o prazer era quase insuportável. Ele precisou se esforçar para não segurar a mão dela e forçá-la na cueca.

Os quadris dela se remexiam e se moviam no ritmo do polegar dele. Sam deslizou um dedo dentro dela, depois dois, notando como era quente e apertada.

— Não pare. Por favor, não pare.

— Não vou parar, baby. — Ele afastou a cabeça do peito dela. Cesca parecia uma visão, a cabeça inclinada para trás, os lábios cheios e abertos. Ainda movendo os dedos dentro dela, ele a beijou. Ela correspondeu febrilmente, a língua se curvando contra a dele e a respiração quente e entrecortada quando se separaram.

— Vou gozar.

Ela não precisava dizer; ele já podia sentir que ela se apertava ao redor dele. Sam girou o polegar com mais firmeza, movendo os dedos mais rápido e saboreando seu prazer enquanto a beijava de novo. A boca de Cesca se abriu quando ela ergueu os quadris, arregalando os olhos enquanto o encarava. Ela estremeceu ao redor dos seus dedos, o aperto deixando-o ainda mais duro, sua respiração irregular escapando dos lábios. Ele os enfiou ainda mais fundo dentro dela, querendo prolongar o prazer. Só quando o corpo de Cesca caiu de volta contra o colchão foi que ele deslizou lentamente para fora dela.

Ela ainda segurava seu membro.

— Você é linda demais — ele sussurrou contra sua boca. Presenciá-la explodir de prazer era a coisa mais gostosa que ele já tinha visto. Antes que pudesse dizer qualquer outra coisa, Cesca colocou a mão dentro de sua cueca, envolvendo sua ereção e começando a fazer movimentos para cima e para baixo.

Sam estreitou os olhos, vendo luzes dançarem em suas pálpebras. O prazer que ela provocou o fez recuar na cama, permitindo que ela tivesse melhor acesso a ele enquanto o despia.

No momento seguinte, o calor suave de sua boca deslizou sobre ele. Por um segundo, ele sentiu como se fosse explodir ali mesmo. Então ela moveu os lábios para baixo, envolvendo-o inteiro, e ele pensou que, se o paraíso tivesse relação com o sexo, ele já estava lá.

Sam segurou a parte de trás da cabeça de Cesca, sentindo que ela se movia para cima e para baixo enquanto sua boca estava sobre ele. Não ia demorar muito para ele chegar lá. Estava tão envolvido por ela, pela noite, por ver o prazer roubar o fôlego de Cesca.

Ela segurou as bolas dele, e Sam a sentiu apertá-las. Tudo nele estava se estreitando em um único ponto. Cesca deslizou a língua em sua ereção, dando voltas na ponta, e tudo o que ele podia pensar era *agora, agora, agora...*

— Vou... — As palavras morreram em sua garganta. Ele a puxou com urgência, tentando sinalizar o orgasmo iminente. Ela afastou a mão dele, se recusando a mover a boca. Em vez disso, sugava, lambia e saboreava...

De olhos fechados, o prazer explodiu, transformando a visão de Sam em um caleidoscópio de cores. Ele explodiu em sua boca também, a alegria inundando-o enquanto ela engolia tudo. Em seguida, ela se afastou, enxugando a boca com as costas da mão e deslizando para se deitar ao lado dele.

Sam sentia como se todos os ossos do seu corpo tivessem virado borracha. Um tipo de borracha muito pesada e exausta. Todas as frustrações da noite, o medo por ela sair com outro homem, a preocupação de que ela não o quisesse também — tudo desapareceu com uma única respiração.

Foi Cesca quem quebrou o silêncio que se seguiu.

— Bem, normalmente eu não faço isso no primeiro encontro. Especialmente com um cara que nem foi ao encontro.

O canto da boca de Sam se curvou.

— Fico feliz por ouvir isso. — Ele estendeu a mão para ela, puxando-a para a curva do seu braço. Assim como os dele, os movimentos de Cesca eram lentos, pesados pela saciedade. Ela se enroscou nele de novo, uma das coxas deslizando entre as dele. — Fique um pouco. — Como seu corpo, suas palavras estavam pesadas com o cansaço.

— Tá — ela murmurou contra ele. — Só um pouco.

Antes que ele pudesse protestar, a respiração dela se tornou pesada e ritmada, enquanto o sono a envolvia. Ele fechou os olhos, se deixando levar também, ainda a abraçando de encontro a si.

23

Esse botão de amor, pela respiração de amadurecimento do verão, pode se revelar uma bela flor quando nos encontrarmos.

— Romeu e Julieta

— Provavelmente nós vamos embora no começo da próxima semana. — A voz de Gabi soou pela linha telefônica. — Só quero ter certeza de que o bebê está dormindo um pouco melhor antes de irmos. Aquela coisinha acorda a cada duas horas.

— Semana que vem? Que rápido. — Os pensamentos de Cesca se voltaram para o homem que ela havia deixado na *villa* uma hora antes. — Achei que vocês ficariam mais tempo.

Gabi riu.

— O que aconteceu com a garota que queria voltar para a Inglaterra? Se apaixonou por Varenna? Isso acontece, sabia?

Olhando para a praça da cidadezinha, Cesca percebeu como isso era fácil de acontecer. Aquele lugar tinha personalidade própria. Tradicional e acolhedora, era uma pequena parte da antiga Itália ao longo das margens do lago de Como.

— É um lindo lugar — admitiu. — Vou sentir falta quando tiver que ir embora. — Pensar em voltar para Londres fez seu peito apertar. Ela não podia suportar voltar para sua vida antiga, não que aquilo fosse mesmo um tipo de existência. Viver de forma precária, se esquivando de proprietários e bajulando os chefes, sem conseguir escrever uma única palavra...

— Você foi contratada para ficar até o fim do verão, certo? — Gabi perguntou. — Se ficasse mais um pouco, nós poderíamos visitar a irmã dele mais algumas vezes. Não precisa ir embora imediatamente.

— Vamos ver — Cesca respondeu, ainda pensando em Londres. — Não quero ficar mais que o necessário. Eu estou aqui para fazer um trabalho, e, quando tiver terminado, não vou ser mais necessária. — Ela sentiu aquele aperto no peito de novo.

Depois que Gabi desligou, Cesca ficou na cabine telefônica para ligar para Hugh. Desde aquela primeira semana em Varenna, só falara com ele algumas vezes.

— Que bom falar com você — Hugh disse assim que atendeu. — Quer que eu te ligue de volta? Essas chamadas de longa distância podem ser caras.

— Está tudo bem — ela respondeu. — Eu comprei um cartão para fazer ligações internacionais com o dinheiro que recebi dos Carlton. — Ela não queria mais ser aquela garota.

— Fez bem. Então, como você está, querida? Conseguiu escrever bastante?

— Na verdade, sim. — A voz dela estava sorridente. — Estou terminando o primeiro rascunho. Não consigo nem dizer como estou me sentindo bem. — Que diferença de algumas semanas antes. Ela ficou feliz por dar a ele uma resposta positiva.

— Isso é maravilhoso. Não vejo a hora de ler. Alguma chance de você enviar para mim?

Ela riu.

— Está no computador da *villa*, e lá não tem acesso à internet. Além disso, eu quero terminar antes, se você não se incomodar.

— Acho que vou ter que esperar, então. Não falta muito para você voltar, né?

Outra lembrança da natureza limitada de sua presença em Varenna. Indesejável também. Por que ela não podia ficar ali para sempre, no adorável casulo com sua escrita e Sam?

Ah, Sam. Ela não queria pensar em deixá-lo agora. Não depois dos últimos dias.

— Algumas semanas, provavelmente — ela disse. — Falei com a Gabi mais cedo, a governanta. Eles estão pensando em voltar para Varenna na semana que vem. Vou precisar entregar tudo aqui e deixar as coisas em ordem.

— Achei que você fosse correr de volta assim que eles chegassem. Não faz muito tempo que você queria voltar imediatamente.

— Sim. Bom, talvez eu tenha sido um pouco precipitada — admitiu. — Tio Hugh, estou tão feliz que você tenha me indicado para este trabalho. Isso mudou tudo. — Também não era exagero. Quando se olhou no espelho esta manhã, depois de escovar os dentes, ela não tinha certeza de que podia reconhecer a garota que a olhava. Mas de um jeito bom. Parecia mais saudável, mais forte e muito mais no controle. Pela primeira vez em anos, estava segurando as rédeas da vida. E o rumo estava começando a parecer incrível.

— Não consigo nem dizer como isso me faz feliz, minha querida. — A voz de Hugh falhou quando respondeu. Aquilo foi o mais próximo que ele chegou de admitir emoção. — Mas você tem que continuar assim quando chegar em casa. Nós podemos buscar patrocínio, tentar uns concursos. As oportunidades estão por aí. Você só precisa procurar.

Ela não queria falar sobre isso. Não que não estivesse agradecida por seu apoio — ela sabia como era sortuda por tê-lo ao seu lado. Mas não queria enfrentar a realidade de ir para casa.

Era como se estivesse em reabilitação e agora precisaria ver se poderia manter a sobriedade no mundo real. Era assustador.

— Pode ser. — Ela esperava que ele não percebesse quanto sua voz estava desanimada.

— Você está bem? — Claro que ele percebeu. — Imaginei que ficaria mais feliz com isso. Meu Deus, se você puder escrever do jeito que escrevia quando tinha dezoito anos, só posso imaginar o que você pode produzir agora. Toda a emoção, a angústia que você passou. É um treinamento perfeito para um roteirista.

— Estou bem. — Ela tentou parecer resoluta. — Sinceramente, não precisa se preocupar comigo. — Era um discurso tão familiar, mas, desta vez, pela primeira vez em seis anos, era verdade.

Hugh ficou quieto por um momento. Ela tentou imaginá-lo em seu apartamento em Londres, sentado em uma das poltronas antigas. Na sua cabeça, ela viu a chuva batendo contra a janela, obscurecendo as nuvens cinzentas lá fora.

— Bem, me avise quando estiver pronta para voltar para casa. Eu posso mandar alguém te pegar no aeroporto. Já sabe onde vai morar? Eu poderia desocupar o meu quarto de hóspedes.

— Eu vou encontrar algum lugar — ela disse. — Na pior das hipóteses, posso ficar com o meu pai por alguns dias. E não precisa me buscar; eu pego o metrô. Agora eu tenho como pagar. — Mas não por muito tempo. Não sem trabalho ou benefícios.

— Bem, a oferta está sempre de pé. Estou ansioso para te ver. E para ler a sua peça.

— Estou ansiosa para isso também. — Uma mentirinha. Porque ela o amava, e, em qualquer outro momento, aquilo seria verdade.

Quando ela voltou para a *villa* com os braços carregados de compras, Sam a esperava no portão. Ele se sentou em uma cadeira lá fora e estava editando o trabalho dela ao sol, lendo suas palavras. Virou o pescoço quando a ouviu se aproximar e um sorriso surgiu em seu rosto. Cesca queria que ele levantasse os óculos de sol também para que ela pudesse ver seus olhos. Ela odiava quando não podia vê-los.

— Espero que você esteja usando protetor solar — ela disse enquanto ele tirava as sacolas das suas mãos. — É quase meio-dia.

— Espero que você também esteja — ele disse, severo. — Com essa pele branquinha.

Ela olhou para os braços.

— Minha pele não é branquinha. Bem, não mais.

Ele arqueou as sobrancelhas.

— Partes dela são, sim. — Ela sentiu o olhar dele deslizando pelo seu corpo. Era errado que ela gostasse da sua apreciação?

— Você também não é completamente bronzeado — ela disse, enquanto os dois cruzavam o caminho pela estrada de cascalho.

— Não, não sou. — Seu sorriso era lento, mas devastador. — Mas acho que tomar sol pelado não seria bom para a minha reputação.

Ela arqueou as sobrancelhas.

— Ah, acho que você está enganado. Imagine a reação das garotas quando vissem como você é... hum... impressionante.

Sam riu.

— Você me acha impressionante?

Como foi que ela entrou nessa conversa? Para uma garota que devia ser boa com as palavras, ela conseguia se perder sempre que estava conversando com Sam.

— Como eu disse, não tenho tanta experiência. — Ela sorriu, correndo um pouco pelos degraus até a porta da frente.

O canto da boca dele se contorceu.

— Você já me disse isso. — Era sua imaginação ou a voz de Sam estava se tornando mais baixa e espessa? Muito parecida com a atmosfera entre eles.

— Eu me pergunto se é possível nós dois conversarmos sem insinuações — Cesca falou.

— Seria muito chato — ele respondeu. — Eu gosto de falar com você insinuando coisas.

— Gosta?

Ele riu de novo. Tudo o que ele fazia só aumentava a atração da jovem por ele. Ela odiava isso. E também adorava.

— Seria chato se a gente falasse sobre o clima. E nada sexy se a gente usasse todas as palavras nos lugares certos. Insinuar parece ótimo para mim.

— Nesse caso, eu achei a sua, hum, lanterna muito impressionante.

Sam balbuciou.

— Minha lanterna? Uau, não tenho certeza se isso foi uma insinuação ou um insulto.

— É muito pequena? — ela perguntou. — Muito grande? Existe uma maneira melhor de descrever?

— O que acha de "pau"?

Cesca ofegou.

— Não acredito que você disse isso. Pau não é uma insinuação. É uma descrição real e grosseira.

— Você acha que pau é grosso?

— Sam! — Suas bochechas estavam pegando fogo. Ela devia estar parecendo uma puritana. Balançando a cabeça, entrou na cozinha, com ele em seu encalço.

— Você não pareceu pensar que era grosso ontem à noite, enquanto o beijava.

Uau, ela realmente não esperava que ele fosse tão direto. E olhe que ela não era completamente inocente. Afinal, já tinha feito sexo antes, tinha lido livros eróticos e sabia todas as palavras que precisava. Mas ouvi-las sair da boca de Sam era sexy, emocionante e a iluminou por dentro.

— Diga — ele pediu, dando um passo em direção a ela e deslizando os óculos de sol sobre a cabeça.

— O quê?

— Pau. Eu quero te ouvir falar isso.

— De jeito nenhum.

— Diga. — Mais um passo em direção a ela. — Ou você está assustada demais?

— Não estou assustada. — Se bem que ela estava. Só um pouco. Assustada diante do modo como ele a fazia sentir.

— Então eu quero ouvir da sua boca. São só três letrinhas, Cesca. P.A.U. Diga agora.

Sam se aproximou ainda mais, até as pernas de ambos se tocarem e os troncos ficarem a poucos centímetros de distância. Ele se inclinou para a frente, com as mãos na bancada até que ela estivesse presa. A emoção a atravessou pela proximidade. Ela podia sentir o cheiro da fragrância amadeirada de sua colônia, e isso a fazia querer deslizar o nariz para cima e para baixo na garganta dele até que conseguisse mais.

O olhar de diversão no rosto dele estava misturado com o de desejo.

— Vem cá, baby.

— É mais fácil o inferno congelar do que eu dizer isso.

— Então eu vou ter que te obrigar.

As sobrancelhas dela se levantaram em sinal de desafio.

— Tente.

Ele se inclinou para a frente, segurando o queixo dela. Havia um calor em seus olhos que ela também podia sentir arder. Ele apertou os lábios no canto da boca e sentiu sua suavidade, seu calor.

— Diga, Cesca. — Ele beijou seu lábio inferior até que ela começou a tremer. — Diga, e eu vou fazer valer a pena.

Sua língua deslizou pelos lábios dela, mergulhando lá dentro. Sem um pensamento consciente, ela se abriu para ele, beijando-o de volta quando a língua a invadiu, a mão dele ainda acariciando o rosto dela. Os olhos de Cesca se fecharam e ela arfou enquanto o corpo de Sam pressionava o dela. A moça podia sentir tudo: a superfície rígida do peito e do abdome, os músculos grossos dos braços. A maneira como ele se pressionou contra ela enquanto se encaixava nele, se entregando ao abraço apaixonado.

Sam foi o primeiro a encerrar o beijo. Cesca soltou um pequeno gemido antes que ele movesse os lábios para o pescoço, beijando a pele sensível.

— Fale — ele sussurrou contra ela.

— Não.

— Fale ou eu vou parar.

— Você não faria isso. — Suas palavras foram um suspiro. Ele prestou atenção, descobrindo quais partes dela eram seu alvo, e estava aplicando seu conhecimento com vigor.

— Me teste. — Ela podia sentir seus lábios se curvando em um sorriso contra sua pele enquanto roubava suas palavras. Então ele se afastou, a súbita onda de ar contra sua pele ressaltando a ausência dele. Os olhos de Cesca se abriram, e ela segurou a cabeça dele, querendo-o de volta.

— Sam, por favor. — Suas bochechas estavam vermelhas.

— Pau — ele provocou. — Pau, pau, pau.

— Tudo bem! — Ela jogou as mãos para cima. — Você quer que eu fique com vergonha?

— Quero que você se liberte. Não tem nada constrangedor nas palavras. Só o significado que você atribui a elas. — Ele acariciava os lábios dela com o dedo. — Se a gente estivesse falando de galinhas, você diria isso sem o menor problema.

Cesca revirou os olhos.

— Pau. Pronto, falei. Feliz?

— Seu tom de voz diminuiu quando falou. Você precisa possuir a palavra. Tente de novo.

— Pau. — Ela foi um pouco mais segura desta vez.

— Não foi alto o suficiente.

— Ah, pelo amor de Deus. PAU. PAUPAUPAUPAU — ela gritou e o som reverberou pela cozinha. Sam começou a rir, sua expressão séria se dissolvendo. Ele deu um passo para trás, colocando a mão sobre a barriga e se curvando quando explodiu em riso.

— Você deveria ter visto a sua cara, Cesca — ele soltou.

— Eu simplesmente não vejo razão para dizer as palavras só para chocar.

— Juro que vou te fazer dobrar a língua quando tiver acabado com você. Você vai dizer "pau isso", "pau aquilo" e não vai nem piscar.

— Com certeza não vou. E você pode afastar o pau. — Isso só o fez rir mais.

— É por aqui. — Sam segurou sua mão e a levou pela lateral da casa, onde os jardins davam lugar às encostas íngremes da montanha. Embora a noite tivesse chegado, o calor do dia ainda se mantinha no ar ao redor deles, corando seus rostos enquanto os dois cruzavam a grama. Até que chegaram a uma parada, ao lado de um portão de madeira que levava até a colina em si. Ele deslizou uma chave de ferro antiga na fechadura. O mecanismo rangeu quando destrancou, então ele abriu a porta para revelar um túnel de tijolos.

— Uau. — O ar fresco escapou da entrada, atingindo a pele dos dois. — Nunca imaginei que existisse isto aqui.

— É a parte favorita do Foster na *villa* — Sam falou. — Ele está estocando isso há anos.

Ela não pôde deixar de notar a maneira como ele quase cuspiu o nome do pai. A curiosidade a provocou. Qual seria o problema com esse homem?

Eles entraram no túnel e Sam fechou a porta.

— Para manter a temperatura — ele disse quando percebeu que ela parecia alarmada.

Ele apertou o interruptor para acender a luz, e as lâmpadas encaixadas na parede se acenderam. Levando-a mais adiante, eles finalmente chegaram a uma grande adega subterrânea e retangular cheia de prateleiras de madeira. Ali, cobertas com uma camada de poeira, havia uma infinidade de garrafas. Tantas que ela não podia contar. Todas ligeiramente inclinadas para baixo, assim as rolhas que mantinham o vinho fechado não secariam.

— Nunca vi nada parecido — admitiu, ainda olhando com admiração.

— Segundo a minha mãe, foi construída pelo meu bisavô para agradar a esposa. A família dela era de vinicultores, e, quando ele estava fazendo a corte, decidiu encher este lugar com o vinho para impressioná-la. Aparentemente, essa é a única razão pela qual a minha bisavó aceitou se casar com ele.

Cesca riu, passando um dedo pela garrafa mais próxima. O pó sujou sua mão, revelando um vidro verde profundo embaixo dele.

— Mulher sensível. Mesmo que ele não fosse muito bonito, pelo menos ela poderia afogar as mágoas.

— Ei, é claro que ele era bonito. Eu sou descendente dele.

— Foi daí que veio a sua modéstia?

Sam lhe mostrou um sorriso.

— Nada, isso é fruto de trabalho duro. — Ele inspecionou as garrafas, levantando algumas para ver os rótulos. Finalmente, puxou uma da prateleira, soprando-a para tirar o pó. — Este é o meu favorito. Foster comprou uma caixa faz uns quinze anos, mas estes são os últimos.

— Ele não vai se importar se a gente beber?

Sam revirou os olhos.

— Ele nem vai notar. E está cheio de vinho aqui. — Ele acenou para as prateleiras. — Além disso, eu compro uma caixa de vinho todo ano no Natal. Ele é a pessoa mais difícil que existe para presentear.

Assim que saíram, o calor os atingiu. Sam trancou rapidamente a adega e eles entraram na *villa*, os dois buscando o alívio do ar-condicionado. Na cozinha, uma lasanha gratinava no forno, e na bancada havia um prato cheio de queijos e pão crocante. Outra coisa que a faria sentir falta da Itália quando fosse embora: por aqui, eles sabiam transformar um simples jantar num banquete.

— Vai levar mais dez minutos — Cesca disse, depois de verificar o prato.

— Perfeito. Tempo suficiente para tomarmos um aperitivo. — Sam pegou uma garrafa de gim. — Vou fazer um negroni pra gente.

— Pensei que você tivesse me alertado sobre beber com estranhos — ela brincou, observando enquanto ele jogava gim, Campari e vermute em uma coqueteleira. — Você disse que eu não sou confiável quando estou bêbada.

— É com isso que eu estou contando. — Ele piscou para ela antes de servir o drinque em dois copos. — De qualquer maneira, quanto melhores as bebidas, mais você vai saboreá-las.

— Eu nunca tinha tomado um vinho bom antes de vir para a Itália — ela admitiu. — Bem, nunca tomei muito vinho. — Ela ficou impressionada com a diferença entre suas vidas. Ele tinha dito a ela quando voltavam da adega que a garrafa escolhida provavelmente valia algumas centenas de euros. Gastar tanto com vinho a fez se sentir fraca. Estava fora da sua realidade. O astro de cinema rico e a roteirista pobre. Isso daria uma boa história.

— Quando você terminar a sua peça, vamos abrir um champanhe — ele disse, entregando um copo a ela. — Saúde.

— Saúde. — Eles brindaram, e Cesca tomou um gole. Assim como no Grotto Maria, o negroni estava delicioso. — Mas o que te faz pensar que eu vou terminar a peça aqui? Talvez eu só termine o primeiro esboço quando estiver em Londres.

— Isso não vai acontecer. — Sam a olhava sobre a borda do copo. — Não vou te deixar ir antes de a peça estar pronta.

— E se demorar meses?

— Eu ficaria bem com isso. — Ele se inclinou para a frente de novo, roçando os lábios abaixo da orelha dela. — Na verdade, eu adoraria. Seja lá quanto tempo demore.

— Tente explicar isso aos seus fãs raivosos — Cesca disse. — Logo você vai ter que voltar a LA. Deve ter compromissos. — Embora ela mantivesse a voz firme, havia uma pontada em suas palavras. Como antes, quando conversara com o padrinho sobre o retorno a Londres, ela podia sentir o profundo mal-estar dentro de si.

Sam tomou outro gole do seu negroni. Ela podia ver a bebida brilhando em seus lábios.

— Sou um homem livre até o outono.

Cesca pegou dois pratos do armário e começou a servir a salada. Sam estava inclinado no balcão ao lado dela, observando enquanto ela cortava os tomates suculentos

— O que você vai filmar depois? — Ela não gostava da ideia de ele estar na locação, cercado de mulheres lindas. Era difícil imaginar esse Sam, o seu Sam, em um cenário de Hollywood. No entanto, deveria, porque era a vida dele. De alguma forma, o pensamento a fez se sentir um pouco enjoada.

— O último filme da série *Brisa de verão*. — Ele não parecia nada animado. — É o último para o qual fui contratado. Depois disso, espero fazer papéis mais consistentes. Talvez até saia de Hollywood por um tempo. Estou meio cansado de ser o pateta bonitão.

Cesca abriu um sorriso.

— Deve ser difícil ser um estereótipo.

— Ei, isso me ofende. — O temporizador do forno tocou, ele silenciou o alarme e tirou a lasanha de dentro. — Enfim, a maioria das pessoas que eu conheço pensa que eu sou o Tyler Graham. As pessoas me chamam mais pelo nome dele do que pelo meu.

Ela riu.

— Isso deve ser irritante.

— Pode-se dizer que sim. — Sam franziu o nariz. — E eu sei que pode parecer ingratidão, porque foi a minha grande chance. Mas, quando você só atua como um surfista de dezenove anos, a coisa fica um pouco cansativa. Especialmente quando você chega aos vinte e sete. Acho que é Hollywood. Ou você joga o jogo, ou sai da cidade.

Cesca entregou a faca a ele, que cortou a lasanha em porções. A fumaça subia do prato. O cheiro de massa fresca misturada com molho à bolonhesa encheu a cozinha.

— Posso imaginar — ela disse. — É meio irônico que nenhum de nós tenha crescido de verdade depois que você foi embora para Hollywood. Você porque o seu público não permitiu, e eu porque me recusei a aceitar o fracasso.

— Você parece crescida para mim — Sam disse. Ele levou os pratos para a mesa e depois puxou a cadeira dela. Era estranho, mas ela já considerava os seus bons modos um modelo. Nem todos os homens da idade deles tratavam as mulheres desse jeito. Talvez fosse sua educação, por ter sido criado por uma mãe italiana. Seja qual fosse o motivo, ela se viu gostando demais.

Sam serviu o vinho que eles haviam encontrado. Era tão escuro que quase parecia preto.

— O aroma é quase tão bom quanto o gosto — ele disse, levando a taça até o nariz. Inalou profundamente, e Cesca seguiu o exemplo.

— Tem um cheiro delicioso — ela concordou, girando a taça para que o vinho se espalhasse. — Ainda me sinto mal por ser tão caro.

Sam a olhou diretamente nos olhos.

— Não deveria.

— Disse o homem que provavelmente ganha o dobro do valor dessa garrafa por minuto em que trabalha.

— Não sei quanto eu ganho por minuto — Sam riu. — Mas posso te dizer que ganho o suficiente para cobrir o custo do vinho.

— Mas eu não.

Ele inclinou a cabeça para olhar para ela.

— Isso te incomoda, né?

— O fato de nem sempre poder beber um vinho como este? — ela perguntou. — Na verdade, não. É uma delícia, mas eu fico feliz também com um especial de seis libras da mercearia.

— Não, não estou falando do vinho. Estou falando do fato de eu poder pagar e você não. Eu percebi isso quando saímos para jantar. Você não gostou de me ver pagando a conta.

Ela não estava gostando do rumo da conversa. Estavam tocando em um ponto tenso, e ela sentiu isso pelo corpo todo.

— Eu prefiro as coisas iguais. Se eu saio para jantar com alguém, gosto de pagar o que comi. Parece esquisito deixar isso para outra pessoa, como se eu estivesse me impondo.

— E se a outra pessoa quiser te comprar coisas? — Sam perguntou. — E se isso trouxer felicidade para ela? Quer dizer, eu poderia sentar e beber este vinho sozinho, e poderia ter ido sozinho ao Grotto Maria para jantar, mas teria sido triste. Ter a sua presença para compartilhar essas coisas comigo me dá prazer. Você não pode pôr um preço nisso.

— Eu sempre quis ser independente — ela explicou. — E ter alguém pagando o jantar para mim não me faz sentir bem-sucedida nessa área. Não gosto de aceitar coisas se não posso dar algo em troca.

Sam inclinou a cabeça para o lado, examinando-a.

— O Cristiano pagou o seu jantar?

Cesca piscou duas vezes. Havia uma pitada de ciúme em sua pergunta que ela não pôde deixar de notar. E isso a aqueceu de dentro para fora.

— Acho que nem foi cobrado — ela admitiu. — Não vi a conta, e imagino que tenha sido de graça, porque ele estava pensando em comprar o lugar.

Sam ficou satisfeito.

— Cretino barato.

Uma risada chocada saiu dos lábios de Cesca.

— Isso foi grosseiro. Mas foi você que roubou vinho do seu próprio pai. O que isso faz de você?

Ele piscou.

— Confuso e problemático.

E lá estava ele de novo. Desta vez ela não conseguiu disfarçar seu interesse.

— O que você quer dizer com isso?

Sam encolheu os ombros.

— Nada.

Ela suspirou.

— Você continua tocando no assunto e me cortando. Não entendo. Isso me faz sentir... — Ela parou, contorcendo o rosto enquanto tentava encontrar a palavra certa. — Como se eu não fosse boa o suficiente.

Ele parecia chocado.

— O que você quer dizer? Claro que você é boa o suficiente. Muito boa, se eu for sincero.

Cesca torceu o guardanapo entre os dedos, olhando para o prato vazio.

— Eu me abri para você, te deixei ler a minha peça. Te contei todos os meus problemas e questões familiares. Mas, toda vez que as coisas se tornam pessoais, você simplesmente se afasta. — Ela olhou para ele. — E eu entendo, acho. Isso é só uma coisa casual para você, e está certo.

A expressão de Sam ficou tensa.

— Não é casual — ele disse, com calma.

Por algum motivo, aquilo fez seu peito doer.

— Então por que você não fala comigo?

Ele estendeu a mão para a taça de vinho vazia, passando o dedo pela borda. Um tom suave ecoou do cristal.

— Já é passado.

— Não, não é. — Ela empurrou o prato e se inclinou sobre a mesa. — Posso dizer, pela sua expressão, que ainda é importante.

Ele piscou, encarando-a com os olhos pesados. Por um momento, Sam parecia uma criança. Jovem. Perdido.

— Me desculpe — ela sussurrou. — Eu fiz de novo. Não é da minha conta.

Ele ainda estava olhando para ela, e sua expressão partia o coração de Cesca. Ela se inclinou para trás, fechando os lábios com firmeza e sentindo a eletricidade zumbindo no ar. Por um momento, nenhum deles falou, e o único som na cozinha era o cristal tinindo.

Por fim, ele se recostou na cadeira, ainda olhando nos olhos dela.

— Na verdade, tem tudo a ver com você.

Ela franziu a testa.

— Tem?

Ele assentiu lentamente.

— Você me perguntou por que eu deixei a peça tão de repente. Acho que eu disse alguma besteira sobre problemas familiares. E era verdade.

Ela ficou arrepiada, apesar do calor na cozinha. Se sentiu esmagada por uma barreira invisível.

— Na noite anterior à estreia, eu discuti com o Foster. Isso não era incomum naqueles dias. Parecia que, toda vez que nos víamos, quase saíamos no braço. Eu nunca conseguia fazer nada bem o suficiente para ele. — Sam pausou, encheu as duas taças e depois tomou um longo gole de vinho. — Ele estava bebendo. Era um bêbado desagradável. Ainda é, eu acho. Mas, naquela noite, ele levou a coisa para um nível completamente novo.

As mãos de Cesca se fecharam e as unhas se cravaram nas palmas. O rosto de Sam assumiu um olhar distante, como se estivesse revivendo aquele momento com o pai.

— Eu também era péssimo — Sam disse a ela. — Você provavelmente concordaria com isso. Eu era arrogante, prepotente e achava que podia governar o mundo. Também não perdia a oportunidade de esfregar isso na cara do Foster. Eu o chamava de velho, dizia que o tempo dele havia acabado, que ele devia abrir caminho para a geração mais nova. Coisas estúpidas assim. Mas naquela noite eu o pressionei demais. Disse que ele não era bom o suficiente para a minha mãe, que nunca tinha sido. Que teria sido melhor que ela não tivesse se casado com ele.

— E então? — Cesca estava trêmula.

— Ele me agarrou pelo colarinho e me empurrou contra a parede, tão forte que a minha cabeça bateu no gesso. No minuto seguinte, ele estava gritando que eu era um bastardo, que não era filho dele e que, se ele não tivesse se casado com a minha mãe, nós dois estaríamos apodrecendo em algum lugar.

— O seu pai te chamou de bastardo? — ela perguntou, com os olhos arregalados.

Sam olhou para as mãos.

— O engraçado é que ele estava certo.

— Por quê?

Ele engoliu em seco, ainda sem olhar para cima. Ela precisou se esforçar para não se levantar e ir até ele, erguer seu queixo e fazê-lo voltar a olhar para ela.

— Sam? — ela o chamou.

— Naquela noite, ele me disse que não era meu pai. Afirmou com toda a certeza que a minha mãe estava grávida quando ele a conheceu, que meu pai era um idiota qualquer que a abandonou. Que ele me adotou quando os dois se casaram. — Ele apertou com mais força. — Mas o jeito como ele disse, Cesca, como se desejasse não ter feito isso, me arrasou.

— Claro que sim. — Uma lágrima rolou pela bochecha esquerda de Cesca. — Essa é uma péssima maneira de falar sobre isso. O que a sua mãe disse quando você contou para ela?

— Ela não sabe que eu sei. Ninguém sabe. Só eu e o Foster. — Ele franziu a testa, como se estivesse se lembrando de alguma coisa. — E...

— E eu? — ela perguntou.

— Sim.

Então ele confiava nela. Por algum motivo, aquilo a tocou profundamente. Doía ver esse homem bonito, forte e talentoso reduzido por lembranças das quais, de alguma forma, não conseguia escapar.

— Ele nunca gostou de mim — ele sussurrou. — E por vinte e um anos eu não tinha ideia do motivo.

— Mas ele te adotou — ela disse. — Por que ele teria feito isso se não gostasse de você?

— Eu vim no pacote, acho. Ele queria a minha mãe, e ela estava grávida de mim. Ele não teve escolha. — Seus olhos brilhavam à luz cintilante da vela. Ela agarrou a mão dele, entrelaçando-a na sua.

— O que te faz pensar que ele não gostava de você?

Sam finalmente olhou para ela com o rosto impassível. Os olhos dele eram penetrantes. Era como se estivessem mergulhando dentro dela, procurando algo incessantemente. Aquilo a fez sentir dor.

— Pequenas coisas — ele disse, finalmente. — E grandes. Palavras, sarcasmo. Ele me dizia que eu não era bom o suficiente. Minhas notas não eram boas, minha atuação era péssima, eu era um filho terrível para a minha mãe. Ele realmente curtiu quando me contou a verdade sobre o meu pai. Como se estivesse gostando de me ver sofrer.

O rosto dela se suavizou.

— Que cretino.

— Bom, chega da minha família desestruturada. — Ele olhou diretamente para ela. — Prefiro terminar o jantar e ir dormir.

Havia um calor em seu olhar que acelerou o coração dela. A promessa em suas palavras foi o suficiente para deixar Cesca sem fôlego. Tudo dentro dela exigia que o levasse para o andar de cima. Para confortá-lo, para abraçá-lo até que os fantasmas fossem embora.

Eles poderiam falar sobre os pais dele outro dia.

24

Esse é o próprio êxtase do amor.

— Hamlet

— Está pronta?

Cesca pulou ao ouvir a pergunta inesperada. Estava escovando os dentes e tinha creme dental sobre os lábios. Ela abaixou a escova e se virou, limpando a boca com o dorso da mão. Na noite anterior, eles dormiram quase no mesmo instante em que chegaram ao quarto. Braços e pernas nus e entrelaçados. Porém, hoje ela parecia mais radiante, mais como a Cesca de antigamente. Passaram a maior parte do dia escrevendo enquanto conversavam sobre besteiras. Livros favoritos, comida preferida, se ela gostava de azul mais do que de verde.

Agora que o jantar havia terminado, ele sugeriu que começassem a noite mais cedo. A maneira como ele havia dito aquilo enviou um exército de arrepios pela coluna de Cesca.

— Você me assustou. — Sua voz soou estranha pelo fato de a boca ainda estar cheia de pasta de dente. Um pouco escapou pelo canto dos lábios.

Sam sorriu, se encostando no batente da porta.

— Você deixou escorrer um pouco. — Ele gesticulou para a boca da jovem.

— Uma garota não pode ter um pouco de privacidade? — Eles estavam fazendo tudo ao contrário. Ainda não haviam feito amor, e ele já estava vendo o seu pior. Ok, tecnicamente ela tinha dormido com ele, mas, fora isso, eles só tinham brincado um pouco.

Seja lá o que "brincado" significasse. Porque não parecia brincadeira para ela.

— Você estava demorando demais. — Ele foi petulante. — E eu queria te ver.

Ela franziu a testa.

— Também quero te ver. Só que não agora. — Mais saliva escorreu. — Espere lá fora um minuto e me deixe terminar aqui.

Sam levantou as mãos como se estivesse se rendendo.

— Ei, não é culpa minha que você escova os dentes como uma criança de dois anos.

Ela pegou a escova de dentes e a segurou na sua frente, empunhando-a como se fosse uma arma.

— Saia!

Quando ela finalmente saiu do banheiro com os dentes escovados e o rosto lavado, Sam estava sentado na cama dela, folheando o caderno que ela usava para fazer anotações que ele havia encontrado em sua mesa. Cesca se sentiu estranhamente nua. Não pelo fato de estar usando short e camiseta, nem por estar sem maquiagem. Não. Era a alma dela que parecia exposta e vulnerável.

— Ei. — Ele olhou para cima enquanto ela entrava. Um sorriso surgiu em seu rosto. — Você está bonita.

Cesca franziu a testa.

— Mentiroso.

— Por que as garotas sempre duvidam dos caras quando eles dizem isso? O que tem de ruim quando você tira a maquiagem e faz um coque? É fofo e sexy. É real. — Ele estendeu a mão para ela. — E, quando você faz essa coisinha engraçada com a boca, é ainda mais sexy.

— Que coisinha engraçada? — Ela se permitiu ser puxada para a cama, fazendo uma careta.

— Essa. — Ele estendeu a mão para tocar seus lábios. — É fofo.

— Nós já falamos sobre essa palavra. Eu odeio.

Sam deu um beijo rápido em seus lábios.

— Nos Estados Unidos não significa o mesmo que na Inglaterra. É um elogio.

— Se você diz...

— Sim. — Ele tirou o cabelo do ombro dela e beijou seu pescoço. — Fofa significa legal e sexy. O tipo de garota que você quer levar para a sua mãe conhecer, assim que puder deixar ela se vestir.

Cesca tossiu e riu ao mesmo tempo.

— Pelo menos você não as leva nuas para conhecer a sua mãe.

— Nunca apresentei uma garota para a minha mãe. — A expressão em seu rosto dizia que ele estava falando sério. — Eu nunca quis fazer isso.

— E aquela... ah, Deus, não consigo lembrar o nome dela. Aquela que interpreta a moça da loja em *Brisa de verão*?

— A Katya? Nunca tivemos nada.

— Mas os jornais disseram que vocês tinham — Cesca disse. Então, notando sua expressão incrédula, ela acrescentou: — Eu sei que não se deve acreditar em tudo o que se lê, mas parecia ser verdade, se é que você me entende.

— Achei que você tivesse evitado saber de mim por seis anos. De qualquer forma, eu tento não me envolver com pessoas do meio. — Sua voz era rouca. — A maioria das mulheres de lá só te querem para uma coisa.

Ela levantou as sobrancelhas.

— Uma *coisa*?

— Mente poluída. — Ele riu, embora parecesse inexpressivo. — Não. Elas querem que você dê uma força para a carreira delas. Todo mundo em Hollywood usa os outros. É quase impossível ter um relacionamento normal lá.

O rosto dela pareceu surpreso.

— Nem todo mundo. A minha irmã está lá, lembra?

— Mas ela não é atriz, né?

Ela balançou a cabeça.

— Não.

— Então talvez ela seja diferente. — Ele sorriu. — Como você. — Os olhos de Sam piscaram enquanto a encarava. As pupilas se dilataram.

Ele piscou duas vezes e cílios longos tocaram a pele de Cesca e seu peito começou a doer pelo tempo que estava prendendo a respiração.

— Você é muito bonita, Cesca Shakespeare.

— Sou? — Assim que soltou a respiração, a voz saiu entrecortada. A jovem se sentia como um carro velho, caindo aos pedaços, que morria e voltava a funcionar enquanto andava pelas ruas.

— Muito. — Sam segurou seu rosto. Ela fechou os olhos por um momento, deixando seu toque consumi-la. A respiração dele aquecia os lábios dela, e a boca de Sam mal havia tocado a sua. Desta vez o beijo foi suave e gentil, com a ponta da língua deslizando pelos lábios dela. Cesca se viu levantando, beijando-o de volta e o convidando para mais.

Sam a empurrou para a cama, e eles se enrolaram um no outro, seus corpos pressionados enquanto os beijos se tornavam mais urgentes. Por longos minutos, ficaram ali, deitados, as mãos entrelaçadas nos cabelos um do outro enquanto se abraçavam.

Cesca envolveu as pernas ao redor dos quadris de Sam. Sentiu sua dureza e o contato a aqueceu. Ele estava movendo os quadris num balanço tão suave que fazia Cesca suspirar. As mãos dela deslizavam nas costas dele e acariciavam sua coluna. Em seguida, passaram a agarrar a bunda dele, apertando e puxando-o de encontro a si até que ela gemesse.

Deslizando as mãos por baixo do pijama de Sam, Cesca pressionou as palmas contra sua pele. Encorajando-o, sussurrando palavras de desejo. As mãos dele começaram a puxar as alças da camiseta dela, empurrando o tecido até a cintura. Em seguida, os seios nus estavam pressionados contra ele, pele contra pele, e a sensação os deixou frenéticos.

Sam enganchou o polegar na lateral do short dela. Ele os deslizou por baixo do elástico, roçando os nós dos dedos contra os quadris.

— Tudo bem? — Ele parou de beijá-la para que seus olhos se encontrassem. Sua expressão estava arrebatada e a boca inchada do seu abraço. Cesca assentiu rapidamente, levantando os quadris como que para encorajá-lo.

Ele se ajoelhou, passando as mãos pelo corpo dela. Seus lábios as seguiram, beijando e provocando, passando longos momentos nos mamilos até que os montinhos estavam tão duros que era quase dolorido. Então ele se moveu para baixo, os lábios criando uma trilha de desejo do peito à barriga. Dava beijinhos e lambidas que a deixavam louca. Seus dedos desceram mais um pouco, acariciando o centro de Cesca. Seu polegar acariciava e girava até que ela sentisse como se seu corpo cantarolasse. De repente, Sam estava com a boca em sua umidade, o toque macio no início, depois mais profundo, provocando e lambendo. Ela começou a levantar os quadris e ele a segurou, apoiando-a enquanto Cesca resistia.

— Sam. — Sua voz era um suspiro. — Ah, caramba, Sam.

Ela estava chegando lá. Todo o seu corpo estava tensionado, como um instrumento muito afinado. Tensa, pronta para se desfazer. Ele a tocou com um pouco mais de força, se preparando e sentindo suas coxas tensas com o clímax que se aproximava.

— Eu quero que você faça amor comigo — ela sussurrou, sem saber se ele podia ouvir. Ela o puxou pelo cabelo, e Sam ergueu a cabeça para encará-la.

— Tem certeza?

Ela gostava do fato de Sam sempre perguntar. Ele estava entregando as rédeas a ela, dizendo que seguiria na velocidade que ela quisesse.

— Tenho.

— Preciso pegar um preservativo. Não se mexa, ok?

— Não vou a lugar nenhum. — Ela fechou os olhos e esperou por ele, curvando os dedos dos pés com a sensação de desejo que continuava a deixar suas pernas bambas. As coxas doíam por desejá-lo entre elas. Ele voltou em menos de um minuto e se colocou entre as pernas dela. Cesca se curvou ao redor dos quadris dele.

Houve um momento, aquela pausa desesperada em que ele pressionou sua ereção contra ela, esperando que o corpo dela concordasse. Ela respirou e provou seu desejo, torcendo para que ele deslizasse para dentro.

— Você é linda. — Sam a beijou, ainda esperando para fazer o movimento final. Ele a estava provocando, deixando-a louca de desejo, e ela adorava isso.

— Você também. — Ela moveu os quadris, encorajando-o. Ele sorriu contra sua boca e então moveu uma mão para a lateral do corpo de Cesca, acalmando-a, circulando o seu pau contra ela até que estivesse quase implorando.

— Sam...

Ele estava gostando muito disso. Mas ela também. Então ele a beijou de novo, apertando os dedos em seus quadris enquanto deslizava para dentro lentamente.

Cesca gemeu quando o prazer a atingiu no fundo. O calor se espalhava do seu estômago, irradiando para os peitos, coxas e dedos dos pés. Ele começou a se mover, entrando e saindo de dentro dela, que se agarrou a ele, sentindo que estava perdendo o controle. Suas mãos tremiam, sua cabeça caiu contra o travesseiro e o nome de Sam escapou de sua boca como uma súplica.

— Sam, Sam, Sam...

— Sim, baby. — Ele estava sem fôlego, ainda se movendo dentro dela. Toda vez que saía, deslizava deliciosamente contra ela, lhe dando prazer centímetro por centímetro.

— Não posso... eu vou... eu... eu...

Suas palavras desapareceram enquanto ela se esticava debaixo dele e seus quadris se ergueram, arqueando as costas no colchão. Era como se todos os músculos do seu corpo estivessem tensionados, se movendo ao ritmo do orgasmo e extraindo a intensidade enquanto fogos de artifício se acendiam embaixo de suas pálpebras. Quando ela os abriu, Sam a encarava com um olhar insondável no rosto. Ela olhou para ele, se perguntando se aquilo era apenas físico. Será que ele estava sentindo a conexão emocional tanto quanto ela? Do jeito que ele a olhava, ela tinha que acreditar que sim.

Em seguida, ele também estava gozando, soltando um gemido profundo enquanto despejava seu prazer dentro dela. Sua cabeça caiu no ombro de Cesca e seus dentes mordiscaram a pele dela, que formigava sob seus lábios. A jovem gostava de sentir o peso de Sam sobre si, sua firmeza, a maneira como se doaram tanto um ao outro.

Ela fechou os olhos, sentindo as lágrimas se formarem. Não sabia de onde a emoção tinha vindo. Engolindo o choro, desejou que as lágrimas não caíssem, que os olhos se secassem antes que Sam pudesse vê-las.

Uma coisa era ser vulnerável, outra era abrir o peito e permitir que alguém arrancasse o seu coração. Ela poderia fazer o primeiro. O segundo? Não tão cedo.

Cesca adormeceu logo que ele se limpou, descartando o preservativo e se lavando no banheiro. Sam voltou para a cama com ela, sentindo seu corpo macio e flexível enquanto Cesca se curvava contra ele, aninhando a cabeça em seu ombro.

Ele não estava acostumado a passar a noite com alguém. Nunca tinha desejado isso. Gostava do seu próprio espaço, de se deitar na cama e poder se espalhar. Mas parecia certo tê-la aqui.

Por ora.

Cesca suspirou enquanto dormia, se aproximando dele. Ele colocou o braço ao redor do seu ombro, sentindo a suavidade da pele. Ela estava quente contra seu corpo nu, e ele olhou para o relógio, se perguntando por quanto tempo seria capaz de não desejá-la de novo.

Sam não havia entrado no quarto com a intenção de fazer amor com ela. Como na noite anterior, tê-la enrolada nele teria sido suficiente. Mas ela era como uma droga, uma dose, e ele queria mais. O problema era que drogas eram ruins para ele.

E as mulheres também.

Desde suas confissões na noite anterior, Cesca tinha tentado mencionar sua família algumas vezes, mas ele a cortara. Fizera piada, mudara de assunto e a beijara. Qualquer coisa para acalmar os pensamentos incessantes em seu cérebro que o lembravam que se tornar vulnerável só levava a dor.

Em Hollywood, as víboras usavam roupas bonitas e sussurravam coisas doces até que você contasse todos os seus segredos. Ali na Itália? Ele não pensava assim. Mas isso não o impedia de entrar em pânico toda vez que ela mencionava sua família.

Os olhos de Cesca se abriram. Ela o encarou e um sorriso lento surgiu em seus lábios. A mão dela roçou seu peito.

— Eu dormi?

Ele respirou profundamente, devolvendo o sorriso.

— Sim.

— Desculpe. Que feio.

Sam arqueou uma sobrancelha.

— Essa foi a coisa menos feia que você fez a noite toda.

Ela deu risada.

— Sam!

Ele gostou desta parte. Era tão fácil como o nascer do sol pela manhã. Eles conversaram, riram, fizeram amor e tudo parecia muito natural. Sam só não gostava de pensar e analisar as coisas. Ter que enfrentar um fantasma que vinha ignorando há algum tempo. A resposta era simples, na verdade. Ele não faria isso. Era melhor se concentrar no aqui e agora. Em beijar os lábios deliciosos que estavam na sua frente. Em tomar o corpo nu de Cesca enquanto ela ondulava contra ele.

A mão dela deslizou pelo seu peito, ao longo do abdome e entre as coxas. Sam fechou os olhos quando ela passou a palma da mão ao redor dele, acariciando seu pau com o polegar. Ele ficou duro com o toque.

Deixando a excitação tomá-lo, ele segurou Cesca, atraindo-a para si a fim de beijá-la com força. As preocupações de minutos antes se esvaíram de sua cabeça com uma onda de luxúria, substituída por uma necessidade que pulsava através de seu corpo.

Ele a queria. Agora. Todo o resto poderia esperar

25

E o tempo do verão é bem pequeno.

— Soneto XVIII

Cesca parou de digitar, se ajeitou na cadeira e olhou para a tela. Um tremor percorreu sua coluna, continuando na base, fazendo-a se remexer na cadeira.

Fim.

Tinha conseguido. Tudo bem, era só o primeiro rascunho, e, mais que qualquer um, ela sabia que precisaria de muito trabalho, mesmo com a edição de Sam. Mas ver aquelas palavras escritas na tela era quase impossível de acreditar. Ela achava que nunca mais as escreveria de novo.

Cesca piscou algumas vezes, com os olhos marejados. Ela não gostava de chorar — nunca gostou —, e fazer isso por causa de uma peça parecia estúpido. Mas, ainda assim, as lágrimas se formaram, ameaçando cair.

— Você está bem? — Sam perguntou, sem dúvida alertado pelo silêncio provocado pela pausa na digitação. — Vamos dar uma pausa?

Balançando a cabeça, Cesca engoliu o nó na garganta antes de responder.

— Acho que estou bem. Eu só... — Ela parou, sentindo necessidade de olhar de novo para a tela, tentando se convencer de que realmente havia escrito aquelas palavras. — Terminei o primeiro rascunho. — Sua risada parecia de alívio.

— Pensei que alguma coisa ruim tivesse acontecido. — Ele se agachou ao lado dela, lendo as palavras em voz alta. — *Fim.* Isso é fantástico.

— Obrigada.

— O casal principal ficou junto?

Cesca inclinou a cabeça para o lado.

— Você não quer ler?

— Sim, vou ler e descobrir. Mas, se você resolveu deixá-los separados pelo impacto dramático, talvez eu precise reescrever para você.

Ela sorriu.

— Ah, que romântico. Quem imaginaria que o ator durão de Hollywood queria um final feliz?

— Tenho um interesse especial nisso — ele lembrou.

— Tem? — Ela o estava provocando, e seus olhos dançavam quando seu olhar encontrou o dele.

— Sim. Nós trabalhamos juntos nesta história. E esse cara merece fazer a mocinha feliz. Não partir o coração dela. — Ele a encarou com cuidado. — Se ele fez isso, eu vou ter que socá-lo ou algo assim.

— Muito gentil da sua parte — ela murmurou. — Ameaçar espancar um personagem fictício. Eu deveria estar desmaiando.

Sam flexionou os músculos do braço e um sorriso lento se formou em sua boca.

— Eu sempre vou lutar contra personagens fictícios por você, baby.

— E eu que estava pensando que você correria para as colinas.

— Só porque eu fiz isso uma vez, não significa que eu te abandonaria de novo.

— Não?

— Não. Eu não sou idiota. Não mais.

Ela fechou os olhos enquanto a boca de Sam se movia do seu cabelo para o pescoço, os lábios deslizando pela pele. Ela se arrepiou enquanto as mãos dele se moviam pelos ombros, acariciando os braços dela antes de chegarem aos seios.

— Nós devíamos estar trabalhando — ela murmurou.

— Você já terminou — Sam sussurrou em seu pescoço. — E eu não consigo pensar em uma maneira melhor do que essa para comemorar. Você consegue?

Não, ela realmente não conseguia. Cesca fechou os olhos enquanto Sam deslizava as mãos para dentro da blusa. Foi assim durante a semana anterior, desde que ela acordara em seus braços depois que fizeram amor pela primeira vez. Quando eles não estavam conversando e compartilhando histórias, suas mãos estavam no corpo dela. Era como se eles nunca pudessem ter o suficiente um do outro, mas iam tentar.

Era como estar em um estado de felicidade perpétuo. Momentos iluminados quando você descobre algo novo, seguido pelo vínculo que só a compreensão mútua pode trazer. Eles tinham muito em comum: os dois foram criados no teatro e quase todo mundo que um deles mencionava tinha ligações com o outro.

Na semana anterior, eles passaram dias falando sobre peças e trocando histórias enquanto Cesca trabalhava no computador. À noite, depois de um jantar delicioso, ficavam juntos, dividindo esperanças e sonhos antes de se amarem. A cada dia que passava, ela se via um pouco mais apaixonada, deixando Sam pegá-la em seus braços dispostos.

E ela estava se apaixonando. Isso era certo.

No fim, foi seu corpo que tomou a decisão. Ela virou a cadeira, deixando-se levar para o abraço dele. Seus lábios procuraram os dela imediatamente, beijando, tocando, saboreando. Eles não podiam ter o suficiente um do outro, e seus corpos diziam o que as palavras não conseguiam. Cesca cedeu à necessidade, tal como fazia no quarto, no chuveiro, na sala de estar, na praia... em qualquer lugar onde ele a tocasse, seu corpo começava a cantar.

— Me diga se eles ficaram juntos — Sam sussurrou em seus lábios. Ele empurrou as tiras do top para baixo, deixando-as cair em seus ombros e revelando a pele bronzeada. — Ou eu vou precisar reescrever o fim.

Ela riu de novo.

— Tá bom, eles ficaram juntos. Está feliz agora?

Ele moveu os lábios para baixo, beijando seus seios.

— Em êxtase.

Mais tarde, depois de fazerem amor e tirarem um cochilo, Cesca se viu acordando na cama de Sam, que a abraçava. O quarto cheirava a sexo e a Sam, uma combinação que a fazia se sentir quente e excitada ao mesmo tempo. Pela primeira vez ele dormia profundamente, a boca aberta enquanto roncava baixinho. Outra coisa que ela havia descoberto sobre o rapaz: ele dormia muito mal.

Havia uma brisa vinda do lago. Ela erguia as cortinas brancas que cobriam as janelas no quarto de Sam, fazendo com que elas dançassem. Com a brisa, vinham sons do lago, da água que lambia a costa e dos chamados distantes de pessoas em barcos. Ela suspirou, satisfeita, se virando nos braços de Sam para ficar mais confortável. Outra hora de sono e então eles se levantariam e iriam tomar sol ou nadar no lago.

Ela quase voltou a dormir quando o barulho a despertou. O som de um motor se aproximando e de pneus amassando o cascalho. Depois, ela ouviu a batida das portas do carro, e um pequeno zumbido de conversa substituiu o motor. Os olhos de Cesca se abriram, alarmados.

— Sam? — Ela se virou, balançando os ombros para acordá-lo. — Sam, a Gabi e o Sandro estão aqui.

Sonolento, ele abriu um olho.

— Chegaram cedo. Deviam chegar só amanhã.

— Exatamente. — Ela escapou do seu aperto, se sentando na cama. O lençol fino caiu de cima dela, revelando seu peito nu. — E eles vão entrar na casa. A gente precisa se vestir.

Ele estava muito mais calmo do que deveria.

— Relaxa. Eles estão acostumados a tirar cochilos. Podemos descer e dizer oi em um minuto.

— Mas eles não estão acostumados a tirar cochilos nus, Sam. E a última coisa que queremos é que nos encontrem juntos na cama.

— Calma, baby. A Gabi e o Sandro são leais. Não vão dizer nada. Além disso, eles não vão entrar no meu quarto, né? — Ele a puxou de volta para seus braços.

— Olá? — uma voz chamou do corredor. Feminina e italiana. — Tem alguém aqui?

Sam se sentou imediatamente, o horror gravado em seu rosto.

— Porra. É a minha mãe. O que ela está fazendo aqui? Caramba, precisamos levantar. — Ele se afastou da cama, procurando por suas roupas. — Temos que nos vestir agora mesmo.

Cesca riu de nervoso. Quase pôde senti-lo se afastar enquanto puxava as calças.

— O que aconteceu com a calma?

Ele se virou e olhou para ela, franzindo a testa.

— Não tem graça.

Cesca sentiu como se tivesse levado um tapa. Ela quis recuar com o choque.

— Desculpe... — O humor deixou o rosto dela enquanto procurava as roupas espalhadas pelo chão do quarto.

— Srta. Shakespeare? Você está por aqui? — Uma voz masculina. Distintamente americana. Só de ouvir o som, o rosto de Sam ficou pálido. E estava mais perto da porta do que antes. Definitivamente, não estava no corredor de onde a voz da mãe vinha.

— O que eu faço? — Cesca perguntou a Sam, o pânico aumentando dentro dela. — Devo dizer que estou aqui?

Ele balançou a cabeça furiosamente.

— Entre no banheiro. — Ele praticamente a empurrou para dentro. — Eu vou distraí-los, levá-los lá para fora. Quando nós estivermos longe, você pode descer. Diga a eles que estava ouvindo música durante a limpeza ou algo assim.

Com apenas algumas palavras, ele a descartou como se ela fosse uma simples empregada. Cesca entrou no banheiro, fechou a porta e tentou recuperar o fôlego. Uma raiva cheia de indignação tomou conta do seu corpo pela forma como a intimidade entre eles havia desaparecido sem uma palavra gentil. Tudo bem que ela realmente era a empregada da casa, e, aos olhos dos pais de Sam, ela gostaria de continuar assim. Pelo menos até que pudesse descobrir o que estava acontecendo.

Merda. Merda. Merda.

Sam puxou o cabelo enquanto olhava para si mesmo no espelho do quarto. Ele ouvia o padrasto caminhando pelo corredor, seus pés enormes batendo contra a madeira. Uma sensação de mal-estar passou por ele, e seu estômago se retorceu enquanto o eco se aproximava.

— Você consegue — disse a si mesmo. Ele era ator, afinal de contas. Podia abrir um sorriso e fingir que estava tudo bem. Passou as mãos pelo cabelo, tentando em vão domá-lo. Não queria dar a Foster mais munição para usar contra ele. Cabelo do pai, Foster havia dito. Sam era um símbolo ambulante de tudo o que ele odiava.

Respirando profundamente, coisa que não conseguiu acalmá-lo, abriu a porta do quarto e saiu.

— Ei. — Praticamente trombou com Foster, que estava parado no corredor. — Eu não sabia que vocês vinham pra cá.

Foster franziu a testa.

— Então você está aqui. Quando eu falei com a Gabi hoje de manhã, ela me contou que você havia aparecido. Poderia ter avisado, Sam.

— É bom te ver também. — O jovem tentou passar pelo padrasto, consciente de que Cesca ainda estava no quarto. Ficou louco ao pensar em Foster descobrindo a jovem lá dentro. Mas o padrasto não se moveu, e seu corpo grande como um tanque bloqueou o caminho.

— Você tem muito a explicar — Foster sibilou. — A sua mãe estava em pânico. E as suas irmãs choravam sem parar. Você simplesmente desapareceu sem dizer nada.

Sam ficou vermelho de raiva. Não fazia nem um minuto que estava conversando com o padrasto e já queria bater nele.

— Eu precisava de um tempo.

— Então você veio para a casa da sua mãe? E se os paparazzi te encontrassem? Você sabe como ela valoriza a nossa privacidade aqui. É sempre assim. Você fode com as coisas e depois espera que a gente resolva por você. Já está com vinte e sete anos, Sam. Quando vai crescer?

Seu padrasto era venenoso. Sam se sentiu como o garoto que costumava querer fugir. Mas não era mais uma criança. Era um homem e precisava agir como tal.

— Aqui é reservado e distante. Os paparazzi não vão me encontrar, e, mesmo que conseguissem, o que eles poderiam fazer? — perguntou. — Eu fui muito discreto. Não estou me exibindo por aí.

— Sempre tem uma primeira vez.

— O que você quer dizer com isso?

Foster ficou chocado com a resposta de Sam. E talvez devesse ficar. Foi a única vez, em anos, que ele respondeu e o encarou de homem para homem.

— Quero dizer que você não tem bom senso. Por que você estava saindo com uma mulher casada? Eu disse para a sua mãe que você parece um gato de rua. A maçã nunca cai longe da árvore, sr. Merda de Britadeira.

— Eu também sou filho da minha mãe — Sam disse. — E acho que ela me criou muito bem. — Ele não fez menção à influência de Foster. O babaca não merecia isso.

— É claro que sim, querido. — A voz da mãe fez os dois pularem. Eles estavam tão concentrados um no outro, se esquivando como cães em luta, que não haviam notado a aproximação dela. — E eu estou muito brava. Por que você não retornou as minhas ligações? — Ela segurou as bochechas de Sam, beijando-o dos dois lados. — Fiquei preocupada.

Sam deu de ombros. Como sempre, a intervenção da mãe acalmou os ânimos.

— Foi você que insistiu em deixar este lugar incomunicável — Ele a lembrou. — Aqui não tem wi-fi, nem telefone, lembra?

Lucia fez beicinho. Seu rosto tinha poucos sinais de idade.

— Você podia ter mandado uma mensagem. Ou ter ido à cidade para me ligar.

Ele fez uma careta.

— Estou tentando me manter discreto.

— Ah, Samuel, você nunca vai conseguir ser um espião. — Ela riu e o abraçou de novo. — Nós falamos com a Gabi, e ela contou que você tinha vindo para cá. Ela disse que estava preocupada por não poder estar por perto para cuidar de você, e que tinha deixado... ah, como é o nome dela?... para fazer o trabalho.

— Cesca — Sam disse, com calma. — O nome dela é Cesca.

Lucia passou o braço pelo do filho, levando-o para a escada.

— Verdade, é Cesca. Que nome adorável. Como ela está? Ela cuidou de você?

Lucia manteve um fluxo constante de perguntas enquanto o conduzia para baixo, perguntando sobre o período em que ele passara na Itália e os filmes que ia gravar quando voltasse para Los Angeles. Finalmente, quando entraram na cozinha, com Foster atrás, ela parou por tempo suficiente para que ele pudesse responder.

— Então, quem é essa mulher, afinal?

O estômago de Sam se contorceu.

— Que mulher?

— A dos jornais. Serena Sloane. A coisa entre vocês é séria?

— Não, de jeito nenhum. Foi muito exagero. Eu nem sabia que ela ainda era casada. — Ele procurou uma maneira de mudar de assunto.

— Não teria sido difícil descobrir — Foster interveio.

— Sim. Bem... eu não sabia. — Sam olhou para baixo. — Não sou esse tipo de cara, você sabe. Não roubaria a esposa de ninguém.

— Claro que não é — Lucia disse, apertando o braço dele. — Foster, pare de fazê-lo se sentir mal.

O marido ergueu uma sobrancelha, mas não disse nada — ele sempre guardava o pior dos insultos para quando estava sozinho com Sam. Fazia isso havia anos.

— Enfim, é óbvio que ela está louca para chamar atenção — Lucia acrescentou. — Que mulher horrível. Te usar para conseguir notoriedade. Você precisa ter mais cuidado com as pessoas, Sam. Nem todo mundo tem bom coração.

Ela não sabia da missa a metade.

— Eu sei. E, sim, algumas pessoas provaram não ser os amigos que eu imaginava. Eu demiti meu agente.

— Sério?

— Ele representa a Serena também. Deixei nas mãos do advogado.

— Ah, querido, isso é horrível.

— Você precisa avaliar melhor quem trabalha com você — Foster observou. — Sempre confia nas pessoas erradas, Sam. Eu poderia te colocar em contato com um bom agente.

— Claro que o seu pai pode ajudar — Lucia disse, sempre tentando ser a ponte entre eles. — Por que você não o deixa dar alguns telefonemas?

— Ele não pode fazer nada enquanto estiver aqui, porque não tem sinal de telefone — Sam apontou. De jeito algum ele deixaria Foster ter qualquer coisa a ver com sua carreira, mas, como sempre, queria proteger a mãe.

— Quando voltarmos para Paris, então — Lucia disse, sorrindo. — Seria perfeito ter você trabalhando mais perto. Eu continuo dizendo ao Foster que seria maravilhoso se você estivesse em uma peça produzida por ele. Eu adoraria ter os homens da minha vida na mesma cidade pelo menos uma vez.

Sam encarou Foster por um breve momento. Seu padrasto parecia tão animado por essa perspectiva quanto ele.

— Quando você vai voltar para Paris? — ele perguntou. — Achei que ficaria o verão todo.

— Daqui a alguns dias, talvez uma semana — a mãe respondeu. — Nós precisávamos de uma pausa. Apesar de maravilhosa, Paris, no meio do verão, pode ser sufocante. Todas aquelas pessoas.... — Ela fez uma careta.

— Uma semana? — Sam não pôde deixar de arquear as sobrancelhas. Uma semana inteira? Era ruim o suficiente quando pensaram que Gabi e Sandro estavam voltando, sabendo que ele e Cesca teriam que esfriar as coisas, pelo menos na frente deles. Mas agora, com a mãe e Foster aqui, teriam que parar com tudo. Ele nem poderia começar a pensar nas consequências. — E as meninas?

— Elas correram para o lago, é claro. — Foster sorriu com indulgência. — Não sabiam que você estava aqui.

— O meu sonho se tornou realidade. Finalmente, a minha família reunida — Lucia disse, abraçando o filho de novo. — Vai ser maravilhoso.

Correspondendo ao abraço, Sam fechou os olhos, desejando poder concordar com ela. De onde ele estava, o sonho estava se transformando em um pesadelo.

— Nós gostaríamos de jantar às sete no terraço. O Foster tem intolerância a trigo, então a Gabi geralmente faz um risoto — Lucia disse. — E a Izzy resolveu ser pescetariana, então alguma coisa com peixe seria bom.

Cesca assentiu, tentando se manter ocupada para não precisar olhar para Lucia por muito tempo. Toda vez que o fazia, uma sensação de vergonha a atingia. A mulher pagava seu salário para quase nada além de escrever sua peça e dormir com seu filho. Aquilo a fez corar.

— Claro. Eu vou até a cidade fazer compras. Me avise se precisar de mais alguma coisa. Desculpe por não ter deixado tudo pronto para a sua chegada. Foi imperdoável.

Lucia riu e soou como Sam.

— De modo algum. Você não tinha como saber que nós viríamos. E, se eu me preocupasse com isso, nós poderíamos esperar até amanhã, quando a Gabi e o Sandro vão estar de volta. Mas eu estava tão desesperada para sair de Paris que acabamos vindo hoje mesmo. O calor naquela cidade era tão opressivo. Eu estava ansiosa para chegar ao lago.

Cesca sorriu, colocando os copos na bandeja de prata que encontrara no armário.

— Se a senhora quiser voltar lá para fora, eu levo as bebidas. Os quartos também estão prontos, se algum de vocês quiser tirar o cochilo da tarde.

— Um *riposo* — Lucia disse. — Nós fazíamos isso quando eu era pequena. Mas o Foster não gosta de dormir. Ele diz que é um desperdício de tempo.

A menção do nome de Foster era suficiente para enervar Cesca. Ela ouviu a conversa dele com Sam enquanto estava escondida no quarto e desejou sair e dizer o que achava de um homem que gostava de magoar o filho. Mas, no fundo, ela sabia que isso só pioraria as coisas para Sam. Se pudessem ficar pior.

Quando levou a bandeja de bebidas para o terraço, toda a família estava lá. Sam, a mãe, o homem mais velho e de cabelo grisalho que ela reconheceu como Foster e duas adolescentes deitadas nas espreguiçadeiras, deixando o sol da tarde aquecer seus corpos.

— Me deixe te ajudar com isso. — Sam se levantou para pegar a bandeja. Suas mãos cobriram as dela e, por um momento, tudo parecia certo. Até que ela olhou nos olhos dele e não conseguiu ver nada. Apenas um vazio que fez seu estômago se contrair.

— Obrigada — murmurou, deixando Sam segurar a bandeja enquanto entregava as bebidas. Quando havia apenas um copo, eles tentaram trocar, Cesca pegando a bandeja enquanto Sam pegava o copo.

— Na verdade, acho que vou tomar uma cerveja — Sam falou. — Vou entrar com você e pegar uma.

— Eu trago.

— Não se preocupe. E vai ser bom pegar um ar mais frio.

— Fique aqui, Sam — a irmã mais nova gritou. Cesca tentou se lembrar do nome dela, mas não conseguiu distinguir se ela era Izzy ou Sienna. — Eu quero que você me conte sobre o seu novo filme.

— Sim, fique. A Cesca pode te trazer uma cerveja, não pode, Cesca?

— Claro que posso. — O sorriso dela era tenso. Ela não sabia por que estava se sentindo tão por baixo. Já havia trabalhado com isso e sabia como funcionava. Garçonetes devem ser vistas e não ouvidas. São portadoras silenciosas de comida e bebida que desaparecem discretamente. Mas, nas semanas em que ficara ali, ela tinha saído desse papel. Deixara para trás a Cesca que havia sido antes, que era humilhada por gerentes e clientes. Passou a ver aquela linda *villa* em Varenna como um refúgio, uma casa, não um local de trabalho.

Esse foi o seu primeiro erro. Bem grande também. Deveria ter agido de outra forma.

Ela carregou a bandeja vazia de volta para a cozinha, limpando-a antes de guardá-la. Em seguida, abriu a geladeira, pegando uma garrafa de cerveja. O vidro estava frio e úmido.

— Não precisa me ignorar, viu?

Cesca se virou para ver Sam parado atrás dela.

— Eu não estava te ignorando. Estava fazendo o meu trabalho.

Ele piscou algumas vezes, parecendo confuso.

— Você está brava comigo?

— Não. — Ela se recostou contra o balcão, ainda segurando a garrafa. — Estou com raiva de mim mesma. Fiquei muito à vontade e esqueci do motivo de eu estar aqui. Parece que eu faltei com o respeito aos seus pais. Eles estão me pagando, afinal de contas.

— Faltou com o respeito? — Sam franziu a testa. — Como assim?

Ela olhou ao redor para confirmar que estavam sozinhos.

— Sam, você sabe como. Eu estava na cama com você quando eles chegaram. Isso não é exatamente o comportamento de uma funcionária exemplar, é?

O rosto dele relaxou enquanto ria.

— Você queria ser uma funcionária exemplar?

Cesca suspirou.

— Eles me deram um emprego quando eu precisei. Se descobrirem sobre a gente, vai ser terrível.

Ele deu um passo em direção a ela, estendendo a mão para segurá-la pelos braços.

— Não tem nada de terrível em relação a nós. — No momento seguinte, ela estava em seus braços. Endureceu por um instante, ainda com medo de ser descoberta, mas suas emoções a dominaram. Ela se derreteu nele.

— Eu só quero ir para casa — ela sussurrou. — Estou me sentindo um peixe fora d'água aqui.

— Ei. — Ele roçou os lábios contra os dela. — O que aconteceu com aquela menina que estava comemorando o fato de ter terminado a sua peça?

Não precisa se sentir deslocada. Você é tão boa quanto qualquer um deles lá fora. Melhor. E eu odeio te ver servir a gente como a merda de uma empregada.

— Eu também odeio — ela confessou.

— Quanto mais cedo o Sandro e a Gabi chegarem, melhor — Sam falou.

Cesca olhou para ele.

— Mas eu vou embora assim que eles chegarem. E não vou te ver mais.

— Claro que vai. Vamos estar a um voo de distância um do outro. Isso não significa que é o nosso fim.

Suas palavras fizeram o coração dela se sentir leve, como se uma explosão de hélio tivesse acontecido em seu peito.

— Não?

— Você quer que seja o nosso fim? — Pela primeira vez, ele vacilou.

— Eu quero...

O som da porta de vidro que deslizava se abrindo a silenciou. Sam se afastou, soltando seus braços, e ela se ocupou na geladeira, pegando ingredientes para verificar suas datas de vencimento.

— Sam, eu achei que você ia voltar.

— Ei, Izz, eu ia. Só precisava falar com a Cesca sobre uma coisa.

Sua irmã se virou para olhar para ela.

— Sobre o quê?

Cesca limpou a garganta.

— Ele estava me contando que você é pescetariana.

— A mamãe te disse? — Izzy perguntou ao irmão. Ela jogou o cabelo escuro e encaracolado sobre o ombro. Era a irmã mais velha, Cesca se lembrava agora, e, aos dezoito anos, era muito bonita. Olhando para ela, Cesca podia imaginar Lucia na mesma idade. Um pêssego maduro, pronta para ser usada pelo pai de Sam. E depois descartada quando as coisas ficassem difíceis.

Sam olhou para Cesca.

— Sim, ela disse. Faz quanto tempo?

Izzy franziu o nariz.

— Durante as primeiras duas semanas em que nós estávamos em Paris, o papai nos levou a uma churrascaria. Eu fiquei cansada de comer essas coisas e falei para eles que queria ser vegetariana. A mamãe disse que eu não conseguiria, e nós chegamos a um consenso.

Ela podia ver Sam tentando sufocar um sorriso.

— Então, o peixe não conta?

Izzy parecia culpada.

— Claro que conta, mas eu só como peixe cultivado de forma responsável. Estou fazendo a minha parte, Sam.

— Eu vou comprar para o jantar de hoje — Cesca interrompeu.

Izzy lançou um olhar grato à jovem.

— Obrigada. — Então, agarrando Sam pelo braço, ela o afastou, lhe pedindo para voltar lá para fora. Desta vez Sam se deixou puxar, apenas parando um momento para olhar de volta para Cesca.

— Mais tarde — ele falou.

Ela não tinha certeza se era uma ameaça ou uma promessa.

26

O amor é cego e os amantes não podem ver
as lindas loucuras que cometem.
— O mercador de Veneza

— Cesca? — Sam abriu a porta do quarto, entrando nas pontas dos pés. — Está acordada?

Ela se sentou, esfregando os olhos com as mãos fechadas.

— Agora estou. Que horas são? — Ela se inclinou e acendeu o abajur na cabeceira. O brilho iluminou seu rosto, lançando uma luz amarela suave em sua pele.

— Duas das manhã mais ou menos — Sam sussurrou, se sentando na beirada do colchão. — Desculpe não ter vindo antes. O Foster acabou de ir dormir. Ah, e aqui está. — Ele colocou um retângulo de metal na mesinha.

— Um cartão de memória?

— Lembrei que a peça ainda estava no computador do Foster. Salvei aqui para você. Não queria que ele deletasse ou algo assim.

Cesca se sentiu tocada. Ela pegou o cartão, traçando as palavras com os dedos.

— Obrigada.

— Não foi nada.

— Foi, sim. — Ela sentiu um nó na garganta. — Até esqueci da peça. Eu não tinha pensado nisso o dia todo. Bem, não desde que todos chegaram.

— Você não teve chance. — Sam pareceu pensativo de novo. — Andou por aí feito louca. Nunca percebi quanto a minha família é exigente até me colocar no seu lugar.

— Tudo bem. Para ser honesta, foi bom me manter ocupada, sem precisar pensar nas coisas por muito tempo.

— Pensar em mim, você quer dizer?

Havia uma expressão estranha no rosto dele. Uma mistura de melancolia e arrependimento. Ela estendeu a mão para acariciar seu queixo.

— Não seja bobo. É claro que eu queria pensar em você.

— É mesmo?

Ela ficou de joelhos, se aproximando o suficiente para pressionar os lábios contra os dele.

— Eu estava com saudade.

Ele segurou sua nuca, aprofundando o beijo, e a sentiu relaxar em seu abraço. Durante todo o dia, ela estivera em alerta, pensando demais em tudo o que estava fazendo. Incerta se estava simplesmente cuidando da família ou tentando ganhar algum tipo de aprovação deles.

Sam a abraçou, deitando-a na cama. Ele se apoiou sobre ela, colocando um braço de cada lado do seu corpo.

— A minha família tem o pior timing possível.

O sorriso dela foi fraco.

— Essa é a história da minha vida. — A última vez que Foster interferiu, Sam havia ido embora para a América. A sensação de déjà vu voltou. — Eu devia ir embora, Sam. Isso não está certo.

Ele franziu a testa.

— O que não está certo?

— Você e eu. Aqui. Tudo o que está acontecendo entre nós.

— E se isso fosse a única coisa certa? — ele perguntou. — A única coisa em que eu consigo pensar dia e noite?

A boca de Cesca ficou seca.

— E se fosse?

— Então eu ficaria muito irritado por você não achar que isso é certo.

— Sam... — Ela virou o rosto para cima, tentando encontrar as palavras certas. Deveria ser fácil para uma roteirista, não é? Mas, toda vez que ela tentava colocar os sentimentos em palavras, era como se estivesse passando por um bloqueio. No fim das contas, ela teve que se contentar com a honestidade. — E se estiver certo, mas no momento errado? — perguntou. — Porque tudo parece estar no momento errado agora.

— O que você está dizendo? — Ele rolou para o lado, sua expressão se fechando.

— Não sei. Tudo estava muito bom, mas, assim que a sua família chegou, eu comecei a me sentir muito mal. Agora, eu só quero ir embora daqui.

— Você quer deixar tudo para trás? — ele sussurrou.

— Eu nem sei o que estaria deixando para trás — ela disse.

— A mim. Você estaria me deixando para trás.

Ela tentou engolir a emoção. A expressão de Sam não estava ajudando. Ele parecia destruído.

— Eu não quero te deixar — ela falou.

— Então não vá embora.

— Mas eu não posso ficar. A Gabi e o Sandro voltam amanhã. Não vou mais ser necessária aqui.

— Então fique como minha convidada.

— Sua convidada? — Ela não tinha certeza do que mais a chocava: a oferta ou sua resposta visceral a ela. Ser descrita como convidada pareceu um chute no estômago. — É isso que eu sou, *sua convidada*?

Ele pareceu confuso com sua veemência.

— Claro que você não é só minha convidada. Mas é você que quer esconder tudo dos meus pais. É você que quer fingir que é uma empregada e quer cuidar de nós sem nem me olhar nos olhos.

— Então, se eu te dissesse que queria que você contasse tudo para eles, você contaria?

Ele pareceu quase em pânico.

— Não sei... eu... meu Deus, Cesca. Era tudo tão fácil e sem complicação, né? Agora não é um bom momento. O Foster e eu... bem, a nossa relação é complicada. Não quero piorar as coisas.

— Eu sei. — Ela sentiu o seu coração se partindo em vários pedacinhos. — Eu entendo que você não queira me apresentar como sua... seja lá o que nós somos. Mas eu também não posso ficar aqui fingindo ser uma coisa que eu não sou.

— Não estou pedindo que você faça isso.

— Sim, está — ela acusou. — Está me pedindo para fingir ser uma amiga, uma conhecida ou algo assim.

— Você quer que eu diga a eles que nós somos amantes?

Ela balançou a cabeça.

— Eu não quero que você diga nada. — As lágrimas se formaram em seus olhos. — Só quero ir para casa.

— Mas você não tem casa.

— Obrigada por me lembrar.

— Cesca, não sei o que você quer que eu diga ou faça. Estou tentando encontrar uma solução aqui, mas você continua me afastando. O que você quer de mim?

Sua pergunta a atordoou. No constrangimento do dia, ela só conseguia pensar em querer que as coisas voltassem a ser como antes. Quando ela e Sam passavam os dias escrevendo e editando, e as noites enrolados entre os lençóis. Mas essa opção não existia, e aceitar que o melhor já havia passado partia seu coração.

Havia algo mais que ela gostaria? Cesca não tinha certeza. Ela só sabia que a dor em seu peito era insuportável. Como se estivesse perdendo algo que nem sabia que tinha.

— Eu não sei o que eu quero — ela falou. — Está muito tarde e eu estou cansada. Amanhã é outro dia. É melhor dormir um pouco. — Separados. Ela não disse, mas a palavra os atingiu mesmo assim, na semiescuridão do seu quarto.

— Você quer que eu vá embora? — Ali estava a expressão fechada de novo em seu rosto. Ela estava se acostumando com isso.

Ela assentiu.

— Seria horrível se alguém te encontrasse aqui.

— Tudo bem. — Ele se levantou, passando a mão pelo cabelo bagunçado. — Te vejo amanhã. — Ele não se preocupou em beijá-la antes de partir. Ela não se preocupou em pedir que ele o fizesse. Em vez disso, apagou o abajur e olhou para a escuridão.

— Você está bem? Podemos fazer uma pausa, se precisar — Gabi sugeriu, dando um breve sorriso a Cesca. Desde que o casal chegara, no meio da manhã, elas tinham passado horas limpando a cozinha e a sala de jantar, e as duas estavam com calor. Sandro estava do lado de fora, trabalhando com os jardineiros. De vez em quando ele colocava a cabeça na porta dos fundos, e Gabi lhe entregava um copo de água gelada, que ele engolia em segundos antes de desaparecer de novo.

— Estou bem. É com você que eu estou preocupada. Não deveria trabalhar tanto depois de viajar o dia todo. Eu poderia ter feito isso enquanto você se recuperava.

— Não, nós passamos semanas descansando. E você fez um ótimo trabalho para manter tudo funcionando sozinha. Tenho a sensação de que estou me aproveitando de você, mas nós duas juntas conseguimos fazer isso em metade do tempo, então... Já que você está aqui...

— Não tem problema — Cesca falou. Realmente, não tinha. Ela estava feliz por se esconder ali, esfregando os azulejos. Por um lado, mantinha a cabeça ocupada, especialmente porque Gabi estava falando o suficiente pelas duas. Também a mantinha longe da família de Sam.

E de Sam.

— Mas eu vou te deixar logo — Cesca disse. — Estava planejando ir até a cidade amanhã para reservar meu voo para casa. Imagino que a sra. Carlton não vá querer pagar dois salários.

Gabi a encarou com pesar.

— Ah, não. Você não devia ir embora tão cedo. Por favor, fique. Tem tanta coisa para você fazer aqui... É muito para mim, especialmente quando o Sandro está tão ocupado com o trabalho no jardim.

— Eu preciso ir. Só pretendia ficar enquanto vocês estivessem fora. Enfim, tenho certeza de que você pode contratar mulheres da cidade para te ajudar.

— Não é a mesma coisa. — Gabi fez beicinho. — E eu quero ouvir tudo sobre a sua estada aqui. Você conseguiu explorar Varenna? Conseguiu fazer amizade com alguém? Precisa ficar aqui até eu ter tempo de arrancar todas as fofocas de você.

Cesca riu de leve, esperando que Gabi não pudesse ver sua indiferença.

— Que fofocas? Aqui é muito sossegado.

— E o Sam? — Gabi baixou a voz. — Você leu o que os jornais disseram sobre ele? Você acredita que ele fez todas aquelas coisas com aquela mulher?

Cesca parou de esfregar. Sentiu o pulso começar a acelerar.

— Que mulher?

— Aquela atriz loira. Serena Sloane. Ela é muito linda, mas, pelo que os jornais dizem, é muito bem casada.

Serena Sloane? Cesca já tinha ouvido falar dela. Uma atriz linda e jovem, dessas de parar o trânsito. Ela e Sam deviam formar um casal impressionante.

A imagem em sua mente a fez se sentir mal.

— Não, ele não me falou sobre isso. — Ela manteve a voz tão estável quanto pôde.

— Eu tenho certeza de que não é verdade — Gabi disse, apressada, interpretando a falta de tranquilidade de Cesca como recusa a fofocar. — Ele é um menino muito legal para ter feito isso.

— Sim, muito legal. — Cesca se inclinou para a frente e começou a esfregar com mais força, até os dedos doerem.

— Sabe, se você precisa mesmo ir para casa, nós podemos, pelo menos combinar que você fique até o fim de semana? — Gabi perguntou. — O *signor* Carlton vai dar uma festinha, e vou precisar da sua ajuda para organizar tudo.

— Uma festa? — Cesca perguntou, em tom baixo. — O Sam sabe disso? Achei que ele quisesse manter em segredo a sua presença aqui.

— Ah, eles sempre dão uma festa nesta época do ano. Por causa do festival. A *signora* Carlton gosta de reunir as pessoas. Ela leva os convidados para a praia e eles assistem aos fogos de artifício no lago.

— Entendi. — Parecia bonito. Alguns dias antes, ela ficaria entusiasmada com a perspectiva. Mas agora não tinha interesse por nada que a rodeava.

— Me diga que vai ficar. O Sandro pode te levar ao aeroporto no dia seguinte, eu prometo. Vai ser tão útil a sua ajuda... Eu ficaria muito agradecida.

Gabi pegou a mão de Cesca, apertando-a com firmeza enquanto o rosto da amiga se iluminava com esperança.

— Acho que reservar o voo pode levar um tempo...

— Sim!! — Gabi deu um abraço nela. — Muito obrigada. Você salvou a minha vida, de verdade. Vou avisar a *signora* Carlton que você vai ajudar.

Dando um sorrisinho, Cesca voltou ao trabalho, esfregando o chão com fúria.

Mais alguns dias e ela poderia voltar para casa. Daria para aguentar mais um tempo, não?

— Então, qual é o seu próximo projeto? — A voz de Foster soou enquanto estavam na mesa. Todos estavam sentados no deque de madeira com vista para a praia. Enquanto a família se deliciava com o banquete que Gabi havia preparado, Sandro enchia as taças de vinho.

— O último filme da série *Brisa de verão* — Sam respondeu. — Vamos começar a filmar em outubro.

— É uma época estranha para começar um filme de verão — Izzy falou. — Você não deveria estar fazendo isso agora?

— É muito quente em LA em outubro — Sam apontou. — E é incrível o que eles podem fazer com os efeitos especiais. O principal desafio vai ser ficar sem tremer cada vez que tiver que mergulhar no mar. Se eu conseguir, vai ficar tudo bem.

Izzy e Sienna riram, e ele lançou uma piscadela para as irmãs.

— Espero que você esteja satisfeito com o fim dessa série — Foster observou. — Participar dela não foi a sua melhor ideia. Não é exatamente arte, né?

Sam sentiu os músculos tensionarem.

— Muitas pessoas gostam desses filmes — ele respondeu. — E quem somos nós para dizer o que é arte, afinal de contas?

— Eu posso te dizer o que não é — Foster respondeu, com uma risada. — Interpretar um cara sem camisa no mar não é arte; é o que todos os seus fãs querem fazer.

Sam pegou mais uma garfada de risoto. Agora estava sem gosto e ruim. Por um momento, ele desejou estar sentado na cozinha, comendo macarrão enquanto conversava com Cesca. Havia passado mesmo alguns dias desde que fizeram isso?

— Pare, Foster — Lucia o repreendeu. — O Sam trabalhou bastante para conseguir esse papel. Você sabe que ele odeia quando você o provoca.

Sam ficou em silêncio, sem querer tirar a mãe de sua inocência. Se Foster apenas o provocasse, Sam poderia aceitar muito bem.

— O que você pretende fazer depois disso? — Izzy perguntou.

— Ainda não tenho certeza. Talvez eu deixe Hollywood por um tempo. Estou ficando desgastado com aquele circo.

O rosto dela se iluminou.

— Talvez você possa ficar na nossa casa em Londres. Nós sentimos muito a sua falta. Você podia ficar conosco por um tempo. — Por um momento, todas as mulheres Carlton falaram sem parar. Sam estremeceu ao pensar em voltar para casa. Pelo menos ele tinha sua independência. Podia agradecer à série *Brisa de verão* por isso.

— Não sei, Izz. Vou ver o que acontece. É sempre mais fácil estar na América, por causa das audições e essas coisas. — Além disso, estaria a milhares de quilômetros de Foster. Esse era outro bônus.

— Nós vamos conseguir trazê-lo de volta de alguma forma, não vamos, mãe? — Izzy perguntou. — Mesmo que tenhamos que usar a nossa persuasão feminina.

— Claro que sim, querida — Lucia respondeu. — Ele já está longe há muito tempo.

À noite, depois que Foster se fechou na biblioteca e suas irmãs estavam assistindo a um filme, Sam foi procurar Cesca. Ele não a vira o dia todo, e tinha a impressão de que ela o estava evitando depois da discussão na noite anterior.

Ele a encontrou no quarto. Estava usando short de dormir e camiseta, o cabelo preso em um rabo de cavalo. Escrevia em um bloco apoiado nos joelhos, com o rosto sério e concentrado. Estava tão absorta que, a princípio, não percebeu sua presença, permitindo que ele a observasse por alguns minutos. Aquilo acalmou sua alma. Ali, longe de sua família, de Gabi e Sandro, eles poderiam ser apenas Sam e Cesca.

Por que não poderia ser sempre assim?

— Ei. — No final, ele quebrou o silêncio, incapaz de não olhar aqueles olhos lindos. Cesca os ergueu, parando de escrever e colocando o lápis atrás da orelha.

Caramba, como ela era fofa.

— Não te vi aí.

— Percebi. — Sam se divertiu com sua expressão assustada. — Está se escondendo de mim?

— Não. — Cesca, por outro lado, não parecia achar graça. — Foi um dia longo e eu já ia dormir. Achei que você estivesse ocupado com a sua família.

Havia uma fragilidade em sua voz que ele não reconhecia. Por um momento, ela se parecia mais com a Cesca que gritara com ele no portão do que com a garota que se derretera em seus braços.

— Acho que nós dois estávamos um pouco ocupados hoje. Eu odiei te ver servindo... nos servindo. Parecia errado te deixar limpar a mesa sem comer com a gente.

— É para isso que eu sou paga, Sam — ela o lembrou. Ainda não havia abertura em sua expressão.

— Não há dinheiro suficiente no mundo para aguentar o meu padrasto.

Cesca olhou para ele, sua voz baixa quando falou:

— Ele é venenoso.

— É, sim. — Sam deu um passo para mais perto, até ficar lado da cama. Seus dedos doeram para tocá-la, para passar um dedo pela coxa macia. Parecia errado estar ali com Cesca e não abraçá-la. — Mas eu não quero falar sobre ele.

Sua boca se contraiu.

— Sobre o que você quer falar?

Sam se sentou no colchão, e Cesca se afastou dele. Por algum motivo, aquilo o fez querer arrastá-la pela cama. Ele não a deixaria se afastar, não agora.

— Nós.

Pela primeira vez, ela riu.

— Que "nós", Sam? Não existe isso. Só havia duas pessoas solitárias que procuraram um pouco de diversão nas férias.

O estômago dele se contraiu.

— Isso não é verdade.

— Ah, vamos. Nós dois sabemos que eu era só uma distração, depois que você se separou da Serena Sloane. Pelo menos é assim agora — Cesca disse, incisiva. — Seria legal se você tivesse me contado antes de eu abrir as pernas para você.

— Como você soube? — A voz de Sam ficou gélida.

— Você estava tentando esconder? — perguntou. — Ou talvez você não se importasse que eu soubesse. O que eu sou? A próxima sra. Britadeira? Mais uma na sua lista? — Ela nem era tão bonita em comparação com a linda Serena.

— Você nunca foi mais uma na minha lista. — Ele cerrou as mãos.

— Claro que não. Você não pula na cama com uma garota e depois com outra a menos que esteja tentando esquecer a primeira. E eu entendo. Você nunca me ofereceu outra coisa além de amizade, e eu nunca perguntei o que rolava entre nós. Então, vamos assumir o que nós tínhamos.

O maxilar de Sam se apertou.

— O que nós tínhamos?

— Uma amizade que foi um pouco longe demais. Nós somos como água e vinho. Você é um astro de Hollywood, e eu, uma roteirista que nem consegue um emprego. Nunca funcionaria, e, para ser sincera, nem acho que a gente deveria tentar. Vamos deixar as coisas como estão: uma temporada breve e maravilhosa entre amigos.

— Você quer que nós sejamos só amigos? — Ele sentiu como se todos os músculos de seu corpo tivessem se transformado em aço.

— Eu quero que nós *sejamos* amigos — ela disse. — E acho que não vamos conseguir se continuarmos fazendo essa... coisa, ou como você quiser chamar.

— Fazendo amor? — ele sugeriu.

— Sexo, Sam. Nós fizemos sexo.

— Foi mais que sexo.

— Ah, vamos lá. Nós dois sabemos que isso não é verdade. Você deveria saber. No fim das contas, deve ter tido o suficiente. Vá procurar a Serena Sloane.

— Isso foi bem baixo. Eu sou um cara solteiro de vinte e poucos anos. O que você esperava? — O canto da sua boca se curvou em desagrado. O que havia de errado com ela?

— Nada — ela respondeu. — Eu não esperava nada. E é isso que eu costumo conseguir. Você não me prometeu nada, e eu não esperava nada. Só um pouco de diversão ao sol.

— Diversão ao sol... — Sam repetiu.

— Isso mesmo.

— O que nós tivemos significou isso para você?

— Para nós — ela disse. — Nós nos divertimos. Você afastou a minha solidão, e eu tirei a Serena Sloane da sua cabeça. — Era sua imaginação ou

Cesca tinha resmungado o nome? — E agora está na hora de terminar, e nós podemos ir para casa sem arrependimentos. Você para LA e eu para Londres.

— É o que você quer? — Ele estreitou os olhos. Talvez estivesse errado sobre ela, afinal. Será que todas as mulheres eram iguais?

— É o que *você* quer, certo? — ela perguntou. — Você deixou perfeitamente claro que não quer me apresentar para a sua família.

Ele se mexeu na cama.

— Não foi isso o que eu quis dizer.

— Então o que foi?

Suspirando, ele passou a mão pelo cabelo ondulado.

— Não sei... não é o momento certo. Tem muita coisa acontecendo na minha vida agora. Você quer que eu explique exatamente o que nós somos aos meus pais, mas nem eu sei. — Ele franziu o cenho, olhando para ela. — O que você quer que eu diga?

— O que acha de: mãe, pai, esta é a minha namorada?

Ele empalideceu.

— Caramba, Cesca.

Seus olhos pareciam marejados à luz da lua.

— Não importa — ela disse, mordendo o lábio. — Você deixou as coisas perfeitamente claras.

— Deixei?

— Sim. Eu sou boa para me deitar na sua cama toda noite, mas não para levar para a casa da sua mãe. Acho que nós dois sabemos onde nós estamos.

Uma onda de raiva passou por ele.

— Isso não é verdade, e você sabe muito bem. Eu gosto de você, Cesca. E pensei que você gostasse de mim. É só... complicado. Você sabe disso.

— Sempre vai ser complicado — ela disse. — Essa deveria ser a parte fácil. Toda vez que eu tento me aproximar, você me corta. Você não quer nada mais que uma relação superficial.

— E o que você quer? — ele perguntou.

Cesca piscou algumas vezes. Ela estava chorando?

— Mais. Eu quero mais. — Ela parecia quase despedaçada por admitir.

— Eu não posso te dar mais.

— Eu sei.

Ele fechou os olhos por um momento, vendo estrelas sob suas pálpebras.

— Você merece mais — ele disse. — Merece tudo.

— Não faça isso, Sam — ela avisou. — Não diga "não é você, sou eu". Não diga que você não me merece. Me poupe dessa merda. Eu já ouvi tudo isso antes.

Ele se inclinou para mais perto, até que seus rostos quase se tocassem.

— Então é isso? Se eu não posso te dar tudo o que você quer, acabou?

— Exato. Eu gostaria que você saísse.

— Saísse de onde?

— Do meu quarto. Eu estou cansada e preciso dormir. Nós temos que preparar uma festa.

Ah, a festa. Outra ideia maravilhosa do Foster. Sam fez uma careta ao pensar em estar cercado pelos amigos do padrasto, mas prometeu à mãe que ficaria. A expressão encantada em seu rosto quase valia a pena.

— Acho que eu vou, então. — Ele meio que esperava que ela começasse a rir, dizendo que tudo não passava de uma brincadeira. E talvez, se fosse um pouco menos orgulhoso, ele implorasse para ela o deixar ficar. Mas, depois de um dia cheio de emoções, seguido de uma noite ouvindo exatamente o que seu padrasto pensava dele, Sam estava exausto. Sem energia.

— Boa noite. — Ele não esperou que ela respondesse. Em vez disso, simplesmente saiu do quarto, depois de checar se o corredor estava vazio. Na ponta dos pés, foi em direção ao próprio quarto e caiu na cama. Fechando os olhos, tentou ignorar a voz incansável em sua cabeça lhe dizendo que estava cometendo mais um grande erro.

Que dia de merda.

— Boa noite, Sam. — Ela estava ciente de que estava falando com a escuridão, e que ele estava fora do alcance da sua voz havia um tempo. Parecia importante afirmar isso, mesmo que lembrasse ao próprio coração que ele tinha ido embora.

Ido embora.

Pelo menos ela tinha feito tudo do seu jeito desta vez. Não acordou para descobrir que Sam tinha ido para LA e virado seu mundo de cabeça para baixo. Depois de todo o progresso que havia feito — tanto para si quanto para a peça —, ela não podia deixá-lo sabotar tudo de novo.

Virando na cama, ela empurrou o bloco de notas para o chão, ouvindo o baque quando caiu sobre as tábuas de madeira. Envolveu os braços ao redor das pernas, abraçando-as contra o peito, tentando ignorar a dor que emanava lá no fundo.

Ela tinha feito o que era certo, disse a si mesma de novo. E claro que ia doer. Mas ela ia superar; sempre conseguia. Era uma sobrevivente, não era?

27

Duvida que a verdade seja mentira,
mas não duvides jamais de que eu te amo.
— Hamlet

Cesca deu uma última olhada no espelho antes de descer as escadas. Seu cabelo estava perfeitamente arrumado em uma trança francesa e a camisa branca, passada de forma impecável. Estava usando a estúpida saia preta que Gabi havia emprestado. Era muito curta, mas que escolha tinha? Terminava acima dos joelhos, revelando suas coxas tonificadas e bronzeadas.

— Você vai ter que fazer isso — ela sussurrou para seu reflexo. Só mais um dia e poderia deixar tudo isso para trás. Reservara um voo para Londres na manhã seguinte, o que significava que ela e Sandro teriam que ir para o aeroporto ao amanhecer. Mas era necessário. Não precisavam mais dela ali, agora que Sandro e Gabi tinham voltado. Também não havia razão para ficar com Sam.

Assim que desceu as escadas, foi atingida pela agitação. A equipe passara a maior parte do dia se preparando para isso — depois de terem se levantado por volta das seis para receber as entregas de comida e bebida —, mas perceber a quantidade de trabalho necessário para organizar uma festa era surpreendente.

Não, não era bem uma festa. Lucia insistia em chamar de recepção. Não que Cesca tenha entendido a diferença.

Ela encontrou Gabi na cozinha, conversando com o chef e sua equipe, contratados para a ocasião. Eles já haviam dividido as tarefas, concordando que Gabi supervisionaria a cozinha enquanto Cesca e Sandro ficariam no controle da equipe de garçons. Ele seria responsável pelas bebidas e Cesca organizaria a comida. Com sua experiência como garçonete — tão simples como era —, parecia a melhor opção.

— Tudo certo? — Cesca estava sem fôlego, ansiosa. — Precisa que eu faça alguma coisa?

Gabi balançou a cabeça.

— É como você diz: a calmaria antes da tempestade. A equipe de garçons está pronta para quando os convidados começarem a chegar.

— Tudo bem, então. — Cesca endireitou os ombros, girando o pescoço de um lado para o outro a fim de soltar os músculos. — Boa sorte na cozinha.

— Ah, eu amo este lugar. Eu é que te digo: boa sorte!

Provavelmente ela precisaria de toda a sorte que conseguisse. Cesca organizou a equipe — composta por estudantes da região que procuravam dinheiro extra — e tentou dar algumas orientações usando uma mistura de inglês com um italiano capenga. Felizmente, um dos garotos mais velhos teve pena dela e começou a traduzir, fazendo os outros concordarem com a cabeça.

— Obrigada — Cesca murmurou.

— Disponha.

A próxima hora passou em um borrão de preparativos finais, enquanto ela gerenciava a equipe, que entrava e saía da cozinha com bandejas de comida. Eles estavam espalhados por todos os cômodos da *villa*, prontos para fornecer canapés e taças de prosecco e chianti, preparados pela equipe de Sandro. Felizmente não havia nenhum sinal da família, a não ser por um breve vislumbre de Foster quando ele saiu da biblioteca para pegar uma taça de vinho tinto, mas o homem voltara rapidamente para o escritório.

Pouco antes das oito, os convidados começaram a chegar. Cesca se sentiu sem graça e malvestida em comparação com as mulheres da festa, absolutamente glamorosas e vestidas com roupas caras. De toda forma, ninguém a notou, todos preocupados demais em fofocar e tomar vinho para prestar atenção em quem servia a comida e a bebida. É incrível como se pode parecer invisível quando se usa um uniforme.

A conversa silenciou por um momento, antes de um sussurro furioso começar. Todos os convidados estavam olhando para o terraço, apontando e balançando a cabeça um para o outro. Cesca seguiu os olhares, já sabendo o que veria. E lá estava ele, em toda a sua glória e esplendor. Mas não era Sam. Definitivamente, o homem que estava ali diante de todos e que atraía vários olhares de um jeito muito natural era o Sam de Hollywood.

Ela tentou enxergá-lo como os outros. Como um ator famoso, cuja presença comandava cada cena, mesmo aquela no terraço da família. Era lindo demais. Seu rosto estava barbeado, revelando o maxilar forte no qual ela gostava de deslizar os lábios. Depois, havia o cabelo que caía sobre os olhos. Sam o afastou, como fazia tantas vezes.

Ele estava usando calça social cinza e camisa azul, aberta no colarinho para revelar um pouco dos pelos do peito. O tecido era fino o suficiente para que ela percebesse os músculos que havia por baixo e pudesse sentir as mãos se contraindo quando se lembrou de como era tocá-lo.

— Devemos encher as bandejas? — um dos garçons perguntou, arruinando sua concentração na cena do terraço. Afobada, Cesca se virou para ele.

— Sim, por favor. A Gabi deve ter mais antepasto para você.

Ele deve ter ouvido sua voz atravessar a sala de estar, porque, no momento seguinte, Sam estava se virando para olhar para ela. Cesca encontrou seu olhar, se colando ao chão e sentindo arrepios na pele, apesar do calor da noite.

Sua respiração ficou presa na garganta. Ela não tinha certeza se estava imaginando o desejo que via no rosto dele. Só podia garantir o que estava sentindo: uma necessidade visceral de tocá-lo, de ser abraçada e se sentir segura dentro dos limites dos seus braços musculosos.

Pare com isso, disse a si mesma. *Pare com isso agora. Ele não é seu.* Antes que ela pudesse se virar, Sam desviou o olhar, rindo de alguma coisa que alguém havia dito. Ela observou enquanto uma mulher se inclinava para sussurrar em seu ouvido. O estômago de Cesca balançou como um bêbado quando ele riu de novo. Galinha.

Ela estava certa em ir embora na manhã seguinte. De jeito algum ela aguentaria mais.

O dia seguinte. Ela só precisava chegar até o dia seguinte. Então, talvez a bagunça em sua cabeça pudesse desaparecer.

Por volta das dez, a festa estava a todo vapor. Os garotos de Cesca estavam menos ocupados, já que a equipe de Sandro fazia o mais pesado: os convidados estavam mais interessados em tomar vinho do que em comer as iguarias de Gabi. Então, ela encheu as bandejas de sua própria equipe com bebidas, dirigindo-as através das pessoas que se misturavam no terraço. O ar estava quente e perfumado por causa das velas que queimavam nos balcões e nas mesas. Cesca estava voltando para dentro da casa com a bandeja vazia quando sentiu uma mão segurar seu pulso.

Seu coração acelerou quando olhou para o dono da mão. Mas ficou desapontada quando viu quem era. Engoliu o sentimento, tentando escondê-lo com um sorriso acolhedor.

— Cristiano — falou. — Eu não sabia que você tinha voltado.

— Só vou ficar aqui por duas noites — ele disse. — Vim assinar os papéis da compra do restaurante que nós visitamos. Os Carlton fizeram a gentileza de me convidar para a festa.

Cristiano parecia à vontade na casa lotada. Tão confortável quanto Cesca estava incomodada. O que havia com os homens italianos, que pareciam dominar qualquer ambiente em que entravam?

— Bem, é ótimo te ver. Desculpe, eu estou trabalhando, então preciso voltar.

Ele a segurou com mais firmeza.

— Por favor, fique comigo. Não conheço ninguém aqui. Estava quase correndo para a praia para atravessar a cerca e voltar para casa.

Sua expressão de olhos arregalados a fez rir.

— Espero que você tenha mais sorte do que eu. — Ela sentiu o rosto esquentar quando se lembrou de ter caído, na noite em que bebeu muito vinho com ele, junto ao lago.

Cristiano riu.

— Ah, eu tive muita sorte naquela noite. Saí com uma moça muito bonita. Além disso, ela foi gentil o suficiente para me deixar ver sua calcinha.

Agora suas bochechas estavam queimando.

— Aquilo foi um acidente.

Sua risada era mais alta que antes.

— Eu sei, e foi por isso que eu gostei muito. — Ele baixou a voz. — Desculpe pela noite no restaurante. A oportunidade era muito boa para recusar. Eu juro que não te levei lá com segundas intenções. Eu realmente queria sair com você.

Ela balançou a cabeça.

— Não importa mesmo. Nós nos divertimos mesmo assim.

— Sim, é verdade — ele respondeu. — Mas, ainda assim, foi um jeito terrível de tratar uma jovem tão bonita. Eu gostaria de remediar isso.

— Não há necessidade. E, mesmo que houvesse, não teria jeito. Eu volto para Londres amanhã.

Seu rosto se desfez.

— Que vergonha. Você sempre vai lembrar de mim como o italiano que te ignorou em um encontro.

— Claro que não. Eu vou lembrar de você como uma pessoa gentil que teve pena de uma pobre inglesa e a fez rir. Além disso, você me comprou um monte de café na *piazza*.

Eles sorriram um para o outro. Cesca começou a sentir uma certa nostalgia. Estava triste por dizer adeus a coisas que sabia que não ia ver nunca mais.

Ainda fazendo bico, Cristiano estendeu a mão para acariciar sua bochecha.

— Você é realmente muito adorável, *tesoro*. Foi um prazer conhecê-la.

Ele ia beijá-la. Cesca podia perceber pela forma como suas pálpebras estavam pesadas. Ela abriu a boca para dizer alguma coisa, mas seus lábios já estavam, macios e quentes, contra os dela.

— Nós podemos trocar uma palavra, por favor? — Alguém a agarrou pelo ombro, afastando-a de Cristiano. Chocada, Cesca se virou para Sam, surpresa com o olhar de raiva que viu em seu rosto.

— Sam. Que bom vê-lo de novo — Cristiano falou.

Sam o ignorou completamente, puxando Cesca pela multidão. Quando chegaram ao canto da casa, os fogos de artifício começaram a explodir sobre o lago, transformando o céu em uma miríade de cores. Cesca tentou gritar, dizer que ele a estava machucando e perguntar para onde estavam indo. Mas, quando passaram pelo jardim isolado depois da adega subterrânea de Foster, ele desacelerou.

— Sam, o que foi isso?

Ele parou um pouco para recuperar o fôlego. Ela o observou fechar os olhos, apertando os músculos como se estivesse tentando se controlar.

— Você estava beijando outro cara.

— Não estava.

— Na minha frente. Vocês estavam se paquerando, rindo e se beijando, e eu queria arrancar os dentes dele.

— Isso não é da sua conta.

Ele levantou as mãos.

— É claro que é da minha conta. Você é minha, Cesca.

Ela balançou a cabeça violentamente.

— Não, eu não sou.

— É dele, então? — A voz de Sam estava incrédula. — Quer ficar com aquele idiota?

Havia algo no ciúme de Sam que a fazia sentir medo e excitação na mesma proporção.

— Não, eu não sou dele nem sua. Eu pertenço a mim, Sam. A mim. Não tenho dono.

— Estou vendo.

Cesca franziu a testa.

— O que você quer dizer com isso? — Os fogos de artifício mudavam a cor do rosto de Sam de vermelho para dourado.

— Fiquei de olho em você a noite toda.

A maneira como ele disse aquilo enviou um arrepio pela sua coluna.

— Deve ter sido muito chato para você.

Foi a vez dele de balançar a cabeça.

— Foi fascinante. E me deixou louco da vida. Sabe quantos homens estavam olhando para as suas pernas? Você precisava ver como eles te seguiam cada vez que você passava. Eu queria matar todos eles.

— Sam. — Sua voz era mais gentil, mais persuasiva. — Eu não consigo impedir que as pessoas façam o que elas querem.

— Essa merda de saia...

— Não é minha — protestou. — A Gabi me emprestou. Eu não trouxe roupa de garçonete.

Ele afastou o cabelo dos olhos com impaciência.

— Não suporto te olhar e não poder te tocar. Nem ouvir sua voz e saber que você não está falando comigo. Não consigo admirar você rindo e saber que não fui eu que te fez feliz. Não consigo suportar nada disso, Cesca. — Sua voz baixou para um sussurro. — Essas coisas estão me matando.

— Eu vou embora amanhã — ela disse. — Então você não vai precisar me ver mais. — Era óbvio que ele não gostava dela do jeito que ela gostava dele. Por que gostaria? Ele estava tão longe de sua realidade que não era engraçado. Não, não era engraçado. Era doloroso.

— Você não vai.

— Vou, sim.

Ele estendeu a mão e colocou uma mecha de cabelo atrás da orelha dela. O toque eletrizou. Mas ele não a soltou. Em vez disso, moveu os dedos para sua bochecha e ao longo do maxilar, desenhando uma linha de calor que queimava mais que os fogos de artifício explodindo acima deles.

Ele se inclinou, pressionando os lábios onde dedos estiveram poucos momentos antes.

— Me diga que isso não parece certo, Cesca. Que não é bom.

Ela abriu a boca, mas nada saiu. Não podia, porque negar suas palavras teria sido uma mentira. Em vez disso, ela deixou que ele beijasse sua garganta e as mãos deslizassem para cima e para baixo na lateral de seu corpo até que ele moveu os lábios até sua boca.

E então ela o estava beijando com lábios ávidos e exigentes. Ele segurou sua cintura, puxando-a para mais perto, e parecia tão certo que ela pensou que poderia explodir.

— Cesca — ele murmurou contra sua boca. — Diga que me quer.

Ele deslizou a mão para baixo da blusa dela, arrastando os dedos pela coluna.

— É claro que eu te quero — ela suspirou.

— Então por que está brigando comigo? Baby, uma coisa que parece tão certa não pode ser errada, pode? — Ele a estava beijando de novo, profunda e apaixonadamente. Ela fechou os olhos, e as explosões no céu faziam suas pálpebras absorverem cores diferentes. Cada parte dela queria abraçá-lo e ser abraçada. Era a primeira vez, em dias, que se sentia feliz.

— Sam! — uma voz feminina chamou ao longe. — Sam, nós precisamos de você.

Ele se afastou de Cesca.

— É a Izz — ele disse, com a expressão confusa. — O que aconteceu?

Então sua irmã estava correndo, o cabelo loiro balançando com o movimento.

— Sam, a mamãe precisa de você. O papai caiu na praia, e ela não consegue carregá-lo.

Sam parecia alarmado.

— Ele está bem? Foi o coração?

Izzy balançou a cabeça, ainda parecendo agitada.

— Não, ele está muito bêbado. Mas está realmente horrível e não quer que as pessoas o vejam assim. Ela quer que você o ajude a vir para casa.

Cesca observou enquanto Sam ouvia as palavras da irmã, sua expressão se transformando em raiva.

— Ele está bêbado?

— Como um gambá. Sério, pelas coisas que ele disse, não sei como a mamãe não deu um tapa nele.

— O que ele disse?

A voz de Izzy falhou.

— Coisas sobre você. Ele é um babaca, Sam. Honestamente, dá até para pensar que ele odeia o próprio filho.

— Ah, merda... — Sam se virou para olhar para Cesca, que havia endireitado a saia e arrumado o cabelo. — Preciso ir, tá?

Cesca assentiu.

Sam olhou para a irmã como se estivesse preocupado em revelar alguma coisa na frente dela.

— Podemos falar sobre isso mais tarde?

Ela assentiu de novo.

— Claro. Mas você precisa ir ajudar o seu pai. Parece que a sua mãe precisa de você.

— Precisa mesmo — Izzy concordou, disparando para Cesca um olhar curioso. — Vamos, Sam.

Com isso, os dois a deixaram, correndo para a praia ao lado do lago. Cesca esperou até que desaparecessem na lateral da casa antes de sair das sombras. Seu encontro inteiro com Sam poderia não ter durado mais que alguns minutos, mas parecia que já havia passado horas desde que ela estivera com uma bandeja nas mãos.

Era hora de voltar ao trabalho e fingir que nada tinha acontecido.

Esperar por alguém e ser garçonete. Era a história da sua vida.

28

Sábio é o pai que conhece o próprio filho.

— O mercador de Veneza

A festa ainda estava animada quando Sam circulou ao redor dos convidados, indo até a área do lago. Izzy segurava sua mão. O rosto da irmã estava ansioso enquanto se aproximavam dos degraus que levavam até a areia.

— Ele está ali.

— Quem mais está lá? Algum convidado o viu assim?

— Só a mamãe e a Sienna. O Sandro e os garçons conseguiram atrair o resto dos convidados para a *villa* depois que os fogos terminaram. É incrível o que as pessoas fazem por uma taça de champanhe. — As palavras de Izzy soavam muito cansadas para uma menina de dezoito anos.

Assim que eles chegaram à areia, Lucia olhou para eles, seu rosto pálido com o brilho da lua.

— Por aqui — ela falou, apontando para uma sombra escura. — Nós conseguimos tirá-lo da vista.

— Ele está inconsciente? — Sam perguntou. Odiava ver a mãe tão perdida.

— Não. Ele ainda diz uma coisa ou outra. Fala sobre... coisas — ela respondeu. — Não sei o que fazer, Sam. Como nós vamos levá-lo para casa sem que todos vejam? Que transtorno.

A maneira como ela o olhou, como se ele pudesse resolver tudo, fez Sam se sentir impotente. Ele era forte e tinha músculos, mas não havia como carregar os cerca de cento e trinta quilos de Foster.

— Quem é? — A voz de Foster era pouco mais que um insulto. O uísque o fazia falar mole e comer algumas palavras.

— É o Sam. — Lucia se ajoelhou ao lado do marido. — Ele veio para te ajudar.

Foster lutou contra o cascalho, tentando se sentar. Houve um baque quando seu corpo bateu no chão novamente, seguido de um xingamento.

— O que é que ele está fazendo aqui?

Sam podia distinguir a pergunta do padrasto, ainda que as palavras se embolassem uma na outra, como carrinhos da bate-bate no parque de diversões. Mas não sentiu o tom habitual de rejeição. Em vez disso, sentiu o desgosto do padrasto.

— Ele veio para te ajudar, Foster — Lucia falou, ainda agachada ao lado dele. — Nós precisamos te levar de volta para casa. Tem convidados aqui, e nós não queremos que eles te vejam.

— Eu não preciso da porra da ajuda dele. Ele não é bom para nada.

— Por que você está sendo tão horrível? — Izzy perguntou, piscando para conter as lágrimas. — Você é sempre desagradável com ele.

Então a irmã havia notado. Sam hesitou por um momento, antes de se virar para ela.

— Você precisa pegar a Sienna e voltar para a *villa*. Mantenha os convidados entretidos. Não queremos que eles voltem aqui.

De jeito nenhum Sam queria que as irmãs ouvissem o discurso embriagado de Foster. Especialmente quando ele estava tão perto de dizer coisas que elas não precisavam saber.

— Não quero te deixar aqui — Izzy sussurrou. Seu instinto protetor o fez derreter. Como uma menina de cinquenta e quatro quilos achava que poderia cuidar dele, Sam não fazia ideia.

Ele então se lembrou de outro dia, nesta mesma praia, quando Foster tinha mostrado à família o seu lado sombrio. Naquele dia, ele segurou a cabeça de Sam embaixo d'água até ele praticamente se afogar. Suas irmãs, muito novinhas, acabaram por ajudá-lo. Caramba, a lembrança trouxe lágrimas aos olhos dele. O cretino estava bêbado como um gambá naquele dia também.

— Você vai nos ajudar se for para lá — Sam falou. — Deixe que a gente cuida dele. Conversamos mais tarde, ok? Pode fazer isso por mim?

Em silêncio, Izzy assentiu. As lágrimas deslizaram em suas bochechas. Ela gesticulou para Sienna, que estava sentada no píer com os joelhos dobrados debaixo do queixo.

— Vamos, Sienna. Vamos.

— Ah, não, não vão embora. Vamos todos ser uma família feliz. Certo, Sam?

— Foster, fique quieto. — Pela primeira vez, a voz de Lucia continha certa raiva.

— Mas, querida, é o que nós somos. Eu, você, as meninas e o bastardinho.

— Foster! — Ela cobriu sua própria boca com a mão. — Pare, por favor.

— Izz, vá lá para dentro — Sam sussurrou, com urgência. — Por favor, tire a Sienna daqui.

— Você não precisa obedecer. Ele não é seu irmão de verdade.

Por um minuto, todos ficaram calados na praia. Tudo o que eles podiam ouvir era o som suave da festa carregado pela brisa. O murmúrio suave da conversa, o ronco ocasional, contrastado com o barulho das águas do lago na costa.

— O que ele quer dizer? — Izzy perguntou.

Uma onda de náusea atingiu Sam e a bile chegou à garganta.

— Nada — o ator respondeu. — Ele só está bêbado. Vá, Izz. Eu explico depois, ok?

— Não diga a ela o que fazer. Ela não é sua irmã. — Foster começou a tossir, um ruído profundo e sufocante.

— É claro que eu sou irmã dele. — As lágrimas escorriam pelo seu rosto. Ela agarrou a mão de Sam, apertando-a. — Por que você está dizendo isso, papai? Pare com isso. Pare de ser horrível.

Sam a puxou para si, abraçando-a com força. Então Sienna se juntou a eles, seu rosto pálido como a lua.

— Ignore — Sam falou. — Eu juro que vai ficar tudo bem. Se vocês puderem ir para casa, nós vamos conversar mais tarde. Só preciso ajudar a mamãe aqui.

Ele podia sentir o peito de Izzy engolir enquanto tentava controlar os soluços. Sienna estava bem mais silenciosa e controlada.

— Do que ele está falando? — ela perguntou. — Não estou entendendo.

— Nada. Ele está falando merda. Está muito bêbado e bancando o idiota. Volte para casa.

— O Sam está certo — Lucia falou. — O seu pai não está bem. Por favor, queridas, nós cuidamos disso.

— Você é meu irmão, não é? — Izzy estava chorando agora. — Sam, me diga que ele está mentindo.

Era possível que um coração se partisse? Sam pensou que poderia ser.

— É claro que eu sou seu irmão, Izz. Não tenha dúvida sobre isso. Nós somos da mesma família. Você não vai se livrar de mim. Mas agora nós temos que resolver esta situação. Preciso da sua ajuda para isso. Por favor, pode ir até a *villa* e me esperar lá?

Ela assentiu, ainda soluçando. Então, agarrando a mão de Sienna, elas se dirigiram para a *villa*, deixando Sam sozinho com os pais.

Assim que estavam fora do alcance de outras pessoas, Sam se virou para a praia e foi em direção ao local onde o padrasto estava deitado. Mas não era para o homem que ele estava olhando; era para a mãe, ajoelhada ali, devastada.

— Você sabia? — ela perguntou por entre os dedos, que ainda estavam sobre sua boca. — Sabia, Sam?

— Que o Foster não é meu pai? Sim, eu sabia.

Lucia balançou a cabeça. Parecia estar destruída.

— Você não devia saber. Eu não queria que você soubesse. Como foi que descobriu?

Sam olhou para Foster. Os esforços para gritar e se mexer devem ter sido esmagadores. Ele estava deitado, em silêncio, na praia. O blazer estava coberto de cascalho e areia.

— Ele me contou.

— Não. — Ela começou a chorar. — Ah, não, Sam. Não. Ele não devia ter contado. Sinto muito, amor. Sinto muito.

Sam se agachou, colocando a mão suavemente no braço da mãe.

— Ei, está tudo bem. Está tudo bem.

— Como ele pôde fazer isso? Como pôde te contar sem a minha permissão? Ele me prometeu que nós não diríamos nada, que seria um segredo. Você deve me odiar.

— Não te odeio. — Ele não sentia raiva da mãe. Era seu padrasto que atraía sua ira.

— Estou furiosa com ele. Não acredito que ele fez isso. Há quanto tempo você sabe?

Ele não podia mentir. Foi o que os levara até ali. Segredos e mentiras, todos envoltos em proteção.

— Faz uns seis anos. O Foster me contou um dia antes de eu me mudar para LA.

— Seis anos? — Foi quase um grito. — Sam, você sabe disso há tanto tempo e não me falou? Não fez perguntas, não quis falar comigo? Não acredito que você não disse nada.

Ele deu de ombros.

— Não havia nada a dizer. Ele me contou e eu fui embora. Foi praticamente isso. Eu não queria te incomodar. Você é tão frágil.

— Eu não sou frágil — ela disse. — Estou bem agora. Certo, eu fiquei um pouco pra baixo depois que tive as meninas, mas era depressão pós-parto, querido. A terapia ajudou.

Sam umedeceu os lábios secos.

— O Foster disse que era culpa minha.

Lágrimas encheram seus olhos.

— Ah, não, querido, não. Não foi sua culpa. Nada disso foi culpa sua. Esse tipo de coisa acontece com muitas mulheres. Eu melhorei, certo?

— Sim — ele concordou. — Mas eu fiquei com medo de você voltar a ficar daquele jeito. Eu não podia fazer isso. A Izzy e a Sienna precisavam tanto de você.

Parecia estúpido agora, vendo como ela estava chateada. Isso ia aparecer em algum momento. Mas Sam estava muito abalado para pensar no assunto.

Lucia deu um passo para trás, olhando-o diretamente nos olhos.

— Estou chateada por você não ter me dito. Por *ele* não ter me contado. E comigo mesma por ter deixado que você descobrisse sem ser por mim.

Sam sorriu.

— Tem muita chateação aí por causa de um segredo.

— Mentiras — ela disse. — Elas sempre aparecem.

Ele assentiu.

— É verdade.

— Pode me perdoar? Eu queria te proteger. Não queria que você carregasse o estigma de ser *illegittimo*. Achei que isso tornaria as coisas corretas.

— Não tem nada para perdoar. Você fez o que achou melhor no momento. E tentou me dar uma infância feliz. Não foi escolha sua me contar. A culpa foi dele. — Ele segurou a mão dela e a apertou. — Você é a minha mãe, e eu te amo.

Um novo fluxo de lágrimas deslizou pelas bochechas dela. Lucia levou a mão do filho ao rosto e beijou sua palma.

— Você é o meu primogênito. Meu garoto lindo. Sempre tive muito orgulho de você, do homem que você se tornou.

— Eu não sou perfeito. — A voz de Sam falhou.

— É perfeito para mim — ela sussurrou. — Todo filho é perfeito para a mãe. Nós trazemos vocês ao mundo e tentamos protegê-los, mesmo sabendo que é impossível. E vemos vocês crescerem, florescerem e cometerem erros, sabendo que vão se machucar e que não podemos fazer nada para impedir. Ainda assim, nós amamos vocês e achamos que são maravilhosos simplesmente por serem quem são.

Ele não ia chorar. Não ali na praia, com o padrasto inconsciente ao lado deles. Mas isso não significava que ele não sentia as lágrimas lá dentro, ameaçando escaparem. Ele precisou de força de vontade para manter os olhos secos.

— A Izzy e a Sienna vão querer uma explicação — Sam falou com seriedade, temendo piorar as coisas. — Nós precisamos conversar com elas.

— Podemos fazer isso. Logo depois que decidirmos o que vamos fazer com ele. — Ela resmungou as palavras, gesticulando para o marido, que parecia uma baleia encalhada na areia. — Me dá vontade de deixá-lo aqui. Deixá-lo acordar de ressaca amanhã.

A tentação era quase boa demais. Mas ele não queria que a mãe ou as irmãs tivessem que encarar a raiva de Foster Carlton.

— Vamos tentar encerrar a festa — ele sugeriu. — Então, o Sandro e eu podemos pegar alguns dos funcionários mais fortes para ajudar a levá-lo de volta para a *villa*.

Ela apertou a mão dele com mais força.

— Você faria isso por ele, depois de tudo o que ele disse?

— Não, eu faria isso por você. Pela Izzy e pela Sienna. Não por ele. — Nunca por ele. Não depois de tudo o que aconteceu. — Por que você não fica aqui e eu volto para a festa? Vou tentar encontrar o Sandro e a Gabi. Depois que todo mundo for embora, nós podemos resolver isso.

Sua mãe assentiu, gesticulando para ele ir embora.

— Obrigada — ela sussurrou. — Você é um menino muito bom.

Sam levantou uma sobrancelha.

— Eu não iria tão longe. Só estou sugerindo isso porque, se você me deixar com ele, eu não confio em mim mesmo.

— Muito justo. Mas obrigada de qualquer maneira. Por ser um bom filho.

— Sempre — Sam sussurrou. Quando saiu da praia, ele podia ouvir a mãe meio que sussurrar, meio que gritar para Foster, repreendendo-o por tudo o que tinha feito. Os lábios de Sam se contraíram enquanto ouvia, se lembrando de como Lucia Carlton podia ser assustadora quando estava aborrecida. Não era carma, nada parecido com isso, mas havia algo de bom em saber que Foster ficaria desconfortável por algum tempo.

Havia se passado cerca de uma hora quando o último convidado foi embora e a *villa* ficou vazia, só com a família e os empregados. Sam fez de tudo para expulsar as pessoas, explicando que alguém tivera um mal-estar inesperado e que eles precisavam ajudar. O tempo todo ele procurou por Cesca, mas ela não estava em lugar nenhum. Ele estava agitado, quase perdendo o controle. Tudo estava muito confuso.

Depois que conseguiram tirar Foster da praia e colocá-lo no quarto de hóspedes do térreo, Sam voltou a procurá-la, indo de um lado para o outro, agitado. Só quando vagou até o terraço ele a viu, de joelhos, esfregando as manchas de vinho tinto do piso claro. Um lampejo de raiva tomou conta de Sam quando viu o estado dos joelhos dela. A pele estava vermelha e machucada pelo contato com o piso áspero.

— O que você está fazendo? — Ele seguiu direto até ela, segurando seu braço para puxá-la. Cesca o encarou, chocada, enquanto se levantava, afastando a mão dele do seu braço.

— Eu estou limpando. O que você acha?

— Não precisa. A equipe de limpeza pode fazer isso amanhã. — Ele franziu o cenho para os joelhos ralados. — Se machucou? — Cesca limpou a saia.

— Na verdade, não. E não posso deixar para a equipe. Se eu não esfregar agora, a mancha não vai sair, e o piso inteiro vai ter que ser trocado.

— Um dos empregados não pode fazer? — Sam olhou para toda a agitação ao redor deles. A equipe de garçons, de alguma forma, se transformara em equipe de limpeza. Todos estavam ocupados.

— Eu sou uma das empregadas, lembra? — Cesca perguntou, com ar severo. — É para isso que eu sou paga. — Sua voz se tornou gentil quando ela olhou para ele. — Como está a sua família?

Sam engoliu em seco.

— Nada bem. Foi uma confusão. O Foster acabou falando um monte de besteira. Agora todo mundo sabe que ele não é meu pai. Ele está na cama, quase em coma alcoólico. Minha mãe está arrasada e minhas irmãs não conseguem entender o que está acontecendo.

— Sinto muito. Era justamente o que você não queria que acontecesse, né? Como você está se sentindo?

— Não sei. Acho que no momento só estou pensando em contornar esta crise. Deixei as minhas irmãs sozinhas por um minuto, mas vou ter que voltar para elas. As duas merecem algum tipo de explicação, mas não param de chorar.

— Claro que sim. Elas são suas irmãs e te amam. Deve ter sido um choque muito grande para elas. Não é de admirar que estejam tão chateadas.

— Eu preciso te ver antes de você ir embora. — Ele olhou para as pessoas que os cercavam. O terraço não era exatamente o lugar mais reservado naquele momento. — Posso te procurar mais tarde?

Ela arregalou os olhos.

— Ah, sim, tudo bem.

— Tem certeza? É que eu disse que ia conversar com a Izzy em um minuto. E a minha mãe começou a tomar vinho. Quero garantir que ela não vai fazer nada estúpido.

— É claro. A família vem sempre primeiro. Pode ir. Elas estão precisando de você.

Mas ele também precisava dela. Não era a hora de dizer isso. Ele já estava desconfortável o suficiente, sussurrando segredos familiares entre os funcionários.

— Te encontro mais tarde, tá?

— Claro.

Havia uma expressão em seu rosto que ele não conseguia decifrar. Sua respiração era rápida, e seus dedos estavam se agarrando com firmeza ao pano com que limpava a pedra. Mas o que realmente o balançou foi o fato de ela não o olhar nos olhos. Cesca continuava olhando para a esquerda, como se estivesse esperando por alguma coisa que ele não sabia o que era. Independentemente do que fosse, ele se sentia perdendo o controle.

De novo.

Sam não gostava nem um pouco daquele sentimento.

— Todos já foram. — Sandro entrou na cozinha com o rosto cansado. — Tranquei tudo. Acho que devemos ir deitar.

Cesca olhou para cima na pia, onde estava lavando os pratos que não cabiam na máquina já cheia. Gabi estava ao lado dela, secando tudo com um pano de prato antes de guardá-los nos armários.

— Estamos quase terminando. Cesca, por que não vai para a cama agora? Eu posso terminar aqui. Você e o Sandro precisam sair logo cedo se quiserem chegar ao aeroporto a tempo de fazer o check-in.

Seu estômago se contraiu ao pensar em voltar para casa em breve. Sua mala estava arrumada no quarto, apenas a roupa de dormir e a da viagem ainda estavam no armário. Olhou ao redor da cozinha, tentando não deixar as lágrimas chegarem aos olhos. De alguma forma, nos últimos dois meses, essa *villa* italiana tinha sido a sua casa.

E ainda havia Sam. Isso era muito confuso para pensar.

— Sim, por favor — Sandro concordou quando Cesca não respondeu. — Não vamos ficar por muito tempo.

A porta da cozinha se abriu e Lucia Carlton entrou. Embora seu rosto estivesse perfeitamente maquiado, não havia disfarce nas manchas vermelhas ao redor dos olhos, nem na expressão.

— Gabi, Sandro, eu queria agradecer a vocês. — Seus olhos se voltaram para Cesca. — E a você também, Cesca. Obrigada por tudo o que fizeram esta noite. Não digo só pela festa. Sandro, obrigada por ajudar o Sam com o meu marido. Eu sei que não foi agradável.

Cesca nunca tinha visto ninguém tão sem graça. Seu coração doeu pela italiana bonita que torcia as mãos no meio da cozinha.

— É sempre um prazer ajudar — Sandro murmurou. — Nós faríamos qualquer coisa pela sua família, *signora* Carlton.

Lucia assentiu, os lábios apertados com preocupação.

— Posso contar com a discrição de vocês? — perguntou. — Se alguma coisa for dita sobre o estado do Foster ou se as pessoas começarem a fofocar sobre as bobagens que ele falou... todos nós vamos ficar muito envergonhados.

— Nunca iríamos falar sobre isso com ninguém. O que acontece aqui fica aqui, pode ter certeza — Gabi respondeu, com o olhar baixo. — Existe alguma coisa que nós possamos fazer para ajudá-la com o *signor* Carlton esta noite?

— Acho que vamos deixá-lo no quarto de hóspedes no térreo. Obrigada por ter preparado o cômodo tão rápido, Gabi. Não quero tirá-lo de lá, já que ainda está muito bêbado, mas vou ficar com ele esta noite para ter certeza de que não vai piorar. — Ela não parecia feliz com essa perspectiva. — Cesca, você vai embora amanhã, não é?

— Eu... acho que sim.

— Acho que vai ser melhor. Vamos embora assim que o Foster estiver se sentindo melhor. E tenho certeza de que o Sam vai para LA no próximo avião que conseguir pegar.

Era possível que Cesca se sentisse pior?

— O Sandro vai levá-la bem cedinho. — Gabi sorriu de forma tranquilizadora. — E é claro que pode contar com a nossa total discrição, não é, Cesca?

— Claro — Cesca concordou, com o rosto vermelho. — Não vou falar com ninguém sobre isso. Eu prometo.

Lucia suspirou.

— Obrigada a todos. Vocês não sabem como isso me deixa aliviada... bem, a todos nós, de verdade. O meu marido disse coisas terríveis, e muitas delas não eram verdadeiras. Eu espero que ele não tenha dito nada de mais quando você o ajudou na praia, Sandro.

— Ele não falou nada — Sandro respondeu. — Estava praticamente inconsciente. O Sam e eu tivemos que carregá-lo até a *villa*.

Cesca não tinha visto isso. Estava muito ocupada com os convidados, assumindo o controle enquanto Sandro e Gabi ajudavam a família. Todos estavam envolvidos com as providências naquele momento. Seu coração doía por Sam ter visto o padrasto assim. E, embora ela não tivesse ideia do que Foster havia dito, Sam contara o suficiente sobre o homem para ela saber que não tinha sido bom. Que confusão.

— Boa noite, então — Lucia disse, enchendo um copo com água gelada. — Faça uma boa viagem para casa, Cesca. Vejo vocês amanhã, Gabi e Sandro.

Com isso, ela saiu da cozinha, fechando gentilmente a porta atrás de si.

Desta vez, quando Gabi sugeriu que Cesca fosse dormir, ela concordou prontamente. Mesmo sabendo que não conseguiria.

Já estava se acostumando a isso.

29

Adeus! Tenho um coração muito aflito
para fazer uma partida tediosa.
— *O mercador de Veneza*

Cesca se remexeu na cama, verificando as horas a cada cinco minutos, imaginando se Sam ainda planejava vê-la. Quando ele disse que "conversaria com ela mais tarde", Cesca assumira que era uma espécie de promessa. Especialmente depois do encontro no jardim. Mas isso foi antes de Foster armar aquela tremenda confusão. Agora eram quase três da manhã — apenas duas horas antes de ela ir embora —, e Cesca estava se perguntando se tinha entendido tudo errado.

Talvez aquilo tivesse sido uma despedida.

O pensamento fez suas mãos tremerem quando as estendeu para colocar o relógio de volta na mesa de cabeceira. Não podia significar isso, podia? Depois de tudo o que tinha acontecido, ele não a deixaria ir embora sem dizer adeus. No jardim, ele dissera que ela era dele enquanto a arrebatava com seus beijos. Aquilo tinha sido real ou algo dito no calor do momento? Era possível que suas palavras fossem alimentadas pelo ciúme mais do que pelo desejo?

Sua mente se voltou para as noites que haviam passado separados, depois que a família chegara. Embora Cesca tivesse tomado a iniciativa da separação, Sam não lutou contra isso. Ele podia gostar dela, mas não o suficiente para querer continuar.

Pensar nisso a fez querer chorar.

Cesca olhou para a mala ao lado da porta, esperando que Sandro a carregasse até o carro pela manhã. Ela estava indo embora exatamente como havia chegado: sozinha. Poderia viver com isso, certo?

Meia hora se passou, mais lenta que uma tartaruga, e Cesca continuou se remexendo até que os lençóis estivessem completamente amassados aos pés da cama. Sua agitação estava aumentando, pensando nele, se perguntando por que ainda não tinha aparecido.

Isso trouxe lembranças antigas. Lembranças sombrias de quando ela caíra tão profundamente depois que ele foi embora. Era muito difícil tirar da cabeça.

Suspirando, ela se sentou, virando as pernas para apoiá-las no chão. Era a falta do que fazer que a estava matando. Ficar à espera de alguém que claramente não viria. Ela já estava esperando havia bastante tempo — seis anos —, e não estava disposta a esperar mais.

O lugar estava silencioso quando ela saiu do quarto, os pés descalços tocando o chão de madeira quente. Demorou alguns segundos para ela alcançar a porta de Sam, não o suficiente para pensar em seu próximo passo. Deveria bater? Só abrir? Cesca hesitou por um momento, apoiando a mão na porta de carvalho.

Foi quando ela ouviu as vozes. Uma baixa e profunda, seguida por uma distintamente feminina. Sua boca ficou seca quando percebeu que ele não estava sozinho.

— Não entendo. Como foi que ele pôde mentir para nós por tanto tempo? Como você pôde? — Parecia uma de suas irmãs, embora não pudesse saber se era Izzy ou Sienna.

— Eu não queria te chatear. — Essa era a voz de Sam. — Eu queria proteger vocês. Mas isso não significa nada. Eu ainda sou seu irmão mais velho.

Outro soluço suave.

— Mas todas as coisas que ele falou sobre você, Sam. Eu o odeio, de verdade. Nunca mais vou falar com ele.

— É claro que vai. Ele é seu pai.

— Ele é um mentiroso e eu não quero nada com ele. Não quero vê-lo nunca mais. Ele é um idiota. — Cesca pensou ter ouvido o riso de Sam. Sua familiaridade a atingiu como uma facada.

— Você não precisa fazer nada que não queira, linda. Mas vá com calma, tá? Você teve um choque, e é muita coisa para absorver. Quando eu descobri, fiquei desestabilizado.

— E você foi embora sem dizer nada. Eu não tinha entendido o motivo, até agora. Pensei que você estivesse agindo como um irmão mais velho malcriado que não se importava conosco.

— Eu sempre vou me importar com vocês. — A voz de Sam soou quente como a luz do sol. — Sempre me importei. Simplesmente não suportava estar perto dele.

— Eu também não suporto. — Um pequeno silêncio seguiu, pontuado pelo soluço ocasional. Cesca fechou os olhos, imaginando Izzy chorando no peito do irmão. Sam provavelmente estava acariciando seu cabelo, sussurrando para ela. Ouvir uma discussão tão particular a fazia se sentir desconfortável. Cesca estava prestes a se virar e voltar para o quarto quando Izzy falou novamente. — Continuo pensando que ele sempre foi malvado com você. Não é de admirar que você tenha ido embora para Hollywood.

— Sim, acho que esse foi um dos motivos — ele concordou. — Mas não foi o único. Acho que eu estava procurando uma desculpa para ir.

Ah, Cesca se lembrava.

— Por favor, você pode voltar a morar em Londres com a gente? — Izzy implorou. — Não consigo imaginar estar lá com a mamãe e o papai. Odiei quando você foi embora. Por favor, volte para casa.

— Izz...

— Sam, por favor. — A voz dela soava desesperada. Cesca teve vontade de chorar.

— Não posso. — Sam pareceu meio triste. — Queria poder, mas não posso morar em Londres. Eu tenho uma vida em LA, amigos, trabalho. Não posso sair de lá.

Outro silêncio. Outro soluço. Cesca sentiu como se o coração dele estivesse se partindo ao lado do da irmã.

Era claro que não havia espaço para ela no mundo dele. Ele tinha deixado isso óbvio quando se recusou a apresentá-la aos pais. Agora que a família implodiu, não havia nenhuma esperança. Por mais doloroso que fosse, ela precisava aceitar isso. Mesmo que tivesse se apaixonado por ele.

Ele gostava dela o suficiente para ajudá-la com a peça, mas não o suficiente para chamá-la de namorada. Tinha sido uma distração conveniente, sobretudo à noite. O que mais ele tinha para fazer além disso? Estava escondido por algumas semanas, tirando uma pausa da confusão de Hollywood. Se Cesca não estivesse aqui, teria sido outra pessoa.

Ela podia sentir o coração começar a bater forte no peito, uma vibração grave e triste. Mordeu o lábio na tentativa de não chorar. Do lado de fora da porta, percebeu que não eram apenas cinco centímetros de carvalho que os separavam.

Era a vida. A vida dele. Que não a incluía.

— Talvez eu possa ir morar com você, então — Izzy falou, com as mãos fechadas. — Porque não vou mais viver com esse cretino.

— Izz, você não tem escolha. Além do mais, você vai para a faculdade em breve. Só vai estar em casa nas férias.

Sam olhou para a irmã, observando seus olhos cheios de lágrimas e as bochechas vermelhas. O choro fazia suas íris ficarem azul-escuras, tão parecidas com as do pai que era até estranho.

— Não vou mais deixar você nos ignorar, Sam — ela disse. Ele tentou não sorrir para a teimosia da menina. Seus olhos podiam ser como os de Foster, mas a atitude era de Lucia.

— Eu não estava pensando em ignorar vocês. E agora que tudo foi revelado não tenho mais desculpa, né?

— Então eu posso ficar com você?

Sam suspirou. Ele era um idiota.

— Ou eu vou te visitar, tá bom?

— Pensei que você odiasse Londres.

— Não odeio. Simplesmente não estava tão feliz lá. Mas agora eu estou mais velho. Se eu tiver uma pausa entre os filmes, vou. Não vou mais morar, mas posso visitar, se quiser.

Izzy fungava.

— Isso parece ótimo. Só queria que estivéssemos todos juntos. Eu, você e a Sienna, como costumava ser.

Sam sorriu contra o cabelo dela.

— Isso parece ótimo. — Embora ele nunca fosse perdoar o padrasto por revelar seu segredo desse jeito, Sam não pôde deixar de pensar que houve um lado bom em sua bebedeira. — Izz, já está muito tarde. Você precisa dormir um pouco. Amanhã nós falamos mais sobre isso.

Ela apertou seus ombros, como se tivesse medo de deixá-lo ir embora.

— Não quero ficar sozinha. Posso dormir aqui esta noite?

— Comigo? — Sam perguntou, surpreso. — Hum... acho que sim.

— Não que eu vá conseguir dormir — ela disse. — Mas prometo não te incomodar muito.

Ele levantou as sobrancelhas.

— Você sempre está me perturbando.

Izzy bateu nele de brincadeira.

— Pare com isso. Eu já odeio um Carlton. Não me faça ficar com raiva de você também.

Sam amoleceu.

— Eu nunca faria você ficar com raiva de mim. Pelo menos não de novo. Tente descansar, está bem?

Ela ainda estava agarrada a ele.

— Não me abandone. — Respirando fundo, Sam se deitou no colchão, deixando a irmã se enrolar nele. O rosto de Izzy estava molhado contra seu braço. Pelo canto dos olhos ele podia ver a porta, ainda fechada.

Sam engoliu em seco. Apesar de querer ir até Cesca, não havia como deixar a irmã assim. E também, de jeito nenhum, poderia levá-la com ele. Ele estava preso, tendo que escolher a família em detrimento da garota com quem havia se envolvido.

Izzy finalmente adormeceu algumas horas depois, seu rosto contorcido, como se estivesse concentrada. Sam se soltou do seu aperto, congelando enquanto ela murmurava baixinho, antes de sair da cama e ficar de pé. Esperou por um momento, olhando para a irmã adormecida. Só quando sua respiração se tornou ritmada e seu corpo relaxou ele finalmente se permitiu sair para o corredor.

A porta de Cesca estava entreaberta quando ele chegou, a luz pálida do amanhecer aparecendo pela fresta. Sam franziu a testa, segurando a maçaneta para entrar no quarto sem querer acordá-la se ela tivesse conseguido dormir.

Foi o vazio que o atingiu quando abriu a porta. O vazio e o silêncio. Ao olhar ao redor, ele percebeu exatamente o que havia acontecido.

Ela se fora, e suas coisas também. Até a cama havia sido desfeita, deixando o colchão descoberto, sem lençóis e cobertores. E, embora o quarto ainda tivesse o cheiro dela, aquela era a única parte de Cesca que havia permanecido.

— Está tudo bem?

Sam se virou para ver Gabi atrás dele com um pano de limpeza na mão.

— Ela já foi? — perguntou, com urgência.

— A Cesca? — Gabi questionou. — Sim, o Sandro a levou para o aeroporto. Ela vai pegar o primeiro voo para Heathrow.

Sam olhou para o relógio. Eram quase sete horas. O primeiro voo sempre saía às sete e meia. Mesmo que pulasse na Ferrari e acelerasse ao máximo, não havia como chegar a tempo.

— Ela nem se despediu — ele sussurrou, tanto para si próprio quanto para Gabi.

— Ela quis sair em silêncio. Estava com muita coisa na cabeça — Gabi falou.

Sam olhou para ela, tentando descobrir se ela sabia mais do que estava dizendo.

— Ela deixou... ela deixou alguma coisa?

Gabi balançou a cabeça.

— Foi embora como chegou: com uma mala e só. É uma pena. Vamos sentir falta dela. A Cesca era como um raio de sol por aqui.

Ele engoliu em seco, dividido entre se abrir e se esconder.

— Era, sim — concordou.

— Acho que você também vai sentir falta dela — Gabi falou. — Vocês dois ficaram aqui sozinhos por muito tempo. Devem ter se aproximado.

— Nós ficamos amigos — Sam falou. Ele estava se sentindo tonto e teve que se apoiar na parede para não cair. — Até que eu a magoei.

— É mesmo? — Gabi levantou as sobrancelhas.

Ele umedeceu os lábios com a ponta da língua. A dor pela sua partida era como um soco no estômago. Como foi que ele conseguira estragar tudo de novo?

— Eu não a tratei muito bem.

— Por que não? — Gabi parecia quase que envergonhada por perguntar. — Ah, me desculpe, *signor* Carlton. Que grosseria perguntar.

Sam suspirou, esfregando o rosto com a mão.

— Não se desculpe. Você é igualzinha a ela. Se desculpando por algo de que não tem culpa. Não é problema seu que eu seja complicado, nem que eu estrague tudo quando alguém se aproxima de mim. É problema meu.

Gabi parecia mais confusa do que nunca. E ele não a culpou; deve ter parecido um louco. Mas havia essa necessidade de desabafar, confessar, descobrir como foi que ele conseguiu ficar tão enredado. Gabi simplesmente estava lá para ouvir.

— Eu gostei dela — ele disse, com a voz baixa. — Não, isso não é verdade. Eu me apaixonei por ela. Mas entrei em pânico, me assustei e a afastei. Tudo culpa minha.

— Você a ama? — Gabi perguntou. — Você ama a Cesca?

— Sim.

Ela bateu uma mão na outra.

— Ah, isso é maravilhoso.

Ele balançou a cabeça.

— Não, não é.

— Por que não? — Gabi perguntou. — O amor é sempre maravilhoso. Vocês são solteiros, os dois são lindos. É perfeito.

— Porque eu estraguei as coisas — ele respondeu. — E agora ela foi embora e provavelmente não vai querer me ver nunca mais.

— É claro que vai. Por isso ela estava tão triste quando foi embora. Achei que era porque sentiria falta de Varenna, mas agora sei que é porque está apaixonada por você.

— Ela nunca vai me perdoar — ele disse. — E não deveria. Eu fui um idiota.

Os olhos de Gabi brilharam.

— As mulheres são mais compreensivas do que você pensa — ela falou. — O Sandro sempre faz coisas que me chateiam, e mesmo assim eu o perdoo. É incrível o que o amor pode fazer.

Se afastando da parede, Sam se virou e olhou para ela.

— Então, o que eu faço?

Ela sorriu.

— Lute por ela. Lute por ela como nunca lutou por nenhuma outra mulher. Se ela for legal e te der mais uma chance, não estrague tudo de novo.

Lutar por ela. Ele podia fazer isso, não é?

Pela primeira vez, ele realmente achou que podia.

30

O que passou e já não tem remédio
lastimar não devemos.
— O conto do inverno

— Em que posso ajudar? — Cesca parou na frente dos clientes com o lápis e o bloco preparados para anotar o pedido. O casal se olhou por um momento, então a mulher cutucou o homem. Ele coçou a cabeça, olhando para o cardápio.

— Você tem alguma coisa além de cereal?

Cesca mordeu o lábio. Era uma pergunta que ela respondia todos os dias, para praticamente todos que entravam no café. Respirando profundamente, piscou duas vezes antes de responder.

— Infelizmente, não.

Qual era o problema com o nome do café que os clientes não entendiam? Estava escrito em tinta azul-brilhante acima da entrada: "Cereal". Simples, não?

— Nem torrada? — o homem perguntou.

— Sinto muito, não temos torrada. Mas temos cem tipos diferentes de cereais — ela respondeu, tentando manter o tom alegre. — Se vocês forem alérgicos a alguma coisa, podemos oferecer cereais sem glúten e leite de arroz.

— Não sou alérgica. — A mulher se inclinou para a frente para falar com ela. — Eu simplesmente não quero jantar cereais.

Cesca olhou para ela. Estava em algum lugar entre a compreensão e a irritação.

— Infelizmente nós só temos isso. É um café conceito. Cereal no café da manhã, almoço e jantar.

— Que coisa mais idiota — a mulher protestou. — Quem come cereais no jantar? E quase sete libras por uma tigela de sucrilhos? Com esse dinheiro eu compro três caixas no supermercado.

Mordendo o lábio para se impedir de sugerir que a mulher fizesse exatamente isso, ela abriu outro sorriso simpático. Não era a primeira vez que ouvia aquelas reclamações — longe disso —, mas, honestamente, o que eles esperavam de um café chamado Cereal?

— Nós temos dez tipos diferentes de leite — ela disse, como se isso pudesse ajudar.

Na semana em que estava trabalhando ali, Cesca já tinha visto de tudo. Homens muito bem-vestidos tomando cerveja de raiz enquanto discutiam negócios, mães ricas arrastando os filhos e enchendo suas bocas reclamonas de cereal de chocolate. Até mesmo encontros, que deviam ter parecido uma boa ideia em um primeiro momento. Ela se perguntou se algum deles evoluiu para o segundo encontro.

Claro que isso a fizera pensar em Sam. Quase tudo fazia. Naquele momento, ela estava pensando no seu primeiro encontro perfeito — aquele no restaurante aonde ele a levara secretamente. Eles nem tinham se beijado, apesar de terem pensado muito nisso. E agora ela nunca mais o beijaria.

O pensamento a fez se sentir mal.

— Quer ir embora? — o homem perguntou à mulher. — Podemos ir para outro lugar se você quiser.

— Só quero ir para casa — a moça respondeu. — Acho que nós não combinamos.

Era uma paráfrase das palavras que ela havia dito a Sam dezoito dias antes, mas perto o suficiente para fazer seu coração apertar. Será que em algum momento ela o superaria?

Cesca entrou na cozinha, onde Simon, o dono, estava preparando os pedidos.

— A mesa quinze desistiu — ela falou. — Eles ficaram chateados por não termos torradas.

Ele ergueu as sobrancelhas.

— Você espantou outro cliente? Vou ter que deduzir os lucros perdidos do seu salário.

— Não me aborreça — ela disse, de leve. — Eles não vão embora por minha causa. Vão porque o seu cardápio é idiota.

— É um café conceito — ele suspirou. — Por que as pessoas não entendem isso?

— Porque é uma ideia louca. Você vai falir em menos de um ano.

Ele cruzou os braços.

— Eu poderia te demitir por isso.

— Fique à vontade. Só estou trabalhando aqui para te fazer um favor. E vou me demitir mesmo, assim que o meu roteiro entrar em produção. Então, se quiser que eu vá agora...

— Não! — Ele parou na frente dela. — Eu não quis dizer isso. Nós precisamos de você, Cesca.

Não era a verdade? Ele não podia manter a equipe nem por amor, nem por dinheiro.

— Nesse caso, sinta-se livre para aumentar o meu salário.

— Só se você prometer ficar por seis meses.

Ela balançou a cabeça.

— Não posso. Vou estar trabalhando no West End até lá. — Sua voz estava cheia de confiança. — Eu te falei desde o início que ajudaria até conseguir vender o roteiro. Depois disso, você se vira.

Ela se sentia como uma pessoa diferente, capaz de se impor. Um grande contraste com a garota que havia sido demitida do Cat Café apenas alguns meses antes. E, mesmo que seu coração estivesse dolorido e frágil por perder Sam, ela estava bem.

Cesca ainda estava pensando nisso quando seu turno terminou, e ela pegou o ônibus para Hampstead, para a casa do pai. Estava hospedada lá desde que voltara para Londres. Ele quase ficou em choque quando ela, finalmente, aceitou a oferta de ficar lá por um tempo, mas escondeu bem a surpresa, levando-a para seu antigo quarto e acenando com a cabeça enquanto ela balbuciava uma explicação de que era só até conseguir se estabelecer.

Tudo era temporário mesmo. O trabalho, a casa. Um meio para um fim, um teto sobre a cabeça e uma fonte de renda enquanto promovia sua peça. Ela supôs que deveria se acostumar com isso de novo. Não saber de onde viria seu próximo pagamento ou se poderia pagar o aluguel neste mês. Mas, de alguma forma, parecia diferente. Nos últimos seis anos, essa tinha sido a sua vida, porque ela achava que não tinha outra opção. Agora, era necessário enquanto corria atrás do seu sonho.

E, cara, ela estava mesmo correndo atrás.

Outra coisa que ela aprendera na Itália: não eram as circunstâncias que a deixavam feliz, mas sua atitude. E a dela tinha dado um giro de cento e oitenta graus.

— Boa noite. — Seu pai ergueu o olhar do livro enquanto ela entrava na sala de estar. Era uma daquelas raras ocasiões em que ele não estava escondido no escritório. — Conseguiu evitar ser demitida?

— Consegui — ela respondeu. — Mas foi por pouco. Acho que dizer para o dono que o seu café é idiota não é a melhor maneira de manter um emprego.

Seu pai sorriu.

— Você nunca foi muito diplomática, minha querida. — Ele verificou o relógio. — Ah, a sua irmã ligou há uma hora.

— Lucy?

— Não, a Kitty. Parece que ela está se divertindo muito em LA. Disse que está sempre ensolarado por lá. Quando falei que aqui estava chovendo, ela começou a rir histericamente.

— Isso é bem a cara da Kitty. — Era engraçado, quase dolorosamente, pensar que sua irmã estava morando na mesma cidade que Sam. Em todo lugar para onde Cesca olhava, havia lembretes. — Vou ligar o laptop e falar com ela pelo Skype. — Era muito mais barato que telefonar. Além disso, ver sua irmã na tela era melhor que ouvir sua voz. — Se importa se eu pegar emprestado?

— Sua boba, eu já te disse que é seu. Agora vá conversar com a sua irmã.

Fazendo uma rápida parada na cozinha para pegar um copo de água, Cesca foi para o quartinho no topo da escada. Ligou o computador, observou enquanto a tela se acendia e depois clicou no Skype. Kitty estava nos favoritos, assim como as outras irmãs. Ela sorriu quando viu seus nomes.

Só demorou alguns toques para Kitty atender. Então o rosto dela apareceu na tela. Estava sorrindo, os olhos brilhando à luz do computador.

— Ei, linda.

Havia algo em falar com suas irmãs que era como voltar para casa. Claro que elas tinham suas diferenças — e ao longo dos anos talvez ela tenha escondido delas o pior da sua situação —, mas eram tão familiares para ela quanto um casaco velho. Quentinho, aconchegante e confortável.

— Oi. Como estão as coisas em LA?

— Isso não importa. Nós temos assuntos de meninas para conversar.

— Temos? — O cenho de Cesca franziu.

— Temos, sim. Esse cara, o tal de Sam, o que você vai fazer sobre ele?

Cesca gemeu.

— Nossa, a fofoca corre rápido. Você já conversou com a Lucy? — Ao chegar a Londres, Cesca gastara mais de uma hora ao telefone com a irmã mais velha, que estava na Escócia, abrindo seu coração. Deveria saber que aquela conversa se espalharia.

— Não, ela contou para a Juliet, que me contou. Mas isso não importa, né? Você sabe muito bem que, se contar uma coisa para uma de nós, está contando para todas.

Isso era muito verdade.

— Bem, se você conversou com elas, espero que tenham te contado que as coisas aconteceram rápido. Eu não fui mais do que uma aventura de férias para ele. E já aceitei isso. — Mentira, era tudo mentira. Ela não estava nem perto de aceitar. — Então, não tenho muito para te contar.

— Nós estamos falando do Sam Carlton, certo? Aquele que arruinou a sua peça e depois fugiu para Hollywood? Aquele que apareceu na Itália e tentou arruinar o seu verão também? — Havia um sorriso na voz de Kitty. — Só que ele não arruinou, não é, sua safadinha? Pelo que eu ouvi, ele fez o seu verão. Então, acho que tem muito para contar.

Cesca gemeu.

— Não sei o que você quer dizer. — Ela evitou o olhar de Kitty através da conexão de vídeo, sem saber por onde começar. Tudo parecia tão estúpido. Ela mal entendia a si mesma.

— Ele apareceu no programa *Mary Jane Landers* hoje à tarde. — Kitty parecia o gato que pegou o rato.

Cesca ergueu os olhos imediatamente. Sua irmã não sabia quanto a estava fazendo se sentir mal? A conversa parecia uma morte lenta e dolorosa. Por que ela estava falando sobre um programa de celebridades enquanto o coração de Cesca estava ferido?

— Apareceu?

— Sim. E você devia assistir.

Agora ela estava indo muito longe. Por que Kitty parecia tão presunçosa?

— Esse programa não passa aqui.

— Já está na internet. Você pode assistir no YouTube. Eu te envio o link. Só tem dez minutos de duração. — Ela mal havia terminado de falar quando a URL apareceu na caixa de bate-papo. — Vamos lá. Clique no link.

Os olhos de Cesca se arregalaram.

— Agora?

Kitty deu uma risadinha.

— Por que não?

Porque ela não queria que sua irmã a visse arrasada. Porque ela não estava certa de que poderia ver o rosto de Sam sem querer jogar alguma coisa na tela do laptop. Porque tudo parecia muito cruel e doloroso.

— Assista, Cesca. — O tom de Kitty se tornou persuasivo. — Prometo que não é tão ruim.

Ela clicou no link, que a levou diretamente para o canal do YouTube. Após cinco segundos de anúncios, o vídeo começou. Mary Jane Landers estava conversando com a câmera, fazendo piada, dizendo que o público estava precisando de uma *Brisa de verão*, porque estava ficando quente lá. Em seguida, ela estava apresentando Sam ao público, que aplaudia e gritava. Pelo take da câmera, Cesca pôde ver que a plateia era toda composta de mulheres de trinta e poucos anos.

Era errado odiar uma idade em especial?

E então, Sam entrou e as duas últimas semanas nunca aconteceram. Como se estivesse entrando na biblioteca e abrindo um sorriso para ela, antes de agarrá-la para um beijo. Só que desta vez o sorriso não era para ela. Era para Mary Jane e as cem mulheres.

Cesca sentiu o coração bater forte no peito enquanto observava Sam se sentar e conversar com Mary Jane. Ele passou a mão pelo cabelo, afastando-o dos olhos, e Cesca quase pôde sentir aqueles fios grossos em suas palmas.

— Bom, Sam, eu ouvi dizer que você é um menino malvado — Mary Jane disse. Mais gritos e aplausos vieram da plateia. Sam se virou para a câmera com um sorriso estranho no rosto.

— Eu fui um idiota, sim.

— É verdade o que estão dizendo?

Ele levantou as sobrancelhas.

— O que estão dizendo?

— Que você é como uma britadeira. — Ela se virou para a câmera e fez uma expressão boba. — Todos nós queremos saber se é isso mesmo.

Sam riu e revirou os olhos.

— Eu posso pensar em maneiras melhores de me descrever.

Era estranho vê-lo na tela. Ele era o Sam de Hollywood, com gestos estudados, mas ainda havia uma sugestão do outro Sam. O seu Sam. Isso fez o coração dela doer. Mary Jane fez outra pergunta, mas Cesca estava muito ocupada olhando para Sam para ouvir. Foi só quando Kitty gritou "esse é o pedaço" que Cesca realmente começou a ouvir.

— Então, o que existe entre você e a Serena Sloane?

Sam fez uma careta.

— Não existe nada. Já estava praticamente terminado antes mesmo de começar. Se eu soubesse que ela era casada, não teria me aproximado. Você sabe como é Hollywood. Por que dizer a verdade quando pode contar mil mentiras?

— Então você está disponível? — Mary Jane balançou as sobrancelhas.

O público riu.

— Eu não disse isso.

Cesca se inclinou para a frente, com a intenção de ouvir cada palavra. Alguém poderia ter jogado um milhão de dólares em seu quarto e, ainda assim, ela não teria se mexido um centímetro.

— Bem, isso é interessante. Fale mais, por favor, mas tente não partir o nosso coração, tá? — Mary Jane pediu, se inclinando na direção dele. Cesca não tinha certeza se queria dar uma bofetada ou abraçá-la por perguntar.

— Não tenho muito para contar ainda. — Sam sorriu quando começou a falar. — Mas eu conheci uma garota neste verão, e ela é... muito especial. Acho que ela nem entendeu isso, mas eu quero contar de algum jeito.

— Será que ela está assistindo agora? — Mary Jane parecia entusiasmada com a perspectiva de uma revelação exclusiva ao vivo. — Você poderia dizer a ela no ar.

Ele balançou a cabeça, sorrindo.

— Ela mora em Londres. E provavelmente está trabalhando ou fazendo alguma coisa importante. Ela é roteirista.

— Roteirista? Nós já ouvimos falar dela? — Mary Jane perguntou. — E, mais importante, onde você a conheceu? — Ele poderia estar falando de outra pessoa, não poderia? Certo, a probabilidade de ele conhecer duas roteiristas em um verão era pequena, mas ainda era uma possibilidade.

— Na Itália — ele respondeu. O pulso de Cesca acelerou. — Em uma *villa* no lago de Como.

— Que lindo.

— O cenário é deslumbrante, sim, mas, comparado a ela, nada é tão lindo.

Era como se cada membro da plateia suspirasse. Cesca se viu fazendo o mesmo.

— Ele está totalmente falando sobre você, não é? — Kitty gritou. — Quer dizer, você é roteirista e estava na Itália. Ah, meu Deus, Cesca, isso é tão emocionante. Eu moro em LA e conheço atores o tempo todo, mas até eu estou dando uma de tiete agora.

Cesca não sabia como se sentir. Depois de tudo, havia se afastado dele na Itália. Ouvi-lo dizer em rede nacional que ela era especial a fazia sentir vontade de rir e chorar ao mesmo tempo.

E foi o que ela fez.

— Ah, Kitty. O que isso significa?

— Isso significa que você precisa ligar para ele, sua idiota.

— Não tenho o número.

— Não?

Cesca deu de ombros.

— Não. Eu não tinha celular lá, e o dele não funcionava. A gente se comunicava à moda antiga.

— Ah, eu aposto que sim. A linguagem universal do amor.

-- Cale a boca.

— Vem calar.

Era como se as duas tivessem doze anos novamente. Implicando uma com a outra, com bom humor. Cesca agradeceu a pausa de seu colapso nervoso.

— Ah, pelo amor de Deus, eu tenho que fazer tudo? — Kitty perguntou. — Vou conseguir o número dele e te mandar, tá? Mas só se você prometer ligar.

— Como você vai conseguir esse telefone? — Cesca perguntou.

Kitty tocou o nariz com a ponta do dedo.

— Contatos, claro. Eu conheço pessoas que conhecem pessoas. Ou, pelo menos, conheço babás que conhecem pessoas. Preciso ir. Vou resolver a sua vida amorosa. — Com isso, Kitty encerrou a ligação do Skype, sem dúvida para começar sua pesquisa. Cesca assistiu ao vídeo pelo menos mais cinco vezes antes de fechar o laptop e enfiou a cabeça pela porta da sala para dizer ao pai que estava indo para a cama.

Era meia-noite quando Kitty enviou uma mensagem de texto, incluindo o número de telefone de Sam. Cesca se deitou na cama, cercada de escuridão, olhando para a tela iluminada do seu telefone barato.

Quando saíra da Itália, ela achava que seu coração estivesse partido. No momento em que pousara em Londres, tinha certeza disso. E nas últimas duas semanas, não importava para onde ia, ele era sempre o primeiro pensamento em sua mente. Ela servia um cliente e se perguntava o que Sam estava fazendo. Se passava por um restaurante italiano, se lembrava da obsessão de Sam por massa. Entrou em uma banca de jornais e viu o rosto dele estampado em uma revista.

O seu Sam.

Ele era essa pessoa. Não o Sam mais jovem que arruinara sua peça, ou Sam, o ator, que falara com ela com tanta insensibilidade. Não, ele era Sam, o cara que editava suas palavras, que a provocava sem piedade, que a beijava até que seus lábios estivessem inchados. O garoto de ouro que falava um italiano perfeito com o sotaque mais sexy e que podia seduzi-la com suas palavras.

Definitivamente, o seu Sam.

Cesca se sentou na cama, pegando o telefone e digitando o número que a irmã havia enviado. Um símbolo de telefone verde surgiu e ela clicou, esperando, sem fôlego, enquanto a ligação tentava se completar. Ia custar uma fortuna, um dinheiro que ela definitivamente não tinha, mas naquele momento ela não poderia se importar menos.

Depois, houve um clique, e a chamada foi desviada diretamente para o correio de voz.

Decepcionada nem começava a descrever. Ela deixou uma mensagem gaguejada, dizendo que tinha visto o programa, que queria falar com ele e se ele poderia ligar de volta. Com relutância, desligou, colocando o telefone na mesa ao lado da cama, deixando-o ali para o caso de ele ligar em breve. Eram quatro da tarde em LA. Ele podia ligar a qualquer momento.

Mas não ligou. E enquanto Cesca se revirava na cama, observando as horas passarem no despertador, sentia tristeza. Quando amanheceu e ele ainda não havia ligado, ela estava mais desapontada do que nunca.

31

Que belo homem é, quando sai com sua calça justa e seu gibão e esquece sua sagacidade.
— Muito barulho por nada

Sam rabiscou o nome no contrato, passando-o de volta para a mulher do outro lado da mesa. Marcella Di Bacco pegou os papéis, dando um breve sorriso. Com cinquenta e poucos anos, a loira era extremamente profissional. Suas roupas, seu penteado, tudo indicava alguém que estava totalmente no controle.

— Obrigado por organizar a entrevista — Sam falou. — Eu sei que deve ter sido complicado resolver isso tão depressa.

Marcella assentiu. Ela não era uma pessoa que costumava demonstrar emoções, Sam percebeu, mas não era para isso que ele estava planejando pagá-la. Uma das maiores relações-públicas do mercado, ela tinha conexões que a maioria das pessoas em LA apenas sonhava ter. Era exatamente por isso que ele estava pagando.

— Não foi fácil, mas era necessário. Você vai perceber que é nesse ponto que eu sou a melhor: encontrar soluções rápidas para os problemas. Também vou criar uma estratégia de longo prazo para você. Preciso trabalhar com o seu agente nisso. — Ela olhou para ele. — Já assinou com alguém?

— Vou assinar com o Larry Morgan.

— Da Creative Artists Agency? Achei que ele não estivesse aceitando ninguém.

Apesar de ficar no meio de uma cidade grande, Hollywood era um lugar pequeno. Todo mundo se conhecia.

Sam deu de ombros.

— O que eu posso dizer? Larry me ligou assim que aterrissei no LAX.

— Garoto de sorte. Quando você começa a gravar o próximo filme da série *Brisa de verão*? — Marcella perguntou.

— Daqui a um mês.

— E quais são seus planos depois disso?

— Quero fazer uma pausa. Talvez eu faça algum trabalho no teatro. Quero sair da confusão de Hollywood por um tempo. — Ele se sentiu aliviado só em dizer isso.

— Certo. Bem, deixe comigo. Vou começar a traçar alguns planos. Queremos evitar toda essa especulação sobre um relacionamento com a sua parceira no filme, e também reverter a publicidade que o incidente com a Serena Sloane criou. Talvez a gente possa conseguir algumas entrevistas impressas com você e a sua nova namorada, e usar isso para reduzir as especulações.

— Ela não é minha namorada — Sam apontou. Ainda não, pelo menos. E possivelmente nunca seria, se a forma como ela deixou a Itália refletisse seus sentimentos por ele.

— Bem, mantenha a minha equipe atualizada, tá? Vamos marcar outra reunião para, digamos, daqui a duas semanas. Aí podemos fazer alguns planos concretos.

Ele assentiu.

— Não tenho certeza de que vou estar na cidade, mas podemos conversar por Skype, certo?

— Claro. Ah, e só para te manter informado: o relações-públicas da Serena Sloane me mandou um e-mail. Ela não ficou feliz com a reação que você teve. Ela está planejando recontar a história, admitindo que houve muita mentira. Isso deve ser bom para nós.

Sam ergueu as sobrancelhas. Só de pensar em Serena sentia um gosto ruim na boca. Era por isso que ele pagava uma relações-públicas — para lidar com as pessoas que ele não queria.

— Eu vou deixar isso nas suas mãos.

O sol batia na calçada quando ele saiu para a rua. Uma onda de calor havia atingido a cidade, e isso irradiava do piso ao atravessar a estrada para o estacionamento. Quando alcançou o carro, ele pegou o telefone, que estava tocando. Havia poucas pessoas que ele atendia de imediato.

Sua mãe era uma delas.

— Oi, mãe.

— Sam? Acabei de ver a entrevista. Quem é essa garota de quem você estava falando?

— Ninguém. — A resposta de Sam foi concisa. Ele não estava pronto para começar a falar sobre a sua vida pessoal com a mãe. Ainda não. Eles estavam começando a construir pontes de volta um para o outro, mas Sam não podia deixar de sentir raiva por ela querer se meter nas suas coisas, quando mentira sobre a vida dela por tanto tempo.

— Muito obrigada por não mencionar o seu pai. — Ela pareceu conciliadora, como se tivesse entendido suas emoções. — Fiquei muito grata por isso.

Ele esperou que o pânico habitual o invadisse à menção de Foster, mas, para sua surpresa, não aconteceu.

— Prometi que não diria nada, e, felizmente, ela não perguntou. Embora eu não esteja disposto a manter isso em segredo para sempre, vou esperar as coisas se acalmarem, tá? — Depois de seis anos vivendo uma mentira, ele estava pronto para sair daquela prisão. — Como estão a Izzy e a Sienna? — Elas eram um dos principais motivos pelos quais ele estava em silêncio sobre esse assunto. A família ainda estava entrando em acordo sobre as mentiras que havia contado durante toda a vida. Todos estavam. Ia demorar um pouco para que pudessem superá-lo.

— Surpreendentemente bem — a mãe falou. — Embora, claro, nenhuma delas esteja falando com o Foster. Nem eu, para ser sincera.

— Ele tem aborrecido você? — Sam perguntou, entrando no carro. — Se ele ainda estiver agindo como um idiota, você precisa me dizer, tá? Posso falar com ele, se quiser.

— Não precisa, meu querido. Ele está com o rabo entre as pernas agora. No momento, ainda está em Paris, terminando as coisas por lá. Acho que, quando chegar em casa, vamos conversar, mas até então estou bastante feliz fazendo o voto de silêncio com ele. É muito menos do que ele merece, depois de tudo o que te fez. Ainda não tenho certeza de que consigo perdoá-lo por isso.

Sam engoliu em seco. Ele não tinha contado tudo a ela, mas achava que ela não precisava saber. Aquelas coisas estavam no passado. Foster não podia mais machucá-lo.

No mesmo dia em que Sam fora embora de Varenna para voltar a LA, Lucia e as filhas pegaram um voo para Londres. Eles deixaram Foster, que estava muito constrangido e de ressaca, voltar sozinho para Paris, onde havia se comprometido em acompanhar a temporada de um teatro de lá.

Ele ouviu um sussurro através da linha, seguido por um barulho estranho. Então, um silêncio momentâneo, até que uma espécie de discussão continuou.

— Izzy, solte o telefone. — A voz da mãe parecia mais fraca agora. — Sam, a sua irmã está insistindo em falar com você — ela conseguiu dizer, antes que a voz animada soasse no telefone.

— Sam, quem é essa garota de quem você estava falando? — Izzy estava sem fôlego, com certeza por ter lutado para tirar o telefone da mãe. — Você nunca me falou sobre uma nova namorada.

— Que garota? — Ele estava tentando ganhar tempo.

— A roteirista de Londres que você mencionou. Por que você não a convidou para a festa? Foi por causa do papai? Você sabia que a festa teria sido muito melhor se ele não estivesse por lá, aquele estraga-prazeres. — Izzy mal respirou. — Você vem para cá vê-la, não é? Vem quando? Vai nos apresentar? Sam, isso significa que você pode voltar para Londres, então? Ah, eu espero que sim.

Ele riu.

— Izz, calma. Respire. Não vou falar com você sobre a minha vida amorosa agora. Mas, sim, estou planejando ir a Londres em breve para ver se vocês estão bem, mais que qualquer outra coisa.

— Ah, que ótimo. Venha para ficar por um bom tempo. Temos muito o que compensar.

— Você começa a faculdade no mês que vem — ele apontou.

— Você pode me levar até lá, não pode? Meus amigos adorariam te conhecer.

Ele tentou se imaginar indo até a faculdade, cercado por paparazzi. Não era uma imagem bonita.

— Tenho que voltar para gravar o último filme da série — ele lembrou a ela. — Mas prometo que vou te ver antes disso. — Ele estava guardando segredos de novo, mas tinha um motivo desta vez. Tinha planos de ir a Londres, mas sua família teria que esperar. Havia outras coisas para resolver primeiro.

— Certo. — Ele quase podia ouvir o desagrado em sua voz. — Acho que vai ter que bastar.

Ele ainda estava sorrindo quando se despediu e desligou, jogando o telefone no banco do passageiro quando acelerou o carro. Ligando o GPS, percorreu a lista de favoritos, selecionando o LAX. Parecia que passava metade da vida nesse aeroporto, partindo ou chegando, mas nunca se sentiu tão animado antes.

Era hora de ir para casa. Para sua casa de verdade. E não era uma cidade ou um bairro, nem mesmo uma casa à beira de um lago. Seu lar era onde ela estava, onde quer que fosse. Londres... Varenna... não importava. Porque o que ele descobrira nos últimos meses era que "lar" era um sentimento. Era o que relaxava seus músculos, o que o fazia respirar um pouco melhor. Era o lugar onde você esperava estar durante todo o dia.

Seu lar era Cesca Shakespeare. Mesmo que ela ainda não soubesse.

A chuva caía sem parar, o dia inteiro. Toda vez que um cliente entrava no restaurante, deixava uma poça na entrada. Aquilo era um perigo, e Cesca secava o piso com um esfregão o mais rápido possível. A temporada de turismo estava caminhando para o final, mas isso não explicava a queda do negócio. Metade das mesas do Cereal estava vazia, parecendo desgastada com sua louça de porcelana limpa e copos reluzentes, cuidadosamente arrumados. Obviamente, a novidade estava perdendo a graça. Cesca se perguntou se Simon poderia manter o lugar por mais tempo.

— Pode me trazer a conta, por favor? — um homem pediu, do canto. Ele estava sentado ao lado de dois adolescentes, que mal desviaram o olhar dos telefones durante todo o tempo em que estiveram lá. Pai solteiro, Cesca havia presumido, levando os filhos para o jantar obrigatório do sábado. Não parecia que nenhum deles estivesse gostando muito.

Um enorme relâmpago iluminou a frente do restaurante, e os olhos de Cesca piscaram com o susto. Ela esperou pelo trovão — a tempestade devia estar perto —, mas sua expectativa foi em vão. Apenas o silêncio seguiu.

Outro flash. Desta vez a porta do restaurante se abriu, e mais flashes iluminaram a rua. Cesca piscou de novo, os olhos tentando se adaptar às luzes, sem conseguir se concentrar na porta do restaurante. Demorou um momento para perceber que os flashes vinham de câmeras, não da tempestade.

A porta se fechou e uma figura morena apoiou as costas ali, o peito subindo e descendo como se estivesse tentando recuperar o fôlego. Ele estava pingando, encharcado por causa da chuva, e pocinhas se formavam aos seus pés. Cesca quase se virou para pegar o esfregão e o balde mais uma vez.

Mas então ela percebeu quem era.

Por um momento, ficou congelada onde estava. Sua boca estava entreaberta e os olhos bem arregalados, mas, quando tentou falar, as palavras não surgiram. Os poucos clientes que ainda estavam no café se viraram para olhar para o recém-chegado, sussurrando palavras empolgadas e murmurando assim que perceberam quem era. Ela ouviu o nome dele várias vezes, como uma gravação se repetindo.

— Sam. Sam Carlton. O cara que fez todos aqueles filmes. Sabe aquele que rompeu com aquela garota? Ah, não lembro o nome dela.

Se fosse um filme, ela estaria correndo em sua direção, se jogando em seus braços e permitindo que ele a beijasse enquanto a água da roupa dele molhava a dela. Cesca quase podia imaginar a cena. Droga, ela poderia ter escrito isso, mas, de alguma forma, ainda não conseguia mover os pés.

— A conta? — pediu o homem na mesa ao lado dela. — Você poderia trazer para nós?

— Cala a boca, pai. — A adolescente mais velha finalmente desviou os olhos do telefone. — É o Sam Carlton. — Seu rosto ficou corado, e Cesca se perguntou se suas bochechas não estariam vermelhas também.

Ela estava começando a tremer. Olhando para aquele homem... um homem glorioso, molhado e lindo a poucos metros dela. Inconfundivelmente era Sam, o seu Sam, o cara que podia fazê-la rir e chorar quase ao mesmo tempo.

— Cesca? — Ele deu um passo em direção a ela, ainda pingando por causa da chuva. Se ela se importasse, poderia ter avisado que isso era um risco para a saúde e a segurança.

— Acho que sim.

Ele sorriu.

— Oi. — Sua voz era suave e baixa. Através do vidro fosco atrás dele, ela podia ver uma multidão se reunindo. Muita gente vendo a história se desenrolar na frente deles enquanto a chuva caía. Era como se as pessoas estivessem nas poltronas baratas de um cinema.

— Você trouxe os seus amigos.

Desta vez ele riu. Virando o pescoço, Sam olhou para os paparazzi e fãs amontoados em frente à janela. Alguns deles estavam praticamente colados no vidro.

— Eles estão pedindo um oi.

Ela levantou a mão.

— Oi.

A vida de Sam era assim? O tempo todo acompanhado por uma dúzia de fotógrafos, seus movimentos parecendo ser gravados sempre que saía? Ela sentiu uma nova onda de simpatia por Sam. Não era de admirar que a *villa* de Varenna tenha virado um refúgio para ele.

Sam parou na frente dela, segurando sua mão. Fechou a palma ao redor dela, sua pele quente e molhada onde a segurava.

— Oi — ele disse de novo.

— Oi. — A voz de Cesca era suave. — Você andou muito para jantar. Mesmo que adore cereais.

Ele disfarçou um sorriso.

— Eu adoro cereais, mas não é por isso que estou aqui.

Ela levantou as sobrancelhas.

— Não?

Sam balançou a cabeça. Ele ainda estava segurando sua mão. Era bom... Natural.

— Ouvi dizer que a nova garçonete é maravilhosa. Eu vim para conhecê-la.

Ela estava ciente do silêncio no restaurante. Do exame intenso e minucioso de todos no salão. No entanto, isso não importava, porque quem estava de frente para ela era o homem com quem passara a noite inteira fantasiando, aquele que havia feito parte dos seus pensamentos nos últimos seis anos. Ele tinha sido vilão da sua vida por muito tempo, mas agora tinha virado o herói.

— Eu te vi na TV — ela disse. — Falando alguma coisa sobre ter se apaixonado por uma inglesa.

— Viu? — Ele pareceu surpreso.

— Eu te liguei.

Sam franziu a testa, tirando o celular do bolso. A tela estava apagada.

— Esqueci de ligar quando pousei — ele falou. — Estava muito ocupado pensando em te encontrar.

— Como foi que você me encontrou? — ela perguntou. — Ou a fama do Cereal se espalhou por aí?

Ele sorriu.

— Eu pedi para a minha mãe ligar para o seu padrinho.

O bom e velho Hugh. Ele podia ser seu padrinho, mas também era um bobo, adorava uma boa história. Ela só podia imaginar como ele ia provocá-la quando a encontrasse de novo.

— E aqui está você.

— Sim. Aqui estou eu. — Apenas alguns centímetros os separavam, mas a distância ainda parecia muito grande. Era esmagador que ele estivesse tão perto. A umidade da sua roupa ampliou seu cheiro, até parecer que o salão inteiro era tão perfumado quanto ele.

— Você foi embora sem se despedir — ele falou.

Cesca respirou fundo, mas isso não fez nada para acalmá-la. Seus sentidos estavam repletos dele.

— Você estava meio ocupado. Te esperei naquela noite, mas você não apareceu.

— Por que você não foi me procurar? — Um brilho de dor cruzou seus traços.

— Eu fui — ela falou. — Mas você estava com a sua irmã, e ela parecia muito chateada. Então ela te pediu para voltar para Londres e... — Cesca parou. Será que era forte o suficiente para ter essa conversa na frente de todas essas pessoas? Deus, o que todo mundo ia dizer? Ela não estava acostumada a ser o centro das atenções. Gostava de escrever a ação, não de estar no meio dela.

— E você pensou que eu não te quisesse.

Ela assentiu, muito abalada para proferir alguma palavra.

Sam fechou os olhos por um momento, respirando profundamente. Ela observou enquanto seus lábios cheios se separavam, a parte inferior tremendo à medida que o ar entrava. Ela engoliu em seco, se lembrando de sua boca sempre que encontrava a dela, toda vez que a beijava. Suave e intensa, delicada e profunda. A única coisa que a impedia de prová-lo novamente era a percepção de que estavam sendo observados.

Quando ele abriu os olhos, seu olhar era quente e intenso.

Isso tirou o fôlego dela.

— Você estava errada.

— É mesmo?

— Eu te queria mais que qualquer outra coisa. Queria te dizer que fui um idiota. Que eu quero me chutar por me recusar a me abrir. O que eu senti por você... o que eu sinto por você é tão forte que me deixou com medo.

— Eu também estou assustada. — Foi tudo o que ela pôde sussurrar.

Sam se inclinou para mais perto. Ela sentiu o calor de sua respiração.

— Não posso voltar e mudar o que eu fiz, mas posso lutar por você. Vou fazer o que for preciso, Cesca, para mostrar quanto eu me importo com você. Quase estraguei tudo, porque estava com medo de me abrir. Não vou estragar as coisas de novo. Por favor, pode me perdoar?

A veemência de suas palavras tirou o fôlego dela.

— Eu te perdoo — ela sussurrou. — Como eu poderia não perdoar? Você me emocionou.

— Estou falando a verdade. A única pessoa que eu quero na vida está aqui na minha frente.

— Mas o seu trabalho está em LA e eu estou muito longe de lá.

Neste momento, ele sorriu.

— Nós temos os melhores empregos para poder viajar. Eu sou ator e você é roteirista. Podemos ficar onde quisermos. Quando estivermos trabalhando, é claro que vamos precisar estar no set ou no teatro. Mas, quando estivermos em pausa, e eu espero que possamos fazer muitas, podemos estar em qualquer lugar. E não me importa onde, desde que estejamos juntos.

— Eu também não me importo. Você pode até trazer os seus amigos, se quiser — ela disse, apontando para a multidão cada vez maior.

— Ele realmente devia te beijar agora — a adolescente ao lado dela sussurrou. — Isso está começando a ficar chato.

Os dois riram. As palavras da menina, de alguma forma, conseguiram cortar a tensão.

— A diretora mandou — Sam sussurrou.

Ela estava pronta para a cena? Cesca não fazia ideia, mas tinha certeza de que isso aconteceria estando pronta ou não. Quando Sam a pegou em seus braços, puxando-a com firmeza contra si, ela ficou sobrecarregada com as sensações que despertavam em seu corpo. Havia desejo, é claro — como ela podia deixar de sentir desejo quando ele pressionava seus quadris maravilhosos nos dela? Mas havia algo mais ali, algo mais profundo e mais racional. Isso a aqueceu de dentro para fora enquanto o homem por quem havia se apaixonado a beijava. E, quando ela fechou os olhos, flashes piscaram ao redor deles, parecendo os fogos de artifício que explodiram naquela última noite que passou no lago de Como.

No roteiro de sua vida, parecia que cada cena a levaria a esse final. A rejeição, a queda, a longa e dura subida de volta. E agora ela estava quase no topo, encontrando o homem que já a havia derrubado dali, mas agora estendia a mão para ajudá-la nos últimos passos.

A língua de Sam deslizou contra a dela enquanto ele acariciava seu cabelo, inclinando sua cabeça para ter melhor acesso. Ela passou os braços ao redor do seu pescoço e entrelaçou os dedos enquanto seus corpos se apertavam ainda mais.

— É melhor nós sairmos daqui — Sam sussurrou no seu ouvido enquanto os dois recuperavam o fôlego —, antes que isso se torne uma coisa que, definitivamente, não é para ser vista.

Cesca riu, depois enterrou a cabeça no ombro dele, se perguntando o que estava fazendo na frente de tantas pessoas.

— Eu tenho que falar com o meu chefe...

— Ah, não precisa. — Simon estava a poucos metros deles. — Acho que você nos deu publicidade suficiente por uma noite.

— Talvez ela precise tirar uns dias de folga — Sam disse a ele enquanto Cesca pressionava os lábios contra seu pescoço. — Uma semana, por aí.

— Sem problemas — Simon falou. — Tire o tempo que você precisar. — Quando Cesca finalmente olhou para cima, conseguiu ver um grande sorriso no rosto dele. O homem provavelmente já estava contando os clientes que aquela propaganda gratuita traria. — Me avise quando vai voltar, tá?

Ela assentiu, embora no fundo suspeitasse de que não voltaria mais. Sam segurou a mão dela, puxando-a para a chuva que caía, e atravessou a rua até um táxi que estava esperando. Com a pressa de sair, ela se esqueceu do casaco, e sua blusa e saia estavam molhadas quando entraram no veículo. O tecido se agarrava ao corpo e o ar frio dentro do táxi a fez tremer.

Percebendo seu desconforto, Sam a puxou para perto, depois se inclinou para a frente e bateu no vidro entre o assento traseiro e o do motorista.

— Pode ligar o aquecedor, por favor?

— Claro. — O motorista girou o botão no painel.

Finalmente estavam sozinhos — bem, quase —, e isso deu a Cesca a chance de olhar para Sam. Claro, ele era lindo. Todo mundo sabia disso. Mas era do que havia em seu interior que ela mais gostava. O homem, aquele que havia substituído o garoto que ela conhecera, aquele que a fez sentir como se fosse o prêmio mais precioso.

— Você parece cansado. — Ela tocou as sombras escuras sob seus olhos. Sua pele era macia ao toque.

— Foi um jetlag em cima do outro — ele admitiu. — Mas não é só isso. Não consegui dormir muito desde a última vez que te vi.

— Também não — ela falou. — Não parei de pensar em você.

Uma expressão de alívio atravessou o rosto dele.

— Eu não tinha certeza disso. Fiquei me perguntando se você tinha me deixado naquela noite porque havia se cansado de mim.

— Eu nunca vou me cansar de você. — Foi quase um alívio dizer aquilo. Sentada ali, no táxi preto, andando lentamente em uma rua movimentada de Londres, Cesca sentia as emoções dentro de si começarem a explodir.

— Eu não deixaria você se cansar.

— É melhor sairmos daqui — o motorista falou pelo intercomunicador, à medida que mais flashes espocaram e a multidão começou a cercar o táxi. — Para onde, senhor?

Sam se virou para olhar para ela.

— Sua casa ou a minha?

Ela riu.

— Eu não tenho casa.

— Eu também não — ele admitiu. — Vamos rodar um pouco por aí — ele sugeriu ao motorista. — Dirija para o oeste.

O táxi seguiu, passando pela multidão. Os pneus espirraram água para todos os lados. À medida que as pessoas saíam do caminho, Sam segurou o rosto de Cesca.

— Para onde nós vamos? — ela perguntou, sem fôlego pela forma intensa como ele a olhava.

O canto dos lábios dele se curvou.

— Não faço ideia. Mas realmente não importa. Enquanto eu estiver com você, podemos circular a noite toda, se você quiser.

— Isso não vai sair barato. — A interferência do motorista fez os dois rirem.

— Podemos ir para a casa do meu pai — Cesca sugeriu. Não que ela estivesse com pressa para fazer isso. Não quando ele estava prestes a beijá-la, e parecia que estava planejando fazer isso havia bastante tempo.

— Agora?

— Agora eu gostaria que você me beijasse de novo — ela falou.

Ele passou o polegar ao longo do lábio de Cesca e inclinou a cabeça para ela até seus lábios se tocarem. Quando a curvou para ter melhor acesso à sua boca, ela fechou os olhos, saboreando cada momento.

Era hora de os letreiros subirem.

Epílogo

As jornadas terminam no encontro dos apaixonados.

— Noite de reis

— Pare de colocar a mão no rosto, vai estragar a maquiagem. — Kitty segurou a mão de Cesca, afastando seus dedos da bochecha. — Calma, querida, vai ficar ótimo.

Cesca não respondeu. O nervosismo havia levado todas as suas palavras. Lucy estava sentada do outro lado. Era estranho estar imprensada por duas das suas irmãs depois de ficarem separadas por tanto tempo. E isso lhe dava um brilho que superava o iluminador que o maquiador havia usado.

— Estamos quase lá — Lucy disse, apertando a outra mão. — Mais cinco minutos, Cess. Você aguenta, né?

— Sinto falta da Juliet — Cesca falou. — Ela devia estar aqui.

— Devia mesmo. Mas ela não pode deixar a Poppy, e nós sabemos que ela nunca faria isso. — O tom de Lucy era óbvio, mas ninguém olhou para ela. — Se o cretino idiota do marido dela soubesse o significado da palavra "compromisso", talvez ela não tivesse que fazer o que ele quer o tempo todo.

— Concordo — Kitty disse. — Ela é uma santa por suportá-lo

— Ela não tem escolha — Cesca murmurou. — Os dois têm a Poppy em comum. Pobrezinha.

Suas pernas começaram a tremer. À medida que o carro seguia pelas ruas de Londres, ela sentia o nervosismo chegar ao ápice. Se tivesse conseguido comer alguma coisa nos últimos dias, poderia até vomitar.

Quando o carro finalmente parou em frente ao teatro, a multidão alinhada ao tapete vermelho se virou para olhar para elas, e vários flashes espocaram ao mesmo tempo. Em seguida os paparazzi começaram a cercar o carro, pressionando as lentes contra o vidro escuro das janelas.

— Eles vão ficar muito desapontados quando perceberem que o Sam não está aqui — Lucy observou.

— Que nada, a nossa Cesca já é uma estrela. Ela apareceu na *Hello!* no mês passado, e tem notícias sobre ela na internet o tempo todo. Você viu as fotos daquela praia no Havaí?

— Cale a boca. — Cesca lançou um olhar irritado para a irmã. — Todos nós sabemos que eles só queriam uma coisa. E não era espiar o meu decote.

— E que decote — Kitty apontou.

O segurança que haviam contratado para a noite saiu do banco do passageiro, falando calmamente no microfone antes de caminhar e abrir a porta para elas. Cesca o viu empurrar os paparazzi para trás com um mínimo de pressão. Seja lá quem fosse, esse cara era bom.

— Não posso acreditar que esta seja a sua vida agora — Kitty falou. — O que aconteceu com a pequena Cesca que passava o tempo todo na frente de uma máquina de escrever? Olhe para você agora, toda glamorosa e desejada. Não estou sabendo lidar com isso.

— Não é sempre assim — Cesca falou. — A gente não sai de limusine todo dia com um cara de terno preto fazendo a segurança. Na maior parte das vezes é chato: discutimos quem faz o café, eu grito quando ele deixa a cueca jogada pela casa. Na semana passada ele usou toda a água quente e eu fiquei uma hora sem falar com ele.

— Bem, definitivamente, ele pisou na bola — Kitty concordou. — As mulheres odeiam tomar banho frio.

A porta se abriu, e o segurança alcançou a mão de Cesca. Ela se virou para estreitar os olhos para Kitty.

— Você estava tentando desviar a minha atenção?

— Funcionou, não foi?

Tinha funcionado, pelo menos por um momento. Mas, agora que ela estava saindo do carro, a realidade a atingiu com toda a força. Havia pessoas gritando, chamando seu nome, perguntando onde Sam estava. Ela sorriu para as câmeras, deixando a mão suave do segurança em suas costas guiá-la para a frente. Eles passaram pelos painéis na lateral do edifício antigo, cartazes que descreviam uma cena de sua peça, com elogios escritos por críticos geralmente severos. Precisou encará-los por um momento para realmente acreditar.

Era a sua peça de teatro. Sua. E finalmente estava estreando.

— Cesca, é verdade que você está esperando um filho do Sam? — alguém gritou enquanto ela posava na frente dos cartazes.

— Vocês se separaram? Onde ele está?

— Ele ainda é uma britadeira? Ou isso era apenas com a Serena Sloane?

Continue sorrindo, ela disse a si mesma. Continue sorrindo e tudo vai ficar bem.

Depois de responder algumas perguntas sobre a peça, Cesca se viu entrando no hall do teatro, onde um comitê acolhedor a esperava. O gerente, um homem que conhecera bem durante o período dos ensaios, se aproximou e apertou sua mão vigorosamente.

— Parabéns. Nós estamos muito felizes por você.

— Obrigada. Estão todos aqui? — Ela olhou ao redor.

— Está tudo bem. O elenco está te esperando nos bastidores. Posso te oferecer uma taça de champanhe? — Ele gesticulou para uma das garotas que segurava uma bandeja de prata com taças de champanhe. A jovem usava blusa branca e saia preta, um uniforme mais familiar que o vestido de alta-costura que Cesca estava vestindo.

— Obrigada. — Ela pegou a taça, ainda que estivesse agitada demais para beber.

Quando chegou aos bastidores, foi atingida pela comoção. Pessoas corriam por toda parte, ordens eram gritadas e um jovem assistente com uma prancheta contava os minutos. Cesca parou por um momento para respirar e absorver a animação. Quando era menina e se sentava no camarim da mãe, achava aquilo romântico. Agora parecia muito mais.

Era a sua alma.

Ela abriu a porta do camarim, olhando para dentro a fim de ver todas as poltronas ocupadas. Os atores estavam sentados em frente aos espelhos, adicionando toques finais à maquiagem, alguns sussurrando as primeiras linhas de suas falas. Cada um tinha seu próprio ritual, aprimorado durante anos de prática supersticiosa. Outra parte deste mundo que tornava isso tão singular.

Mais à frente estava o protagonista. Um rapaz de cabelo escuro que fazia sua estreia no teatro. Ele fechou os olhos e seus lábios se moveram suavemente, como se estivesse repetindo as palavras várias vezes. Embora o rosto estivesse calmo, sua perna continuava tremendo, balançando para cima e para baixo em um ritmo próprio. Cesca conteve o desejo de tocá-lo, de apoiar os dedos em sua coxa. Ele estava entrando no personagem, e ela não pertencia àquele lugar.

Ainda não.

— Quebrem a perna, pessoal.

Alguns deles levantaram os olhos, acenando ao reconhecê-la. Mas só havia uma pessoa para quem ela estava olhando. Sam se virou com o rosto ainda impassível, mas seus olhos estavam em chamas. Um único olhar, e ele tinha a capacidade de transformar suas pernas em geleia. Ele não era o seu Sam. Não agora. Estava muito inserido em seu personagem. Mas, quando ela estava no teatro, também não era a sua Cesca. No entanto, de alguma forma, eles conseguiam fazer isso funcionar.

Quando chegavam em casa, eram completamente um do outro.

— Tem alguns cartões para você ali — um rapaz do elenco falou, apontando para a mesa no canto, cheia de flores e presentes. Ela se aproximou, pegando os envelopes com o nome dela. Pegaria as flores mais tarde.

O primeiro cartão era do produtor. O homem que assumira o risco de produzir sua peça, apesar do seu passado. Ela leu suas palavras gentis e depois o colocou sobre a mesa, abrindo o próximo.

O segundo era da mãe de Sam. Cesca não pôde deixar de sorrir enquanto lia suas palavras. "Para a garota talentosa que iluminou a vida do meu filho. Sua mãe teria ficado orgulhosa de você. Beijos, Mamma Lucia."

Desde que Sam voltara para sua vida, Cesca teve a chance de conhecer bem a mãe e as irmãs dele. Mesmo quando ela estava em Londres e ele em LA, elas a convidavam para almoçar, fazendo-a se sentir parte da família. Lucia tinha preenchido um vazio que Cesca não havia percebido que tinha. Era uma espécie de mãe substituta.

— Você se esqueceu do meu cartão — Sam falou, suavemente. Ela olhou para cima e o viu na sua frente com um envelope prateado na mão. Ainda era o *seu* Sam, afinal de contas. Cesca o pegou, abrindo-o para ver um cartão-postal de Varenna. Seus olhos se demoraram sobre as *villas* charmosas que se alinhavam com o lago e a vegetação exuberante que crescia nas margens.

— Onde tudo começou — ela murmurou.

— A peça? — Seus olhos brilhavam sob as luzes claras do camarim.

Ela balançou a cabeça.

— Nós. — Seu coração estava completo enquanto Sam segurava seu rosto com a palma da mão quente. Cesca leu a parte de trás do cartão.

"Sua peça conquistou minha imaginação, mas você conquistou meu coração. Sempre seu, Sam."

— Obrigada — ela sussurrou. — Obrigada por ser sempre meu.

— Eu sempre vou ser. Se eu não estivesse maquiado, estaria te dando um beijão daqueles agora mesmo — ele falou.

— Se você não estivesse coberto de maquiagem, eu te deixaria fazer isso. Mas, como essa é a minha peça de teatro e a minha reputação, prefiro não agarrar o protagonista antes mesmo de ele entrar no palco.

Sam riu.

— Vamos deixar a sessão de agarramento para depois.

— Perfeito. — Ela ficou na ponta dos pés, se elevando poucos centímetros. — Quebre a perna, Sam.

Ele deslizou a ponta do polegar em sua bochecha.

— Você também, linda.

Cesca o beijou e depois saiu, voltando para as áreas públicas. Esta noite ela estaria assistindo à peça da plateia, vendo a ação por um ângulo diferente.

Se sentando entre as irmãs, ela segurou a mão de cada uma, apertando-as com força. Um momento depois, as luzes se apagaram e o zumbido da conversa cessou.

Ela fechou os olhos por um momento. Era isso, finalmente. Depois de todo esse tempo e angústia, sua peça estava estreando no West End.

O passado é só o prólogo. Não poderia haver um título melhor.

— É muito diferente de atuar em um filme, né? — Randall, o ator mais velho, que interpretava seu pai na peça, sorriu antes de se virar para o espelho e limpar a maquiagem. — Muito mais imediato, mais intenso. A adrenalina, cara, não tem nada parecido.

— É muito diferente. — Sam respirou fundo. Haviam se passado vinte minutos depois do último ato e seu corpo ainda não tinha se recuperado. Era como se tivesse usado heroína legalizada. — Embora eu não tenha certeza de que posso fazer isso toda noite.

— Ah, vai ficando mais fácil. Aposto que você estava muito nervoso na sua estreia no cinema. E, quando lançou o segundo e o terceiro, foi como usar um chapéu velho.

Sam franziu a testa.

— Eu não iria tão longe. Na minha última estreia, a pobre Cesca foi empurrada e praticamente pisoteada.

— Ah, eu me perguntei por que ela estava com um segurança desta vez.

— Achei que ela iria preferir ver a peça sem ser incomodada. — Meia hora depois, Sam estava saindo de um Mercedes preto, seu próprio segurança abrindo caminho por entre a multidão. Ele entrou no bar onde a festa pós-estreia estava acontecendo e foi imediatamente cercado por fãs.

Também havia rostos familiares. Will Allen, seu melhor amigo, tinha vindo de Hollywood e estava flertando com uma das funcionárias da produção. Izzy e Sienna, glamorosas com seus vestidos longos, discutiam com a mãe se poderiam tomar outra taça de champanhe. E no canto, em uma mesa, estavam o pai de Cesca e Hugh, sendo paparicados pelas irmãs dela, que não paravam de trazer bebidas e pratos de comida.

— Parabéns, Sam. — Hugh apertou sua mão.

— Você foi fabuloso — Lucy falou, beijando sua bochecha.

Kitty o abraçou com força e deu uma piscadela.

— Você trouxe a Milly? — o pai de Cesca perguntou. — Eu a vi atuando com você. Você está apaixonado por ela?

— Não, pai — Lucy interveio, uma expressão constrangida no rosto. — Este é o namorado da Cesca, lembra? E não era a mamãe no palco. Era uma atriz.

— Claro que sim. — Oliver parecia irritado. — Foi o que eu disse. Parabéns, Sam. Você foi excelente.

— Obrigado, senhor. — Ele assentiu para o pai de Cesca, sem saber o que havia acontecido.

A única pessoa que faltava ali era Foster, que não havia sido convidado. Ele e Lucia estavam separados. O padrasto não era bem-vindo ali.

— Você viu a Cesca? — Sam perguntou ao produtor, que estava cercado por investidores que falavam sem parar.

— Da última vez que a vi, ela estava indo ao banheiro. Ela estava um pouco verde.

Trinta segundos depois, Sam estava no banheiro feminino. Havia duas garotas na pia, fofocando absurdamente, mas suas bocas se acalmaram assim que o viram na entrada.

— Ah! — O choque foi imediatamente substituído por interesse. A garota mais próxima a ele sorriu, piscando os olhos. — Acho que você errou de banheiro.

— Podem me dar licença? — Sam inclinou a cabeça para a porta.

— Você quer que a gente saia?

— A minha namorada não está se sentindo bem. Eu quero ver como ela está.

A mulher ao seu lado suspirou.

— Que coisa mais meiga. Por que nós não encontramos um desses, Marie?

— Porque eles só existem no palco?

As duas saíram, ainda discutindo se Sam era real ou não. Ele disfarçou um sorriso, depois caminhou na direção do cubículo ocupado, parando para bater na porta.

— Cesca? — Ele manteve a voz baixa. — Baby, você está aí?

Ela pareceu confusa.

— O que você está fazendo aqui?

— Vim te ver. O David disse que você não estava se sentindo bem. Eu queria ajudar.

— Você não devia estar aqui. Imagine se alguém tira uma foto disto. Você vai aparecer em todos os tabloides como um pervertido. A história da britadeira vai voltar à tona.

Sam riu.

— Não é perversão estar no banheiro com a namorada. Especialmente quando ela não está se sentindo bem.

— Em público...

— Linda, eu realmente não me importo se vou sair na capa. Não vou sair daqui. Me deixe cuidar de você.

— Só estou sendo idiota.

— Nós dois sabemos que você pode ser qualquer coisa, menos idiota. Saia e me deixe te abraçar.

A trava foi aberta e a porta se abriu para dentro. Cesca estava sentada no vaso fechado do banheiro, com os cotovelos apoiados nas coxas e o rosto nas mãos.

— Você sabe que tem um bilhão de germes nessas coisas?

Ela olhou para cima.

— Estou vivendo perigosamente.

— Venha aqui. — Ele estendeu a mão. Ela segurou, permitindo que ele a puxasse para seus braços. Cesca se derreteu contra ele, seu corpo suave contra o de Sam. Ele passou as mãos em seus ombros nus. — Eu já te disse que você está linda hoje?

— Disse o homem de smoking.

— Este vestido me deixa louco — ele sussurrou em seu ouvido. Ela estremeceu sob seu toque. — Vai ficar ainda melhor quando estiver no chão.

— Safadinho.

— Você sabe disso. — Ele riu contra sua orelha. — Então, por que você não está comemorando? Foi tudo tão bom esta noite. Os comentários foram ótimos e o público adorou. Você não viu a plateia aplaudindo de pé no final?

— Eu estava escondida no hall.

Ele recuou, ainda segurando seus ombros. Uma expressão questionadora se formou em seu rosto.

— Tem alguma coisa errada? Achei que isso fosse tudo que você sempre quis. Alguma coisa aconteceu que você não me contou?

Ela umedeceu os lábios secos. Ele seguiu seu movimento.

— Estou só... — Ela respirou fundo, se recusando a encontrar seu olhar. — Estou assustada, eu acho.

— Com o quê?

— Isso vai dar errado. Quer dizer, coisas assim não acontecem comigo. Eu sou a garota que passou seis anos indo de um lado para o outro como uma bola de pingue-pongue. Agora eu estou aqui, usando um vestido absurdamente caro, saindo de limusines e sendo fotografada em todos os lugares. O que aconteceu?

— Você não está feliz?

— Não, não é isso. — Ela cobriu as mãos dele com as dela. — É que eu estou feliz demais. Tenho tudo o que sempre quis. Minha peça, uma casa, meu namorado. — Havia lágrimas nos olhos dela. — E se eu perder tudo de novo?

Sam sentiu cada parte da sua ansiedade. Isso o fez querer abraçá-la com força. Claro que ela tinha medo; havia perdido tanto na vida. Os dois tinham.

— Baby, eu não posso prometer que as coisas vão ser fáceis. Mas posso prometer que, sempre que ficarem difíceis, eu vou estar bem ao seu lado, firme e forte. Nós poderíamos ser ricos ou pobres que eu não daria a mínima, desde que estivéssemos juntos.

Ela assentiu, com os olhos arregalados, enquanto o encarava.

— E, se tudo der errado, eu conheço uma garota incrível que pode sobreviver sem dinheiro. Ouvi dizer que ela é boa em fuçar no lixo.

Aquilo era um sorriso em seus lábios?

— Ela é ótima nisso — Cesca sussurrou.

— E não existe ninguém com quem eu prefira fazer isso a não ser com você.

Uma lágrima rolou pela sua bochecha.

— De um jeito louco e confuso, essa deve ter sido a coisa mais romântica que você já me disse.

— Então eu sou um romântico de merda — ele falou. — Porque você merece romance. Você merece tudo. Incluindo esta noite. Você trabalhou muito duro, linda. Vá se divertir. Se passar a vida preocupada, vai perder tudo e deixar de aproveitar. Não quero que você faça isso.

Seu olhar encontrou o dele.

— Também não quero fazer isso.

— Então vamos sair, tomar um champanhe e conversar com os nossos amigos. Depois, vamos para casa. Vou arrancar esse vestido e te lembrar exatamente qual é o sentido da vida.

— É o sexo? — Ela franziu a testa.

Foi a sua vez de rir.

— Não, é o amor. Fazer, sentir e mantê-lo. Não consigo pensar em nada melhor do que isso.

— Eu também não. — Ela se derreteu em seus braços de novo, mantendo a cabeça inclinada enquanto ele a olhava. Quando a beijou, Sam pôde sentiu gosto de champanhe misturado a suas lágrimas. Era uma combinação intoxicante.

— Eu te amo — ela sussurrou contra sua boca. A respiração de Cesca era tão quente quanto suas palavras.

— Eu também te amo, baby.

E, na verdade, nada mais importava. O passado era só o prólogo, e o futuro não havia sido escrito. Eles não podiam pedir mais nada.

Agradecimentos

Eu sei que esta é a parte chata, mas muitas pessoas me ajudaram a moldar a história de Cesca e Sam, no livro que você está lendo hoje. Em primeiro lugar, Meire Dias, da Bookcase Agency — minha agente e amiga querida. Honestamente, eu não estaria aqui sem você. E Flavia Viotti: agente, empresária e mulher extraordinária. Vocês duas me inspiram.

Obrigada também a Anna Boatman, por seu apoio e conselho, a Dominic Wakeford, pela paciência, e a toda a equipe da Piatkus, por acreditar em mim.

Para Ash, Ella e Oliver — vocês fazem tudo valer a pena. Obrigada por andarem pela Itália comigo enquanto eu fazia anotações e fingia estar de folga. Prometo que o próximo livro vai se passar em um lugar igualmente adorável.

Para minha família, obrigada pela fé nesta filha e irmã que às vezes passa mais tempo dentro da própria cabeça do que no mundo real.

Tenho tantos amigos maravilhosos que, para nomeá-los, precisaria de outro livro, então vou tentar ser breve. Obrigada a Claire, Melanie, Gemma e Kate, pela pré-leitura. Obrigada também aos meus amigos do RNA, da Enchanted Publications, a minhas garotas de Rayleigh e a todos que acreditaram em mim e encorajaram minha escrita.

Finalmente, a meus leitores; obrigada por comprarem este livro. Espero que ele os transporte para um mundo onde os sonhos se tornam realidade e o amor vence. Adoro ouvir a opinião de vocês e posso ser encontrada no Twitter, Facebook ou no meu site. Venham me dar um oi se tiverem alguns minutos. Tenho chocolate virtual e faço questão de dividi-lo.

Até a próxima,
Carrie

Impresso no Brasil pelo Sistema Cameron da Divisão Gráfica da
DISTRIBUIDORA RECORD DE SERVIÇOS DE IMPRENSA S.A.